Sammlung Luchterhand 1008

Über dieses Buch: Dieser autobiographisch geprägte Roman, die abenteuerliche Geschichte eines Berliner Schriftstellers, der durch halb Europa nach Amerika flieht, gehört zu den wichtigsten Zeugnissen der Geschichte des deutschen Exils in unserem Jahrhundert. »Ein Roman, der ein ungeheuerliches Schicksal beschreibt, das Leben eines Vertriebenen, den einsamen gefahrvollen Weg eines von Erdteil zu Erdteil Gehetzten... Ein wichtiges Buch der Besinnung, eine ergreifend stille Stimme aus dem Chaos, ein Bericht voll bitterer Konsequenz.« Wolfgang Koeppen
»Mit Weltweisheit und Menschenkenntnis die Zeitgeschehnisse analysierend... und in einer Technik erzählt, die äußerste Spannung erzielt... Sahls Buch müßte Pflichtlektüre in Deutschlands höheren Schulen werden.« Kurt Pinthus
Nach dem überwältigenden Erfolg der Erinnerungsbücher Hans Sahls erscheint nun die langerwartete Neuausgabe seines 1959 erschienenen Exilromans.

Über den Autor: Hans Sahl, Lyriker, Dramatiker, Prosaist, Übersetzer, geboren 1902 in Dresden, studierte Kunstgeschichte, Literaturgeschichte, Philosophie. 1926–1932 Film-, Theater- und Buchkritiker. 1933 Flucht aus Berlin über Prag, Zürich nach Paris. 1939 Internierungslager. 1940 Flucht nach Marseille, wo er als Mitarbeiter an Varian Frys Rettungsaktion der politisch Verfolgten in Frankreich teilnahm und selbst mit einem der letzten Schiffe nach New York entkam. Nach dem Zweiten Weltkrieg New Yorker Kulturkorrespondent zuerst der Neuen Zürcher Zeitung, dann der Süddeutschen Zeitung. Hans Sahl lebt seit 1989 in Tübingen. Im Luchterhand Literaturverlag liegen vor: *Memoiren eines Moralisten I* (SL 932), *Das Exil im Exil,* Memoiren eines Moralisten II (auch als SL 967), *Wir sind die Letzten/Der Maulwurf.* Gedichte (1991), *»Und doch...«.* Essays und Kritiken aus zwei Kontinenten (SL 980).

Hans Sahl

Die Wenigen und die Vielen

Roman einer Zeit

Luchterhand
Literaturverlag

Sammlung Luchterhand, November 1991

Die erste Ausgabe erschien 1959 im Goverts Verlag, Frankfurt am Main. Umschlaggestaltung: Max Bartholl. Umschlagfoto: Süddeutscher Verlag. Druck: Ebner Ulm.
Printed in Germany.
ISBN 3-630-71008-5

1 2 3 4 5 6 96 95 94 93 92 91

Die Letzten

Wir sind die Letzten.
Fragt uns aus.
Wir sind zuständig.
Wir tragen den Zettelkasten
mit den Steckbriefen unserer Freunde
wie einen Bauchladen vor uns her.
Forschungsinstitute bewerben sich
um Wäscherechnungen Verschollener,
Museen bewahren die Stichworte unserer Agonie
wie Reliquien unter Glas auf.
Wir, die wir unsre Zeit vertrödelten,
aus begreiflichen Gründen,
sind zu Trödlern des Unbegreiflichen geworden.
Unser Schicksal steht unter Denkmalschutz.
Unser bester Kunde ist das
schlechte Gewissen der Nachwelt.
Greift zu, bedient euch,
Wir sind die Letzten.
Fragt uns aus.
Wir sind zuständig.

1973

Nichts als Sand in den Schuhen Kommender zu sein...

GERTRUD KOLMAR

ERSTES BUCH

I

> Die einzigen wahren Gedanken sind die Gedanken der Schiffbrüchigen.
>
> ORTEGA Y GASSET

Ich bin kein Held. Ich habe Angst vor Ratten und vor Schlangen. Ich gehe ungern durch einen dunklen Wald. Ich liebe es nicht, mißhandelt zu werden. Schlachtenlärm und Weltuntergänge sowie alle historischen Ereignisse, die sich geräuschvoll abspielen, sind mir unsympathisch. Ich liebe Bücher und Bilder, gute Musik und gute Weine. Ich esse gern gut. Ich lebe gern bequem. Unter normalen Umständen wäre ich gewiß ein nützliches Mitglied der Gesellschaft geworden. Ich hätte es bestimmt zu etwas gebracht, wäre geachtet und geehrt worden, hätte einen auskömmlichen Posten in der Verwaltung und ein Häuschen vor der Stadt, in dem es sich leben ließe. Ich wäre viel gereist, nicht zuletzt, um meine Sprachkenntnisse zu vervollkommnen und meine Sehnsucht nach exotischen Gegenden zu befriedigen. Meine Gedichte wären jeden Sonntag in der Frauenbeilage des geschätzten Lokalblattes erschienen, rechts unten, in der Ecke, zwischen Kochrezepten und ähnlichen praktischen Winken für die Hausfrau, sorgfältig gesetzt und nicht ohne eine gewisse Aufmachung, wie es sich für einen angesehenen Mitarbeiter gehört, der sich in zwanzig Jahren die Aufmerksamkeit der Abonnenten erobert hat. Ich wäre ein Freund des Fortschritts gewesen, allen Neuerungen auf technischem, wissenschaftlichem und künstlerischem Gebiet zugänglich, ein Vorkämpfer der Moderne, beseelt von dem tiefen Glauben an Wahrheit und Menschlichkeit und an die steigende Auflagenziffer meiner Zeitung. Ich hätte die sozialen Auseinandersetzungen meiner Epoche mit der Objektivität des unparteiischen Beobachters verfolgt, der weiß, daß ›nichts so heiß gegessen wird, wie es gekocht wird‹, daß die Wahrheit immer in der Mitte liegt, das heißt dort, wo sie keinen Schaden anrichten kann, und daß die oft erwähnte ›Gerechtigkeit auf Erden‹ ein schöner Traum ist, wert, von den Edelsten aller Zeiten geträumt zu werden, aber doch eben nur ein Traum, eine Utopie, und als solche undurchführbar, ja, gefährlich. Überzeugt von der Fragwürdigkeit aller menschlicher Bemühungen, die Welt zu verändern, wäre es mir gelungen, an den kleinen Freuden des Lebens Gefallen zu finden und dem Schöpfer für jeden Tag zu danken, den er mir schenkte. Ich hätte meiner Wehmut über die Unzulänglichkeit irdischer Institutionen in einer Form Ausdruck gegeben, deren schöne Gemessenheit viele Nachahmer auf den Plan gerufen und die Akademie bewogen hätte, mich zu ihrem Ehrenmitglied zu ernennen. Bei alledem hätte ich mich eines gewissen, sozusagen ›metaphysischen‹ Mitgefühls für die von der Gesellschaft Enterbten nicht enthalten können. Ich wäre für die Armen und Unterdrückten eingetreten, soweit es meine Zeitung und die hinter ihr stehende – übrigens sehr mächtige – Gruppe erlaubt haben würde, und ich hätte mich nicht gescheut, in dichterischer, das heißt symbolischer Form, auf gewisse Übelstände hinzuweisen, Justizirrtümer aufzudecken und das Unrecht, wenn auch mit Maß und Vorsicht – man kann nichts Unmögliches verlangen! – anzuprangern. Darüber wäre ein Menschenalter verstrichen, reich an Mühe und Sorgen, aber auch reich an Anerkennung, und ich wäre als ein weiser und rechtschaffener Mann zu Grabe getragen worden, den Kindern ein leuchtendes Vorbild, der Nachwelt ein Beispiel humaner Pflichterfüllung und tätiger Anteilnahme an den Geschäften der Welt.

Ecce homo! Was für ein Mensch wäre mit mir dahingegangen! Ja, was für ein Mensch, dumm, eitel, selbstgefällig; einer von denen, die geboren wurden, um glücklich zu sein und ihre Tage in einem Häuschen vor der Stadt zu beschließen. Aber das Jahrhundert, in dem ich geboren wurde, hat meiner Karriere ein ebenso frühes wie unrühmliches Ende bereitet. Ich bin aufgewachsen in einem Land, das von Hunger und Bürgerkrieg heimgesucht war und in dem finstere Gedanken die Gehirne verwüsteten. Anstatt dem Schöpfer für jeden Tag zu danken, den er mir schenkte, habe ich mir oft gewünscht, den nächsten nicht mehr zu erleben. Meine Arbeiten sind über die halbe Welt verstreut; meine Gedichte erschienen in Zeitungen, die von mutigen Männern ohne Geld gedruckt wurden, links unten, in der Ecke, zwischen Greuelnachrichten und den Meldungen von den Martern meiner ermordeten Freunde. Ich habe mein Bett oft gewechselt. Meine Sehnsucht nach exotischen Gegenden ist auf eine Weise befriedigt worden, die alle Erwartungen übertraf. Ich habe viele Länder bereist und in vielen Sprachen gelernt, meine Gedanken zu verbergen. Ich ging mit den Hungrigen schlafen, und wenn ich am Morgen aufwachte, hörte ich die Schritte meiner Verfolger vor dem Fenster und versteckte mich. Ich bin nicht Mitglied der Akademie geworden. Ich habe kein Talent entwickelt, das sich verkaufen läßt. Meine Wehmut über die Unzulänglichkeit irdischer Institutionen hat mich nicht daran gehindert, an den Kämpfen um ihre Verbesserung teilzunehmen und mich mit den hinter ihnen stehenden – übrigens sehr mächtigen – Gruppen zu überwerfen. Ich habe Schlachten beigewohnt und Weltuntergängen, die sich überaus geräuschvoll abspielten, und trotzdem bin ich kein Held geworden, nein, ich lehne es ab, ein Held zu sein. Ich bin ein Mensch dieses Jahrhunderts – das ist alles. Jetzt gehe ich durch die Straßen von New York und wundere mich, daß ich noch lebe. Ich wohne in einem möblierten Zimmer, das auf den Hudson geht, zahle jede Woche vier Dollar für Miete, Licht, Bedienung und dafür, daß der Landlord gut über mich spricht, wenn die Behörden nach mir fragen. Das Zimmer ist zwei Meter breit und vier Meter lang. Es hat einen Tisch, zwei Stühle, ein Bett und eine Kommode mit einem elektrischen Kocher, auf dem ich mein Essen zubereite. Über dem Tisch hängt die ›Bill of Rights‹. Ich habe zwei geschenkte Anzüge, eine alte Schreibmaschine sowie die Hoffnung, die nächsten vierzehn Tage mit Anstand zu überleben, kaufe mir jeden Tag ein Paket Zigaretten und eine Zeitung, fahre Subway, telefoniere und benehme mich in jeder Hinsicht wie ein Mensch, der sich der Vorteile, die ihm diese Zivilisation bietet, knapp, sachlich und gelassen zu bedienen weiß. Nein, man sieht mir den Strick nicht mehr an, von dem ich abgeschnitten wurde. Bald werde ich mein Sandwich – mit Gravy – und mein Glas Bier ebenso akzentfrei bestellen wie jener nachlässig an der Bar lehnende Matrose, der seit einiger Zeit versucht, mit mir ein Gespräch anzufangen. Ich würde ihm gern Gesellschaft leisten, aber die Schwierigkeit, ihm begreiflich zu machen, wer ich bin, woher ich komme und daß ich trotzdem ein Freund dieses Landes bin, hindert mich, auf seine Versuche einzugehen. ›Nice day‹, sagt er endlich und sieht mir gerade ins Gesicht. ›Yes, indeed‹, sage ich und merke, wie ich rot werde. Ich werfe ihm einen freundlichen Blick zu, zahle schnell und gehe hinaus.

2

> Der Weg ist immer besser
> als die Herberge.
> CERVANTES

Der Mann, der Georg Kobbe hieß, ging langsam durch die Zweiundvierzigste Straße zum Broadway.

Er ging ohne Hut, den Kopf gesenkt, die Schultern leicht eingezogen, wie jemand, der gewohnt ist, im Gehen nachzudenken, und wenn er gelegentlich aufsah, zeigte sein Gesicht jenes unsichere, ein wenig übertriebene Lächeln, das oft Fremden oder Schwerhörigen eigen ist, die Mühe haben, der Unterhaltung zu folgen, es aber aus Scham oder Höflichkeit nicht zugeben wollen. Wie er so dahinschritt, eine Hand in der Tasche, mit der andern die Leute abwehrend, die sich an ihm vorbeidrängten, glich er einem Menschen, der soeben an eine unbekannte Küste gespült worden ist und sich verwundert umsieht: Wo bin ich?

Die Stadt war voll von Soldaten und Matrosen auf Urlaub, die Lichter waren abgedunkelt, über dem Times Square stand der Mond.

Er versuchte, gegen die Menge anzugehen, die in der ganzen Breite des Bürgersteigs ihm entgegenkam, ungeordnet und doch in kompakten Haufen, zusammengehalten durch den gemeinsamen Willen vorwärtszukommen, niemanden durchzulassen, der nicht dazu gehörte, der sie aufhielt, der nicht mit ihnen in der gleichen Richtung ging. Dies war ihre Straße, dies war ihre Stadt, sie besaßen New York und New York besaß sie, es fraß sie auf und ließ sie gewähren, es war Freiheit und Gefangenschaft, es jagte sie durch unterirdische Tunnels, wenn sie am Morgen zur Arbeit fuhren und wieder zurückkamen, durch Subwayschächte, die sich wie Hamstergänge unter der Stadt verteilten, und es spie sie aus, in Wolkennähe, wo schon Höhenluft wehte, in Schreibstuben aus Glas und auf schwebende, sommerliche Terrassen, es speiste sie, es gab ihnen zu trinken, zu hassen, zu lieben und zu weinen, es machte sie wach und müde und neugierig zugleich, und es öffnete ihnen sein unermeßliches Warenlager, in dem sie alles finden würden, was sie brauchten, alle Genüsse dieser Erde, in Flaschen, Büchsen, Schachteln, offen oder verpackt, kalt oder warm, trocken oder feucht, und es war stolz darauf, ihnen dies alles bieten zu können, auch jetzt noch, in diesem Augenblick, in diesem dritten Kriegsjahr, da die Stadt mit abgeblendeten Lichtern und verhängten Fenstern durch die Nacht fuhr, durch den Krieg, durch die Ungewißheit. »New York«, sagte Kobbe, während er sich mit Schultern und Armen einen Weg bahnte, er sagte es laut vor sich hin, es war nicht nur der Name einer Stadt, es war ein Begriff, eine Vorstellung von etwas Großem, Überwirklichem, beinahe Unüberwindlichem, das aber doch schwache Stellen zeigte, Ansatzpunkte, die überraschend nachgaben und plötzlich Vertrautes sehen ließen inmitten all der Fremdheit. Es war eine Stadt, in der jeder ein Stück Heimat wiederzuerkennen glaubte, wie das im Bernstein verborgene Insekt, ein Stück Krakau, Neapel, Lyon oder Madrid, eine Stadt, so schien es ihm, in der alle andern Städte enthalten waren, eine menschliche Landschaft in Bewegung, mit Höhenzügen, Tälern und Schluchten, durch die Menschenströme aus allen Nationen rauschten, eingehüllt in eine Wolke von Lärm, Getöse, Gerüchen, die über ihnen, mit ihnen durch die Schluchten zogen, sie begleitend, vorbei an Buden und Bazaren, die mit Blinkzeichen, rotierenden Scheiben und Spiralen, mit Plakaten und Aufschriften von beängstigend unverhüllter Eindringlichkeit den Vorbeigehenden verzweifelt anzuflehen schienen, sie zu erhören, einzutreten, wenn auch nur zu zwangloser Besichtigung, vorbei an Schaufenstern, vollgepackt mit Musikinstrumenten, Rasierklingen, Sporthemden, Fotoapparaten, Gipsbüsten von Präsidenten und Generälen, falschen Juwelen, künstlichen Beinen und Zähnen, vorbei an all dem, was die Stadt dem Einsamen zu bieten hatte, von Taubenschießen und Handlesen bis zu dem Röcheln Sterbender auf der Leinwand und den gepuderten Brüsten der Mädchen in den Burlesktheatern, die sich unter Paukenschlagen und dem Geheul der Männer entkleideten...

Es war nun kaum noch möglich, auf dem Bürgersteig zu bleiben, und während er, an den Rand getrieben, sich mit abwehrender Hand nun auch vor den heranstürmenden Bussen und Autos zu schützen hatte, spürte er, inzwischen müde und hungrig geworden, die Gerüche der Stadt auf sich eindringen, den süßen Karamelgeruch von gezuckertem Pop Corn, den heißen Fettgeruch der Frankfurter und Hamburger, den beizenden Fischgeruch gebackener

Jumbo-Krabben und Austern; da roch es nach schal gewordenem Bier, nach Obstkarren, duftend wie fahrende Gärten, nach Bonbonküchen und Spaghettistuben und Sandwichrestaurants, in denen Männer mit weißen Schürzen, auf hohen Podesten wie Kapellmeister, dampfende Fleischstücke tranchierten und die Bratendämpfe sich mit dem Whiskygeruch an der Bar und den chemischen Ausdünstungen der Waschräume vermischten...

»Sorry«, sagte ein blaß über die Straße hastendes Mädchen, das ihn im Vorbeigehen angestoßen hatte. »That's all right«, murmelte Kobbe, nicht ohne eine gewisse Genugtuung über seine mühsam erworbenen Sprachkenntnisse zu empfinden. Vielleicht sollte ich jetzt jemanden anrufen, dachte er und blätterte in seinem Notizbuch, das mit Namen und Adressen vollgeschrieben war, manche mehrfach durchgestrichen, geändert, neue Namen und alte, die noch von drüben stammten, aus vielen Städten und Ländern, von einem Notizbuch ins andere übertragen und nun in diese Stadt der Namen, Adressen und Telefonnummern herübergerettet, in dieses vorläufig letzte Notizbuch, das er sich am Tage der Ankunft eingerichtet hatte, mit der winzigen Landkarte der USA, ihren Posttarifen, Bevölkerungsziffern, Bank- und gesetzlichen Feiertagen, und dem alphabetischen Index, in dem diejenigen enthalten waren, die überlebt hatten oder frisch hinzugekommen waren: Asch, Nathalie – verzogen, Hackenschmidt, Ernst – wahrscheinlich nicht zu Hause, Wolfgang Roth, Walter Sanders, Paul Falkenberg – nein, nichts für heute abend, ein andermal. Sein Blick fiel auf einen mit Tinte durchgestrichenen Namen: Morton, Ignazio, Hotel Colonial – richtig, so hieß das Hotel, in dem es passiert war, dort hatte er in jener Nacht das Schild ›Do not disturb!‹ vor die Tür seines Zimmers gehängt und sich hingelegt, um nie mehr ›gestört‹ zu werden. Er sah sein Gesicht wieder vor sich, dieses spöttische, zugleich fromme und lasterhafte Gesicht, und er dachte an die Nächte auf dem kleinen portugiesischen Dampfer, der sie nach Amerika gebracht hatte, als sie allein auf dem leeren Deck standen, mondübergossen, rauchend, fluchend und diskutierend, während das Wasser ihnen ins Gesicht spritzte und Ignazio Morton (wie war eigentlich sein richtiger Name?) sich mit beiden Händen an der Reling festhielt, um nicht über Bord zu gehen. Er sah aus wie ein Harlekin, mit dem kanariengelben Schal, der roten Krawatte, dem grünen

Rock und den karierten Hosen. »Alle Ethiker sind Verbrecher!« schrie Ignazio Morton über den Lärm der Brandung hinweg und trocknete sich mit seinem kanariengelben Schal das Gesicht ab. »Ebenso alle Weltverbesserer, Humanisten, Radiokommentatoren, Pazifisten et cetera et cetera... Was haben sie der Menschheit eingebracht? Nichts als Kriege, Bürgerkriege, Hungersnöte und Inquisitionen! Und dann der Mythus vom ›common man‹ und von dem erwachenden Bewußtsein der Völker! Seht sie euch doch an, die neuen Männer, in deren Namen heute Geschichte gemacht wird, diese Cäsaren des Mittelstandes, die sich mit Blut und Terror für die ungelüfteten Hinterzimmer ihrer Kindheit rächen... diese... diese... ›ethischen‹ Unruhestifter mit ihrem ewigen ›du mußt‹ und ›du sollst‹ und ›du darfst nicht‹, die sich hinstellen und der Menge einreden, sie wäre göttlich, in der einen Hand das Paradies und in der andern die Zwangsjacke. Ach, hören Sie mir doch auf! Leben und leben lassen! Das hat kein Ethiker erfunden, aber es ist Gott näher als alle Fünf-, Zehn- oder Tausendjahrespläne!« Er stand da, fluchend, triefend und spuckend, sein kanariengelber Schal flatterte wie eine Arabeske des Widerspruchs durch die Nacht. Kobbe wußte nicht, was er sagen sollte. Er haßte Ignazio Morton am Morgen und liebte ihn am Abend, wenn er ihm mit heiserer Stimme erzählte, wie er in jungen Jahren als Kurier Lenins mit falschen Pässen durch die Hauptstädte Europas gereist war. Seitdem hatte sich, seiner Meinung nach, nichts Nennenswertes mehr in seinem Leben zugetragen. Er hatte sich der Revolution zur Verfügung gestellt, als es noch gefährlich war, Flugblätter in Fabriken zu verteilen, und er verzweifelte an ihr, als selbst Hausfrauenvereine sich der Notwendigkeit einer sozialen Änderung nicht länger verschließen konnten. Was kümmerte es ihn, daß man ihn einen Zyniker nannte? Er liebte die Wahrheit – er liebte sie so sehr, daß er sie mißhandelte. Er hatte einen Heißhunger nach Leben, nach neuen Gesichtern und neuen Ideen. Er stürzte sich auf die Geschichte und machte aus ihr einen Karneval der Aperçus. Er war ein Feind der Dummen und ein Freund der Weisen in allen Ländern. Er ging umher, rauchte seine Pfeife und schrieb Bücher. Zwischendurch floh er oder saß im Gefängnis. Er war ein großer Europäer, einer aus dem ruhelosen Geschlecht der Villon und Rimbaud, ein ewiger Protestant und ein verschämter Moralist, der lieber mit den Wölfen heulen als den Schafen eingestehen wollte, daß er genauso verzweifelt war wie sie...

Wir alle sind Figuren in einem Roman, der noch nicht geschrieben ist, dachte Kobbe, während er in seinem Notizbuch blätterte. Wahrscheinlich wird dieser Roman nie geschrieben werden. Die Zeit schreibt viel schneller als wir, sie ist romanhafter als alles, was ein Mensch sich ausdenken kann. Ja, hat es überhaupt noch einen Sinn, Nacht für Nacht über raschelnden Papieren zu sitzen, Wörter aneinanderzureihen, erfundenen Personen Dinge in den Mund zu legen, die morgen bereits überholt sind? Ist es nicht schon genug, daß man überlebt hat? Muß man auch noch die chemischen Bestandteile aufzählen, aus denen sich der bittere Stoff unserer Erfahrung zusammensetzt? Luise hat ganz recht, wenn sie sagt, daß sie davon nichts mehr hören will, daß man Schluß machen, ein neues Leben anfangen soll, Englisch schreiben, Englisch *denken*, verstehst du, Kobbe, unbedingt, dies ist ein tolles Land, erbarmungslos, sage ich dir, aber toll... Er wußte noch genau, wann sie es ›ihm gesagt‹ hatte. Es war an jenem Morgen, als sie ihn am Kai erwartete. Er hatte sie schon von weitem durch die Menge eilen sehen, atemlos, mit ziehenden Strümpfen und verrutschtem Hut, den sie sich mit beiden Händen auf den Kopf drückte. Natürlich war sie wieder im letzten Augenblick gekommen. Sie kam immer im letzten Augenblick, selbst dann, wenn es galt, einen Totgeglaubten nach Jahren der Trennung in die Arme zu schließen. Da stand sie nun, ein wenig verlegen und ungenau; ja, ungenau ist der richtige Ausdruck, sie ist der Geist der Ungenauigkeit in Person; noch der Kuß, mit dem sie ihn empfing, war von hastiger Ungenauigkeit. Er traf ihn irgendwo zwischen Ohr und Hinterkopf, an einer Stelle, die keine präziseren Gefühle zuließ... Wenn er drüben an Luise gedacht hatte, in Frankreich, und später auf dem Schiff, hatte er an Bahnhöfe im Regen gedacht, an Wartesäle, flüchtig eingenommene Mahlzeiten zwischen zwei Expreßzügen, an leere, ungeheizte Theater, in denen sie probierte, nachts, nach der Vorstellung, oder am Morgen, sehr früh schon, mit den einsamen, unaufgeräumten Stuhlreihen, den noch vom Abend stehengebliebenen Kulissen und der Stimme des Beleuchters, die irgendwo aus dem Dunkel kam; er sah sie vor dem Schminktisch sitzen, zwischen halb ausgepackten Koffern, herumliegenden Masken, falschen Nasen und Perücken, immer gehetzt, immer unterwegs, von Stadt zu Stadt, von Land zu Land reisend. Und da stand sie nun am Kai. Mein Gott, und wie sie wieder aussah – mit dem wippenden Hut und dem bunten, viel zu bunten Kostüm. Wo sein Gepäck wäre, wollte sie wissen. »Drüben«, sagte er und wies mit dem Finger über den Ozean. Sie lachte. »Hast du Geld?« fragte sie. »Fünfzig Cents.« – Sie gingen in ein Restaurant am Washington Square, und Luise bezahlte für ihn. An der Art, wie sie mit spitzen Fingern in ihre Handtasche griff, merkte er, wie es um sie stand. Er erschrak. »Luise«, sagte er, »ich muß mit dir sprechen. Ich dachte, du wärst –« – »Nein«, sagte sie heftig, »nicht jetzt. Später.« Sie suchte noch immer in ihrer Handtasche. »Es kam so überraschend. Ich dachte, ich würde dich nicht mehr wiedersehen. Wir hatten dich hier schon aufgegeben.« – »Ja«, sagte Kobbe. »Ich hatte mich selbst schon aufgegeben. Aber was bedeutet das – heutzutage. Man verliert so sehr das Gefühl für die eigene Wichtigkeit. Man ist irgendwo in irgend etwas hineingeraten und weiß nicht mehr genau, wie man wieder herausgekommen ist.« Sie erhob sich. »Es war schlimm – auch für mich«, sagte sie. »Aber jetzt bist du da. Vielleicht kannst du mir helfen, wieder herauszukommen...« Später, in der Nacht, als er auf der Couch in ihrem Studio lag – es war, wie er inzwischen erfahren hatte, seit Monaten nicht mehr bezahlt worden –, dachte er über seinen ersten Tag in New York nach – Fremde, neue Geräusche, ein neuer, fremder Erdteil. Das Stück Himmel, das er im Fenster sah, schien anders auszusehen als ein Stück Himmel drüben, auch das Haus, in dem er lag, sah anders aus, es war ein amerikanisches Haus. Seltsam, wie oft hatte er davon geträumt, wenn er so, wie jetzt, die Arme hinter dem Kopf verschränkt, in Frankreich lag, in der ungeheizten Maschinenhalle, in der dreihundert Gefangene auf Strohsäcken schliefen. Ihr Schnarchen brauste wie ein mächtiger Orkan durch das Gebäude. Eins-zwei, eins-zwei. Dreihundert Männer röchelten im Schlaf. Es klang wie der rasselnde Atem seines Vaters, als er starb. Kobbe lag auf dem Stroh, sah zur Decke und dachte an den Himmel über New York. Jetzt sah er ihn vor sich im Fensterrahmen. Nebenan schlief Luise. Er wußte jetzt mehr über sie. Er wußte jetzt auch, was in den Briefen stand, die sie nicht an ihn abgeschickt hatte und die noch immer dort – in der Schublade – lagen. Es war mehr, als ein Mensch sagen durfte, der einen andern schonen wollte. Luise war verwirrt. Es war das Land, das jeden, der herüberkommt, umformen, ihn auseinandernehmen und wieder zusammensetzen will. Luise wehrte sich dagegen. Alles an ihr war europäisch, so schien es ihm, ihr Humor, die verwegene Komik ihrer Einfälle, die Freude am Verkleiden und Vermummen, an Fratzen und Figuren, jene bald zarte, bald aggressive Kunst der Karikatur, des Parodistischen, die sie drüben berühmt gemacht hatte und von der sie sich um keinen Preis zu trennen gedachte. Dafür hungerte sie, saß in Vorzimmern und sprach mit Agenten, die nicht begreifen wollten, daß es eine Kunst des Häßlichen gab, die schön sein konnte und die nicht in ihren Fachblättern abgebildet war. »Warum hast du mir nie geschrieben?« fragte er sie an jenem Abend nach seiner Ankunft. »Wozu?« sagte sie. »Du hattest genug mit dir selbst zu tun. Und dann war da noch etwas anderes.« Sie saß vor dem Schminktisch und probierte eine neue Maske auf. »Aha«, sagte er. »Jetzt kommt die große Beichte. Mädchen, allein in der großen Stadt, fern der Heimat, verlassen, lernt Mann kennen, und so weiter und so weiter.« – »Nein«, sagte Luise ruhig. »Ich wollte dir Geld schicken und hatte keines. Deshalb schrieb ich dir nicht. Und außerdem – vier Jahre sind eine lange Zeit. Ich wußte nicht mehr, woran ich war.«–»Und jetzt?« fragte er. »Weißt du jetzt, woran du bist?«– »Jetzt? Was meinst du?« Sie saß mit dem Rücken zu ihm. Er sah, wie sich ihr Gesicht im Spiegel zu etwas unsagbar Fremdem und Komischem verwandelte. »Ich meine«, sagte er, »daß es an der Zeit wäre, über gewisse Dinge zu sprechen, vielleicht, zum Beispiel, ob es nicht besser wäre, zu zweit zu hungern, statt allein?« Sie stand auf. Vorsichtig tastete sie die aufgeklebte Nase ab, die künstlichen Wimpern, den geschminkten Mund. »Ich weiß nicht«, sagte sie, »ich bin nicht mehr zwanzig. Drüben war das anders. Hier wird man über Nacht alt. Manchmal glaube ich fast, daß meine Zeit vorbei ist...« Sie drehte sich zu ihm, er sah ihr Gesicht, ein weißes, wie in Mehl getauchtes Clownsgesicht, das ihn aus traurigen Augen anblickte. Wußte sie, wie komisch sie aussah? Sie sah nur, daß er lachte, immer mehr lachte, bis er nicht mehr konnte. »Du nimmst mich nicht ernst«, sagte sie. »Du hast mich nie ganz ernst genommen – schade.« – »Luise!« rief er. »Sieh doch in den Spiegel...« Aber sie war schon gegangen. – Er blieb noch drei Tage bei ihr, bis er das Geld vom Komitee bekam und sich ein Zimmer mieten konnte –

dasselbe, in dem er jetzt wohnte und das auf den Hudson ging. Einige Zeit später mußte sie unter Hinterlassung ihrer Koffer und fast aller Habseligkeiten ihr Studio aufgeben. Zuerst wohnte sie bei Freunden, jede Woche ihr Quartier wechselnd, aber immer noch an ihren Tänzen arbeitend, und auch jetzt, da sie mit ihm im selben Haus wohnte – das Zimmer war so klein, daß man mit der Tür gegen das Bett stieß –, tanzte sie in Gedanken weiter, auf dem Papier die Bewegungen und Kostüme skizzierend. Sollte es mir je gelingen, das Buch zu schreiben, auf das alle warten und das niemand schreiben wird, dachte er, so würde Luise darin eine eigenartige Rolle spielen. Ich würde aus ihr eine Figur machen, deren Reiz darin besteht, daß ihre Beziehung zu dem Helden immer ein wenig verschleiert bleibt. Trotzdem wird man spüren, daß sie, neben ihm, die Hauptfigur ist. Sie wird nie ganz in Erscheinung treten; sie wird immer irgendwie abseits stehen, ein wenig verlegen und ungenau, in irgendeiner närrischen Verkleidung, halb scherzhaft, halb schmerzlich der Wirklichkeit spottend – ein tanzender Clown, der dem Elend eine lange Nase macht.

Das Notizbuch war schon fast zu Ende, und er wußte noch immer nicht, wo er den Abend verbringen sollte. Die Seiten mit S, T, V, W, reich an Lockungen und Verheißungen, hatten sich diesmal als unergiebig erwiesen. Die Aussicht auf die noch verbleibenden Buchstaben des Alphabets, X, Y, Z, stimmte ihn nicht hoffnungsvoller. Er steckte das Notizbuch wieder ein und war gerade im Begriff, den Abend für verloren zu erklären und sich von der Menge treiben zu lassen, irgendwohin, wo viele Menschen waren, Musik, Glücksräder, Spielautomaten, kandierte Früchte – als plötzlich jemand hinter ihm seinen Namen rief. Er drehte sich um. Ein Mann tauchte aus dem Halbdunkel auf. Sein Gesicht kam näher. »Einsiedel!« rief Kobbe. Sie drückten sich die Hände. »Wann sind Sie angekommen?« fragte Kobbe. »Vor sechs Monaten.« Kobbe fragte nicht weiter. Man hatte längst aufgehört, sich nach Einzelheiten zu erkundigen. Der eine war über Martinique, der andere über Lissabon gekommen; sonst war alles so ziemlich dasselbe. Lager, Flucht, falsche Pässe, der schmale Gebirgspfad über die Grenze, der Kampf um den Schiffsplatz – man konnte die einzelnen Etappen schon wie einen Rosenkranz herunterbeten. Individuelle Abweichungen verloren bei dieser Massenflucht an Interesse. Selbst die Todesangst wurde zum abgenutzten Gesprächsthema, das keinen Zuhörer mehr fesselte. Man lebte, man war da – das genügte. Wer nicht da war, hatte Pech gehabt. Im übrigen fingen die Schwierigkeiten erst an, wenn man überlebt hatte. »Können Sie etwas schneller gehen?« sagte Einsiedel. »Ich muß noch zu einem Abend der ›Neuen Warte.‹ Er suchte in seinen Taschen. »Thema: ›Die deutsche Revolution‹, oder so ähnlich. Haben Sie etwas vor? Es ist nicht weit von hier. Wenn wir uns beeilen, kommen wir noch zurecht.« Sie gingen schweigend nebeneinander. »Ich wundere mich, warum Sie dort noch hingehen«, sagte Kobbe nach einiger Zeit. »Gewiß, es gibt gute Leute unter ihnen, Osner, zum Beispiel, der jetzt Schreibmaschinen repariert, in der Amsterdam Avenue, er und seine Frau, das ist das Beste, das Anständigste, was die deutsche Arbeiterbewegung hervorgebracht hat; er ging ihretwegen fort, sie ist Jüdin, aber er redet nicht, er hört nur zu, was die andern sagen, und das hat den Modergeruch der Vereinsamung. Es ist ein in die Politik verirrtes Heimweh, nichts weiter. Jeder spricht nur, um sich sprechen zu hören. Die Ansichten, die sie vortragen, waren schon vor 1933 veraltet. Aber sie leben davon, sie zu wiederholen, wie ein Schauspieler, der immer in derselben Rolle auftritt. Nein, es ist eine gestorbene Welt. Sie wird nicht mehr auferstehen –« – »Falsch«, sagte Einsiedel. Er liebte manchmal diesen etwas schulmeisterlich zurechtweisenden Ton. »Erstens wissen wir nicht, was morgen sein wird. Die Geschichte geht oft seltsame Wege. Im Augenblick ist sie dabei, ihre Antiquitäten auszustellen. Es kann also sein, daß Modergeruch wieder modern wird. Zweitens verstehe ich nicht, worüber Sie sich aufregen. Es ist eine enge Welt, gewiß. Der Ratlosigkeit draußen entspricht die Ratlosigkeit drinnen. Eine Ideologie ist im Begriff, sich in ihre Bestandteile aufzulösen. Ich werde heute abend einiges darüber sagen. Nicht viel, nur ein paar Andeutungen. Mehr ist im Augenblick nicht angebracht.« – Er zog ihn hinüber, auf die andere Straßenseite. Sie redeten weiter, schon etwas eilig und nervös, bis sie vor dem Haus angelangt waren, in dem die Versammlung stattfand, und mit anderen Zuspätkommenden durch die Gänge hasteten.

3

> Se méfier, c'est l'essence de la liberté.
>
> MONTAIGNE

Als sie eintraten, hatte soeben Mathilde Schwanninger, die einst als Walküre die Ränge der Wiener Oper hatte erzittern lassen, durch den Vortrag der Sternenbannerhymne sowie einiger Lieder von Schubert und Brahms ihren zahlreichen Verehrern einen ebenso unerwarteten wie willkommenen Kunstgenuß bereitet. Es trat eine kleine Pause ein. Der Saal, in dem die ›Neue Warte‹ tagte, befand sich im Erdgeschoß eines moscheeartigen Gebäudes im Geschmack der Jahrhundertwende. Frauenvereine, Rohkostler, Bienen- und Hundezüchter, politische und religiöse Splittergruppen, an denen dieser Stadtteil reich war, pflegten hier ihre Versammlungen abzuhalten. Ein mit geheimnisvollen Zeichen versehener Schrein, der jetzt mit einem weißen Tuch verhängt war, erinnerte noch an den Gottesdienst irgendeiner unbekannten Sekte, der am Abend vorher stattgefunden haben mußte. Es war sehr heiß, und der kleine Raum mit den vielen Menschen und der niedrigen Decke, verqualmt, ungelüftet, bot das übliche Bild politischer Veranstaltungen im Exil: An der Tür ein Tisch mit Büchern und Broschüren von Autoren, die in ihrer Heimat verboten waren. Drinnen saßen Menschen, die durch Blicke oder Fragen zu erfahren suchten, wovon der andere lebte, ob es ihm besser oder schlechter ging als einem selbst, und was er zu den letzten, gewiß nicht erfreulichen Nachrichten sagte. Der Ton formloser Vertraulichkeit, mit dem man einander schulterklopfend begrüßte, das halb mißtrauische, halb familiär herablassende »Was, du bist auch da?« entsprach ebenso einem Gefühl der Nähe, der Zugehörigkeit und Verbundenheit, wie dem nicht weniger verständlichen Unbehagen darüber, sich nun auch *hier* wieder treffen zu müssen. Man kannte einander zu gut. Man hatte zuviel miteinander erlebt. Das hatte Freundschaften entstehen lassen und sie doch auch wieder gefährdet.

Da kein Stuhl mehr frei war, stellte Kobbe sich im Seitengang auf und betrachtete die ihm schmerzlich vertrauten Gesichter. Mit dem einen hatte er, irgendwo in Frankreich, von Soldaten mit aufgepflanztem Seitengewehr bewacht, auf einem Bauplatz gearbeitet; es war ein kalter Wintertag gewesen, und sie sanken, als sie die schweren Balken trugen, bis über die Knie in den Schnee; den andern hatte er zuletzt im Gefängnis in Marseille getroffen, auf dem vergitterten Gang, der zu dem Zimmer mit den Fingerabdrücken führte; den dritten in einem jener Pariser Hotelzimmer, die von Zigarettenrauch und politischen Diskussionen erfüllt waren und in denen Flugblätter verfaßt und Resolutionen aufgesetzt wurden, die gegen etwas protestierten, das längst – anderswo – entschieden worden war. Da war Hackenschmidt, der Arbeiter aus dem Ruhrgebiet, der auf einem Schiff im Ärmelkanal einen Geheimsender geleitet hatte; da war Schwarzenbach, dessen kubistische Landschaften aus den deutschen Museen verbannt waren; da war Minna Hartman vom ›Bund entschiedener Schulreformer‹, neben ihr ein magenkrank aussehender Mann mit eingefallenen Backen und glühenden Augen, eine schwarze Haarsträhne im Gesicht, Rudolf Kleinpogge, Herausgeber einer von ihm selbst geschriebenen, hektographierten und unter die Leute gebrachten Zeitschrift, im Hauptberuf damit beschäftigt, Stoffhündchen für eine New Yorker Spielzeugfirma auszustopfen; da war Dr. Thora, der Frauenarzt aus Berlin, der an einem wissenschaftlichen Werk über den Terror arbeitete, einen Hornzwicker auf der Nase, aus gütigen, verängstigten Augen um sich blickend, während er den Stummel seines kleinen Fingers, den man ihm in Dachau abgeschlagen hatte, in seiner Rocktasche zu verbergen suchte; da waren Gobisch und all die andern, die kleinen und die großen, die falschen und die echten Märtyrer, aus denen sich die Welt des Exils zusammensetzte.

»Ich erteile jetzt dem Redner des Abends das Wort«, sagte Gobisch, der den Vorsitz führte, »unserm verehrten Freund und Genossen, dem ehemaligen Mitglied des Deutschen Reichstags und Herausgeber der ›Neuen Warte‹, Dr. Paul Grützbach.« Applaus, Stühlerücken, Gemurmel. Grützbach, ein freundlicher Sechziger, der auf eine lange parlamentarische Laufbahn zurückblicken durfte und am Tage Damentaschen in einer Lederfabrik zuschnitt – auch er ein Held, aber durch die Ereignisse dazu geworden – betrat, in abgewetztem dunkelblauem Anzug, dennoch beschwingten Schrittes, das Podium, entnahm seiner Aktentasche ein umfangreiches Manuskript, in dem er einige Augenblicke weltverloren blätterte, benetzte dann seine Lippen mit einem Schluck aus dem Wasserglas, hüstelte zweimal leicht in die vorgehaltene Hand, räusperte sich und setzte an. »Zur Geschäftsordnung!« rief Dr. Thora, und sah aus gütigen, verängstigten Augen um sich, während er den Stummel seines kleinen Fingers in der Rocktasche zu verbergen suchte. »Kann nicht irgendwo ein Fenster geöffnet werden?« Grützbach, der bereits den Mund zum Anfangsbuchstaben des ersten Wortes gerundet hatte, setzte ab und sah mit leidendem Gesicht den Vorsitzenden an. »Ich werde abstimmen lassen«, sagte Gobisch. »Wer ist dafür? Der Antrag ist einstimmig angenommen... Genosse Kleinpogge, wollen Sie bitte so freundlich sein?« Der Angeredete löste sich erschrocken von der entschiedenen Schulreformerin, deren Hand er sehr entschieden gehalten hatte, und während der Saal dem Kampf des Genossen Kleinpogge mit den Hebeln, Stricken und Sicherheitsvorrichtungen einer amerikanischen Fensteranlage schweigend zusah, blätterte Grützbach weltverloren in seinen Akten. Es dauerte eine Weile, bis Kleinpogge sich wieder gesetzt hatte und der Vortrag beginnen konnte. »Liebe Genossen und Genossinnen! Meine Damen und Herren! Bevor ich zum eigentlichen Thema des Abends komme, möchte ich mich einer traurigen Pflicht entledigen. Wieder einmal hat uns der Tod...« Die Tür neben Kobbe öffnete sich geräuschvoll und ließ ein Gesicht herein, das sofort als das von Nathalie Asch identifiziert wurde. »Einen Augenblick«, sagte Gobisch und sah auf die Uhr. »Es ist jetzt neun Uhr fünfzehn Minuten. Die Versammlung ist für acht Uhr einberufen worden. Ich werde dafür sorgen, daß in Zukunft die Saaltüren während der Vorträge geschlossen bleiben.« Grützbach setzte von neuem an. »Liebe Genossen und Genossinnen! Meine Damen und Herren! Wieder hat uns der Tod einen Freund entrissen...« Kobbe hörte Nathalie Asch leise etwas sagen. Er hatte, als sie eingetreten war, ihre Hand in der seinen gefühlt. Es war eine merkwürdig kleine, zarte Kinderhand, viel zu klein und viel zu zart für eine Frau, deren Reden einst die Menge im ›Sportpalast‹ zu begeisterten Ovationen hingerissen hatten. Er wußte, daß sie irgendwo in New York unter falschem Namen lebte, bewacht von einigen ihr treu ergebenen Anhängern, die ihr Essen und Zeitungen brachten und dafür sorgten, daß sich kein verdächtiges Wesen in ihrer Nähe zeigte. Daß sie heute abend hier erschienen war, ließ vermuten, daß sogar sie, in dieser einsamsten aller Städte, nicht ganz ohne Menschen auskommen konnte. Sie gehörte zu den wenigen, die Ignazio Morton schon gekannt hatten, als er, kurz nach dem ersten Weltkrieg, zur Zeit der Berliner Barrikadenkämpfe, mit einer Droschke und zwei Mann das Gebäude der großen demokratischen Zeitung gestürmt und die rote Fahne auf dem Dach gehißt hatte. Bald danach hatten beide fast gleichzeitig den Bruch mit der Partei vollzogen. Aber während Ignazio in einer vielbeachteten öffentlichen Erklärung seinen Idealen von einst abgeschworen und sich in ein politisches Niemandsland geflüchtet hatte, setzte Nathalie Asch ihren Kampf um die ›Seele des deutschen Arbeiters‹ fort, einen Kampf, der sich mehr und mehr zu einem Privatkampf gegen den Mann zuspitzte, den sie zugleich haßte und bewunderte, den Mann im Kreml, der an allem schuld war und sie bis in ihre Träume verfolgte. Ihr Haß hatte etwas Monumentales, und die Unerbittlichkeit, mit der sie zu ihren Grundsätzen stand, nötigte selbst denen Bewunderung ab, die sich, wie Kobbe, oftmals fragten, was wohl aus Nathalie Asch werden würde, sollte sie eines Tages nicht mehr gezwungen sein, sich ihrer falschen Namen und Deckadressen zu bedienen. Sie war die Konspiration selbst, sie konnte gar nicht mehr anders leben, es gehörte zu ihrer Natur, und wenn es einmal, was freilich nicht zu erwarten war, keine Verfolgung und Unterdrückung mehr in der Welt gäbe, würde sie sich wahrscheinlich vor Langeweile umbringen

Unterdessen war der Redner dazu übergegangen, den Ereignissen in Deutschland historisch gerecht zu werden. Er ging sehr weit zurück. Erinnerungen an die große Vergangenheit der Arbeiterbewegung tauchten auf, an jene glorreichen Tagungen und Kongresse, die viele der Anwesenden noch miterlebt hatten. Man nickte einander zu und verständigte sich durch Anspielungen, die dem Wörterbuch einer Geheimsprache entnommen zu sein schienen. Man wußte, was gemeint war, wenn Worte wie ›Zimmerwald‹ oder ›Erfurter Programm‹ fielen. Die Kenntnis der einschlägigen Literatur wurde vorausgesetzt, ebenso der Glaube an die soziale Revolution, der auch durch die Niederlage nicht erschüttert werden konnte. Und dieses Festhalten an etwas, wofür einst ihre Väter oder Großväter auf die Barrikaden gegangen waren, dieser Traum von der deutschen Freiheit, die da kommen würde und kommen müßte, gab selbst diesem machtlosen Haufen einen Schein von Größe. Ja, da saßen sie, eng beieinander in dem kleinen rauchigen Saal, mit der amerikanischen Flagge auf dem Podium und den Schriften der in ihrer Heimat verbotenen Autoren am Eingang – die Narren und Propheten, die Deuter und Schriftgelehrten, alt und grau geworden im Parteidienst der Humanität, verfolgt, mißhandelt, um die halbe Erde gejagt, aber immer noch eifernd, deutend, protestierend, jeder von ihnen ein geschlagener Feldherr, der nachzuweisen versuchte, daß seine Strategie die richtige gewesen sei. Glaubten sie noch an das, was in den kleinen Pamphleten und Dünndruckschriften stand, die sie einander, ›um auf dem laufenden zu bleiben‹, bedeutungsvoll zusteckten? Sie wußten es selbst nicht mehr genau. Sie waren hierhergekommen, um wieder deutsche Worte zu hören und sich mit ›Herr Doktor‹ und ›Frau Geheimrat‹ oder schlichter, mit ›lieber Genosse‹ anreden zu lassen. Sie wollten wissen, wie es denn nun, zum Donnerwetter, um die deutsche Revolution stände, während sie in New York Stoffhündchen ausstopften und Bücher über den Terror schrieben. Sie hatten zehn Jahre darauf gewartet. Sie würden auch noch länger darauf warten, wenn es sein müßte. Nein, man war nicht kleinlich, ein paar Jahre mehr oder weniger... Übrigens soll in Magdeburg wieder auf streikende Hausfrauen geschossen worden sein. Und dann war da noch der tiefe, unauslöschliche Haß der Reichswehr gegen die SA... Symptome, Freund, Symptome... Unterdessen aber wurde man älter, und es gab schon viele Bücher über den Terror und ›What do with Germany after the War?‹ daß es schwer sein würde, noch einen Verlag für eine flott geschriebene Flucht aus Vichy-Frankreich oder für ein 210.000 Worte langes Tagebuch aus den Schreckenskammern von Madainek zu interessieren... Ja, und was sollte nun wirklich mit Deutschland geschehen nach dem Kriege?...

»Und somit kehre ich wieder zu dem Ausgangspunkt meiner Rede zurück«, sagte Grützbach und fing an, seine Sachen zu pakken. »Wir haben Fehler gemacht. Aber noch ist nicht bewiesen, daß die Geschichte gegen uns entschieden hat. Wir haben den Menschen für besser gehalten, als er ist. Und trotzdem: unser Glaube an die Massen und an ihre historische Mission, den Sozialismus zu verwirklichen, ist unerschütterlich.« – »Lächerlich«, zischte

Nathalie Asch, die seit längerem bereits unruhig geworden war. »Grützbach wird immer seniler. Übrigens soll er ein heimlicher Stalinist sein.« Kobbe hörte kaum zu. Neben ihm saß ein Mädchen, das seltsam verzerrt zu lächeln schien. Woher kannte er sie? Wo hatte er dies Gesicht schon einmal gesehen? Jetzt fiel ihm ihr Name ein. Sie hieß Hilde Braun. Ihr Vater war auf der Flucht über irgendeine Grenze von irgendeinem Mann in Uniform erschossen worden. Seit dem Tag, an dem sie es erfahren hatte, blieb ihr Gesicht in zwei Hälften zerrissen: in eine tote und eine lebendige.

»Wenn ich Sozialismus sage«, fuhr Grützbach fort, »so meine ich damit natürlich nicht das, was wir, das heißt meine Partei, im technischen Sinne darunter verstehen. Das wäre auch wohl zu verfrüht. Ich meine etwas viel Größeres, Allgemeineres, Umfassenderes«, er breitete seine Arme aus, wobei er aus Versehen das Wasserglas umstieß, »etwas, das uns aus den rauschenden Akkorden von Beethovens ›Neunter‹ oder den unsterblichen Worten des Dichters entgegenruft: ›Wir wollen sein ein einig Volk von Brüdern!‹« – »Bravo«, rief es aus den hinteren Reihen. Viele klatschten, vor allem die Gruppe der Kommunisten um Krana, die in diesen Worten einen Anknüpfungspunkt für die soeben aus Moskau eingetroffene Einheitsfrontparole sahen. Grützbach, nun ganz Herr der Lage, schloß mit einem Gedenkwort an die unbekannten Kämpfer in den Konzentrationslagern und trat ab. Man sah es ihm an, daß er mit dem Erfolg seiner Rede zufrieden war. Er hatte seit Jahren nicht mehr öffentlich gesprochen. Dieser Abend würde ihn noch lange darüber hinwegtrösten, daß er am Tage Damentaschen in einer Lederfabrik zuschnitt.

Nachdem er geendet hatte, fragte Dr. Thora mit gütigen, verängstigten Augen, ob nicht noch ein zweites Fenster geöffnet werden könnte. Der Antrag wurde mit einer Stimmenthaltung angenommen. »Wir treten jetzt in die Diskussion ein«, sagte Gobisch. »Wer meldet sich zum Wort?«

Einsiedel hob die Hand. Sein graues Büßergesicht zeugte von Nachtarbeit und schweigsamen Gedanken. »Die Lehre vom Menschen ist nicht tot, sie ist ewig!« rief er in den Saal, mit der Hand in eine ferne, sehr ferne Gegend weisend. »Tot sind nur diejenigen, die sie repräsentierten.« Grützbach, der sich getroffen fühlte, sprang auf: »Zur Geschäftsordnung!« – »Ruhe!« rief Gobisch. Einsiedel fuhr fort. »Tot sind jene Männer und Institutionen, die aus einem Menschheitstraum eine Lohnbewegung gemacht haben.« Er hielt inne und sah dabei Hilde Braun an, deren verzerrtes Lächeln er für Zustimmung nahm. Er war froh, ein Gesicht gefunden zu haben, einen freundlichen Blick, der ihn aufmunterte, während er seine Gedanken entwickelte. Und er hatte so viel zu sagen; Großes, Gewaltiges hatte er zu sagen – seine Abrechnung mit dem, was er, noch immer Hilde Braun ansehend, den ›geistigen Bankrott der Linken‹ nannte. »Ich bin es müde«, rief er aus, während er merkte, wie seine Stimme, ungewohnt des Redens, bereits heiser zu werden begann. »Ich bin es müde, mich mit Leuten an einen Tisch zu setzen, die mir erklären, die Geschichte wäre nichts anderes als eine ›Geschichte der Klassenkämpfe‹, eine Auseinandersetzung zwischen Kapital und Arbeit oder zwischen der Standard Oil oder der Royal Dutch... Mit Leuten, die der Meinung sind, daß Links a priori gut und Rechts a priori schlecht sein muß und die noch nicht begriffen haben, daß eine zufällige Sitzordnung im Parlament noch nicht die letzte Weisheit über den Menschen darstellt –« – »Ich protestiere!« rief Grützbach dazwischen, nachdem er sich flüsternd mit seinem Nebenmann verständigt hatte. »Im Namen meiner Partei erkläre ich hiermit, daß die bedauerlichen Äußerungen des *Herrn* Redners«, er betonte das Wort mit einer bei ihm sonst ungewohnten klassenkämpferischen Erbitterung, »eine gröbliche Verletzung der Vereinbarungen darstellt, die wir hier...« – Einsiedel sah Hilde Braun an, als wollte er ihrem Gesicht die letzte Weisheit über den Menschen entlocken. »Meine Damen und Herren!« schrie er, nun vollends heiser. »Die Schlagworte von gestern, mit denen ihr ›die Massen‹ von neuem zu erobern gedenkt, sind bedeutungslos geworden in einer Zeit, in der die Proletarier weit mehr zu verlieren haben als nur ihre Ketten. Der Kapitalismus, den ihr schon so oft totgesagt habt, nun, er lebt noch, er ist lebendiger denn je.« – Ein lautes »Pfui!« unterbrach ihn. – »Ich sage, er ist lebendiger denn je, aus dem einfachen Grunde, weil er klug genug war, das, was gut am Sozialismus war, zu übernehmen.« – »Unerhört!« rief Minna Hartman vom ›Bund entschiedener Schulreformer‹ und eilte nach vorn, um dem Vorsitzenden einen hastig geschriebenen Zettel zu überreichen. »Völker sind von der Landkarte verschwunden, Städte dem Erdboden gleichgemacht«, krächzte Einsiedel mit verendender Stimme. »Ihr aber tut, als ob nichts geschehen wäre. Ihr seid wie Wachtposten, die man abzulösen vergaß. Eure Armee ist längst geschlagen worden, geschlagen von zwei anderen, viel stärkeren und furchtbareren Armeen, von denen die eine braune und die andere«, er wandte sich an Krana, »rote Uniformen trägt. Ihr aber steht noch immer da und wartet und wißt im Grunde nicht mehr, worauf ihr eigentlich wartet!«

»Er redet wie ein Buch!« rief höhnisch eine Stimme im Hintergrund. Er hat recht, dachte Einsiedel, während die Versammlung in Gelächter ausbrach, es ist mein Buch, ich kenne es beinahe auswendig, mit jedem Satz gebe ich etwas preis, wofür ich einmal bereit gewesen wäre, mein ›Leben zu lassen‹. Er hätte jetzt gern einige versöhnliche Worte eingeflochten, immerhin war Krieg, und man mußte auf gewisse Stimmungen in gewissen Ländern Rücksicht nehmen. Aber seine Lust am Rhetorischen, sein ewiger Drang, sich exponieren zu müssen, auch dort, wo es nicht nötig war, dieser fast flagellantische Trieb zur Wahrheit, zum ›Bekennen‹ um des Bekennens willen, ließ ihn jede Vorsicht vergessen. Es geht alles seinen Gang, dachte er. Die einen werden mich nicht mehr grüßen, wenn ich ihnen in der Subway begegne. Nun gut, man muß sich damit abfinden, obwohl das ›Exil im Exil‹ eine schlimme Sache ist. Und die andern – er schloß die Augen und kostete für einen Moment die süße, selbstquälerische Wollust aus, ein Märtyrer zu sein – die andern werden mir, wenn es soweit ist, die Hände auf dem Rücken zusammenbinden, mich in einen Teppich einrollen und auf ein Schiff im Hafen bringen. Aber was bedeutet das alles, gemessen an dem tiefen, geistigen Genuß des Neinsagens? Er spürte die Unruhe im Saal, er sah Grützbach und Gobisch flüsternd miteinander verhandeln und die finsteren Blicke der Gruppe um Krana, die ihre Einheitsfrontparole bedenklich gefährdet sah.

Krana selbst, einen Arm über der Stuhllehne, den Kopf seitlich geneigt, schien mit der Miene des unbeteiligten Beobachters den Vorgängen zu folgen. Er saß da, ein Bein über das andere geschlagen, in der Haltung eines Mannes, der durch seine seidenen Krawatten und die Sorgfalt, mit der er sich kleidete, zu verstehen geben wollte, daß die Unterdrückten Leute wie ihn brauchten, die sich in den Vorzimmern der Herrschenden zu benehmen wußten. Krana gehörte zu denjenigen, die von der Partei vorgeschickt wurden, wenn es galt, die Verbindung mit andern Gruppen aufzunehmen und sie zu gemeinsamen Erklärungen und Aktionen zu bewegen. Er war ein Sohn aus bürgerlichem Hause, der, überzeugt von dem Untergang seiner Klasse, sich schon früh einer Bewegung angeschlossen hatte, die, so schien es ihm, nicht mit Wahlzetteln und Mehrheitsbeschlüssen, sondern mit Tanks und Kanonen gegen das soziale Unrecht anging. Er hatte einmal, auf dem Roten Platz in Moskau, die endlosen Kolonnen an sich vorbeirollen sehen, er hatte die Lieder gehört, die sie sangen, und er wußte seitdem, daß er nicht mehr allein war. Kranas Treue zur Partei war Angst vor dem Alleinsein in einer Welt, in der dem einzelnen nur noch die Wahl blieb, sich zwischen den Mächten zermalmen zu lassen oder sich einer von ihnen anzuschließen. Sein Haß gegen die Demokratie war Haß gegen die Vereinsamung, Haß auch gegen jene, die sie zu verewigen suchten. Man konnte den Menschen nicht mit Güte ändern. Es gab zuviel Elend auf dieser Erde, und wenn man es genau betrachtete, waren es immer die Leute mit den ›humanen‹ Konzeptionen, freundliche ältere Herren mit Bärten, Brillen und Aktentaschen, oder anarchische Sonderlinge wie Einsiedel, die durch ihre Einwände und Vorbehalte der Revolution in den Arm fielen. Einsiedel hatte einmal ›dazugehört‹. Aber das war schon lange her, und man würde bei Gelegenheit darauf zurückkommen. Im Augenblick ging es nur darum, sich seiner ohne viel Aufhebens zu entledigen.

»Ich beantrage Schluß der Debatte!« rief Krana, ohne den Arm von der Stuhllehne zu nehmen.

»Und ich beantrage, daß man den Redner zu Ende anhört!« schrie Nathalie Asch, wobei sie in Ermangelung der Kindertrompete, die sie einst auf den Bänken der Opposition berühmt gemacht hatte, die Hände wie einen Schalltrichter um den Mund legte.

Einsiedel fuhr sich mit dem Finger unter den Kragen seines Sporthemdes, der wie ein nasser, brühwarmer Umschlag seinen Hals umschloß. Die zehn Minuten Redezeit waren längst vorüber, und er hatte noch so viel zu sagen, all das, was er in Jahren gedacht und niedergeschrieben hatte. »Und was sehen wir jetzt?« krächzte er mit selbstquälerischer Gründlichkeit. »Wir sehen, wie die Männer der Linken, in gutem Glauben an die gerechte Sache, nicht erkennen wollen, daß sie die Völker in eine neue Unfreiheit führen.

Wir sehen, wie eine fremde, wenn auch im Augenblick noch mit uns befreundete Macht mit unserer Hilfe den Krieg gewinnen will, um die eine Schreckensherrschaft durch eine andere zu ersetzen. Aber die Freiheit ist unteilbar, und nur, wer gegen jede Gewalt, jede Unterdrückung ist, auch wenn sie sich als ›Fortschritt‹ gebärdet, nur der hat ein Recht, eines Tages mit reinen Händen vor sein Volk hinzutreten und zu sagen...«

»Ich bitte ums Wort«, sagte Krana und nahm den Arm von der Stuhllehne. »Die fremde, wenn auch im Augenblick noch mit uns befreundete Macht, wie der Redner sich auszudrücken beliebte, ist das einzige Land in der Welt, das dem Ansturm des fremden Eroberers standgehalten hat, das Land, in dem es keine Klassen und keine Ausbeutung mehr gibt und auf das die Völker ihre Blicke mit Glauben, Hoffnung und Zuversicht richten, und dieses Land heißt...«

Noch ehe er das Wort, auf das alle warteten und das er so geschickt vorbereitet hatte wie ein Schauspieler seine Pointe, aussprechen konnte, setzte ein Beifallssturm ein, der nur durch die ebenso gellenden wie unverständlichen Rufe Nathalie Aschs überdröhnt wurde, die einen neben sich stehenden Regenschirm ergriffen hatte und wie einen ungeheuer verlängerten Arm gegen Krana richtete.

Kobbe sah zu Einsiedel hinüber, der sich mit zitternder Hand, lächelnd, eine Zigarette in den Mund schob, und es war ihm, als hätte er dies nun zur Genüge erlebt, hier und drüben und überall, diese rauchigen Versammlungen, diesen Tumult der Meinungen und Begriffe, dieses ›Du sollst‹ und ›Du mußt‹ und ›Du darfst nicht‹, dieses Für-und-wider-Etwas, das mit den Menschenrechten begann und mit der Guillotine aufhörte. Er dachte an Ignazio Morton und an die Nächte auf dem Schiff. Er sah ihn an der Reling stehen, schimpfend und spuckend, und er begriff, warum er eines Nachts das Schild ›Bitte nicht stören‹ vor die Tür seines Hotelzimmers gehängt hatte. Aber so einfach durfte man es sich nicht machen. Vielleicht war es sogar besser, mit einem Irrtum zu leben, als gar nicht. Vor allem, wo es so schwer geworden war, ihn zu widerlegen, und im Augenblick nichts anderes zu tun war als dabeizusitzen und abzuwarten, bis man den alten Irrtum durch einen neuen ersetzen würde, und so fort, bis ans Ende aller Tage...

Unterdessen war es Gobisch gelungen, die Ruhe wiederherzustellen und Einsiedel zu veranlassen, seine Bemerkungen mit ›dem Ausdruck des Bedauerns‹ zurückzunehmen.

Kobbe wandte sich zur Tür, hinter der Mathilde Schwanninger, ein Notenalbum mit weiteren Brahmsliedern unterm Arm und schon probeweise trällernd, mit dem bangen Gesicht der auftrittsbereiten Sängerin auf ihr Stichwort wartete.

Draußen stand Dr. Thora und schaute aus gütigen, verängstigten Augen in die Nacht. Kobbe spürte den Stummel seines kleinen Fingers durch seine Hand gleiten. Er fühlte sich merkwürdig glatt und schwammig an – wie ein Champignon. »Was für eine Welt«, sagte Dr. Thora, während er seinen schwarzen Hornzwicker von der Nase hob und wie eine Blume zwischen zwei noch unversehrten Fingern hielt. »Was für eine Welt! Ich dachte, wir wären alle durch dasselbe hindurchgegangen. Aber nein – da streiten sie und reden...« Er seufzte. »Ich möchte einmal wieder im Bois spazierengehen und die Schwäne füttern.«

4

Die Mergenthins

Katharina wohnte im vierten Stock eines Hauses am East River. Es war ihr nicht leicht gefallen, sich daran zu gewöhnen, an den Geruch, an die Mülleimer vor der Tür, an die vier Treppen, die sie langsam hinaufgehen mußte, nicht schnell, wie sie es früher getan hätte, als sie noch jünger war, sondern eine Stufe nach der andern und nach jedem Absatz ein wenig ausruhend. Es lag ihr nicht, sie war zu lebhaft, zu unruhig, zu ungeduldig, auch mit sich selbst. Es war diese innere Unruhe, die sie einst aus dem Elternhaus in die Kunst-Akademie und von dort in die Arme Friedrich Mergenthins getrieben hatte, der eines Tages, in der Uniform eines Leutnants des ersten Weltkrieges, mit einer klaffenden Schädelnarbe und einem Strauß Flieder bei ihr erschienen war und, die Hacken zusammenschlagend, um ihre Hand angehalten hatte. Mergenthin war stark, männlich und glaubte an das Primat der Wirtschaft, ein Umstand, der ihn in den Augen Katharinas um so anziehender machte, als sie selbst einen festen Rahmen brauchte, der ihr ungewisses Temperament zusammenhielt. Er war ein konservativer Geist, erzogen in der preußischen Tradition seiner pommerschen Heimat und bereits in jungen Jahren bemüht, die Problematik der seit Generationen in Deutschland ansässigen Juden in einer kleinen Schrift darzulegen, in der er sich, vielleicht etwas zu voreilig, als ein besserer Patriot erwies als jene, die Menschen seiner Abstammung, und ihn selbst, später hinauswerfen sollten. Er war ein guter Bürger, der seinem Kaiser treu gedient hatte, und ein überzeugter Unternehmer, der Adam Smith's ›Reichtum der Nationen‹ studiert hatte und für das Prinzip der freien Konkurrenz eintrat. Katharina wußte nicht, wer Adam Smith war, aber die knappe, sachliche Art, mit der Mergenthin seine Anweisungen traf und beim Sprechen die Asche seiner Zigarre mit dem Zeigefinger abklopfte, verschaffte ihr ein Gefühl von Sicherheit und Geborgenheit, das sie dazu bewog, ihren künstlerischen Neigungen bis auf weiteres zu entsagen und ihm zwei Kinder zu gebären, Karl und Elisabeth, von denen Mergenthin nicht ohne Stolz behauptete, daß sie den Formtrieb der Mutter mit dem Unternehmergeist des Vaters aufs trefflichste vereinigten. Katharina wohnte mit ihm in einer glanzvollen Villa vor der Stadt, mit Autos, Pferden und zwei steinernen Löwen zu beiden Seiten der großen Auffahrt, die zu Mergenthins Besitztum führte – Symbole einer weltlichen Macht, die Katharina mit einer fast schmerzlichen Lust auskostete. Es war, als hätte ihr verlorengegangenes Talent einen ewigen Herd der Unruhe hinterlassen, einen nie gestillten Drang nach Perfektion, der sich nun, da der Drang nach künstlerischer Betätigung erloschen war, am Material des Lebens selbst verausgabte und dieses zum Kunstwerk machen wollte. Das Kleid, von dem sie träumte, war noch nicht erfunden, das Haus, das sie nach ihrem Geschmack einrichten wollte, noch nicht gebaut worden. Nie zufrieden mit dem, was war, immer auf der Suche nach einer letzten Verfeinerung, wurde sie das Opfer ihres eigenen Schönheitssinnes, hin und her gerissen zwischen dem Zweifel an sich selbst und dem Ehrgeiz, auf den Golfplätzen und Pressebällen der Republik die Erste zu sein, bewundert zu werden und einen Stil der Eleganz zu entfalten, schöner und eigenartiger als alles bisher Dagewesene.

Kobbe sah dem Gebaren seiner Schwester mit steigender Besorgnis zu. Mitunter, wenn er bei ihr saß und Mergenthin nicht zu Hause war, glaubte er den gequälten Ausdruck in ihrem Gesicht zu erkennen, mit dem sie ein soeben eingetroffenes Modell, das nicht ganz ihren Vorstellungen von modischem Schnitt und atemraubender Kühnheit entsprach, im Spiegel betrachtete, und eine Trauer, die er sich selbst nicht erklären konnte, erfüllte ihn. Das Land war im Bürgerkrieg. In den Straßen wurde geschossen. Und hier stand Katharina und verzehrte sich in dem Verlangen, mit den Möglichkeiten eines nie bewältigten Reichtums Schritt zu halten. »Du bist schön«, sagte er. »Wirklich?« fragte Katharina, als ob sie es zum erstenmal hörte. »Ja, leider«, sagte Kobbe. »Es ist schwer, der Bruder einer schönen Frau zu sein, wenn man für die Häßlichen und Enterbten eintritt.« Katharina lachte laut auf und knüpfte sich das Strumpfband über dem Knie fest. »Du bist schamlos«, sagte er und wandte sich ab. »Wirklich?« fragte sie. »Verwirre ich dich?« Er trat ans Fenster und sah auf den Park hinaus, der so unheimlich verlassen dalag. »Du verwirrst mich so sehr, daß mir bald keine andere mehr gefallen wird«, sagte er. »Und du empörst mich zugleich... Hast du die Zeitungen gelesen?« Katharina sah wieder gequält in den Spiegel. »Ich kümmere mich nicht um Politik. Ich habe genug damit zu tun, schön auszusehen.« Kobbe rang die Hände. »Katharina«, rief er, »ich fürchte, es wird noch ein schlimmes Ende mit dir nehmen. Sie werden mit Steinen nach dir werfen, sie werden dich aus dem Bett zerren und...« – »Vielleicht«, sagte Katharina. »Aber bis dahin...«

Mergenthin war der erste, den sie verhafteten. Er, der gute Patriot, der überzeugte Unternehmer, der jüdische Leutnant des ersten Weltkrieges mit der klaffenden Schädelwunde und dem Eisernen Kreuz erster Klasse, sollte nun das Schicksal derjenigen teilen, die über Nacht zu Staatsfeinden erklärt und aus ihren Ämtern verjagt wurden. Tränen standen in seinen Augen, als er dem nunmehr zum Leiter des Unternehmens beförderten Bürovorstand die Schlüssel seines Schreibtisches übergab und den beiden Uniformierten folgte, die gekommen waren, ihn abzuholen. Als er nach Monaten das Gefängnis verließ, war sein Haus beschlagnahmt, sein Vermögen gesperrt und er selbst ein gebrochener Mann, der die Welt nicht mehr verstand und entschlossen war, seine Ehre um jeden Preis wiederherzustellen. Katharina fühlte sich zu ihm auf eine seltsame Weise hingezogen. Nun, da das Flüchtige ihres schnell erworbenen Reichtums wie ein zu süßer Bonbon im Munde geschmolzen war, empfand sie die Nüchternheit ihres jetzigen Daseins fast wie eine Erleichterung. Die Anstrengung, apart zu sein, der ewige Zwang zum Vergleich, das Hektische eines gesellschaftlichen Treibens mit seinen Modeschauen und Autorennen und Konzerten – dies alles gehörte ebenso der Vergangenheit an wie das Haus mit den alten Stichen und den beiden steinernen Löwen am Eingang. Sie wohnten jetzt zu viert in einem Zimmer, in dem sie einander nicht mehr ausweichen konnten, und während Katharina die Kinder zur Schule brachte und Christbäume und Osterhasen für eine Ansichtskartenfirma malte, verbrachte Mergenthin die Nächte über Schriftstücken, in denen er seine Unschuld zu beweisen versuchte und auf Wiederaufnahme des gegen ihn eingeleiteten und auf höhere Weisung niedergeschlagenen Verfahrens drängte. Zwischendurch legte er Patience oder las Bismarcks ›Gedanken und Erinnerungen‹. Endlich, nachdem er drei Jahre vergeblich auf die Rückerstattung seines Vermögens und die Wiederherstellung seiner Ehre gewartet hatte, entschloß er sich, das Land zu verlassen, bis zum letzten Augenblick mit einem Schicksal hadernd, das ihn, und nur ihn allein, betroffen zu haben schien. »Ich werde euch telegrafieren, wenn ich etwas gefunden habe«, sagte er beim Abschied. Er fuhr über Prag, Zürich, Paris nach Amerika, mit den Bildern Katharinas und der beiden Kinder in der Brusttasche, immer noch hoffend, daß ein Gerichtsbeschluß oder der Sturz der Regierung ihn zurückrufen würde. Ein Jahr lang ging er durch die Straßen von New York, knüpfte frühere Geschäftsverbindungen wieder an und wartete in staubfreien Vorzimmern auf die Antworten, die ihm von lächelnden Sekretärinnen mit dem Ausdruck des Bedauerns übermittelt wurden. Abends schrieb er Briefe an seine Frau in Berlin, seine Tochter in der Schweiz und seinen Sohn in London. »Dies ist ein Land für junge Menschen«, schrieb er, »und man muß froh sein, wenn man in meinem Alter noch mitreden darf.« – Manchmal, an kühlen Regentagen, wenn die Narbe an seinem Kopf wieder zu schmerzen begann, sah er, durch den Nebel von New York, die gotischen Umrisse seiner Vaterstadt; das alte Rathaus, die Türme und Erker und Giebel, die Schiffe im Hafen – und über alledem ein Geruch von Salz und Teer und Fischen, von Speichern, voll mit

Äpfeln und Korn; von dunklen Torbögen, engen Gassen, kühlen Patrizierhäusern, von Kreuzgängen und Madonnen und von der mächtigen Kathedrale, deren feierlicher Ernst die Stadt beherrschte. Und vor dieses Bild schob sich ein anderes, das eines Mannes, der einst Macht über andere gehabt hatte. Er sah sein Haus in Berlin mit den alten Stichen seiner pommerschen Heimat, den Chippendale-Möbeln und den beiden steinernen Löwen vor dem Portal, und er dachte an die Feste, die dort gefeiert wurden und bei denen eine Gesellschaft zu Gast war, die nicht glauben wollte, daß ihre Zeit um war, und die lachend, trinkend, verdienend in ihren Untergang tanzte... Aber es schmerzte ihn kaum noch, während er in dem Büro in Wall-Street, in dem er jetzt angestellt war, seinen Aschbecher selbst ausleeren und sich die Bleistifte selbst anspitzen mußte, einer unter vielen Angestellten, ein Telefon unter vielen Telefonen. Die Ereignisse hatten ihn gewandelt und zu Einsichten gebracht, die er früher abgelehnt hatte. Der Glaube, man könnte sich retten, indem man die Schutzfarbe des Konservativismus annahm und den andern ein Gleiches riet, hatte sich als irrig erwiesen. Aus dem Herzen deutsch sprechender Männer und Frauen, die ihre Wände mit Bildern gotischer Madonnen und ihre Regale mit Prachtausgaben deutscher Klassiker geschmückt hatten, brach unter dem Zwang unvorstellbarer Leiden und Verfolgungen die Erinnerung an uralte Gesänge und Texte hervor, deren Worte sie nicht mehr verstanden, wie eine furchtbare Mahnung an den Abtrünnigen, sich eines Ursprungs bewußt zu werden, dem er längst entwachsen zu sein glaubte. »Schma jisroel adonoi elauhenu.« Man hatte darüber gespottet, als Junge, man wäre fast vor Lachen gestorben, wenn beim Schofar-Blasen dem mächtigen geschwungenen Widderhorn die quälend großartigen Mißtöne entlockt wurden. Aber nun war es plötzlich wieder die Grundlage für alles geworden, auch für die beiden ausgestreckten Arme, die nach beiden Seiten der Welt wiesen, und für den in Trauer und Schmerz herabgesunkenen Kopf, der dieselbe Sprache gesprochen hatte... Ja, man *durfte* sich erinnern. Man durfte sogar beinahe stolz darauf sein, daß man ›anders‹ war und zu denen gehörte, die einander an ihrem Unglück erkannten, das in ihren Gewändern hing wie der Staub, den sie aus vielen Ländern mit sich brachten...

Katharina, allein in Berlin, fühlte, wie die Stadt mit jedem Tag feindseliger wurde. Kaum wagte sie es noch, auf die Straße zu gehen. Sie hatte sich, fassungslos wie ein Kind, das man geschlagen hat, den gelben Stern, den sie jetzt tragen mußte, auf das rötlichbraune Kostüm genäht, das ihr so gut stand und von dem Kobbe einmal gesagt hatte, es hätte die Farbe eines frisch geschälten Baumes, der weint. Manchmal kam ihre Mutter durch den Schnee gestapft und brachte ihr Kuchen und Obst und erzählte aufgeregt von den Dingen, die man sich hinter verschlossenen Türen zuflüsterte. »Den Rechtsanwalt Wiener haben sie mit gebrochenen Beinen auf der Treppe zum Landgericht II gefunden«, sagte Frau Anna Kobbe, geborene Neuhaus, und schob sich ein Stück von dem selbstgebackenen Kirschkuchen in den Mund. »Ich halte es nicht mehr aus«, schluchzte Katharina. »Sie sehen mir auf der Straße nach. Neulich haben sie mit Steinen nach mir geworfen...« – »Ja, ich weiß«, sagte Frau Anna Kobbe, geborene Neuhaus, und schaute, schmerzlich kauend, auf ihre Tochter, während sie sich heimlich ein zweites Stück Kirschkuchen auf den Teller schob. »Den Auerbach von der Berliner Handelsgesellschaft haben sie von Kopf bis Fuß ausgezogen und mit Teer bestrichen«, sagte Frau Anna Kobbe und goß sich noch etwas Kaffee ein. »Übrigens trinke ich jetzt immer Kaffee Haag. Man kann besser danach schlafen.« Katharina schlug mit den Fäusten auf den Tisch. »Wenn du nicht sofort aufhörst...« – »Aber Katharina«, sagte Frau Anna Kobbe. »Ich finde, du solltest dich etwas zusammennehmen.«

Mergenthin war nicht am Schiff, als Katharina in New York eintraf. Er hatte am selben Tag eine Stellung in einem anderen Büro angetreten, mit der Aussicht auf Gehaltserhöhung und schnelles Avancement. Katharina fuhr in die Wohnung am East River, die er für sie gemietet hatte, legte sich aufs Bett und dachte nach. Das Haus stand in einer engen, von Lärm und Kindergeschrei erfüllten Straße, in der Wäsche hing und Girlanden bunter Fähnchen von einer Seite zur anderen gespannt waren. Auf der Treppe war ihr ein Zigeunermädchen begegnet, das sie aus brennenden Augen ansah. Es hatte große Ohrringe aus Messing und einen langen orangefarbenen, mit blinkenden Metallstücken benähten Rock. Die Leute mußten wohl im selben Haus wohnen. Drüben, auf der anderen

Seite der Straße, sah sie eine ungeheuer dicke Frau in einem Nachthemd am offenen Fenster stehen und sich die Haare kämmen. Irgendwo tutete ein Dampfer. Katharina ging in die Küche, in der eine Badewanne stand, drehte an den Hähnen. Es gab heißes Wasser, das war immerhin ein Trost. Dann ging sie in das Wohnzimmer zurück, rückte den Tisch ans Fenster und den Schrank neben die Tür, nahm die Bilder von der Wand und stellte sie in die Ecke. Als Mergenthin am Abend nach Hause kam, fand er sie im Dunkeln auf einem Koffer sitzend. Er küßte sie auf die Stirn. »Haben wir keinen elektrischen Eisschrank?« fragte Katharina. Mergenthin dachte an seine verlorene Ehre, und die Narbe im Hinterkopf fing wieder zu schmerzen an. »Wir müssen uns einschränken«, sagte er dumpf. Katharina hörte, wie er die Asche seiner Zigarre abklopfte. »Ich dachte, in Amerika hätte jeder einen elektrischen Eisschrank«, sagte Katharina. Mergenthin nahm die Patiencekarten aus der Schublade. Verloren, dachte er, verloren, während er sie vor sich auf dem Tisch ausbreitete...

Kobbe stieg an der Third Avenue aus und ging zu Fuß zum East River. Im Hintergrund fuhr ein Schiff vorbei, groß und unheimlich nah. Fast schien es die Häuser zu streifen. Eine Bierflasche fiel aufs Pflaster.

Unten, auf der Türschwelle, saß ein Zigeunerkind in orangefarbenem Hängekleid mit glitzernden Metallstücken und sah ihm mit brennenden Augen nach. Er ging die Treppen hinauf, horchte einen Augenblick und setzte dann den kleinen Türklopfer aus Bronze in Bewegung.

5

Katharina

»Wer ist da?« rief unwillig, aber nicht ohne Neugier, eine Stimme. Die Tür wurde stürmisch geöffnet. Alles an ihr war stürmisch, lebhaft, unerwartet: die Freude über das Wiedersehen ebenso wie der Ärger, ihre Arbeit unterbrechen zu müssen, die – das sah er sofort – noch nicht fertig war, niemals fertig sein würde, oder vielleicht doch noch, in den frühen Morgenstunden, nach einer mit vielen Zigaretten und Verzweif lungsausbrüchen verbrachten Nacht. Noch ehe er etwas sagen konnte, zog sie ihn, während die Tür hinter ihnen weit offenblieb, in das taghell erleuchtete, mit bunten Plakaten, fotografischen Vergrößerungen und den an die Wand gehefteten Titelblättern der ›Vogue‹ und Zeichnungen aus dem ›New Yorker‹ dekorierte Studio, in dem ihr Arbeitstisch stand. Der Boden war mit Dutzenden von Blättern bedeckt, die dasselbe Motiv in verschiedenen Ausführungen zeigten: einen Frauenkopf, schräg ins Bild gesetzt, dazu eine Hand, die den Lippenstift führt, dies alles nur angedeutet, skizzenhaft, fragmentarisch.

»Wie findest du es?« fragte sie und hob ein Blatt vom Boden auf. »Geht es dir auch so, daß du immer wieder anfängst und verwirfst, und am Schluß sind alle Fassungen gleich gut und gleich schlecht, oder hier ist etwas besser als dort und dafür anderes wieder schlechter, und du weißt nicht, für welche du dich entscheiden sollst, und die Firma ruft an und fragt, wo die Skizze bleibt, und du nimmst eine heraus, eine von den vielen, es könnte auch eine andere sein, aber es ist immer gerade die schlechteste, die man ausgesucht hat, es ist wie verhext, und du setzt dich in ein Taxi und fährst hin, und es dauert eine Ewigkeit, weil nämlich gerade Lunch-Hour ist, und der Chauffeur kann natürlich nicht wechseln, und dann kommst du herauf, und die Leute sagen: ›Wonderful, Mrs... Wie war doch gleich Ihr Name?‹ und du sagst: ›Ich finde es schrecklich‹, und die Leute sehen dich groß an, weil es nämlich in Amerika üblich ist, daß man zunächst einmal mit ›Thank you‹ antwortet, wenn einem etwas Nettes gesagt wird. Ach, ich glaube, ich werde es nie lernen... Aber warum sagst du nichts? Findest du es nicht gut?«

»Möchtest du nicht die Tür zumachen?« sagte Kobbe.

»All right«, sagte sie und ging hinaus. Er hörte, wie sie die Tür krachend zuschlug.

Sie kam wieder herein, nahm ein anderes Blatt vom Boden auf, hielt es unter die Lampe. »Es ist wirklich scheußlich. Hier, zum Beispiel, vollkommen verzeichnet, und das hier, und das hier... Nein, ich will jetzt nichts hören. Ich weiß, daß du es nicht gut findest. Du willst mich nur schonen.« Sie hielt inne, ihre Stimme wurde zärtlich, beinahe lockend. »Oder findest du es etwa gut?«

»Ja«, sagte er. »Ich finde es gut, ich finde es sogar ausgezeichnet, Katharina.«

»Wirklich?« fragte sie mit einem Ausdruck ungläubigen Erstaunens, als wäre dies das letzte, das sie erwartet hätte. (Oh, wie ich das an ihr kenne, dachte er, dieses werbende, immer noch nicht ganz überzeugte und doch schon tief befriedigte, namenlos glückliche »Wirklich?«, mit dem sie ein verdientes Lob nachschmeckt.)

»Schwöre mir, daß du es gut findest, bitte, schwöre es mir, Georg.«

»Ich schwöre«, sagte er, während sie, kaum noch hinhörend und bereits mit anderem beschäftigt, eine Linie auf dem Papier nachzog, ernst und sorgenvoll verwundert, wie ein Kind, das in sein Spielzeug vertieft ist.

Er ging in das Wohnzimmer, wo noch einige Möbel aus seinem Elternhaus standen, die Mergenthin von drüben mitgebracht hatte: der schwere eichene Barockschrank, das braune Mahagonitischchen mit dem Dochtabschneider und den beiden silbernen Leuchtern, die holländische Barocktruhe und die Barockuhr mit dem Sternenhimmel über dem Ziffernblatt und den sich im Takt des Pendels hin und her bewegenden Himmelskörpern. Und da war auch noch der Biedermeierstuhl, in dem sein Vater zu sitzen pflegte, rechts in der Ecke, neben dem Fenster, und hier – der kleine eingebrannte Fleck, der von seiner Zigarre stammte. Er pflegte sie immer in Gedanken auf die rechte Stuhllehne zu legen. Manchmal vergaß er sie, wenn er aus dem Zimmer ging, und die Zigarre rauchte allein auf dem Stuhl weiter, bis sie erkaltete und einen eigentümlich fischigen Geruch hinterließ, wie von verlassenen Büroräumen am Abend oder von alten Plüschmöbeln in einem Wartesaal, irgendwo nachts auf einer einsamen Bahnstation.

»Ich muß noch etwas arbeiten«, rief sie aus dem Nebenzimmer, »dann mache ich eine Pause.«

Er ging zum Bücherschrank, griff einige Bände heraus, die der Vernichtung entgangen waren, Bücher in deutscher Sprache – Jean Paul, Kleist, Hölderlin – und las, fast schämte er sich, es jetzt – hier – zu lesen, jene unsterblichen Zeilen, die ein Verzweifelter, schon dem Wahnsinn nahe, in einer Nacht wie dieser geschrieben hatte:

Doch uns ist gegeben,
Auf keiner Stätte zu ruhn,

Es schwinden, es fallen
Die leidenden Menschen
Blindlings von einer
Stunde zur andern...

Draußen gingen Schritte. Es war Mergenthin. Kobbe riß sich zusammen wie ein Soldat, der seinen Vorgesetzten kommen hört. »Bist du mir böse, wenn ich mich gleich zurückziehe?« sagte Mergenthin. »Ich habe bis jetzt gearbeitet.« Er sah elend aus. »Nein, durchaus nicht«, sagte Kobbe und verbeugte sich leicht. Mergenthin warf ihm einen Blick zu, der zugleich Dank und Verabschiedung ausdrückte. »Der Wein steht im Schrank«, sagte er und ging hinaus. Es klang beinahe wie »Rührt euch!«.

Kobbe öffnete die schwere Eichentür mit den mächtigen Schlössern, fand die Flasche, goß sich ein Glas ein. Nein, ich bin nicht böse, Leutnant Mergenthin, ich trage dir nichts nach, du bist, auf deine Weise, eine Figur gewesen. Einmal, vor sehr langer Zeit, fühlten wir uns als Gegner. Wir nahmen es beide sehr ernst, wir waren sogar ein wenig stolz darauf, daß wir so unversöhnlich zu unseren Prinzipien stehen konnten. Du hast *eine* Lösung versucht und ich eine *andere*. Es hat uns alle miteinander verschlungen, und im Grunde haben wir beide an dasselbe geglaubt, nur mit umgekehrten Vorzeichen. Wir haben eine falsche Alternative gewählt, Leutnant Mergenthin, und wir hätten uns nicht darauf einlassen sollen...

»Er müßte für ein paar Wochen aufs Land«, sagte Katharina, hereinkommend. »Aber wer soll es bezahlen?«

Sie ließ sich aufs Bett fallen.

»Hast du eine Zigarette?«

»Du rauchst zuviel«, sagte Kobbe.

»Ich weiß.« – Nach einer Weile: »Ich bin müde. Darf ich die Augen zumachen?«

»Soll ich gehen?«

»Nein, bleibe«, sagte sie, schon im Einschlafen. Ein leiser Wind kam vom Fenster.

Sie wird nie ganz erwachsen sein, dachte er. Auch mein Vater war nie ganz erwachsen. Er hatte große buschige Augenbrauen und große geschwungene Nasenlöcher. Es war etwas Hilfloses in seinem Blick, das mich mitleidig machte und zugleich aufsässig. Ich durchschaute ihn, und er merkte, daß ich ihn durchschaute, und verbarg sich hinter seinem grauen Schnurrbart – und hier – Kobbe fuhr mit dem Finger über den eingebrannten Fleck auf der Stuhllehne, und plötzlich sah er sich wieder mit Katharina an dem abgeräumten Tisch im Wohnzimmer sitzen, es war Nacht, und die alte Barockuhr mit dem wandernden Sternenhimmel über dem Ziffernblatt holte rasselnd zum Schlage aus. Und draußen auf dem Gang war ein Geräusch von laufenden Schritten, als ob einer den andern einholen wollte. »Hörst du?« flüsterte Katharina. »Sie schlagen sich wieder.« Und am nächsten Morgen saßen sie um den Kaffeetisch, und Emanuel Kobbe tauchte seinen Zwieback in den Kaffee und las die Zeitung und küßte beim Abschied seine Frau auf den Mund. Und sie sagte: »Komm aber nicht zu spät nach Hause, Liebster.« Und Kobbe stieß Katharina unter dem Tisch an und dachte: Dies alles wird einmal zugrunde gehen, und ich werde es noch erleben, ganz bestimmt werde ich es noch erleben...

Und nun war es also zu Grunde gegangen, und er hatte es erlebt. Was weiter? Katharina machte eine Bewegung im Schlaf. Das Licht der Lampe schien sie zu blenden. Kobbe deckte es mit einem Blatt Papier ab. Seltsam, jetzt hier zu sitzen und hinunterzusehen auf den Boden der Kindheit, genauso, wie die Psychologen es in ihren Büchern vorschreiben. Natürlich, man war ja ein moderner Mensch, man wußte Bescheid. Man war durch all das hindurchgegangen. Die einen machen es mit der Libido, die andern mit dem Klassenkampf. Sie komplizieren das Einfache und vereinfachen das Komplizierte. Man nennt das wohl ›Methoden-Monismus‹. Als ob sich etwas nicht aus vielen, sehr verschiedenen Ursachen zusammensetzen könnte. Man muß wieder den ›Dickicht-Charakter‹ des Daseins sehen. Die Undurchdringlichkeit. Das Wuchern und Schwären der Probleme, ihr Verflochten- und Ineinanderverschlungensein. Habe ich etwa meine Mutter begehrt? Um Himmels willen! Oder meinen Vater verspeisen wollen? Sie waren gütige Menschen, gütiger, als wir heute sind, aber sie hatten ihren Stil noch nicht gefunden, sie wußten nicht recht, was sie mit ihrer Güte anfangen sollten. Etwas stimmte nicht. Die Möbel paßten nicht zu den Menschen und die Menschen nicht zu der Zeit, in der sie lebten. Sie hatten sich Häuser gebaut mit Fassaden, die nicht dazu paßten, und ihre Gefühle waren wie die bunten Früchte aus Glas, die man von innen elektrisch beleuchten konnte. Vielleicht war es das. Ich muß einmal darüber nachdenken. Es ist wichtig, daß ich mich ein wenig damit beschäftige. Wenn ich weiß, wer meine Eltern waren, werde ich mehr über ihren Sohn wissen.

Er goß sich noch ein Glas ein. Der Wein war gut. Er erinnerte an den leichten opalgelben Mosel, den sein Vater am Abend zu trinken pflegte, wenn er in dem großen Lehnstuhl am Fenster saß und die Zeitung las...

6

Geschichte eines guten Menschen

Die Welt war ein Taschentuch, das man zusammenlegen und auseinanderfalten und in Dreispitze, Königskronen, in Gebirgszacken und schneebedeckte Abhänge verwandeln konnte. Die Welt, das war auch das Badewasser, das zum Meer wurde, wenn man so tief lag, daß die Augen gerade noch über den Wasserspiegel sahen wie zwei untergehende Sonnen. Dann schlugen haushohe Wellen, Brandung wälzte sich heran, überschwemmte Mund, Nasenlöcher und Seifennapf, der wie ein Landungssteg an die Wanne geklebt war, und Meeresungeheuer erhoben sich aus der Tiefe in Form von Knien, Zehen, Ellbogen und Handgelenken. Die Welt, das war auch all das, was man selbst nicht war, ein Tisch, ein Schrank, eine geputzte Messingklinke am Sonntag, all das, was man nicht besitzen, nicht kauen, schlucken, zerstören konnte. Die Welt, das war der Stuhl, in dem mein Vater am Abend zu sitzen und die Zeitung zu lesen pflegte. Er las, den Kopf in die Hand gestützt, zwei Finger an die Backe legend, sorgenvoll verwundert und mit jenem aufmerksamen Ernst, der mich bereits in frühen Jahren die Bedeutung der Presse unheilvoll ahnen ließ. Manchmal schüttelte er bedenklich den Kopf, murmelte etwas von »Nicht zu glauben« oder »Da haben wir's«, strich mit einem Rotstift eine Notiz an oder riß sie mit beiden Händen heraus und steckte sie in die Brieftasche, wobei er seine Zigarre auf die Stuhllehne legte.

»Willst du nicht etwas spielen?« pflegte er nach einer Weile meine Mutter zu fragen. »Zum Beispiel Chopin?«

Meine Mutter hob abwehrend die Hände. Sie liebte es, sich so lange bitten zu lassen, bis alle Lockmittel männlicher Verführung von Schmeicheleien und Liebkosungen bis zu ahasverischen Zornesausbrüchen ausgekostet waren, um schließlich mit dem üblichen »Ich bin aber nicht in Stimmung!« seufzend ins Nebenzimmer zu gehen und den Klavierdeckel aufzuklappen.

Mein Vater folgte ihr mit Weinglas und Zigarre und setzte sich in einiger Entfernung nieder. »Was soll ich denn spielen?« fragte meine Mutter und sah sich ratlos in dem grünen Salon um. Ohne abzuwarten, schlug sie gleich darauf in die Tasten, um mit rauschenden Akkorden Chopin oder die ›Meistersinger‹ oder den Pilgerchor aus ›Tannhäuser‹ zu intonieren, wobei sie leise mitsang oder mit tonlos offenem Mund auf einer Fermate verweilte, während ihr rundlicher Körper im Takt der Musik mitzuschwingen schien und das Fleisch ihrer Wangen unter der Gewalt des Tastenanschlages erzitterte. Sie war eine ungewöhnliche Frau, dumpf und unberechenbar, von dunklen, unbewußten Impulsen getrieben und von einer Musikalität, die sich nur mit Mühe für den Hausgebrauch eindämmen ließ. Einst hatte sie das Herz meines Vaters mit dem Vortrag von Schuberts ›Wanderer‹ erobert, ein Ereignis, dem meine Schwester Katharina ihr Leben verdanken sollte. Denn es war die düstere Melancholie dieses Liedes, dieses schwermütige, von einem mädchenhaften Sopran ausgehauchte »Dort, wo du nicht bist, dorten ist das Glück«, das den zweiundzwanzigjährigen Emanuel Kobbe bewogen hatte, sich der jungen Anna Neuhaus zu bemächtigen und mit ihr, allen Warnungen des Textdichters zum Trotz, ein Glück zu versuchen, das ihm ein noch unerprobtes Schicksal bislang vorenthalten hatte.

Wenn meine Mutter spielte, saßen Katharina und ich in den schweren, mit Bronze beschlagenen Empirestühlen und sahen ihr mit komischem Befremden zu. Sie kannte fast alle Opern auswendig, spielte und sang dazu, ohne auf die Noten zu achten, mit dem Kopf die Einsätze der Arien und Duette, der Rezitative und Orchesterpartien andeutend. Sie war belustigend und überwältigend zugleich in ihrer schwärmerisch der Musik hingegebenen, von ihr durchschüttelten und durchrauschten Körperfülle, über die Tasten dahinbrausend in auf und nieder hüpfender Ekstase, ganz rot im Gesicht und erhitzt von dem Pathos der Götterdämmerung, das ihr mehr zumutete, als einer Frau ihres Umfanges gestattet war. Sie gab sich ganz aus, hingerissen von einem Gefühl, das stärker war als sie und in das alle jene Wünsche und Sehnsüchte einmündeten, die eine nicht immer glückliche Ehe unbefriedigt gelassen hatte. Hier, in der Musik einer ausschweifenden, sinnlich genießenden und zugleich seltsam verschämten Epoche, fand sie die Bestätigung ihrer eigenen rauschhaften und unkontrollierbaren Stimmungen, ihres überfließenden Temperaments, ihrer barock ausladenden Mütterlichkeit.

»Hojotoho!« schmetterte sie und warf sich mit dem ganzen Gewicht ihres Körpers auf die Tasten. Es war wie ein Naturereignis. Manchmal, wenn sie, von Musik umflossen und in ihr zerfließend, den grünen Salon mit den schwelgerischen Akkorden von Tristans und Isoldes Liebestod auspolsterte, stand mein Vater plötzlich auf, ging auf Zehenspitzen zu ihr hinüber und gab ihr laut einen Kuß. »Annchen«, sagte er leise und ging wieder auf Zehenspitzen zu seinem Stuhl zurück. Er hatte seltsam verschleierte Augen und klopfte sich hustend die Asche von seinem Anzug. Die Zigarre war längst kalt geworden. Wie er so dasaß, zwei Finger an der Backe, in dem grünen Salon mit den Bildern deutscher Landesfürsten und den mit Bronze beschlagenen Prunksesseln, den goldenen Empire-Uhren und Wandleuchtern, glich er einem Mann, der zwischen zwei Bilanzen plötzlich entdeckt hat, daß er arm ist. Er war ein in das Bankfach verschlagener Künstler, der über seinen Kontoauszügen und Aktenfaszikeln von einem kleinen Häuschen an einem kleinen See träumte, in dem er seine Tage zu beschließen gedachte. »Mein Sohn soll es einmal besser haben«, pflegte er zu sagen. »Er soll nachholen, was ich versäumt habe.« Ich sah zu Boden. Was meinte mein Vater? Was hatter er versäumt, und was sollte ich nachholen? Ich dachte an das kleine Häuschen am See, an die Kunstbücher, die ungelesen auf seinem Nachttisch lagen, und ein Verlangen stieg in mir auf, mit ihm in das andere Zimmer zu gehen und über gewisse Dinge zu sprechen, die ihn und jene Frau am Klavier betrafen. Ob sie sich denn nicht schämten, sich so gehen zu lassen, noch dazu in Gegenwart ihrer Kinder? Dieses knietiefe Waten in Leidenschaften und Gefühlen, dieses gegenseitige Verspotten und Bemitleiden, und dann wieder dieses süße Dahinschmelzen, diese Liebkosungen, diese scheuen Griffe mit verweinten Augen.

Und was war das neulich wieder mit dem Salzsäurefläschchen gewesen, das sie vor meinen Augen mit dem Aufschrei »Und daran ist nur er schuld!« ausgetrunken hatte, um im nächsten Augenblick auf das Bett zu sinken, weiß wie das Laken und genauso leblos. Natürlich war es nur eine verdünnte Lösung, die ihr der Arzt gegen Magenschmerzen verschrieben hatte, aber auf dem Etikett war ein Totenkopf mit zwei gekreuzten Knochen und darüber in roten Buchstaben, mit einem Ausrufungszeichen, das Wort ›Gift!‹. Aber da schlug sie plötzlich die Augen auf, wollte mich an sich ziehen und sagte: »Wirst du auch immer gut zu deiner Mutter sein?« Und ich erhob mich und ging aus dem Zimmer und sprach die ganze Woche nicht mehr mit ihr. Darüber und noch über vieles andere wollte ich mit ihm reden. Er schien meine Gedanken zu erraten. »Du gehst jetzt zu Bett!« sagte er. »Aber sofort.« Ich erhob mich zögernd. Hinter mir hörte ich meine Mutter über die Tasten rauschen...

Eines Nachts wurde das Licht in meinem Zimmer angezündet. »Dein Großvater ist tot«, sagte meine Mutter. »Wir waren eben bei ihm.« Ich verstand nicht sofort, was sie meinte. Es war der erste Tote, den ich persönlich gekannt hatte. Außerdem war ich noch nicht ganz aufgewacht. Es fiel mir auf, daß man Toten Besuche abstattete. Mein Vater küßte mich auf die Stirn. Er sah verweint aus und sagte: »Das ist der Lauf der Welt. Der Vater stirbt vor dem Sohn.« Dann wurde das Licht wieder ausgedreht.

Ich lag noch lange wach im Dunkeln und dachte an die beiden Bände von Fridtjof Nansens ›In Nacht und Eis‹, die mein Großvater sich nach dem Mittagessen unter das Sofakissen zu legen pflegte, um höher zu liegen, und an den räudigen Papagei und an die alt gewordenen Mürbekuchen, die seine Frau Rosalie, eine bärtige, schwerhörige, ein wenig unheimliche Frau mit einem schwarzen Spitzenhäubchen, in einer silbernen Dose aufzubewahren pflegte, bis sie in ihre Bestandteile zerfielen und von dem Papagei aufgefressen wurden, und an die Brauerei mit Dienstvilla und Garten im Norden Berlins, wo ich oft am Wochenende zu Besuch war, und an die Ställe mit den plumpen Brauerpferden, auf denen ich über den schlecht gepflasterten, nach Bier und Hafer und Wagenschmiere riechenden Hof ritt, wo die Leiterwagen standen und die

Fässer angerollt wurden. Manchmal blieben Katharina und ich über Nacht in der Brauerei und schliefen in dem ungeheizten Fremdenzimmer mit den feuchten Möbeln, die so viele harte Ecken hatten, an denen man sich stoßen konnte, und goldene Löwenköpfe, in deren Mäulern goldene Ringe hingen. Durch die Rolljalousien fiel das Licht einer Straßenlaterne auf ein Plakat an der Wand, das einen Ziegenbock darstellte, der grinsend ein Glas Bockbier trank. Es war unsere erste Begegnung mit dem Teufel, und wir fürchteten uns vor ihm und schliefen nicht, bis der Morgen kam und der Großvater in seiner Samtjacke und den gestickten Pantoffeln vor der Tür stand und mit tiefer Stimme sein ›Wacht auf, ihr Schläfer, aus der Ruh‹ sang. Es roch nach frisch gemahlenem Kaffee und alt gewordenen Mürbekuchen, und in das Kreischen des räudigen Papageis mischte sich der tutende Pfeifton des elektrischen Hörapparates, den meine Großmutter wieder einmal vergessen hatte, abzustellen.

Abends, wenn es zu dunkeln begann, hielt ein Einspänner vor dem Tor der Brauerei, der Kutscher trug einen Zylinderhut mit einer schwarzweißroten Kokarde, er hatte dicke Lederhandschuhe und zeigte, wenn wir zur Siegesallee kamen, mit dem Peitschenstiel auf die Statuen der Hohenzollern, die wie weiß angestrichene Tote mit nach innen gekehrten Augäpfeln auf ihren Postamenten standen. »Großvater, das bist du!« sagte ich, wenn wir am Denkmal Ottos des Faulen vorbeikamen. Mein Großvater lächelte geschmeichelt. Die Lichter der Straße huschten über seinen weißen Spitzbart, und wir saßen eng beieinander in der dunklen Geborgenheit des Wagens, der auf Gummirädern durch die Nacht glitt, während meine Großmutter Rosalie wie eine unheimliche, bärtige und taube Zauberin ihrem schwarzen Pompadur Obst, belegte Brote und die bröckelnden Mürbekuchen entnahm und uns in den Mund stopfte. Draußen trabte das Pferd Hans über den nassen Asphalt, und die Statuen der Hohenzollern sahen mit nach innen gedrehten Augäpfeln wohlgefällig auf den alten Mann in der Kutsche und auf die bärtige Zauberin, die mit der unerbittlichen Redseligkeit der Schwerhörigen von ihrer Jugend erzählte, als Berlin noch eine Kleinstadt war, von der Gründung des Deutschen Reiches, von den Festen im ›Verein der Freunde‹, wo die Mütter ihre schüchternen Töchter an die Söhne angesehener jüdischer Kaufleute verheirateten und im Sommer die Männer beim Skat unter der großen Kastanie im Garten saßen und Weißbier mit Himbeer tranken. Sie erzählte auch von den neuen Bestrebungen, den Sabbat nicht mehr am Samstag, sondern am Sonntag zu heiligen, und von den neuen Gotteshäusern, in denen deutsch gesungen und in deutscher Sprache gebetet werden sollte, und ich erzählte ihr von der Husarenuniform, die mein Vater mir zu Weihnachten geschenkt hatte, und mein Großvater schmunzelte, und das Pferd Hans trabte über den Asphalt...

Und nun war er tot und die zwei Bände von Fridtjof Nansens ›In Nacht und Eis‹ würden nun mir gehören. Das ist der Lauf der Welt, dachte ich. Der Vater stirbt vor dem Sohn. Ob ich auch einmal so verweinte Augen haben würde, wenn mein Vater stirbt? Noch nie hatte ich ihn so gesehen, und sein Blick, der mir sonst auszuweichen pflegte, hatte einmal, ein einzigesmal, lange und in großer Zärtlichkeit auf mir geruht...

Sommer 1914. Ein glühend zu Ende gehender Ferientag am Meer. Auf der Terrasse des Grandhotels sitzen Menschen beim Lampenschein. ›Wird es Krieg geben?‹. Ein Telegramm mahnte uns zur Abreise. Wir packten unsere Koffer und fuhren mit einem der letzten Personenzüge nach Berlin zurück. Mein Vater erwartete uns am Bahnhof. »Ich habe für vier Wochen Konserven eingekauft«, sagte er, während wir vom Lehrter Bahnhof durch den Tiergarten nach dem Westen fuhren. »Bis dahin ist alles zu Ende.«

»Glaubst du wirklich?«, fragte meine Mutter.

»Ja«, sagte mein Vater. »In vier Wochen sind wir in Paris.«

Ich konnte mir nichts unter einem Krieg vorstellen. Der Krieg, das war etwas, das in Lesebüchern stand, zu Jahreszahlen oder Gedichten verarbeitet, etwas, das mit der Welt der Erwachsenen zusammenhing, ebenso unschicklich und unheimlich wie der Kuß, den mein Vater meiner Mutter gab, wenn sie ›Tristan‹ oder ›Lohengrin‹ spielte. Ich sah auf die Straße hinaus und verstand nicht, daß dieselben Leute, die im Tiergarten spazierengingen, rauchend, redend, Zeitung lesend, fähig wären, an Biwakfeuern zu sitzen oder mit blutdurchtränkten Verbänden auf rauchenden Schlachtfeldern zu verenden, wie ich es auf den Bildern von 1870 und der Schlacht bei Leuthen gesehen hatte. Gab es das noch? War es möglich, daß Menschen, die nach dem Doktor schrien, wenn sie sich in den Finger schnitten, ihre Leiber den Kanonenkugeln darboten? Eine Ahnung von furchtbaren, mir bisher unbekannten Dingen stieg in mir auf: der Krieg, das war Schamlosigkeit, Entblößung, schlechtes Betragen. Er hatte etwas mit den Dingen zu tun, die unsere Eltern miteinander sprachen, wenn wir aus dem Zimmer gehen mußten.

Er roch wie die kalte Zigarre meines Vaters.

Am Nachmittag gingen wir vor das Königliche Schloß. Ich stand mit meinem Vater und Katharina auf der Brücke, die zum Lustgarten führte, eingekeilt in eine Menschenmenge, die abwechselnd ›Heil dir im Siegerkranz‹ und die ›Wacht am Rhein‹ sang. Dann wurde es still. »Jetzt spricht der Kaiser«, flüsterte mein Vater und wies mit dem nikotingelben Zeigefinger auf das Schloß. Ich sah nichts, aber an der Erregung meines Vaters merkte ich, daß sich etwas Bedeutungsvolles abspielte. »Paß gut auf«, flüsterte mein Vater. »Dies ist ein historischer Augenblick.« Es war sehr heiß, und die vielen Menschen erschreckten mich. Die Ergriffenheit in ihren Gesichtern hatte etwas Anstößiges, etwas, das nach Tristan und kalter Zigarre roch. Ich bekam Angst vor historischen Augenblicken. Mein Vater kaufte mir eine schwarz-weiß-rote Fahne. »Davon wirst du noch deinen Kindern erzählen, mein Sohn.« Dann gingen wir in ein Café Unter den Linden und tranken heiße Schokolade. Mein Vater war sehr ernst und küßte meine Schwester mitten auf den Mund. Als wir nach Hause kamen, sagte er zu meiner Mutter:

»Ich glaube, man muß sich jetzt freiwillig melden.«

»O Gott«, rief meine Mutter und lief aus dem Zimmer.

Das also ist der Krieg, dachte ich.

Am Abend spielte meine Mutter ›Deutschland, Deutschland über alles‹ und den Marsch der Riesen aus der ›Götterdämmerung‹.

Ich war zwölf Jahre alt, als der Krieg ausbrach. In der Schule wurden Siegesfeiern abgehalten, der Direktor hielt eine Ansprache, dann sangen wir die ›Wacht am Rhein‹ und wurden nach Hause geschickt. Die Konserven, die mein Vater gekauft hatte, waren längst zu Ende, aber der Krieg ging weiter, und die Fähnchen, mit denen wir auf der Landkarte die Front absteckten, blieben plötzlich dicht vor Paris stehen und rührten sich nicht mehr. Mein Vater war nicht genommen worden, als er sich zum Militär gemeldet hatte, und der Gedanke, daß er, wie er sich ausdrückte, »seinem Vaterland in der Stunde der Gefahr nicht dienen konnte«, schmerzte ihn tief. Es wurde immer später, bis er abends nach Hause kam, und er saß oft lange in seinem Lehnstuhl und schien über etwas nachzudenken. »Ich könnte jetzt sehr viel Geld verdienen«, hörte ich ihn einmal zu meiner Mutter sagen, während er an seiner Zigarre sog. »Aber ich lehne es ab, mich am Krieg zu bereichern. Ich mache keine Geschäfte mit dem Tod«. Er klopfte sich hustend die Asche vom Anzug und ging hinaus, und die Zigarre rauchte allein im Stuhl weiter.

Der Stuhl stand damals rechts in der Ecke, so stand er auch, als mein Vater mich fragte, was ich werden wollte. Der Krieg war längst vorüber. Durch die Straßen zogen hungernde Menschen mit roten Fahnen. Eine Generation, die den Krieg im Hinterland erlebt hatte, schickte sich an, das Erbe einer chaotischen Zeit anzutreten. Haustöchter schnitten sich die Haare kurz und gaben sich ekstatischen Jünglingen hin, deren Dachstuben mit den Bildern von Marx und Lenin geschmückt waren. Schauspielerinnen rezitierten bei Kerzenlicht revolutionäre Gedichte, während einige Straßen weiter die Apostel einer ›neuen Menschlichkeit‹ von den Feinden der Republik mit Gewehrkolben erschlagen und in den Landwehrkanal geworfen wurden. In den Tanzlokalen boten sich Männer, die als Mädchen, und Mädchen, die als Männer verkleidet waren, preiswert an. Nichts ging mehr zusammen, links war links, und rechts war rechts, und wer nicht ganz links oder ganz rechts war, wurde zermahlen, aufgerieben in dem glanzlosen Kampf um eine Republik, die sich selbst aufgab. »Hoch!« riefen die einen, »Nieder!« die andern, und ich sollte sagen, was ich werden wollte.

»Ich will schreiben«, sagte ich, und indem ich es aussprach, wußte ich bereits, daß meine Sache verloren war. Was wußte er von unsern aufrührerischen Gedanken, von der Unzufriedenheit der Jugend mit dem Bestehenden? Was von unseren verschwörerischen Zusammenkünften, in denen wir uns gelobt hatten, »nein« zu sagen, uns zu verweigern dem Herkömmlichen und Bequemen, neue Formen der Selbstdarstellung und des Zusammenlebens zu finden und dem Alten unter Einsatz unserer Person, den Kampf anzusagen? Da waren die neuen Worte, die uns begeisterten – Sowjetrepublik, Arbeiter- und Soldatenräte, Kolchosen. »Einer für alle und alle für einen!« Da waren die Filme der Revolution, in denen die Standbilder der Zaren von ihren Postamenten gestürzt wurden. Zehn Tage, die die Welt erschütterten. Das Gesicht des Mannes, der den Traktor bediente. Das Gesicht des Arbeiters in der Fabrik. Das Gesicht der sterbenden Frau auf der Barrikade. Aufstand der Matrosen von Kronstadt. Panzerkreuzer Potemkin. »Brüder, auf wen schießt ihr?« Und da waren die neuen Bücher, die nicht mehr mit ›Ich‹, sondern mit ›Wir‹ begannen; die neuen Bilder, die eine Klärung und Reinigung der Farben und Formen verkündeten; die neue Musik, die dem Menschen nicht mehr mit rauschenden Akkorden eine Harmonie vortäuschte, die ihm längst abhanden gekommen war, sondern ihre Gehalte schmucklos und beinahe mathematisch darbot...

Irgendwie hatte das alles auch mit Gilda Langer zu tun. Ich hatte sie in der Stadt B. kennengelernt, wo ich die Ferien bei Verwandten zubrachte. Gilda Langer studierte Medizin, und die Tatsache, daß sie mit toten Körpern umging, erregte meine Phantasie. Wir gingen an den Ufern der Oder spazieren; es war Herbst, und ich legte meinen Arm um sie und fühlte ihre Bewegungen unter meiner ruhenden Hand. Am Abend ging ich zu ihr hinauf und las ihr bei Kerzenlicht ›Anna Karenina‹ und die ›Göttliche Komödie‹ vor. Sie wohnte in einem alten baufälligen Haus am Wasser; die Fensterscheiben waren mit Zeitungspapier abgedichtet, es war kalt und regnerisch, und wir sahen die Herbstnebel durch die Stube ziehen. »Georg«, sagte sie und fuhr mir durchs Haar, »ich glaube an dich, du wirst einmal berühmt werden. Aber du wirst mich verlassen, ich weiß es, wie jener andere...« Sie fuhr mir wieder durchs Haar, und ich ließ es geschehen, obwohl es ein wenig weh tat. »Er war Stehgeiger im Café ›Blaue Gans‹, und ich saß da, wenn er spielte, und manchmal spielte er auch für mich ganz allein, nachts, im Mondschein, auf der Brücke. Und dann –« Sie seufzte. »Was dann?« fragte ich beklommen. »Er war ein Künstler –« sagte sie. »Du verstehst schon, nicht wahr?« – »Ach so«, sagte ich, »natürlich.«

Ich war sehr beeindruckt von ihrer Erzählung und gelobte ihr, daß ich sie nie verlassen würde. »Aber zuerst muß ich mit meinem Vater sprechen«, sagte ich. »Ja«, sagte sie, »sprich zuerst mit deinem Vater. Aber erzähle ihm nicht zuviel. Väter sind manchmal sehr seltsam.«

Und nun stand ich vor ihm, und er legte seine Zigarre auf die Stuhllehne.

»Ich will schreiben«, sagte ich.

»Schreiben?« Er lachte kurz auf. »Schreiben ist kein Beruf. Schreiben ist eine Berufung.« Er wandte sich wieder seiner Zeitung zu. »Ich habe auch einmal geschrieben, als ich jung war. Es gehört zu einem bestimmten Alter wie Stimmwechsel oder unreine Haut...«

Er schmauchte.

Die alte Barockuhr mit dem Sternenhimmel über dem Ziffernblatt holte rasselnd zum Schlage aus. Ich dachte an Gilda Langer und an die Denkmäler der Zaren, die von ihren Postamenten gestürzt wurden. Es war wie im Theater. Schillers ›Don Carlos‹. Aufstand der Jugend gegen das Alter. ›Sire, geben Sie Gedankenfreiheit!‹ Jetzt kommt der große Auftritt. Jetzt trete ich vor die Rampe. Alle Scheinwerfer sind auf mich gerichtet. »Vater«, sagte ich. Plötzlich riß es mich fort. Ich dachte, ich könnte zu ihm wie zu einem Freund sprechen. Aber noch ehe ich geendet hatte, warf er die Zeitung zu Boden und stand auf. Er schien größer zu sein, als ich ihn mir vorzustellen pflegte, fast so groß wie der berühmte Schauspieler, der im Staatstheater den König Philipp spielte. »Nein«, rief er. »Nein, du bleibst hier. Ich will nicht, daß mein Sohn ein Hungerleider wird, ein Herumtreiber. Ich, als dein Vater, verbiete dir...« Ich trat einen Schritt vor. Meine Knie zitterten. Ich spürte den Geruch von kalten Zigarren in seinen Kleidern. Jetzt, dachte ich. Jetzt kommt die Szene im letzten Akt. Der Saal ist totenstill. Die Leute auf der Galerie beugen sich vor. »Verbieten!« stammelte ich. »Dazu hast du kein Recht. Ich gehe, mit oder ohne deine Erlaubnis, und ich werde nicht mehr wiederkommen.«

Er sah mich an, als ob ich ihn ins Gesicht geschlagen hätte.

»Wie du willst«, sagte er und ging aus dem Zimmer.

Die Zigarre rauchte allein im Stuhl weiter.

In derselben Nacht verließ ich sein Haus.

Ich fuhr nach B. und ging mit Gilda Langer in der Dämmerung spazieren und lebte mit ihr in dem alten, verfallenen Häuschen am Wasser. Der Winter kam, und die Bäume an der Oder zeichneten sich mit ihren zarten, verschneiten Ästen gegen den bleigrauen Himmel ab. Die Kälte in der Stube ließ uns nicht schlafen. Manchmal war das Wasser im Krug über Nacht gefroren. Wir lebten von Pferdefleisch und von den mit Suppe gefüllten Marmeladetöpfen, die Gilda täglich aus der Studentenküche nach Hause brachte. Am Abend las ich ihr vor, was ich tagsüber geschrieben hatte, während sie mit blauen Lippen im Bett lag. Die Kerze flackerte im Wind, der durch die mit Zeitungspapier verklebten Fenster wehte, und ich legte mich zu ihr, weil es wärmer war, zu zweit im Bett zu liegen als allein. Einmal, im Frühling, kam ein Brief meiner Mutter. »Dein Vater ist krank«, schrieb sie. »Er ist plötzlich bei Tisch umgefallen, und sein Zustand ist bedenklich. Frühzeitiges Altern, sagen die Ärzte. Die Krankheit hat sich aufs Gehirn geschlagen, und manchmal weiß er nicht, was er spricht. Es wäre gut, wenn du bald nach Hause kämest.«

Ich packte meine Sachen, sagte Gilda Langer, daß ich bald zurückkommen würde, und fuhr nach Berlin. Es war ein freundlicher Tag im April, im Tiergarten blühten die ersten Veilchen. Ich fuhr in die kleine Straße, in der meine Eltern wohnten. Schon von weitem sah ich ihn am Fenster sitzen, starr und überdeutlich wie eine dem Leben nachgebildete Wachsfigur. »Georg!« rief er, als ich ins Zimmer trat, und streckte die Arme nach mir aus. »Endlich! Wo warst du nur! Ich habe die ganze Zeit auf dich gewartet.« Ich ging auf ihn zu und küßte die hohe, kindliche Stirn und das schüttere Haar und die buschigen Augenbrauen. »Komm«, sagte er. »Setz dich hin und erzähle, wie es dir ergangen ist.« Ich nahm einen Stuhl und setzte mich neben ihn ans Fenster und erzählte ihm irgend etwas, das mir gerade einfiel, und drückte seine Hand und lachte und redete auf ihn ein, sehr laut und sehr deutlich, während er mit dem tauben Blick des Schwerhörigen an meinen Lippen hing und ab und zu an seinem Hörapparat nestelte, den er wie ein zweites, saugendes, von seinem Körper abgetrenntes Ohr vor meinen Mund hielt. Plötzlich unterbrach er mich und sah sich suchend im Zimmer um. »Wo nur Georg bleibt?« sagte er traurig und zog seine Uhr. »Er hätte schon längst hier sein sollen. Hoffentlich ist ihm nichts geschehen.« Ich legte meine Hand auf seinen Arm. »Aber ich bin doch hier, Vater«, sagte ich laut in den Hörapparat. »Erkennst du mich nicht?« – »Natürlich«, sagte er lächelnd. »Ich bin neuerdings so vergeßlich. Zu dumm. Wirklich zu dumm.« Ich nahm ihm den Hörapparat aus der Hand und hielt ihn dicht vor meinen Mund und begann wieder zu reden. »Das ist aber eine schöne Geschichte«, lachte mein Vater und fuhr mir zärtlich mit der Hand über den Kopf. Plötzlich hielt er horchend inne. »Hat es nicht eben geläutet? Ja, das ist er. Geh und mach ihm auf.« – »Aber Vater, ich bin –« – »Geh!« drängte er. »Geh!« sagte er noch einmal, beinahe weinerlich. »Es ist niemand da, der ihm aufmachen kann.« Ich erhob mich und ging hinaus. Draußen stand meine Mutter im Gang. Ich sah ihre großen, angstvollen Augen im Dunkel auf mich gerichtet. »Was hat er gesagt?« flüsterte sie. »Hat er dich wiedererkannt?« Ich konnte nicht sprechen. Ich legte meinen Kopf an ihre Schulter, wie damals, als ich die Masern hatte. »Du mußt wieder hineingehen«, sagte sie. »Er darf nicht allein bleiben.« – »Ja«, sagte ich und ging in die Küche und trank ein Glas Wasser. Und dann ging ich wieder zurück und machte die Tür auf und stürmte hinein. »Guten Tag, Vater«, hörte ich mich sagen. »Hier bin ich. Entschuldige, daß ich so spät komme. Es war eine lange Reise.« – »Georg!« rief er und streckte mir die Arme entgegen. »Endlich. Ich habe den ganzen Tag auf dich gewartet. Wo hast du nur gesteckt, Bursche. Komm, setz dich und erzähle.« Ich küßte ihn wieder wie beim erstenmal, und er hielt mir den Hörapparat vor den Mund; und ich hörte mich mit heiserer Stimme sprechen. Aber es war gar nicht mehr ich, der da sprach, es war ein zweites, plapperndes, grinsendes Ich, eine Vervielfältigung meiner Selbst, ich war Georg I und Georg II und Georg III in einer Person, und ich spielte die verschiedenen Rollen mit der Geduld eines Schauspielers, der seine Sätze immer wieder von vorn aufsagen muß. Ich war eine Figur seines Wahnsinns geworden, und je mehr ich auf ihn einging, desto kühner wurden meine Einfälle. Nein, ich war kein Spielverderber. Ich hatte eine Schuld abzutragen, und dies war die Strafe, die sein umnachteter Geist mir auferlegte. »Wo er nur bleibt?« sagte mein Vater und sah auf die Uhr. »Der ungezogene Junge. Hat er dir auch nicht geschrieben?« – »Nein«, schrie ich in den Hörapparat. »Er hat niemandem geschrieben.« – »Wer?« fragte mein Vater erstaunt. »Georg!« sagte ich. »Ach so«, sagte er und sah mich mißtrauisch an. »Hat es nicht eben geläutet?« – »Ja«, schrie ich. »Das ist er, der Lümmel, der seinem Vater davongelaufen ist.« – »Laß doch!« sagte mein Vater. »Laß doch!« Und ich ging hinaus und kam wieder herein und setzte mich zu ihm und wir redeten über Georg, den ungezogenen Jungen, bis es dunkel wurde und der Wärter mit dem Rollstuhl hereinkam. »So, Herr Kobbe«, sagte der Wärter. »Nun wollen wir mal ein bißchen ums Haus fahren.« Er hatte einen bösen, stechenden Blick und war einmal Wärter in einer Irrenanstalt gewesen. »Noch nicht. Warten Sie, bis mein Sohn zurück ist. Er muß jeden Augenblick hier sein.« – »Natürlich«, sagte der Wärter und packte ihn und trug ihn wie ein Paket zum Rollstuhl. »Der böse Mann«, sagte mein Vater leise zu mir. »Wenn du wüßtest, wie er mich quält.« Ein furchtbarer Haß war in seinem Gesicht. »Haha«, lachte der Wärter und beugte sich dicht – viel zu dicht, wie es mir schien, – über meinen Vater. »Aber sonst verstehen wir uns sehr gut, nicht wahr, Herr Kobbe.« Mein Vater sah ihn furchtsam von unten herauf an. In der Tür stand meine Mutter und gab mir ein Zeichen. Ich ging hinaus. »Halt!« rief mein Vater. »Halt! Halt! Halt!« Aber ich war schon fort.

So ging es vier Jahre lang. Vier Jahre lang kämpfte er mit der Umnachtung. Das Vermögen war längst aufgebraucht. Meine Mutter nahm ein Bild nach dem andern von der Wand und verkaufte es. Ich wohnte in einem möblierten Zimmer in der Nähe ihrer Wohnung und kam jeden Mittag zum Essen. Der Wärter rollte meinen Vater an den Tisch, und ich war Georg I und Georg II und Georg III in einer Person, und ich schnitt ihm das Fleisch auf seinem Teller zurecht und brach das Brot für ihn und redete. Und er drückte mir die Hand und sagte: »So gut ist noch niemand zu mir gewesen. Mein Sohn sollte sich ein Beispiel an dir nehmen.« Manchmal, in seinen lichten Augenblicken, schien er zu wissen, wie es um ihn stand. Dann vergrub er den Kopf in seinen Händen, und dicke Tränen rollten über sein Gesicht. »Womit habe ich das nur verdient?« schluchzte er. »Ich bin immer anständig gewesen. Ich habe niemandem etwas Böses getan.« Aber im nächsten Augenblick war er schon wieder hinüber, und er kicherte und sagte unanständige Worte zu dem Mädchen, das mit dem Tablett hereinkam. Meine Mutter war seltsam ruhig geworden in diesen Jahren. Eine große Würde ging von ihr aus, wenn sie seine irrende Hand ergriff und mit leisem, tadelndem Nachdruck auf den Tisch legte. Er folgte ihr wie ein Kind, das auf frischer Tat ertappt worden war, schüchtern und mit fügsamem, verlegenem Grinsen. Dachte sie noch an jene Zeit, da sie einst sein Herz mit dem Vortrag von Schuberts ›Wanderer‹ betört hatte? Ihre Stimme war erloschen und das Klavier mit anderen Möbeln des grünen Salons verkauft worden. Sie hatte längst aufgehört, ihn mit den Augen der Frau zu sehen, die einst das Bett mit ihm geteilt hatte, und selbst der Ekel, den sie jetzt vor seinen krankhaften Entblößungen empfand, verwandelte sich in Mitleid und Trauer über den Geschlagenen.

Und dann jener Morgen vor seinem Ende. Ein kühler Novembertag. Kahle Äste vor dem Fenster. Der Himmel undurchsichtig. Im Wohnzimmer saß meine Mutter mit Katharina. Mergenthin stand am Fenster und sah schweigend hinaus. Ich wollte etwas sagen. Meine Mutter hielt den Finger vor den Mund. Sie war im Schlafrock. Ihr Gesicht war von einem bangen Ernst, während sie auf das Geräusch lauschte, das aus dem Nebenzimmer kam. Es war ein rasselndes, pfeifendes Geräusch, wie das Arbeiten einer Schiffsmaschine auf hoher See. Manchmal brach das Geräusch plötzlich ab. Dann war eine große Stille im Zimmer, als hätte ein Schwamm alle Geräusche aufgesogen. Meine Mutter erhob sich. »Jetzt?« sagte sie. »Jetzt?« und wollte hineingehen. Und dann fing die Maschine wieder zu arbeiten an.

»Der Arzt muß gleich kommen«, sagte meine Mutter und setzte sich wieder. »Er ist auf dem Weg hierher.«

Ich ging zum Nebenzimmer, dem Geräusch entgegen, und als ich die Tür öffnete, wurde es plötzlich ganz laut, als hätte ich die Tür zu einem Maschinenraum geöffnet, und ich sah ihn in dem großen Ehebett liegen, ungeheuer allein, röchelnd, mit geschlossenen Augen, seine zottige Brust hob und senkte sich unter dem halb geöffneten Nachthemd, und mit ihm hob und senkte sich das rotgestickte Monogramm E. K., das darauf zu sehen war, hob und senkte sich der tief in den Kissen liegende Kopf mit den struppigen Augenbrauen und dem grauen, gestutzten Schnurrbart, der nun verwildert über den pfeifenden Lippen hing. Rechts und links, zu beiden Seiten seines Körpers, der sich ungewiß unter dem Flausch der Decke abzeichnete, lagen seine behaarten Hände, flach ausgestreckt, mit dem Rücken nach oben, fremd und ohne Leben, als gehörten sie schon nicht mehr zu ihm. Er kämpfte schwer. Schweiß stand auf seiner Stirn, und seine großen, geschwungenen Nasenlöcher glänzten feucht.

Ich legte meinen Mund an sein heißes Ohr. »Hörst du mich?« flüsterte ich. »Es gibt Dinge, die ein Vater nicht verstehen kann. Es war nicht meine Schuld. Es war unabänderlich. Jetzt spreche ich zu dir. Ich will nicht, daß du fortgehst, ohne mich gehört zu haben –«

Es war eine lange Unterredung. Und natürlich war auch von Gilda Langer die Rede und von den Spaziergängen an der Oder und von dem Kampf der Söhne gegen die Väter. Ich dachte, es wäre gut, ihm von mir zu erzählen, solange noch etwas Leben in ihm war. Nachher würde es zu spät sein. Vielleicht war es auch jetzt schon zu spät. Und im Grund sprach ich ja auch nur mit mir selbst.

Hörte er mich noch?

Das Monogramm mit den roten gestickten Buchstaben E. K. hob und senkte sich auf seiner Brust.

Einmal schlug er die Augen auf und sah mich an.

»Georg«, hörte ich ihn sagen. Dann schloß er die Augen wieder.

Er hat mich erkannt, dachte ich. Jetzt ist alles gut. Ich ging zu meiner Mutter und Katharina ins Wohnzimmer. Mergenthin war in die Fabrik gegangen. Er konnte nicht mehr warten. Wir saßen um den Tisch und sprachen von den Männern, die vor ihren Frauen starben. und wie gut es wäre, daß er dies oder jenes nicht mehr erleben würde, Von Zeit zu Zeit stand einer auf und ging zu ihm. Oder Mergenthin rief aus der Fabrik an, und ich hörte Katharina leise mit ihm sprechen. Es wurde Mittag, und es wurde Abend, und mein Vater röchelte noch immer. Draußen, in der Dunkelheit, klopften kahle Äste an das Fenster. Wir gingen in den Zimmern umher, ließen die Vorhänge herunter, saßen vor aufgeschlagenen Büchern. Meine Mutter kochte eine Suppe. Wir aßen zwischen Herd und Küchentisch, im Stehen. Es war, als ob wir damit unsere Unachtsamkeit dem Leben gegenüber bezeigen wollten.

Es wurde Nacht, und das Röcheln war noch immer da. Es folgte uns durch die Zimmer, es war überall, es drang durch Türen und Wände, vierundzwanzig Stunden lang, von einem Morgen bis zum andern. Manchmal setzte es für einen Augenblick aus. Wir hielten den Atem an. Dann ging es weiter, unerbittlich, monoton, wie eine müde, pochende Schiffsmaschine, die sich mit letzter Anstrengung über den Ozean schleppte.

Eins-zwei; eins-zwei; eins-zwei.

Meine Mutter schlief mit offenen Augen. Katharina wachte in dem großen Lehnstuhl am Fenster. Manchmal schob sie den Vorhang beiseite und sah hinaus in den dämmernden Morgen. Es war wie in einem Wartesaal. Geruch von Apfelsinenschalen und Eau de Cologne. Irgendwo brannte eine Lampe.

»Ich halte es nicht mehr aus«, sagte Katharina und ging hinaus. Kurz danach hörte ich einen Schrei. Ich sah meine Mutter mit wehendem Haar und offenem Morgenrock an mir vorbeilaufen, und ich sah Katharina leblos auf dem Bett liegen, von seiner Hand gehalten, die wie ein geknickter Ast in der Luft stand. Ich befreite Katharina aus seiner Umklammerung und trug sie hinaus. Als ich zurückkam, öffnete meine Mutter gerade das Fenster.

»Es ist ein alter Brauch«, sagte sie. Dann holte sie ein Tuch und band es ihm um den Kopf. Sie war von einer seltsamen Geschäftigkeit. Es schien, als ob sie drei Jahre lang sich in Gedanken auf diesen Augenblick vorbereitet hätte. Sie legte seine Hände über der Brust zusammen und fegte die Stube sauber und verbrannte seine Bettwäsche in der Küche. Warum weint sie nicht? dachte ich. Ich hatte einen leidenschaftlichen Ausbruch erwartet. Ich hatte gedacht, sie würde sich über ihn werfen, in einem jener dramatischen Auftritte, mit denen sie mich als Kind zu erschrecken pflegte. Aber sie war ganz ruhig.

Der Arzt kam und stellte den Totenschein aus.

Ich ging in das Wohnzimmer und setzte mich in den großen Stuhl am Fenster. Draußen läutete es. Ich öffnete. Es war der Wärter. Er käme, um seinen Koffer abzuholen, sagte er. Außerdem sei ja noch eine Rechnung zu begleichen. Er hatte einen irren Blick und sah sich suchend im Zimmer um. »Haben Sie nicht ein Bild von ihm?« fragte er. »Ich hebe mir immer die Bilder meiner Freunde auf. Es ist schon eine ganz hübsche Sammlung.« Er zog ein zerknittertes Kuvert hervor und schüttete seinen Inhalt auf dem Tisch aus. Männer im Bett und im Rollstuhl, Männer mit verwilderten Bärten und dem traurigen Lächeln von Geisteskranken. »Den hier werden Sie vielleicht kennen«, sagte er und zeigte auf ein verfallenes Gesicht mit tiefliegenden Augen und wehen Schatten um den halb geöffneten Mund. »Erste Berliner Gesellschaft.« Er murmelte einen Namen. »Zwei Autos, prima Verpflegung und im Sommer Gratisreisen an die Riviera. Und der hier –« er deutete mit dem nicht ganz sauberen Daumennagel auf einen Mann mit verkrüppelten Gliedmaßen, der sich mühsam an einer Zimmerpalme festhielt, »das war mein Favorit. Ein lieber Mensch, nur etwas unbeherrscht. Ich war der einzige, der mit ihm auskommen konnte.« Er steckte die Bilder wieder zu sich. »Ja, man muß manchmal kräftig zupacken können in meinem Beruf«, sagte er und nahm seinen Koffer. »Sehen Sie, mit Ihrem Vater war das anders. Ein Blick genügte, und er war ruhig. Ach, und wie haben wir manchmal gelacht, wenn ich ihn auf den Arm nahm und durchs Zimmer trug. Nein, machen Sie sich keine Sorge, Herr Kobbe. Ihr Vater war ein harmloser Fall. Ich kenne mich da aus...«

»Gehen Sie«, sagte ich und drängte ihn hinaus. »Ich werde Ihnen das Geld anweisen lassen.«

Er stellte seinen Fuß zwischen die Tür. »Übrigens, wenn Sie mich mal wieder brauchen sollten – man kann nie wissen.«

Ich warf die Tür zu und ging in die Küche und trank ein Glas Wasser.

»Ein unheimlicher Mensch«, sagte meine Mutter. »Ich habe ihm nie ganz getraut.«

Es läutete wieder. Ein Mann von der Beerdigungsfirma. Ich ließ Mergenthin mit ihm allein und ging noch einmal in das Zimmer, in dem mein Vater lag.

Er lag, mit dem weißen Tuch, das sein Gesicht umrahmte, die Hände über der Brust gefaltet, bleich und lächelnd und – wie es mir schien – schon gar nicht mehr hier, schon gar nicht mehr mein Vater, nur noch eine bleiche, aufgebahrte Erinnerung an ihn, zusammengebunden durch das Tuch, das seine Züge wie ein Medaillon festhielt. Erst jetzt merkte ich, daß er nicht mehr röchelte. Es war eine große Stille überall. Rein und klar lag sein Kopf in den weißen Kissen. Es war, als hätte der Tod in seinem Gesicht nun all das zum Vorschein gebracht, was er im Leben vergebens auszudrücken versucht hatte. Er hatte nie sagen können, was in ihm vorging. Er war ungeduldig und überreizt gewesen und manchmal auch ein wenig jähzornig. Seine Empfindlichkeit hatte ihn mißtrauisch gegenüber sich selbst gemacht. Er hatte Angst vor seiner eigenen Güte gehabt und sich ihrer geschämt, weil es schwierig und unbequem war, ein guter Mensch zu sein. Denn um gut zu sein in einer schlechten Zeit, dazu muß man sehr klug sein, und ich weiß nicht, ob mein Vater sehr klug gewesen ist. Er sah immer wie ein erwachsenes Kind aus, auch im Tod. Er war freundlich und entgegenkommend und half den Leuten in den Mantel. Aber er tat es nicht ohne Verlegenheit, und dann war da diese Furcht vor dem Leben, das immer grausamer und unverständlicher wurde und in dem er sich nicht mehr zurechtfinden konnte. Man lebte in einer Welt, in der einer den anderen hinterging, und da man selbst immer zu denen gehörte, die hintergangen wurden, durfte man es den Leuten nicht so zeigen. Man war überhaupt schon ein wenig zu weit gegangen. Man hatte es abgelehnt, sich am Krieg zu bereichern, während die anderen mit Corned Beef und Uniformen und Kanonenkugeln Millionen verdient hatten. Es war eine schöne Geste gewesen, aber das einzige, was man davon hatte, war, daß die Leute sich über den seltsamen Mann lustig machten, der so dumm war, sich einen fetten Profit entgehen zu lassen. Und hatten sie nicht recht? Der Krieg ging weiter, gleichviel, ob er, Emanuel Kobbe, sich an ihm bereichern wollte oder nicht. Und seitdem hatte er beschlossen, sich bei der Abwicklung seiner Geschäfte nicht mehr von Gefühlen leiten zu lassen. Aber nun war es vorbei, und der Widerspruch in seinem Leben hatte sich in Lächeln aufgelöst. Es war die letzte, endgültige Aussage, die auf seinem Gesicht zu lesen war, dieses Lächeln eines Menschen, der sich geschämt hatte, ein guter Mensch zu sein.

Er war mein Vater.

Ich ging wieder in das Wohnzimmer, und als ich mich in den großen Stuhl am Fenster setzen wollte, sah ich eine Zigarre auf der rechten Armlehne liegen.

Es war Mergenthins Zigarre, die allein im Stuhl weiterrauchte.

7

Wir leben nie,
wir warten darauf, zu leben.
VOLTAIRE

Die alten Möbel standen schweigend.

Er trat ans Fenster.

Ein Mann schrie aus dem Schlaf.

Ein Lastwagen ratterte durch die Straße.

»Mein Sohn soll es einmal besser haben...«

»Bist du noch da?« fragte Katharina.

Er trat zu ihr.

»Weißt du, daß du manchmal deiner Mutter sehr ähnlich siehst?« sagte er.

»Wirklich?« fragte Katharina. »Übrigens ist das gar nicht so seltsam. Warum sollen Töchter ihren Müttern nicht ähnlich sehen?«

»Sie war eine große Frau«, sagte Kobbe. »Nur ein wenig zu unbeherrscht. Sie weinte viel und machte Szenen und lief manchmal nackt durch die Wohnung.«

Er rauchte.

»Ob wir je erfahren werden, wie sie gestorben ist?«

»Irgendwo, in einem jüdischen Altersheim in Berlin«, sagte er.

»Niemand war bei ihr, niemand weiß, wo sie begraben liegt...«

Vom Fenster kam ein Wind. Die Gardine hob und senkte sich wie der Flügel eines großen weißen Vogels.

»In meiner Jugend las ich einmal eine Geschichte«, sagte er. »Ein alter Indianer wird allein am Lagerfeuer zurückgelassen. Die Nacht bricht herein, und er hört das Heulen der Wölfe, und er weiß, daß er sterben wird, wenn das Feuer niedergebrannt ist.«

»Sie war eine große Frau«, sagte Katharina.

»Damals, als Kind, hatte ich das noch nicht gewußt«, sagte er. »Sie hatte einen bestimmten Geruch, den ich nicht vertragen konnte, und ich schämte mich für sie, weil sie sich so gehen ließ. Aber sie war eine große Frau, ich meine, sie wäre eine große Frau gewesen, wenn sie es selbst gewußt hätte. Aber es war niemand da, der es ihr sagte, und von allein kam sie nicht darauf.«

Er drückte die Zigarette aus und zündete sich eine neue an.

»Du rauchst zuviel«, sagte Katharina.

»Ich weiß«, sagte Kobbe.

Die Gardine wehte weit ins Zimmer hinein.

»Erinnerst du dich noch an Medizinalrat Straßmann?« fragte Kobbe. »Er kam zu uns, als wir noch Kinder waren. Er sah aus wie ein Gelehrtenkopf von Dürer. Langer, wallender Bart. Jedes Haar ausgeführt. Die Adern an den Schläfen so dick wie Bindfäden. Er sprach langsam und bedächtig und fuhr sich dabei mit zitternder Hand durch die Silberfäden seines Bartes. Ich weiß nicht, warum er so gezittert hat. Alles an ihm zitterte: die Nase, der Bart, die Hände. Wenn er mich untersuchte, spürte ich, wie sein kaltes Ohr auf meiner nackten Brust zitterte, sein Bart, sein Kopf, seine Arme, und schließlich fing ich auch zu zittern an, teils weil es ansteckend wirkte, teils aus Höflichkeit, weil ich den alten Mann nicht allein zittern lassen wollte... Nein, lach jetzt nicht, Katharina, ich habe dir etwas sehr Ernstes mitzuteilen... Es war an dem Morgen, an dem er gestorben war. Wir saßen in dem grünen Salon, und nebenan lag er, das Gesicht mit einer Serviette zusammengebunden, und ich fragte Medizinalrat Straßmann, ob es denn keine Erklärung für dies alles gäbe, die langsame Umnachtung, den körperlichen und geistigen Verfall, den frühen Tod, und Medizinalrat Straßmann fuhr sich mit zitternder Hand durch die langen Silberfäden seines Bartes und sagte bedächtig: ›Bei dem einen kommt es früher, bei dem andern später, und manchmal legt es sich aufs Gehirn.‹ Und dann wandte er sich an meine Mutter und sagte: ›Frau Kobbe, darf ich mir eine Frage erlauben? Ist Ihnen je etwas an Ihrem Herrn Gemahl aufgefallen?‹ Ich wollte aus dem Zimmer gehen, aber sie hielt mich zurück. ›Nein‹, sagte sie, ›du bleibst. Ich habe keine Geheimnisse mehr vor dir.‹ Und dann sah sie an mir vorbei und sagte: ›Mein Mann hat mich seit der Geburt meines Sohnes nicht mehr als seine Frau betrachtet.‹ Ich sah zu Boden. Und mit einem Male verstand ich, wie alles zusammenhing. Die Szenen auf dem Gang. Das Schluchzen. Die Aufschreie... Nacht für Nacht hatten sie nebeneinander gelegen, fünfundzwanzig Jahre lang, und er hatte sie nicht angerührt... ›Und warum hast du dich nicht von ihm getrennt?‹ fragte ich. Sie sah mich erstaunt an. ›Zu meiner Zeit war das nicht üblich‹, sagte sie. Es klang wie eine Zurechtweisung.«

»Du hast mir nie davon erzählt«, sagte Katharina.

»Es gibt Dinge, die man vergessen will«, sagte Kobbe. »Aber heute fiel es mir wieder ein. Ich finde, es liegt ein tiefer Sinn darin. Das Fazit einer Epoche. Melodie eines sterbenden Zeitalters. Böcklins Toteninsel und Wagners Tristan. Alte Möbel und künstliche Blumen. Herrschaft des Gefühls über die Vernunft. Hojotoho! Hojotoho! Pauken und Trommeln und Fanfaren. Kaiser Wilhelm II., mit verkürztem Arm auf schimmerndem Roß reitend, an der Spitze seiner Gardekürassiere. Die Menge jubelte, und die goldenen Helme und Rüstungen funkelten in der Sonne. Hohenzollernwetter. Und wir standen am Fenster und schrien ›Hurra‹ und aßen belegte Brote und tranken weißen Burgunder aus Champagnergläsern. Und Vater legte den Arm um Mutter und küßte sie mitten auf den Mund. Und beide hatten Tränen in den Augen. Und unten ritt der Kaiser vorbei...«

Er stand auf und ging im Zimmer umher.

»Ich wollte das alles einmal aufschreiben«, sagte er. »Aber wenn ich es packen wollte, glitt es mir unter den Fingern davon. Es war zuviel, und es kam immer mehr dazu. Und es ist ja noch nicht zu Ende, es fängt ja erst an. Nichts zu Ende gedacht, nichts zu Ende gelebt. Und sie sind schuld daran.«

»Du meinst, weil unsere Eltern –? Aber das ist doch lächerlich!«

»Es hat etwas damit zu tun. Sie haben alle Probleme vertagt. Sie haben es uns überlassen, damit fertig zu werden. Wie überaus bequem. Genauso bequem wie die weichen, gepolsterten Stühle, in denen sie ihre weichen, gepolsterten Gefühle ausruhten. Was wußten sie von den Unberechenbarkeiten des Schicksals? Es fiel ihnen nicht ein, daß in ihre vier Wände einmal der nackte Himmel hineinsehen würde. Sie hatten kein Gefühl für das Tragische. Ihr Sinn für den Katastrophencharakter der Geschichte drückte sich im Fallen und Steigen der Börsenpapiere aus. Sie stolperten in den Krieg wie Schulkinder, die ihre Aufgabe nicht gelernt hatten ...«

»Sie waren genau das, was sie zu sein vorgaben«, sagte Katharina. »Nicht mehr und nicht weniger. Sie dachten nur an das Nächstliegende. Wir denken in Jahrtausenden und wissen nicht, wovon wir morgen leben sollen.«

»Nun ja, ich will nicht ungerecht sein«, sagte er. »Wir sprechen von ›Gesetzen der Entwicklung‹, von der Notwendigkeit, das Alte zu überwinden, von dem ›Einfluß der Technik auf unser Bewußtsein‹ und dergleichen mehr. Wir lachen über die Simplizität von gestern und sind stolz auf die Kompliziertheit von heute. Aber die Simplizität derer, die vor uns waren, die Simplizität unserer Tanten und Onkeln und Kusinen, die Plattheit ihrer Meinungen und Gewohnheiten, die Armseligkeit ihrer Lebensläufe – kann man noch darüber lächeln, nachdem man weiß, wie es geendet hat? Onkel Louis, der brave, harmlose Schwerenöter, Onkel Louis, mit abgeschnittenen Hosen und haarigen Beinen, vor seinen Peinigern auf allen vieren kriechend, Gras fressend, getreten, geschlagen, bespuckt; oder Tante Olga, die gute einfältige Seele, Tante Olga in der Todeskammer von Lublin, nackt, mit aufgerissenen Augen – aber nein,es ist zu gräßlich. Natürlich hatten sie keinen Sinn für das Tragische. Warum sollten sie auch? Sie hatten ja niemandem etwas Böses getan. Sie beteten sogar schon auf deutsch, heiligten den Sabbat am Sonntag, saßen in Hemdsärmeln unter der Kastanie, tranken

Weißbier mit Schuß und dachten nur an das Nächstliegende, ja natürlich, das taten sie, du hast ganz recht. Zwei Tage vor ihrem Gastod in Lublin schrieb Tante Olga: ›Es ist ja nun schon ganz gemütlich hier, beinahe wie zu Hause. Frau S. hat sich als gute Kameradin in der Not erwiesen. Wir haben einen kleinen Bridgeklub gegründet und tauschen Kochrezepte untereinander aus und sprechen von den Lieben, die in Amerika sind‹... Man stelle sich vor: diese Schnittmusteridylle im Schatten der chemischen Vernichtung!

Darüber hat noch nichts in den Büchern gestanden, das hat noch kein lebender Mensch ausgesagt...

Ich weiß nicht, was dies noch mit ›Politik‹ zu tun haben soll«, fuhr er fort. »Es hat viel mehr mit den Dingen zu tun, die man als Kind ahnt, wenn die Kerze flackert und seltsame Geräusche im Haus umgehen. Damals war ich dem Geheimnis viel näher. Ich hatte noch nicht verlernt, mich zu wundern. Ich wunderte mich über dich und meinen Vater und meine Mutter, und am meisten wunderte ich mich über mich selber. Ich betastete mein Gesicht, meine Haut, meine Hände, und ich wunderte mich, daß ich – ich war und nicht du oder er oder sie, daß nicht irgendein anderer in mir dachte, aus mir sprach, und daß ich verdammt sein würde, dieses Ich mit mir bis ans Ende meiner Tage herumzutragen. Und plötzlich spürte ich dieses namenlose Grauen, allein zu sein, ausgesetzt in diese Welt, ein Ich unter vielen Ichs und doch unbegreiflich einmalig, ein Atem unter vielen und doch mein eigener Atem. Und dies alles würde einmal aufhören? Ich, mein Ich, würde nicht mehr sein und das andere bleiben: der Tisch, die Stühle, das Bett – sie würden nicht mit mir sterben, sie weigerten sich, mit mir zu gehen? Aber wie? Konnten sie denn ohne mich leben? Waren sie nicht nur deshalb vorhanden, weil *ich* sie sah? Ich ging umher und wunderte mich, daß die andern sich nicht wunderten. Sie schienen gute Miene zum bösen Spiel zu machen. Sie saßen in Hemdsärmeln unter der Kastanie und tranken Weißbier mit Himbeer. Wußten sie um das Geheimnis? Warum erschraken sie nicht? Warum sprangen sie nicht auf und schlugen sich an die Brust und brüllten: Ich will nicht! Ich will nicht!? Warum taten sie nichts dagegen? Man konnte es doch nicht einfach so hinnehmen? Man mußte doch etwas dagegen tun, sofort, bevor es zu spät war. Aber nein, sie blieben sitzen. Onkel Louis blieb sitzen. Tante Olga blieb sitzen. Alle blieben sitzen. Sie hatten verlernt, sich zu wundern. Das Unfaßbare wurde ihnen zur lieben Gewohnheit. Sie lebten mit dem Schrecken auf du und du. Das Sterben wurde ihnen schmackhafter, wenn man dabei Kochrezepte austauschen konnte. Aber so ist der Mensch, sehr klein, sehr armselig und sehr bedürftig ...«

»Georg«, sagte Katharina, »ich habe dich sehr lieb. Ich glaube, du weißt das gar nicht. Du weißt nie, wenn jemand dich liebt.«

Sie drehte sich zur Wand.

Er schraubte die Lampe niedriger.

Daß nach mir noch dieser Stuhl sein wird? Dieser Tisch? Dieser Schrank?

Daß es nach mir noch Menschen geben wird, die dasitzen und die Beine ausstrecken und sich nicht wundern?

Wie? Hatte ich nicht auch schon verlernt, mich zu wundern? Wievielen Irrtümern hatte ich nicht schon ewige Treue geschworen? O meine Schwester, wenn Du wüßtest, was ich Deinem Vater in Gedanken angetan habe. Und nicht nur ihm. Und nicht nur ihm.

»Hörst du?« sagte er plötzlich. »Die Stadt. Sieben Millionen Menschen. Es ist, als ob sie auf etwas warteten ...«

»Es ist Krieg«, sagte Katharina. »Sie warten auf das Ende des Krieges.«

»Nein, das meine ich nicht«, sagte Kobbe. »Menschen warten immer auf etwas, der eine auf den Tod, der andere auf einen Brief, der nie ankommt, der dritte auf den Messias. Und wir? Was haben wir anderes getan als gewartet? Da war zuerst ein Krieg, und wir haben auf den Frieden gewartet. Und als der Krieg vorbei war, haben wir auf den nächsten gewartet. Ja, so war es wohl, und alles, was dazwischen lag, diese Zeit der halben, der enttäuschten und betrogenen Hoffnungen, war nichts als ein Provisorium. Wir haben auf die Republik gewartet, auf die Freiheit, auf den Aufstand der Unterdrückten; wir haben auf Marx und Lenin gewartet, auf das Gewissen der Welt und auf die Vernunft der Völker; und immer hieß es: noch nicht! Wartet noch etwas! Bald wird es soweit sein! – O ja, wir waren sehr geduldig. Wir haben getan, was man von uns verlangte. Wir sind über Berge gewandert und durch Meere geschwommen, bepackt mit Theorien und historischen Einsichten, die uns helfen sollten, die Zeit des Wartens zu überstehen. Jetzt warten wir wieder. Eine ganze Welt wartet. Auf den Schlachtfeldern.

In Erdhöhlen, Kellern, überall warten Menschen, warten auf etwas, ein Wort, eine Antwort, die ihnen sagt, was sie tun sollen, um nicht mehr warten zu müssen. Und wieder heißt es: noch nicht! Wartet noch etwas! Vielleicht ein Jahr. Vielleicht tausend Jahre. Und so wird alles wieder nur ein Provisorium gewesen sein. Provisorisch haben wir gelebt, provisorisch werden wir sterben...«

»Vielleicht«, sagte sie. Aber es schien ihm, als wären ihre Gedanken bereits nebenan, dort, wo die Zeichnungen lagen – auch sie provisorisch, Fragmente einer im Raum verlorenen, noch nicht bewältigten Wirklichkeit.

Er stand auf. »Es ist spät, und du mußt noch arbeiten.«

Sie brachte ihn zur Tür. Ihre Stirn war weiß vor Müdigkeit.

»Gute Nacht«, sagte sie. »Ich finde, wir sollten uns jetzt häufiger sehen.«

8

All unser Übel kommt daher,
daß wir nicht allein sein können.
SCHOPENHAUER

Es war ein Uhr, als er nach Hause kam.

Im Zimmer von Luise brannte noch Licht.

Er öffnete leise die Tür. Sie lag auf dem Bett, kalkweiß geschminkt, eine falsche Nase im Gesicht, um sie herum bunte Fetzen, Schellen, Perücken, Lärminstrumente – ein müder Clown, der sich von der harten Arbeit des Spaßmachens ausruhte.

Neben ihr, auf dem Koffer, der als Nachttisch diente, stand der Schminkkasten und ein Teller mit Reis.

Sie hatte wohl über einen neuen Tanz nachgedacht und war dabei eingeschlafen.

Er deckte sie zu, nahm ihr die falsche Nase vom Gesicht, machte das Licht aus und ging über den langen Korridor mit den vielen Türen in sein Zimmer.

Das Fenster stand weit offen. Drüben, in New Jersey, suchten Scheinwerfer den Himmel ab.

Er legte sich aufs Bett.

Was für ein Tag, dachte er. Ich habe acht Stunden im Büro Adressen geschrieben und Briefmarken auf Kuverts geklebt. Dann habe ich etwas gegessen, war in einer Versammlung und habe meine Schwester besucht. Es ist immer dasselbe. Diese Stadt ist zu groß für mich. Man sollte irgendwo auf dem Lande wohnen, einen Garten bebauen, gesund leben. Gleich werde ich wieder aufstehen und in den Papieren blättern, die ich von drüben mitgebracht habe – Notizen aus dem Lager, Tagebuchaufzeichnungen, Briefe – dies alles ohne Zusammenhang, fragmentarisch wie das Leben, das ich geführt habe. Nichts Fertiges, nur Stichworte, im Grund unwichtig. Auch ein angefangenes Kapitel ist darunter. Ich schrieb es in Paris, kurz bevor die Deutschen kamen. Ich habe es auf der Flucht unter meinem Hemd getragen. Damals glaubte ich noch, etwas aus dem Zusammenbruch retten zu können, ein Stück Europa nach Amerika zu tragen. Ich bin nicht mehr neugierig auf die Vergangenheit. Ich trauere ihr nicht nach. Ich bin neugierig auf die Zukunft. Ich will wissen, was aus uns wird. Gute Nacht!

Neugierig auf die Zukunft? Warum nicht neugierig auf die Vergangenheit? Wo ist die Grenze zwischen Nicht-mehr und Noch-nicht? Nur das Heute ist schlecht, der vertane Augenblick, das nutzlose Jetzt. Schlecht ist nur, auf dem Bett zu liegen und nicht schlafen zu können.

Er ging zum Tisch, über dem die ›Bill of Rights‹ hing, und zog das Bündel aus der Schublade.

Papiere, lose Blätter, Zettel.

Er begann zu lesen.

Irgendwo schlug eine Uhr.

Wie im Traum hörte er das Küstenflugzeug heimkehren und den heiseren Baß der Nebelhörner, der über das Wasser kam.

ZWEITES BUCH

»Menschen brauchen ein Ideal
um mit gutem Gewissen morden
zu können.«

I

Im ersten Drittel dieses Jahrhunderts wurde ein großes und begabtes Volk das Opfer eines bedauernswerten Irrtums. Ein Mann aus dem Nachbarland, ein Abenteurer, ein Habenichts, der sich an der Menschheit für sein verpfuschtes Leben rächen wollte, hatte aus bestimmten, bisher noch nicht ganz geklärten Gründen eine bis an die Zähne bewaffnete Anhängerschaft um sich zu versammeln gewußt, die entschlossen war, den Kampf um die Macht mit der Rücksichtslosigkeit einer einfallenden Armee durchzuführen. Unterstützt durch Verbündete in allen Lagern, die in ihm das Werkzeug ihrer eigenen, oft einander widersprechenden und bekämpfenden Ansprüche und Interessen sahen, war es ihm gelungen, sich das Vertrauen der Masse unter falschen Versprechungen zu erschleichen und das Land, das noch unter den Nachwirkungen eines verlorenen Krieges litt, durch die Hoffnung auf eine bessere Zukunft für sich einzunehmen. Ihr habt Hunger, sagte er. Gut, ich werde euch zu essen geben. Ihr seid machtlos, sagte er. Gut, ich werde euch Macht geben. Ihr seid arm, sagte er. Gut, ich werde euch Reichtum bringen. Er versprach jedem das Seine: dem Bauern die Kuh, dem Winzer den Weinberg, dem Soldaten das Gewehr. Er versprach auch die Kühe und Weinberge und Gewehre aller andern Länder der Welt. »Heil!« rief die Menge. »Heil!« riefen die Hungrigen und die Satten im Chor, die Reichen und die Habenichtse, die Mächtigen und die Machtlosen. Der Mann reiste durch das Land, von Stadt zu Stadt, von Dorf zu Dorf. Er sprach eine Sprache, die man bisher noch nicht auf öffentlichen Plätzen gehört hatte, die Sprache all derer, die zu kurz gekommen waren und die nun ihren Selbsthaß, ihren Zorn auf das Bestehende, ihre Lust an der Zerstörung zur Würde einer Religion erhoben sahen. Er trug keinen Zylinderhut und keine weißen Handschuhe. Er stand im Regenmantel auf Fabrikhöfen und in Bierkellern, sein Gesicht war rot vor Zorn, seine Stimme überschlug sich, und sein rollendes Auge begegnete Blicken, die in ihm ein Spiegelbild ihrer eigenen Erniedrigung, aber auch ihrer Sehnsucht nach Größe und Auferstehung sahen. »Erlöse uns!« schrien sie ihm entgegen. »Erlöse uns von uns selbst!« – »Ja, ich werde euch erlösen!« sagte der Mann. »Von nun an wird sich niemand mehr seiner Schlechtigkeit zu schämen brauchen.«

Es gab aber viele im Lande, die nicht an den Erfolg des Mannes im Regenmantel glaubten. Ihre Vorstellungen von Macht und geschichtlicher Größe waren den Lesebüchern eines Jahrhunderts entnommen, das die Helden vergangener Epochen im Licht magischer Verklärung zu sehen gewohnt war. Sie hatten verlernt, noch an jene Magie zu glauben, die den Betrogenen an den Betrüger, den Unterdrückten an seinen Unterdrücker fesselt, die Magie der Zirkusdompteure, der Schaubuden-Ausrufer und Taschenspieler. Sie lachten über den Regenmantel und verstanden nicht, daß es die Uniform einer neuen Klasse von Enterbten geworden war, die sich anschickte, die Welt nach ihrem Ebenbild umzuformen. »Laßt sie nur lachen!« schrie der kleine Mann im Dialekt des Nachbarlandes. »Ich werde ihnen die Maske vom Gesicht reißen. Ich werde eine Religion des Bösen verkünden wie Christus eine Religion des Guten. Ich werde zeigen, daß die Schlechten schlecht und die Korrupten korrupt sind, und die Guten und Gerechten werde ich erschlagen. Ich werde euch alle zu Mitwissern meines Anschlages machen, und selbst wenn mein Plan scheitern sollte, wird niemand mehr da sein, der sich rühmen könnte, besser zu sein als ich...«

»Heil!« riefen die Regenmäntel. »Wir wollen sein wie du. Segne uns, erlöse uns. Wir warten. Unsere Zeit wird kommen! Unsere Zeit wird kommen!«

2

Und die Zeit kam. Sie kam mit dem Schnee, und der Schnee wurde zu Regen, und aus gestern wurde heute. Die Zeit – das war die Ahnung der Wartenden, die graue Leere auf den Straßen, die entseelten Gesichter der Vorübergehenden. Die Zeit – das war Angst, und Mißtrauen, und Mißtrauen vor der Angst; es war das Brot der Hungrigen, die Hoffnung der Hoffnungslosen, die in langer Reihe vor schmutzigen Portalen standen und um Arbeit nachsuchten. Die Zeit – das waren wir, ihre entmündigten Erben, die das Testament nicht bedacht hatte und die schweigend umhergingen, tatenlos und den Geschmack von billigem Tabak auf der Zunge.

»Wann kommst du wieder?« fragte Luise. Sie stand in der Tür, und ihr Blick suchte den langen Gang ab, der hinter mir in das dunkle Treppenhaus mündete. »Ich weiß nicht«, sagte ich. »Man muß Umwege gehen. Die Stadt ist voller Gefahren.« Ich ging fort. Ich ging hinaus in den dämmernden Morgen. Am Zeitungsstand hielt man mir ein Bild entgegen. Ein frierender Verkäufer krächzte: »Unser Führer! Endlich hat er's geschafft!« Ich schlug ihm das Blatt aus der Hand. Da war sie wieder, die Zeit, zusammengefaßt in dem Gesicht eines Mannes, der in der Macht saß wie die Made im Fleisch.

War es noch ein Gesicht? Selbst der Duce, diese Karikatur eines römischen Condottiere, mußte sich, um der Piazza zu gefallen, den pompösen Stil historischer Heldendenkmäler ausborgen. Aber im Gesicht des Führers war der geschichtslose Massenmensch jener Jahre, das anonyme Wesen, das überall war und nirgends, offiziell geworden. In diesem Gesicht war nichts Menschliches mehr. Es war das Ikon eines Zeitalters, das sich seine Heiligenbilder im Maschinenraum der ›Illustrierten‹ prägen ließ und keinen Wert auf besondere Kennzeichen legte – sie hätten den Absatz nur gefährdet. Denn hier wurden große Dinge angeboten: hier wurden Seelenkäufe getätigt, Mörder seliggesprochen, Trinker zu Abstinenzlern ernannt und Mißgeburten zu Rassenrichtern, hier wurde die Weltgeschichte zum Kriminalroman gemacht und die deutsche Vergangenheit zur Bärenfell-Farce, hier konnte sich der Anti-Christ als Gralsritter verkleiden und Montsalwatsch in einen Ku-Klux-Klan der Gottlosen verwandeln – dies alles in ein und derselben Nummer und an jedem Zeitungsstand zu haben. Und die Glocken läuteten.

Unbegreifliches geschah. Aus dem Dunkel der Städte brach es hervor, aus Mansarden, Kellerwohnungen, nach Kohl riechenden Portierlogen, aus Hörsälen und Laboratorien, Käseläden und Offiziersvereinen, aus Bierhäusern, Wettbüros, Massageinstituten; aus Wohnungen und Palästen, aus Bordellen und Kirchen. Es war die Rebellion des Schalterbeamten gegen den Schalter, des Schreibmaschinenmädchens gegen die Schreibmaschine, des Fabrikherrn gegen die Fabrik; es war Neid und Opferbereitschaft, Hingabe und Zynismus, kalter Betrug und gläubige Besessenheit. Es war oben und unten, links und rechts, Fortschritt und Rückschritt zugleich. Intellektuelle entsicherten ihren Browning, wenn sie das Wort ›Kultur‹ hörten. Gelehrte geißelten sich in ihren Studierstuben und jauchzten: »Nur nicht mehr denken!« Hausfrauen schrien beim Einkochen hysterisch nach dem Erlöser und umstellten sein Bild mit brennenden Wachskerzen. Und überall das Gesicht. Und überall das Wispern und Flüstern: die Juden. Und die Glocken läuteten.

Man ging umher und verstand nicht mehr, was der andere sagte. Selbst unter Freunden wurde die Unterhaltung problematisch. Wer nicht auf der Schwarzen Liste stand, tat, als ob ihn das Ganze nichts anginge. Man lachte und trank einander zu mit furchtsamen Augen: »Ich bin unpolitisch. Ich habe mich nicht exponiert!« Aber in der Nacht drückte man den Hut tief ins Gesicht und vergrub die Indizien einer gefährlichen Vergangenheit im Walde. In den Straßen patrouillierte der uniformierte Mob und trieb die Verängstigten wie Hasen vor sich her. Wo zuerst drei waren, waren jetzt dreißig. Die Geschlagenen gingen zu den Schlägern über. Schrecken verwandelte sich in Begeisterung. Gewalt erzwang Anbetung. Und die Glocken läuteten.

In ihren teuren, vielstöckigen Beratungshäusern saßen die Vertreter der Arbeitnehmerverbände und warteten ab, was geschehen würde. Sie saßen da, den Revolver neben sich, und starrten auf die Tür, durch die der Gegner kommen würde. »Wenn er kommt, schießen wir!« flüsterten sie ihren Anhängern zu. Sie waren bereit, sich zu opfern und, falls es nicht anders ging – aber sicher würde es auch anders gehen – die Brust dem Feinde darzubieten. Dieser aber war inzwischen durch die Hintertür eingetreten, hatte ihnen den Revolver vom Tisch genommen und sich wieder entfernt. »Wenn er kommt, schießen wir«, flüsterten sie einander zu. Aber sie waren bereits entwaffnet. Und die Glocken läuteten.

Jemand erwürgte jemanden in einem Hausflur. Sie kannten sich seit ihrer Kindheit. Jetzt kamen sie aus einer Kneipe und rochen nach Bier und Fusel. Plötzlich drängte der eine den andern gegen die Mauer. »Sag das noch einmal!« schrie er und schlug dem andern mit einer Holzlatte über den Kopf. Der andere bettelte: »Laß mich gehen. Ich habe dir nichts getan.« Der Stärkere lachte. Im ganzen Land wurde jetzt der Stärkere gegen den Schwächeren ausgespielt. Dieser hier spürte seine neue Macht und kostete sie aus. Zuerst hatte er nur im Scherz nach der Holzlatte gegriffen. Aber dann war da etwas in dem Gesicht des andern, das ihn aufbrachte, ein leiser, menschlicher Zug um den Mund, etwas, das er kannte, das nach

Angst aussah – und Angst – das war man selber – Angst mußte totgeschlagen werden. »Sag das noch einmal!« schrie er und drängte sich mit seinem Leib gegen den andern. Er fühlte ihn an Brust und Bauch und Beinen, während er seine Hände um ihn legte, und es war schön, sie jetzt auch um seinen Hals zu legen, um die glucksende Kehle mit den Bartstoppeln, die stahlhart herausstanden wie Grammophonnadeln, um das, ach, so menschliche Genick mit dem weichen Gänseflaum. Der andere, erstickt von der Umklammerung und dem Geruch von Fleisch und Macht, ergab sich und zog seinen Würger mit sich herab. Eine Weile lagen sie dort, zuckend. Durch die zerbrochene Scheibe der Haustür fiel Laternenschein. Dann erhob sich der Überlebende. »Sag es noch einmal«, murmelte er und taumelte fort. Draußen schlug eine nasse Fahne gegen sein Gesicht. Und die Glocken läuteten.

3

Es war ein Tag wie jeder andere. Ich kleidete mich an, gab den Goldfischen frisches Wasser und machte mich an die Zubereitung meines Frühstücks. Draußen klingelte es. Ein Mann in einer Uniform hielt mir eine Sammelbüchse vors Gesicht und fragte mich, ob ich etwas für die Opfer der Bewegung geben wollte. »Heil!« rief ich und warf die Tür ins Schloß. Der Mann klingelte noch einmal. Durch das Schlüsselloch sah ich, wie er etwas auf einen Zettel schrieb. Hierauf wandte ich mich wieder meinem Frühstück zu. Ich war soeben im Begriff, zwei weich gekochte Eier in ein Glas zu schlagen, als es von neuem läutete. Diesmal waren es drei Uniformen und drei Sammelbüchsen. Sie hatten Ehrendolche und Revolver, schlugen mit ihren Stiefelabsätzen gegen die Tür und drohten, sie aufzubrechen, falls ich nicht öffnete. Ich beschloß, auf mein Frühstück zu verzichten, nahm Hut und Mantel und stieg, wie es in jenen Tagen üblich war, durch das Fenster auf das Nachbardach, beendete dort meine Garderobe, stieg durch eine Luke in das Treppenhaus des angrenzenden Gebäudes und begab mich auf die Straße.

Nichts ließ darauf schließen, daß ein historisches Ereignis sich vollzogen hatte. Der Himmel war blau über der Gasanstalt; die Häuser von Schmargendorf leuchteten weiß in der Wintersonne;

Zeitungen erschienen; Licht, Gas und Wasser funktionierten wie üblich; der Mann am Führerstand der Linie 76 fuhr mit derselben Pünktlichkeit seinen Wagen von einem Ende der Stadt zum andern. Die Leute, die er fuhr, sahen nicht ernster aus, nicht besorgter und vergrämter als sonst. Wir haben fünf Regierungen in einem Jahr gehabt, dachten sie, warum nicht eine sechste? Sie saßen stumm und in sich gekehrt, mit eingezogenen Schultern und mit Augen, die nach innen dachten, auf ihren Bänken – ein Transport von Gefangenen, der einer ungewissen Bestimmung entgegenfuhr. Sie handelten nicht, sie wurden gehandelt. Sie waren nicht mehr Subjekt, sondern Objekt der Geschichte. Ihr Denken war nur noch ein Wahrnehmen von Eindrücken zum Zwecke der Selbstverteidigung, ein stummes Gewährenlassen mit der Hoffnung auf einen unerwarteten Freispruch. Noch registrierten sie in ihrem Bewußtsein die Bilder, die an ihnen vorüberzogen; die Gesetze der Logik waren noch nicht außer Kraft gesetzt; Satz und Gegensatz konnten noch definiert werden. Aber irgendwo war da ein blinder Fleck, ein Denkausfall, etwas, das es ihnen möglich machte, sich mit den gegebenen Verhältnissen abzufinden, ohne an Leib und Seele Schaden zu nehmen. Die Begriffe wurden austauschbar, je nachdem, was man mit ihnen beweisen wollte. Und man wollte immer das beweisen, was für einen selbst am günstigsten war. Denn nur darauf kam es im Augenblick an. Man lebte nicht, um zu denken. Man dachte, um zu überleben. Die Gedanken paßten sich der neuen Wirklichkeit an, wurden wie Gummibänder, die jeder Zerreißprobe widerstanden. Gut war nicht mehr gut, und schlecht nicht mehr schlecht, wenn es galt, sich mit Zähnen und Klauen zu verteidigen. Die Gewalt hatte ihre eigene Logik. Sie ließ keinen Überblick über das Ganze zu. Sie gab nur Ausschnitte frei. Teilwahrheiten, die in sich begründet waren. Es gab nichts dagegen zu sagen, wenn man es geschickt machte. Man brauchte nur das ganze Gedankensystem um neunzig Grad herumzuwerfen – und, siehe, man lebte noch immer.

Ich stieg aus und ging in das Künstlercafé, in dem Dr. Grützbach zu verkehren pflegte. Als ich eintrat, sah ich ihn mit anderen Führern der Opposition an einem Tisch sitzen und Skat spielen. »In sechs Monaten ist alles vorüber«, sagte Dr. Grützbach und hieb die Karten auf die Marmorplatte, die mit unzüchtigen Zeichnungen und den Gelegenheitsdichtungen berühmter Künstler und Autoren geschmückt war. Ich bestellte ein komplettes Frühstück sowie die Morgenzeitungen. Es war gut, hier zu sitzen, umgeben von Menschen, die sich durch die Ereignisse nicht schrecken ließen. Von Zeit zu Zeit kam ein uniformierter Mann durch die Drehtür, zog einen Revolver und legte ihn scherzend auf die Anwesenden an. Diese erbleichten und zischten sich illegale Parolen zu, bis der Mann verschwunden war und sie ihren Skat fortsetzen konnten. Ich wunderte mich ein wenig über ihr Verhalten, wurde aber von Dr. Grützbach zurechtgewiesen, der, die Karten scheffelnd, mit liebenswürdigem Humor erklärte: »Es wird nichts so heiß gegessen, wie es gekocht wird.«

Ich beendete meine Morgenlektüre und fuhr auf die Redaktion der großen Zeitung, deren Verlagsdirektor mich am Tage vorher zu sich gebeten hatte. »Haben Sie etwas dagegen?« fragte Joachim Bausback und zog ein Käsebrot aus der Schublade. »Man kommt zu nichts mehr.« Er biß kräftig in das Käsebrot. Das Telefon läutete. Bausback ging mit Käsebrot und Telefon zum Fenster, wickelte sich in den Samtvorhang ein, den er wohl schon bei ähnlichen Gelegenheiten als Schalldämpfer benutzt hatte, und kam einige Minuten später, erhitzt und nach Atem ringend, wieder zum Vorschein. »Mein Name ist Kobbe«, sagte ich. »Sie haben mich um eine Unterredung gebeten.« – »Richtig«, sagte Joachim Bausback und zog ein neues Käsebrot aus der Schublade. »Kobbe, Georg – nicht wahr? Ich habe seit Jahren Ihre Aufsätze in den ›Grünen Heften‹ mit dem größten Interesse verfolgt, und ich glaube, daß nun, nachdem Dr. Kaprizius geflohen ist...« – »Dr. Kaprizius – geflohen?« rief ich aus. »Ja«, sagte Joachim Bausback. »Und er tat gut daran. Seine Vorliebe für den blonden Gretchentyp hätte ihn nicht vor den spontanen Äußerungen einer Volkswut geschützt, die, ich spreche es offen aus, in seinem Fall nicht ganz unberechtigt gewesen wäre. Dr. Kaprizius ist in vielem zu weit gegangen. Sein ätzender, an Zynismus grenzender Spott, sein herausforderndes Auftreten, ja, selbst der Schnitt seines Bartes, der ihm das Aussehen eines kaustischen Fauns gab – dies alles lag unserem Volk nicht. Bedenken Sie, mit welcher Unbekümmertheit er sich über Werte hinwegsetzte, die nun, ob wir es wünschen oder nicht, auch von uns anerkannt werden müssen; Werte wie Blut, Treue, Nation, Liebe zur Scholle, kurz, all das, was in den Kreisen, in denen Dr. Kaprizius verkehrte, nur Hohn und

Gelächter auszulösen pflegte. Hier sind schwere Fehler begangen worden. Wir haben daraus zu lernen. Sind Sie nicht auch der Meinung?« Er entfernte mit dem Nagel des kleinen Fingers die Reste des Käsebrotes aus seinen Zähnen und sah mich erwartungsvoll an.

»Ich fürchte, daß ich nicht der Mann bin, um Dr. Kaprizius zu ersetzen«, sagte ich. »Meine Auffassung der Lage unterscheidet sich von der Ihrigen insofern, als ich eine übrigens auch mir unsympathische Barttracht nicht für einen hinreichenden Grund halte, um gewisse ›spontane‹ Äußerungen zu rechtfertigen. Im übrigen hat dies alles Ihre Zeitung nicht gehindert, Herrn Dr. Kaprizius, solange er noch in Mode war, über Gebühr herauszustreichen. Ich, der ich stets ein Gegner jener witzelnden Attitüde war, die, um eines Bonmots willen, mit einem Federstrich eine schauspielerische Existenz vernichten konnte, ich muß heute, so leid es mir tut, Herrn Dr. Kaprizius gegen jene in Schutz nehmen, die das Faustrecht der Straße für geistige Auseinandersetzung halten...«

»Sie haben mich mißverstanden«, sagte kummervoll Joachim Bausback und sah nach der Tür. »Man muß mit den Wölfen heulen. Früher hatten wir ein Programm. Heute heißt unser Programm: überleben.« Er blätterte in seinem Kalender. »In vier Wochen finden die Wahlen statt. Kommen Sie am Morgen danach um zehn Uhr zu mir. Dann können wir den Vertrag aufsetzen.« Er begleitete mich zur Tür. »Ja, aber...«, sagte ich. Er legte mir die Hand auf die Schulter. »Kein Aber«, sagte Joachim Bausback. »In sechs Monaten ist alles vorüber. Verlassen Sie sich darauf.«

4

Ich ging durch die Wilhelmstraße zum Brandenburger Tor und von dort, am Tiergarten entlang, dem Westen zu. Ich war diesen Weg oft als Junge gegangen, die Schulmappe auf dem Rücken und in Begleitung von Franziska Engelhardt, einem hageren, an Stockschnupfen leidenden, schon etwas lebensmüden Fräulein, das uns in guten Manieren unterweisen sollte und auch etwas Französisch sprach. Franziska Engelhardt war ein milder Mensch, voll von Nächstenliebe und enttäuschten Hoffnungen, und obwohl ich damals kaum älter war als acht Jahre, so schien es mir doch, als hätte

›Franziska‹ ihren Beruf verfehlt. Sie nahm die Dinge zu schwer, und ihr verstörtes Wesen am Frühstückstisch und ihre verweinten Augen bezeugten, daß sie wieder einmal die lange Nacht mit dem Teufel um meine und Katharinas Seele gerungen hatte. Sie war untröstlich, wenn ich etwas gesagt oder getan hatte, was ihr sittliches Empfinden, ihr Gefühl für Wahrheit und Gerechtigkeit verletzte, und es dauerte oft Tage, ehe es mir gelang, sie wieder aufzurichten. Stumm, schwarz gekleidet, ein großes goldenes Kreuz auf der eingefallenen Brust, pflegte sie neben mir zu gehen, mit jenem verwelkten Madonnenlächeln, das einmal schön gewesen sein mußte. »Ach, Franziska, warum sind Sie denn wieder so traurig?« sagte ich und bemühte mich, mit ihren langen Beinen Schritt zu halten. Über Fräulein Engelhardts zitronenfarbenes Madonnengesicht huschte ein weher Schimmer. »Dichts, bein Junge«, sagte sie mit Stockschnupfen und nestelte verlegen an ihrem Kreuz. »Es ist dur die Hitze...« Ja, dies war der Weg, den ich mit ihr gegangen war, wenn sie mich am Mittag von der Schule abholte. Morgens durfte ich allein durch den nach Gras und Tau riechenden Tiergarten gehen. Aber am Mittag, das hatte Fräulein Engelhardt mit verschämtem Augenaufschlag und unter Hinweis auf die Gefahren der Großstadt, denen sie selbst beinahe zum Opfer gefallen wäre, durchgesetzt, am Mittag sollte ich von ihr abgeholt werden, und hier war es, unter dem Denkmal der Königin Luise, daß ich das sanfte gütige Herz Franziskas zu Tode betrübte. Ich hatte, vor der Schulstunde, meine Butterbrote auf dem Klassenschrank liegen gelassen. Herr Nobiling, der uns im Schreiben unterwies, ein kleiner, schrullenhafter Greis, der beim Sprechen mit den Schlüsseln in der Hosentasche klapperte und einen Tabak rauchte, den er sich selbst herstellte, eine Mischung aus Huflattich und gehackten Brombeerblättern, Herr Nobiling war gerade dabei, die Buchstaben des Alphabets in makelloser Schönschrift mit Kreide an die Tafel zu malen, als er plötzlich innehielt, das Paket erblickte, es aufmachte und in feierlichem Ton sagte: »Jemand ist unter uns, der das Brot unseres Herrn fortgeworfen hat. Er verdient nicht, daß die Erde ihn ernährt. Wer ist es? Er trete vor.«

Ich hätte jetzt aufstehen müssen. Ich hätte sagen müssen, daß ich es war. Aber der biblisch-strafende Ton, in dem Nobiling ein verzeihliches Vergehen verdammte, machte mich aufsässig. »Kobbe«, rief jetzt einer aus der hinteren Reihe und zeigte auf mich. »Ja,

Kobbe war es, wir haben es gesehen«, fielen einige andere ein. »Ist das wahr?« fragte Nobiling und ging langsam auf mich zu. »Sind das deine Butterbrote?« – Ich starrte auf das Paket, und Trotz und Eigensinn machten meine Kehle trocken. »Nein«, stammelte ich. »Es muß ein anderer gewesen sein. Ich habe mein Frühstück längst aufgegessen.« – »Er lügt«, schrie jetzt der aus der hinteren Reihe. »Es war Kobbe und kein anderer...« Nobiling machte ein paar Schritte rückwärts, in der Richtung auf das Katheder. »Hm«, sagte er. »Hm, so einer bist du...« Er klimperte mit den Schlüsseln in der Hosentasche. »Ein Lügner? Sage Fräulein Engelhardt, daß ich sie heute mittag zu sprechen wünsche...«

Als Fräulein Engelhardt nach jener Unterredung das Konferenzzimmer verließ, schien sie um Jahre gealtert. Sie sprach kein Wort. Ihre Augen waren verweint, und sie seufzte von Zeit zu Zeit, als ob ein unaussprechlicher Kummer sie drückte. Dabei bewegte sie den Kopf langsam von einer Seite auf die andere, wie jemand, der es aufgegeben hat, noch an irgend etwas in dieser Welt zu glauben. Wir waren etwa eine halbe Stunde stumm nebeneinander gegangen, als sie, mich bei der Hand nehmend, sagte: »Komm, wir wollen uns dort auf die Bank setzen. Ich habe mit dir zu sprechen.« Die Vögel sangen im Gebüsch, die Blätter einer Kastanie warfen ihren gesprenkelten Schatten über uns. Es war Juli. Ein Geruch von Bäumen und Blumen, vermischt mit den Benzindämpfen der nahen Straße, jener eigentümliche Geruch des Berliner Tiergartens, lag über der sommerlichen Landschaft.

Fräulein Engelhardt nestelte an ihrem Kreuz und sagte mit Stockschnupfen und gesenkten Augen: »Dies ist der schlibste Tag beides Lebens. Wie konntest du bir, gerade bir das antun?« Sie wischte sich mit ihren knochigen, unbegnadeten Händen die Augen. »Zuerst das Brot fortwerfen, das uns der Herrgott in seiner dabenlosen Güte schenkt, und dann... ich kann es dicht glauben...« Sie schluchzte laut auf, »Du... ein Lügder! Ein ganz gebeiner Lügder!« Ich sah zum Denkmal der Königin Luise hinauf und überlegte mir, wie ich Fräulein Engelhardt trösten könnte. »Ich habe ein frisches Taschentuch bei mir«, sagte ich. »Darf ich es Ihnen borgen?« – »Dein... dein...«, schrie sie in wildem Schmerz auf. »Dicht, bevor du bir beinen Glauben an die Benschen wiedergegeben hast... Ach, bein arber, arber Junge, was hast du bir angetan...« Jetzt schluchzte auch ich. Aber mehr noch als mein eigener Jammer dauerte mich die Höllenqual, die mich aus den Augen von Fräulein Engelhardt anstarrte. Jemand weint um mich, dachte ich. Jemand weint um mich, weil ich gelogen habe. Seltsam. Es *gibt* also gut und böse, und ein Mensch kann daran zerbrechen...

Sie trocknete ihre und meine Tränen mit dem Taschentuch, das ich ihr nunmehr borgen durfte. »Versprich bir, daß du es die, die wieder tun wirst!« sagte sie, noch immer schluchzend, aber doch schon getröstet. »Nie wieder lügen!« Ich versprach es. Dann standen wir auf und gingen Hand in Hand wie zwei Liebende durch den blühenden Tiergarten nach Hause.

Sie starb, ein Jahr später, an der Schwindsucht und hinterließ nichts als das goldene Kreuz, das man ihren Eltern im versiegelten Brief zuschickte.

Dort, unter dem Kastanienbaum, war die Bank, auf der wir an jenem Mittag gesessen hatten; jetzt stand eine andere da, eine neue, frisch gestrichene Bank; in das Holz waren die Namen der Liebespaare geschnitten, die hier verweilten; es befanden sich auch einige Hakenkreuze darunter.

Ich fuhr nach Hause, stieg wieder durch die Luke auf das Nachbardach und von dort durch das Fenster in meine Wohnung, fütterte die Goldfische und schrieb einen Aufsatz für die ›Grünen Hefte‹, die, in kluger Voraussicht dessen, was geschehen würde, ihren Sitz nach dem Süden verlegt hatten. Es war ein Aufsatz über Mittel und Zweck in der Politik, und ich nannte ihn ›Du sollst nicht lügen!‹ zur Erinnerung an den ersten Menschen, der um mich geweint hatte. Ich schrieb länger als sonst an diesem Artikel, und es dunkelte bereits, als ich aufbrach, um das Manuskript zum Briefkasten zu tragen. Die Straße, in der ich wohnte, lag am Rande der Stadt. Hier und dort war noch ein Stück Wald stehengeblieben. Gras wuchs und Ziegen weideten.

Ich sah mich vorsichtig um, bevor ich das Haus verließ. Die Nacht war kalt, und ich hörte das Echo meiner Schritte durch die Straße hallen.

5

Luise stand, zum Auftritt bereit, in der Kulisse und wartete auf ihr Stichwort. Sie stand, den linken Fuß nach hinten gestemmt, mit den Händen noch einmal ihr Kostüm abtastend, die abenteuerliche Frisur, das mit Nasenkitt und Schminke überklebte Gesicht. Durch den Ausschnitt in der Kulisse sah sie ein Stück des Zuschauerraums, wie mit dem Messer herausgeschnitten, die vom Rampenlicht angeleuchteten Köpfe in der ersten Reihe, die schon erwartungsvoll nach oben sahen, den gepuderten Hals der zerstreut zuhörenden Dame, das pausbäckige Grinsen des Herrn mit dem Rattengebiß, dessen Goldzahn beim Sprechen wie ein Stilett im blauen Scheinwerferlicht aufblitzte. Der Tanz, den sie heute abend zum erstenmal zeigen wollte, hieß ›Die Bestie‹. Eine schleichende, spähende, schadenfrohe Figur, das Urbild aller jener von der Natur vernachlässigten alten Jungfern, die möblierte Zimmer an alleinstehende Herren vermieten, immer auf der Lauer, an Schlüssellöchern horchend, in Laken herumschnüffelnd, mißlaunig, magenkrank, neidisch auf alles, was Gottes Angesicht trägt, und dabei von einer wilden, verfressenen Gier nach Leben, einer Neugier, die sich für das eigene, verhaßte Dasein an einem fremden schadlos halten möchte. Die Maske, die sich Luise für diese Figur ausgedacht hatte, übertraf an charakterisierender Grausamkeit alles bisher Dagewesene: die Haare, die wie rotes Gras aus dem Kopf wuchsen, die herausstehenden Zähne, der verkümmerte Busen, dazu der schielende Gang auf dünnen, ausgetretenen Sohlen. Sie hatte es sich nicht ausgedacht, es war von selbst entstanden, aus dem Spielen und Herumwühlen in den Dingen, die sie in ihrem Koffer mit sich schleppte, den falschen Backen und den falschen Zähnen, den Lumpen und Perücken aus Roßhaar, mit denen sich sich verkleidete und entstellte, wie ein Kind sich mit Farbe oder Ruß beschmiert, um nicht erkannt zu werden, oder aus Freude an der Schrecken einflößenden Verwandlung. Man hatte sie oft gefragt, warum sie sich verunstaltete – sie wußte es selbst nicht genau. Aber jetzt, in diesem Augenblick, da sie in der Kulisse stand, zum Sprung auf die Bühne bereit, spürte sie es wieder, diese schmerzliche und zugleich süße Lust, verlacht, ausgelacht zu werden, sich zu unterscheiden, anders zu sein, ganz einmalig und ganz abseitig – spürte sie wieder jene Liebe zum Häßlichen, die noch aus einer Zeit stammte, da sie glaubte, selbst häßlich zu sein. Es war bei einer Tanzvorführung der Ballettschule. Sie hockte, als Nymphe unter Nymphen, in schwärmerischer Pose, die Augen auf die an Drähten entschwindende Primadonna gerichtet, vor der Rampe, als sie, kurz bevor der Vorhang fallen sollte, eine Stimme hörte, die Stimme einer Frau, die leise zu ihrem Nachbarn sagte: »Sieh mal, dort, die zweite von links – wie häßlich!« Es dauerte eine Ewigkeit, bis der Vorhang fiel und sie von der Bühne stürzen konnte, fort, nach Hause, aufs Bett, nichts mehr sehen, nie mehr tanzen, nie mehr auf einer Bühne stehen. Dahin die süße Unschuld der gezierten Schritte, der Spitzentänze und Pirouetten. Dahin die Illusion einer Anmut, der sie auf Engelsfüßen entgegengeeilt war... Sie erhob sich und trat vor den Spiegel. Ich bin häßlich! Und ich habe es nicht gewußt! Ich habe getan, als wäre ich schön, und man hat mich dabei ertappt; man hat mich durchschaut und ausgelacht. Sie riß sich mit beiden Händen den Mund bis zu den Ohren auf, schnitt Grimassen, streckte ihrem verhaßten Ebenbild die Zunge heraus. Aber ich werde mich an ihnen rächen! Ich werde meine Spuren verwischen, damit niemand mich mehr erkennen kann. Ich werde ihnen sagen, wann sie über mich zu lachen haben und wann nicht, und ich werde mein Gesicht mit Kohle schwärzen und sie zwingen, mich anzuschauen und zu bewundern.

Seit jener Nacht liebte sie es, sich zu verunstalten, und auch später noch, nachdem sie erfahren hatte, daß jemand sie schön fand und es ihr stammelnd gestand, fühlte sie sich allem Häßlichen verbunden, forderte sie die Damen und Herren im Parkett auf, einem Schauspiel beizuwohnen, das mit Lumpen, Zahnlücken und falschen Zöpfen die komische und zugleich beängstigende Geschichte einer seelischen Verwundung erzählte.

So war der Tanz ›Die Bestie‹ entstanden: als eine ungewollte Karikatur dessen, was in jenen Tagen aus den Tiefen der deutschen Gesellschaft herausbrach, einer Gesellschaft, die krank war und verdorben und in der Nymphen sich als Bestien und Bestien sich als Nymphen verkleideten. Das tanzte Luise, und da war alles darin: Neid und Haß und Gier, die Rache der Krüppel an den Gesunden und die Sehnsucht der Häßlichen nach Schönheit, aber auch Güte und Schmerz und Mitleid mit den Verdammten...

Jetzt gab der Inspizient das Zeichen zum Auftritt. Mit einem Satz sprang Luise in den Raum. Nicht sie tanzte, es war der Boden, der unter ihr, mit ihr tanzte, der sie emporwarf und auffing und wieder emporwarf, während das Orchester trommelnd einsetzte und sie sich mit schleifenden Sprüngen an die Rampe spielte, geduckt, mäusehaft, ihr entstelltes Gesicht der Menge darbietend und den Triumph auskostend, verschieden zu sein – eine andere.

6

Als Professor Seehaus die Nachricht von der Ernennung des Mannes im Regenmantel zum Reichskanzler erfuhr, schloß er sich in sein Arbeitszimmer ein und gab Auftrag, nicht gestört zu werden. Schade, dachte er und starrte auf die Fotografie, die vor ihm auf dem Tisch lag, das Bild der Kaiserin aus dem Naumburger Dom. Schade, dachte er. Schade um die zwanzig Jahre, die ich mit diesen Dingen verbracht habe. Antiker Faltenwurf, gotische S-Linie, die Kunst Ozeaniens im Dreifarbendruck – alles Mist! Er stand auf und ging im Zimmer umher, ein mächtiger Mann, wie aus einem Holzblock herausgeschnitzt und noch nicht ganz fertig in allen Einzelheiten, ein wenig an die primitiven Plastiken des modernen deutschen Meisters erinnernd, die er mit Vorliebe in seiner Zeitschrift abzubilden pflegte und gegen die man nun wohl auch, das fürchtete er, ›vorgehen‹ würde. Schade, sagte er noch einmal ganz laut und setzte sich wieder. Er war einmal Soldat gewesen, o ja, sogar Offizier, Kommandeur einer Fliegerstaffel im ersten Weltkrieg, und seitdem haßte er alles, was damit zusammenhing: Uniformen, Fahnen, Umzüge, aufgerissene Mäuler und erhobene Arme. Dies alles war ihm zuwider; es paßte so gar nicht mehr in ›unsere Zeit‹; es war so lächerlich veraltet und absurd, und überhaupt würde es sich nicht lange ›halten‹ können, höchstens ein paar Monate, und inzwischen würde er mit Barbara nach Paris oder Florenz gehen und abwarten, bis das Ganze sich von selbst ›abgewirtschaftet‹ hatte. Oder vielleicht könnte man auch bleiben. Die Leute würden mit sich reden lassen. Schließlich lebte man noch immer unter dem Gesetz. Es war alles legal zugegangen. Der Präsident hatte den Vertreter der stärksten Partei mit der Bildung der neuen

Regierung beauftragt. Sollte der Mann seiner Aufgabe nicht gewachsen sein, so würde man ihn ganz einfach absetzen. Schluß. Nur nicht die Nerven verlieren. Es wird nichts so heiß gegessen, wie es gekocht wird.

Hierauf wandte er sich wieder dem Bild der Kaiserin aus dem Naumburger Dom zu.

Einige Türen weiter, in dem kleinen Gelaß, das sich neben der Anmeldung befand, saß zur selben Zeit sein Kollege und Mitarbeiter Franz von Doegen, vor sich eine Liste von Namen, die seine besondere Aufmerksamkeit zu erregen schien. Einige dieser Namen waren angekreuzt, andere unterstrichen, und über dem Ganzen stand mit roter Tinte geschrieben: Zur besonderen Bearbeitung. Doegen lehnte sich zurück. Der Tag, auf den er seit Jahren gewartet hatte, war gekommen, der Tag, an dem die Glocken von Worms, Speyer, Würzburg, Bamberg et cetera die Geburt der deutschen Nation einläuteten. Davon hatte auch seine Doktorarbeit gehandelt. »Der Geist, der die Kathedralen schuf«, so schrieb er damals, »wird in den Panzerkolossen der modernen Materialschlacht seine heroische Auferstehung feiern.« Von hier bis zu der Mitarbeiterliste, die er Seehaus unter Mißbrauch des Vertrauens, das dieser in ihn gesetzt, entwendet hatte, war allerdings ein weiter Weg, – genauso weit wie vom Bamberger Dom zum Braunen Haus in München oder von den Briefen Hölderlins an Diotima zu den Sportpalast-Reden. Aber wenn man es genau betrachtete, so war dies eben der klassische, uralte Konflikt zwischen Geist und Tat, vita activa und vita contemplativa, und da Franz von Doegen sich für das erstere entschlossen hatte, das heißt, zu handeln, so mußte er sich auch damit abfinden, daß jedes Handeln ›tragisch‹ und er selbst, unter Brüdern, nichts anderes war als ein Angeber, wenn auch im Dienst der ›guten Sache‹, wie er meinte, einer Sache, die ihn aus den mit Madonnen und Altarbildern geschmückten Räumen des kunsthistorischen Seminars in die vom Fleischgeruch ihrer Opfer erfüllten Wachtstuben der Bürgerkriegsbataillone geführt hatte. Doegen schloß die Augen. Wie gut die Gewalt roch, wenn man sie mit dem Glorienschein geschichtlicher Notwendigkeit verbrämte. Alle großen Werte waren der Menschheit mit Feuer und Schwert aufgezwungen worden. Die Überredung durch Wort oder Beispiel war eine westliche Erfindung. Christus starb am Kreuz, damit die Standard Oil bessere Geschäfte machen konnte. Das hatte sogar schon Marx gewußt. Überhaupt stand man diesen Leuten viel näher. Sie wußten, daß man den Menschen nicht mit Güte ändern konnte. Ihr Mut zum Hassen war ein Mut zur Geschichte. Ihr Neinsagen zu dem Bestehenden, ein Jasagen zu Künftigem – nur eben, daß ihr trockener Rationalismus nichts von jener faustischen Sehnsucht wußte, die ihn, den Verfasser lyrischer Stanzen und ekstatischer Aufschreie, dazu gebracht hatte, sich mit Haut und Haaren der Bewegung zu verschreiben, – jener Sehnsucht, die noch in den heiseren Liedern der Sturmkolonnen den ewigen Drang der Germanen nach Unendlichkeit zu manifestieren schien.

Es war ein Fehler, daß Seehaus, in das Studium seiner Mitarbeiterkartothek vertieft, nicht aufsah, als Franz von Doegen eintrat. Er kannte den Schritt, das Gesicht des Mannes, ein weiches, ein wenig leeres und nichtssagendes Gesicht; es war immer dasselbe gewesen, es würde sich nicht plötzlich über Nacht verändert haben. »Doegen«, sagte Seehaus, ohne aufzublicken, »Sie wissen, was geschehen ist. Man muß sich damit abfinden. Konzessionen – natürlich. Aber in Grenzen. Hier etwas weglassen, dort etwas hinzufügen. Das genügt. Die andern haben es auch so gemacht. Die Hauptsache ist, daß man überlebt. Wir müssen lernen, mit Dynamit zu spielen, verstehen Sie. Schlau sein wie der Fuchs und listig wie die Schlange…« Er brach mitten im Satz ab. Sein Blick war auf das Abzeichen gefallen, das Doegen im Knopfloch trug – ein kleines magisches Zeichen auf weißem Grunde. »Ach so«, sagte Seehaus langsam. »Ich wußte nicht, daß Sie…« Er stand auf, ging einmal um den Tisch, setzte sich wieder. Schade, dachte er. Schade. Und in diesem Augenblick ging etwas in ihm vor, das häufig in Menschen vorzugehen pflegt, die sich wehrlos einer Übermacht ausgeliefert sehen: er kapitulierte. Er kapitulierte wie ein Soldat, der die weiße Fahne hißt, weil weiterer Widerstand zwecklos wäre. Natürlich gab es auch Soldaten, die es vorzogen, den Heldentod zu sterben. Aber dazu brauchte man Patronen oder einen Glauben, oder beides. Weder das eine noch das andere hatte die Republik ihren Bürgern zur Verfügung gestellt. Sie hatte sie dazu angehalten, mit dem Stimmzettel in der Hand für die Freiheit einzutreten, und sogar ein alter Soldat wie Seehaus, Ritter des Pour-le-mérite und des Eisernen Kreuzes erster Klasse, war in vierzehn Jahren demokratischer Wahlschlachten und Mehrheitsbeschlüssen ein wenig aus der Übung gekommen, den Märtyrer zu spielen. Außerdem war die letzte Patrone noch nicht verschossen. Man war noch nicht soweit. Es gab noch immer eine Hoffnung. Da war die Polizei. Da war die Reichswehr. Da war dies und jenes, das eine Änderung herbeiführen konnte, und morgen war auch noch ein Tag. Zeit gewinnen. Am Leben bleiben. Sich den Seinen erhalten. Er liebte Bücher und Bilder und Zigarren, er liebte die Abende auf den Caféterrassen am Kurfürstendamm und die Krebsschwänze in Dill bei Kempinski. Mein Gott, das Leben war so kurz, und er war schon über fünfzig... Ja, wenn er jetzt eine Waffe bei sich gehabt hätte. Vielleicht? Aber er hatte keine Waffe bei sich, und außerdem wäre es auch völlig sinnlos gewesen...

Und so zog er denn eine jener Zigarren, die er so liebte, aus seinem Lederetui, biß die Spitze ab, zündete sie an, lehnte sich im Sessel zurück und sagte: »Verzeihen Sie, wenn ich Ihre Gefühle verletzt habe, Herr von Doegen. Sie wissen jetzt, was ich denke. Es bleibt Ihnen vorbehalten, die Konsequenzen zu ziehen...« Er machte eine Pause. »Aber vielleicht schwebt Ihnen in Anbetracht unserer langjährigen Zusammenarbeit eine etwas geräuschlosere Lösung vor?« –Doegen räusperte sich.

»Es wird Ihnen nicht entgangen sein«, begann er, »daß in unserem Volk Kräfte erwacht sind, die zur Entscheidung drängen. Der liberale Massenmensch, der Wahlurnendemokrat mit dem politischen Extrasüppchen und der individuellen Angel- und Redefreiheit gehört ebenso der Vergangenheit an wie der pazifistische Weltbürger oder der heimatlose Literat. Wir sind in eine Epoche eingetreten, in der blutige Auseinandersetzungen über die Neuverteilung der Erde entscheiden werden. Das Zeitalter der...« Seehaus, ungeduldig: »Ich weiß, Spengler. Gefährlich leben. Heroische Geschichtsauffassung. Ich weiß. Ich weiß. Weiter.« Doegen, ein wenig verletzt: »Da Sie es wissen, so kann ich mir weitere Ausführungen ersparen. Ich habe den Auftrag, Ihnen mitzuteilen, daß man von Ihnen an höherer Stelle eine intensive Mitarbeit an den Aufgaben der Nation erwartet. Natürlich geht das nicht von heute auf morgen. Ihre Zeitschrift hat viele Leser im Ausland. Es wäre falsch, unsere Ziele vor der Zeit zu enthüllen. Sie verstehen: schlau sein wie der Fuchs und listig wie die Schlange. Hier etwas fortlassen, dort etwas hinzufügen...«

Seehaus, leise: »Ist das ein Befehl?«

Von Doegen: »Es ist genau das, was mir in Anbetracht unserer langjährigen Zusammenarbeit vorschwebte, Herr Professor!«

7

Der Arbeiter Ernst Hackenschmidt stand, ohne Hut und Mantel, auf dem vorderen Perron der Straßenbahn, die vom Alexanderplatz nach dem Westen fuhr. Er liebte es, vorn zu stehen, ungeschützt, das Gesicht dem Wetter preisgegeben, vor sich die Straße, das Getümmel der Autos und der Fußgänger, die in panischer Hast über die Geleise flüchteten, hinter sich die im dumpfen Wagen eng zusammensitzenden Fahrgäste. Hier vorn war Luft, Freiheit, Übersicht. Klar, auf geölten Schienen, fuhr man der Zukunft entgegen; nicht blind, unwissend fremden Zufällen ausgeliefert, sondern als einer, der weiß, was kommt und es kommen sieht. Hier gab es keine Überraschungen, keine unvorhergesehenen Erschütterungen. Man konnte das Abenteuer der Fahrt im voraus bestimmen, die Entfernung zwischen den Haltestellen, die Geschwindigkeit, mit der man sich dem Ziel näherte, das Einbiegen in die Kurven, und selbst wenn ein Unglück geschah, so wußte man sofort, wie alles zusammenhing, man war dabei gewesen, konnte es analysieren und als das erkennen, was es war: nicht als eine dämonische, außergesetzliche Macht, die dem Menschen hämisch ins Handwerk pfuschte, sondern als einen Betriebsunfall, nichts weiter, hervorgerufen durch menschliches oder technisches Versagen, ein falsches Signal, ein zu spätes oder zu frühes Bremsen, kurz etwas, das vermieden, behoben, korrigiert werden konnte und somit in keiner Weise geeignet war, den Plan zu erschüttern, der dem Ganzen zugrunde lag. Hackenschmidt lächelte - die Straßenbahn als Gleichnis der materialistischen Geschichtsauffassung. Dort die Anarchie der bürgerlichen Gesellschaft, planlose Unordnung des Verkehrs, Fahren und Überfahrenwerden – hier Gesetzmäßigkeit, vorwärtsschauende Idee, organisierter Wille. Die Geschichte läuft wie auf Rädern. Es gibt keine Rätsel mehr. Tod und Geburt, ja und nein existieren nur im Hinblick auf das gemeinsame Ziel. Keine individuellen Abweichungen, kein eigenbrötlerisches Aus-der-Reihe-Tanzen. Wer dies einmal begriffen hat, für den war selbst der Mann im Regenmantel nur das letzte, verzweifelte Hupensignal einer sterbenden Klasse. Er mußte an die Sitzung des Zentralkomitees denken, die am Morgen stattgefunden hatte. Die Ereignisse der letzten Nacht waren methodisch geprüft und durchgesprochen worden, und man hatte sich nach heftigem Für und Wider darauf geeinigt, das Ganze als einen Betriebsunfall der Geschichte zu betrachten, mehr oder weniger vorausgesehen, ja sogar gewünscht, da er dazu beitragen würde, den revolutionären Prozeß zu beschleunigen. Dies war zwar nicht ganz Hackenschmidts Auffassung, aber den Worten Kranas hatte er entnommen, daß man an höherer Stelle die Niederlage in einen Sieg umzuwandeln wünschte, und das genügte. Es war wohl auch nicht der geeignete Augenblick, sich auf theoretische Abweichungen einzulassen. Die Partei schickte sich an, illegal zu werden. Die Verbindung mit den Vertrauensleuten mußte ausgebaut, wichtiges Material in Sicherheit gebracht werden. Er fühlte nach dem Kuvert, das sich in seiner Brusttasche befand. Ja, es war noch immer dort, aber es durfte nicht mehr lange dort bleiben. Man mußte ein Versteck finden, das zugleich leicht erreichbar war. Zuerst hatte er an Einsiedel gedacht, mit dem er trotz des Sprechverbotes, das die Partei nach seinem Austritt über ihn verhängt hatte, noch immer befreundet war. Aber Einsiedel war durch seine Vergangenheit zu stark belastet. Die Person, die in Frage kam, durfte politisch nicht hervorgetreten sein, am besten eine Frau, eine Künstlerin, persönlich anständig, zuverlässig, eine, mit der man reden konnte... Man mußte nur ein wenig verstört und geheimnisvoll tun und an die romantischen Instinkte der Bourgeoisie appellieren. Das zog immer. Plötzlich fiel ihm ein Name ein. Luise, den Nachnamen wußte er nicht mehr. Zu dumm. Sie war sehr bekannt unter den jungen Tänzerinnen, und er entsann sich, daß er einmal den Auftrag hatte, sie für die Partei zu werben. Aber seine Versuche, ihr menschlich näher zu kommen, indem er ihr die Lehre vom Mehrwert erklärte, waren mit einem verstohlenen Gähnen beantwortet worden. Übrigens mußte er sich den Namen und die Adresse irgendwo aufgeschrieben haben. Er suchte in seinem Notizbuch und stieg bei der nächsten Haltestelle aus. Es war nicht weit von hier. Den Gedanken, sich telefonisch anzumelden, gab er wieder auf. Es war taktisch besser, sie zu überrumpeln.

Hackenschmidt pfiff leise vor sich hin, verstummte aber sofort und sah sich um. Es war nicht ungefährlich, in jenen Tagen die ›Internationale‹ zu pfeifen.

Als man Luise einen Herrn meldete, der sie sprechen, aber seinen Namen nicht nennen wollte, stand sie gerade mit eingefettetem Gesicht am Fenster und trank ein Glas Milch. Noch ehe sie sich auf den Besuch vorbereiten konnte, war Hackenschmidt bereits eingetreten und hatte die Tür hinter sich verriegelt. »Verzeihen Sie, daß ich so bei Ihnen einbreche«, sagte er. »Mein Name ist Hackenschmidt. Sie erinnern sich –?« Luise war ein wenig bestürzt. »Ja«, sagte sie. »Natürlich. Es war ein interessanter Abend. Leider verstehe ich nicht viel von Wirtschaftsfragen.« Sie ging zum Tisch. »Darf ich Ihnen einen Apfel anbieten?« Es fiel ihr im Augenblick nichts anderes ein. »Nein, danke«, sagte Hackenschmidt. »Ich muß gleich wieder fort.« Er sah sich flüchtig im Zimmer um. Neue Sachlichkeit, stellte er nicht ohne Genugtuung fest. Stahlmöbel, karge Wände, abstrakte Bilder. Man würde mit ihr reden können. »Ich bin hier eingedrungen, um mich eines Auftrages zu entledigen«, sagte Hackenschmidt. »Wir rechnen auf Ihre Hilfe. Sie könnten uns eine große Gefälligkeit erweisen...« Sie sah verlegen an ihm vorbei. Hackenschmidt ging auf sie zu. Er gab sich Mühe, konspirativ auszusehen. Straff spannte sich die Haut über seinen Backenknochen. »Ich möchte Sie bitten, dies für eine Weile in Verwahrung zu nehmen. Hier, in diesem Kuvert, ist ein Zettel. Auf diesem Zettel stehen die Namen von hundertfünfzig Menschen, die in Gefahr sind.« Er machte eine Pause. »Mehr möchte ich im Augenblick nicht sagen.«

Luise wischte mit dem Zeigefinger den Staub von der Tischplatte. Sie war sehr verlegen. Beinahe hätte sie geweint. Es war alles so aufregend. Große Dinge geschahen. Und man war dabei, man brauchte nicht mehr abseits zu stehen und zuzusehen, was die andern machten. Man hatte in einer Zeit ohne Geheimnis gelebt. Ein Tag wie der andere. Leute zuckten die Achseln, tranken Tee und waren verzweifelt. Herren schickten Blumen hinter die Bühne und drückten ihre Verehrung aus: »Gnädiges Fräulein, fabelhaft, einfach fabelhaft.« Hinterher schütteten sie ihr Herz aus, zählten Wahlziffern zusammen und wurden zudringlich. Aber dieser hier war nicht so. Er hatte weiße Zähne und starke Backenknochen. Er war ein Mann. Ein Arbeiter. Ein Kämpfer der Revolution. Donnerwetter! Einer von denen, die ihr Leben hingeben für eine Idee. Panzerkreuzer Potemkin. »Brüder, auf wen schießt ihr!« Rauchige Hinterzimmer. Männer mit Schirmmützen. Maschinengewehre. Tack-tack-tack-tack! Flugblätter. Blut. Das Geheimfach unter dem Fußboden. Kosaken. »Gestehen Sie!« – »Nie!« Schritte. Horch. Tack-tack-tack-tack! Iwan! Wladimir! Ich wußte, du würdest uns nicht im Stich lassen. Einer für alle! Alle für einen!

»Geben Sie her«, sagte Luise. Sie nahm das Kuvert und legte es in die Schublade.

»Danke«, sagte Hackenschmidt. »Ich wußte, Sie würden uns nicht im Stich lassen.«

Luise griff in die Obstschale. Sie war sehr glücklich. Sich hingeben für etwas, das größer ist als man selber, dachte sie, während sie ihm die Äpfel in die Taschen stopfte.

Hackenschmidt wandte sich zur Tür. »Übrigens ist mein Parteiname Max«, sagte er. »Damit Sie Bescheid wissen.«

Typischer Fall von linksliberaler Anständigkeit, dachte der Arbeiter Ernst Hackenschmidt, als er wenig später in die Untergrundbahn stieg. Er pfiff leise vor sich hin. Plötzlich verstummte er. Zu dumm. Er hatte wieder die ›Internationale‹ gepfiffen.

8

Niemand wußte, warum Kitty Blau jene Rolle im Berliner Theaterleben spielte, die sie zu einer der am meisten beachteten Figuren im Zuschauerraum und hinter der Bühne der großen Premieren gemacht hatte. Weder konnte das Haus, das sie hielt – eine nicht sehr geräumige Drei-Zimmer-Wohnung –, anspruchsvollen Besuchern genügen noch verfügte sie selbst über besondere Gaben, die eine solche Rolle gerechtfertigt hätten. Fest stand jedoch, daß sie eine Macht war, eine Macht, mit der man zu rechnen hatte, wenn man es zu etwas bringen wollte, und daß man gut daran tat, mit ihr gesehen, von ihr begrüßt und, über viele Sitzreihen hinweg, kurz bevor der Vorhang aufging, oder in der Pause, wenn er eben gefallen war, von ihr angesprochen, nein, angerufen zu werden. Sie hatte, außer ihrer Liebe zum Theater und einem bemerkenswert guten Herzen, vor allem eine Fähigkeit entwickelt: die Fähigkeit, Freundschaften zu schließen, natürlich vorwiegend mit Berühmtheiten oder solchen, die im Begriff waren, es zu werden, und in ihrem Salon mit dem gebührenden Nachdruck herumgezeigt wurden. Begonnen hatte es damit, daß sie auf bisher ungeklärte Weise das Vertrauen Dorothea Altschuls erworben hatte, einer weltabgewandten, eher klösterlich als gesellig gestimmten Seele, die selten unter Menschen ging und nur auf der Bühne zu einer Art von somnambulen Scheindasein erwachte, das von der Kritik aller Schattierungen und Parteien einmütig als ›Die Kunst von heute‹, wenn nicht gar von ›morgen‹ oder, schlechthin, als ›zeitlos‹ erklärt wurde. Die Tatsache, daß Kitty Blau zu den Auserwählten gehörte, die sich ihrer Freundschaft rühmen durften, hatte viele angezogen, die auf diese Weise hofften, die Bekanntschaft von Dorothea Altschul zu machen, oder, wenn auch nur aus der Entfernung, etwas von dem Ruhm zu erhaschen, der auf jene, die mit ihr verkehrten, überging, – zumal Kitty Blau keine Gelegenheit vorübergehen ließ, um mit leicht hingeworfenen Bemerkungen über »Dörthes neuen Morgenrock« oder »Pims elegisches Verhalten« auf die berühmte Freundin anzuspielen. »Dörthe« war natürlich Dorothea und Pim niemand anderer als der so oft in Zeitschriften und Modejournalen abgebildete irische Drahthaarterrier, mit dem die gefeierte Darstellerin des Elegischen sich auf der Terrasse ihrer Villa am Stölpchensee in somnambuler Schlichtheit zu ergehen pflegte. So war es gekommen, daß Kitty Blaus Salon mit den dürftigen Mullgardinen und den schon etwas abgeschabten Plüschsesseln und Plüschkanapee aus dem öffentlichen Leben der Reichshauptstadt nicht mehr hinwegzudenken war; ein Treffpunkt all derer, die sich im Schatten Größerer zu tummeln pflegen, eine Börse der Begabungen, die hier auf eine Gelegenheit warteten, entdeckt und, dank Kitty Blaus kräftigem Nachdruck, auf den Markt geworfen zu werden. Hier, zwischen den vier allzu engen Wänden ihrer Behausung, wurden Stücke angeboten und verkauft, Besetzungen gebucht, Kritiken verfaßt und die Kurse der Beliebtheit, beziehungsweise Unbeliebtheit, vornotiert. Dorothea Altschul selbst, die sozusagen den Grundstein zu dem Unternehmen gelegt hatte, blieb weiterhin der Geselligkeit fern und begnügte sich damit, eingedenk der Weisungen ihres Agenten, nur noch als ein wehes, unendlich rührendes Beispiel künstlerischer Vereinsamung – ›alle Genies sind einsam‹ – und hochbezahlter Weltabkehr von sich reden zu machen.

Der Ruhm, Dorotheas Vertraute zu sein, wurde jedoch bald durch den von Dr. Kaprizius überstrahlt, der sich nach längerem Zögern entschlossen hatte, ihren Salon durch seine Anwesenheit zu beehren. Mit ihm waren viele neue Gesichter aufgetaucht, die es sich nicht leisten konnten, nicht ›dabei‹ gewesen zu sein. Was sie dort erwartete, war in der Tat ein gesellschaftliches Ereignis, sofern es nicht wegen Überfüllung geschlossen werden mußte. Journalisten und Hellseher, Schauspieler und Agenten, Regisseure und Musiker standen oder hockten im Kreis um Kaprizius, teils, um seinen Aperçus zu lauschen, bevor sie im Morgenblatt erschienen, teils, um verstohlen von dem selbst gebackenen Käsekuchen zu profitieren, mit dem Kitty Blau sich ihren Gästen schmackhafter zu machen versuchte. Ihr Gatte, Moritz Blau, ein rechter Mann auf dem rechten Platz, sah bescheiden aus dem Hintergrund dem zwar imponierenden, aber ihm unverständlichen Treiben seiner Frau zu und bemühte sich, die aus der Küche eintreffenden Käsekuchen in Dreiecke, Vierecke und andere geometrische Gebilde zu zerkleinern.

In dem Maße jedoch, in dem die Republik sich dem Ende näherte, leerte sich auch Kitty Blaus Salon. Man spürte, daß der Erfolg nicht mehr hier, sondern anderswo gemacht wurde, dort, wo die neuen Uniformen sich um die neuen Fahnen scharten, und in dem Augenblick, in dem diese von allen Gebäuden wehten, war es auch mit Kitty Blaus Macht zu Ende. Noch einmal versammelte sie ihre Feinde und Freunde um sich, und das war an jenem Abend, bevor sie nach Paris übersiedelte.

Viele, die gekommen waren, ahnten, daß sie bald ihrem Beispiel folgen würden. Andere wiederum, die von den neuen Machthabern größere Rollen und erhöhte Gagen erhofften, blickten teils bedauernd, teils schadenfroh auf die gestürzten Größen von gestern und stellten nicht ohne Genugtuung fest, daß die Reihen sich erheblich gelichtet hatten. »Ach, Kitty, Süße...«, hauchte eine seit kurzem auffallend blonde Salondame, die, wie man sich zuflüsterte, bereits als Nachfolgerin für die ebenfalls schon reisefertige Dorothea Altschul vorgesehen war, »ich werde nie vergessen, wie du mir all die Jahre geholfen hast... nie... nie!« Sie hob, wie zum Rütlischwur, zwei Finger der Rechten in die Höhe. Ein Gemurmel der Anwesenden belehrte sie, daß sie ihnen ›aus dem Herzen‹ gesprochen hatte. – »Nein, wirklich, Kitty«, mischte sich jetzt eine Hochdramatische ins Gespräch, »auch mir wird ganz, ganz für-r-r-r-rchterlich bange nach dir sein. Wenn du wüßtest, wie du uns allen fehlen wir-r-r-st!« Ihre Worte wurden von einem farbenfreudig gekleideten, etwas feisten Bonvivant aufgenommen, der, ebenfalls auf wienerisch und mit jenem Unterton pfiffiger Verschlagenheit, der ihn in psychologisch vertieften Dienerrollen beliebt gemacht hatte, hinzufügte: »Und der Käsekuchen...«, eine Bemerkung, die von den Anwesenden mit beifälligem Kopfnicken bestätigt wurde.

Kitty Blau, umringt und bedauert und nun, nachdem ihre Macht vorbei war, nur noch ein geduldeter und bemitleideter Außenseiter dieser von ihr gemachten, protegierten und von Erfolg zu Erfolg getragenen Komödiantengesellschaft, Kitty Blau, die Frau von Moritz Blau, erwachte plötzlich, vielleicht zum erstenmal in ihrem Leben, zu einer Erkenntnis, die ihr das Blut ins Gesicht trieb – zu der Einsicht nämlich, daß alles, was sie bisher getan hatte, all das Werben und Schuften um Namen und Freundschaften und Beziehungen, all die Güte und Liebe, die sie freigebig verteilt hatte, umsonst gewesen war, daß man sie nur benutzt und ausgenutzt hatte, und mit einer Geste, um die sie viele der anwesenden Theaterexperten heimlich beneideten, schrie sie, beide Arme in die Höhe werfend: »Und wer ist schuld daran, daß es so gekommen ist? Wer hat zugesehen und die Dinge geschehen lassen, ohne einen Finger zu rühren? Wo wart ihr, als man Dörthe mit Stinkbomben aus dem Theater verjagte? Was habt ihr getan, um zu verhindern, daß man eure Freunde wie Verbrecher abführte? Nein, ihr könnt mir nichts vormachen. Ich weiß, was ihr von mir denkt. Früher, als ich noch Beziehungen hatte und Kaprizius und all die andern bei mir ein und aus gingen, ja, da war ich gut genug für euch. Aber jetzt? Wenn sie nur schon fort wäre, denkt ihr, lieber heute als morgen, bevor sie uns in Unannehmlichkeiten bringt... und das ist nun der Dank... das ist nun das Ende...« Sie warf sich, von Zorn und Trauer überwältigt, über den Kaffeetisch und verharrte so, bitterlich schluchzend und mit ihren Tränen den selbstgebackenen Käsekuchen netzend, den Moritz, ihr Gatte, der Zahl der Gäste entsprechend, diesmal nur zur Hälfte aufgeschnitten hatte. Die Stille, die auf diesen unerwarteten Ausbruch folgte, hatte viele Gründe; nicht zuletzt den, daß die anwesenden Schauspieler zu ihrer Verwunderung feststellen mußten, einer bedeutenden und verblüffend echten dramatischen Leistung beigewohnt zu haben. Es hätte nicht viel gefehlt, und man wäre in Klatschen ausgebrochen. Statt dessen begnügte man sich damit, die Bedauernswerte mit den Mitteln geschulter Sprechtechnik, darstellerischer Disziplin und seelischer Verhaltenheit wieder aufzurichten. Der Musiker Julian Wachtel, von freundlichem Wesen und stets auf der Seite der Erniedrigten und Beleidigten, lief aufgeregt umher und versuchte, der symbolischen Bedeutung des Falles gerecht zu werden. Er litt trotz seines blühenden Aussehens an einer nervösen Störung, die ihn, dem lächelnden Plauderer und gewandten Weltfreund, nicht wenig zu schaffen machte. Sie bestand darin, daß er, wenn die Erregung über ihn kam, keinen Satz zu Ende sprechen konnte, wobei er, um sich Erleichterung zu verschaffen, den Gürtel öffnete, was zur Folge hatte, daß die Hose ins Rutschen kam und mit beiden Händen gehalten werden mußte.

Jetzt ging er, mit aufgeschnalltem Gürtel und rutschender Hose, kopfschüttelnd von einem zum andern und versuchte, sich, so gut es ging, Gehör zu verschaffen: »Hut ab vor dieser – verstehen Sie mich recht – ich meine – à la bonheur – diese Frau ist – wenn alle so – und das hier – in der Höhle des Lö–« Inzwischen war Kitty Blau von einigen disziplinierten Charakterdarstellern auf ein Sofa gebettet, mit Parfum betupft und soweit wiederhergestellt worden, daß sie dem Abschluß des Abends sowie ihrer Abreise nach Paris getrost entgegensehen konnte.

»Gott, hab ich mich aufgeregt«, sagte die Dramatische aus Wien, die sich von dem farbenfreudig gekleideten Bonvivant unter einem Gipsabguß von Amor und Psyche den Hof machen ließ. »Übrigens versteh ich nicht, was ihr wollt. Der Führer war sehr süß zu mir.« – »Zu mir auch«, sagte der Bonvivant mit psychologisch vertieftem Nachdruck. »Ein scharmanter Mensch. Nichts dagegen zu sagen. Nichts dagegen zu sagen.«

Das Schafott der Trinker I

In jenen Nächten, als eine fremde Hand nach mir zu greifen schien, geschah es, daß ein unsichtbarer Begleiter sich zu mir gesellte. Er ging neben mir her, er sprach zu mir, während die Fremde von mir Besitz ergriff und die Fenster der Stadt kalt und leer auf mich herabblickten. Es gab wenige Menschen, denen man sich anvertrauen konnte, und das Mißtrauen gegen meine eigene Furcht hielt mich, wider besseres Wissen, davon ab, meine Befürchtungen an den Mann zu bringen. So war ich froh, einen Partner gefunden zu haben, der meine Gedanken erriet, noch bevor ich sie ausgesprochen hatte. Er gehörte nicht zu jenen fragwürdigen Tröstern, die aus Angst vor einer Wahrheit, die ihnen unangenehm ist, sie dem andern auszureden versuchen, wie man einem Kind ein Bonbon auf die Wunde legt, damit es zu weinen aufhört, sondern er teilte mit mir den geheimen Genuß, der sich einstellt, wenn zwei einer Meinung sind, die von andern nicht geteilt wird – jene brüderliche Einsicht in das Unanwendbare, der einzige Genuß, der denen bleibt, die nichts mehr zu verlieren haben. So wurde er der Dolmetscher meines Gewissens, das zweite Ich, das mich bei der Hand nahm und durch das Dunkel führte. »Geh fort!« sprach er zu mir. »Bring dich in Sicherheit. Es kommt nichts Gutes für dich dabei heraus.« – »Nein«, erwiderte ich, »ich muß bleiben. Etwas hält mich, das stärker ist als meine Furcht. Nenne es Trägheit, oder Scham, oder auch nur die Neugier, mit dabei zu sein, wenn Geschichte gemacht wird. Dies hier ist mein Land, und ich will wissen, woher dieser Wandel der Gesichter kommt, diese Fremdheit, die wie Nebel aus dem Grund der Städte aufsteigt, sich auf Menschen und Dinge legt, sie entseelt und unkenntlich macht; – glaubst du, man kann ihm entrinnen, indem man sich eine Fahrkarte in die Vergangenheit kauft?« – Er lächelte. »Fürchte dich nicht«, sagte er. »Dies ist die Zeit der Heimatlosen, der Enterbten. Sie, die keinem Land, keiner Nation, keiner Klasse mehr verhaftet sind, werden die Botschaft durch die Welt tragen und die erloschenen Feuer auf den Bergen wieder anzünden. Viele von ihnen werden umkommen, aber jene, denen es gelingt, sich von Insel zu Insel zu retten, werden auf vielen Umwegen wieder dorthin gelangen, wo sie aufgebrochen sind, und eine Einsicht mitbringen, die älter ist als die Welt und jünger als der Tag ihrer Rückkehr. Ich kann nicht sagen, worin sie besteht. Aber sie wird viel mit jener Vernunft zu tun haben, die aus der Verantwortung kommt, aus dem redlichen Nachdenken über die Bestimmung des Menschen. Jene Fremdheit, von der du sprachst, was ist sie anderes als die Kapitulation des Ichs vor einer Wirklichkeit, die zu schwierig geworden ist, um allein bewältigt zu werden. Der einzelne hat aufgehört, für sich selbst zu denken. Er ruft nach der Gefangenschaft wie ein Verdurstender nach Wasser. Glücklich, einer Verantwortung enthoben zu sein, die ihnen längst aus der Hand genommen worden war, pflastern sie den Weg, auf dem der Eroberer einzieht, mit ihren Leibern, wollüstig die Schmach auskostend, erobert zu sein, Wachs, das darauf wartet, geformt und zu Stahl und Zement umgegossen zu werden. ›Nicht mehr denken müssen!‹, jubeln sie, während sein Fuß über sie hinwegschreitet, nicht mehr allein die graue Leiter des Alltags erklimmen müssen, unbekannten Mächten ausgeliefert, die man nur bannen kann, indem man das magische Zeichen an die Haustür nagelt. Sie möchten sich aufrichten, aber ein Schmerz, der zugleich Gedanke ist und doch ganz Körper, hält sie am Boden, und so kriechen sie dahin, mit zerbrochenem Nacken, dort unten, wo die vielen Füße gehen und die Abwässer aus den Wohnungen der Gewalt zusammenfließen. ›Heil!‹ gurgeln sie, den Mund im Schlamm, in jener mystischen Union, die den Gequälten an seinen Quäler, das Opfer an den Opfernden bindet. Isaak unter dem Messer Abrahams... Aber kein Engel erscheint, um den Sohn seinem furchtbaren Vater zu entreißen...

Der Ruhm des Führers ist der Tribut, den der Freie für den Verlust seiner Freiheit zu entrichten hat.«

Er ging neben mir her. Ich sah, wie sich unsere Schatten auf dem Asphalt vereinigten.

»Freiheit?« sagte ich. »Man liebt sie nur, wenn man sie verloren hat. In dem Zustand, in dem die Welt sich heute befindet, scheinen die Menschen den Anblick der Freiheit nicht mehr ertragen zu können. Sie fürchten sich vor ihr, sie hassen sie, wie ein Mann eine Geliebte haßt, die ihn schon zu oft betrogen hat. Wie aber, wenn die Idee der Freiheit, ja sogar die Erinnerung an sie, in einem Volk ausstirbt? Heute noch wissen wir, wie sie schmeckte, welche Farbe sie hatte und welchen Geruch, und wie es war, mit ihr zu leben. Aber es wird eine Zeit kommen, in der die Menschen vergessen werden, wie sie aussah. Und sie werden nicht mehr nach ihr verlangen...«

Er blieb stehen. Der Schein einer Bogenlampe fiel auf sein Gesicht.

»Die Zeit wird kommen«, sagte er.

Das Schafott der Trinker II

Er saß neben mir auf einem roten Hocker in der Bar, in der viele rote Hocker standen. Auch die Wände waren rot ausgeschlagen. Es war das Schafott der Trinker. Ein weiß gekleideter Kalfaktor verabreichte letzte Erfrischungen. Süße Mädchen gingen umher und verkauften sich an die Verurteilten. Ein Piano spielte.

»Noch ein Glas«, sagte mein Begleiter.

»Hast du die Glocken gehört?« fragte ich.

Er nickte. »Man wird viele Bücher darüber schreiben«, sagte ich. »Man wird es wissenschaftlich erforschen und in seine Bestandteile zerlegen und für alles eine Erklärung finden. Und doch, wenn ich die Augen schließe, so spüre ich, daß da etwas ist, was nicht erklärt werden kann. Ein Ton. Eine Gewalt. Eine große Verführung. Nur der, der um sie weiß, kann sie bekämpfen. Hast du die Glocken gehört? Es war furchtbar. Ich hörte sie überall. Es war wie damals, als Kind, da man zum erstenmal sein Geschlecht entdeckte. Der Sündenfall eines Volkes...«

»Ich weiß«, sagte er. »Es liegt eine große Verführung darin, das Verbotene zur Staatsreligion zu erheben. Zwei Jahrtausende Christentum haben den Menschen gelehrt, sein schlechtes Gewissen mit Anstand zu verbergen. Jetzt fordert man ihn auf, sich öffentlich dazu zu bekennen. Sei schlecht, sagt man ihm, koste den Rausch der Schlechtigkeit aus, der uns zu Brüdern macht. Wie? Man hat dich gelehrt, du sollst nicht töten? Töte! Hier ist ein Messer. Wir zeigen dir, wie es gemacht wird. Wir sind eine große Horde. Wir sind entschlossen, dem Verbrechen seine menschliche Würde zurückzugeben. Wie? Man hat dir gesagt, daß die Leiden der andern auch deine Leiden sind? Hier ist ein Mensch. Er ist schwächer als du. Er kann sich nicht wehren. Schlage ihn. Du wirst sehen, daß es schön ist, einen Menschen zu schlagen, der sich nicht wehren kann. Wir haben den Mut, unseren geheimen Neigungen zu leben. Wir sagen: Hasse deinen Nächsten wie dich selbst und sei unbesorgt – wir stehen hinter dir, wir schützen dich. Kennst du die Wollust des Mitwissers, der einer verruchten Tat beiwohnte? Das süße Gefühl, Mitglied einer Bande zu sein? Hast du nie die Verlockung gespürt, eine Soutane zu bespucken, Bücher zu verbrennen, Menschen Gras fressen zu lassen? Hast du nie davon geträumt, grausam zu sein um der Grausamkeit willen, zu verhöhnen, was du gestern angebetet hast? Dies alles bieten wir dir. Schlag ein. Es lohnt sich.«

Er saß neben mir auf dem roten Hocker. Er war mein Freund. Er sprach aus, was ich dachte.

»O mein Volk«, hörte ich ihn flüstern. »Was hat man mit dir getan. Du glaubtest, dem Wunder so nahe zu sein. Noch nie warst du ihm so fern. Du wolltest Wasser aus dem Felsen schlagen, um deinen Durst zu löschen. Aber das Wasser verwandelte sich in Blut, und du bist durstiger als zuvor...«

»O mein Volk, warum gefällst du dir so wenig. Deine Wälder sind voller Schönheit, in deinen Domen schlafen die steinernen Reiter der Vorzeit. Große Gedanken sind in deinen Städten gedacht worden, und der Geist der Musik beflügelte deine Schritte. Aber die Männer, die diese Gedanken dachten, sind tot, und die Musik wurde zum Gassenhauer einer Zeit, die ihre Denkmäler besudelte... Ich aber will nicht der Verführung erliegen. Ich will meine Ohren mit Wachs verstopfen, wenn die Glocken läuten. Ich will mit versiegelten Lippen umhergehen, bis der Tag kommt, da mein Volk frei ist und ich wieder sprechen kann. Mögen andere deine Schande auf dem Marktplatz ausschreien. Ich klage dich nicht an. Ich habe den Hunger in deinem Gesicht gesehen, und Hoffnung, und Hohn, und Bitterkeit. Ich weiß, wie es kam, und ich weiß, wie es enden wird. Du bist furchtbarer geschlagen worden als je ein Volk zuvor, und die Taten, die du noch verüben wirst, werden auf dich zurückfallen. Deine Felder werden verwüstet, deine Städte zu Asche werden, und die Glocken, die dich befreien sollten, werden dem Feind zujubeln, der sie läuten wird...«

Das Piano verstummte. Man hörte das Geräusch der Eisstücke in den Sektkühlern und das Lachen der Verurteilten auf ihren Schemeln. Wir gingen.

9

Ich ging oft zu Schwarzenbach und trank mit ihm bis zum Morgen. Es waren viele Leute dort, die ich kannte. Sie kamen und gingen und kamen wieder und brachten neue Leute mit, die wie sie nicht zu Hause bleiben konnten und die nun in den Ecken des Ateliers herumsaßen und leise miteinander sprachen. Irgendwo spielte ein Grammophon den Sterbegesang der Republik: »Erst kommt das Fressen, und dann die Moral.« Schwarzenbach ging klappernd, in holländischen Holzschuhen, ein Beret auf dem Kopf, umher und goß ein. Sein Magyarengesicht mit dem schwarzen Schnurrbart, der ihm wie ein Hörnchen über dem Mund hing, wirkte beruhigend. Gegen Morgen, wenn es hell zu werden begann, leuchteten seine Bilder in wilden Farben auf. Verstümmelt, zerschnitten, gevierteilt klagte die Menschheit sich selber an. Frauen mit drei Köpfen und vier Händen lächelten geheimnisvoll von der Leinwand herab wie indische Katzen. In einer Ecke saß der Dichter Jochen Scharf und versuchte, einer jugendlichen Verehrerin die Grundzüge seiner ›Dramaturgie des Undramatischen‹ beizubringen. Von Zeit zu Zeit zog er aus der Brusttasche seiner kleidsamen, nach Maß angefertigten Arbeiterjacke eine Salzstange, biß ein Stück ab und benutzte sie als Taktstock, um seine kommandohaft gegebenen Erklärungen zu dirigieren. Jochen Scharf verdankte seine Berühmtheit vor allem dem Umstand, daß er den Klassenkampf in die Sprache der antiken Tragödien übertragen hatte. Er war der Sänger der Weltrevolution und als solcher vorwiegend bei denen beliebt, die tagsüber in Weizen oder Wolle spekulierten und sich am Abend gern auf der Bühne zeigen ließen, wie die armen Leute lebten. Seine erstaunliche Begabung, die ihm niemand absprechen konnte, nicht einmal seine Gegner, hinderte ihn jedoch nicht, neben der Sprache Hölderlins auch andere, weniger gewählte Ausdrücke zu benutzen, die bisher nur der Straße vorbehalten gewesen waren, Worte wie ›Umlegen‹ oder ›Ausrotten‹, die, so hatte er in einem viel beachteten Aufsatz auseinandergesetzt, dazu beitragen würden, die Dichtkunst um einen neuen Tonfall zu bereichern und den Erfordernissen der Gegenwart anzupassen. Denn wie alles, was Jochen Scharf unternahm, zum Beispiel sein Kampf gegen das Mitleid, das er als eine bürgerliche Verfallserscheinung entlarvt hatte, war sein Streben darauf gerichtet, die Verhältnisse zu ändern, was ihm jedoch bisher nur auf der Bühne gelungen war, und zwar mit Hilfe jener ›Dramaturgie des Undramatischen‹, die er jetzt seinem Gegenüber zu erklären versuchte. »Wir spielen nicht, wir unterweisen«, schnarrte er, mit der Salzstange den Takt schlagend. »Wir sind Aufklärer, keine Feinschmecker.« – »Und die andern?« fragte ängstlich die Naive, schon dem Weinen nahe. »Denken Sie an Reinhardt, an den großen Stanislawski!« – »Muß ver-r-r-nichtet werden«, schnarrte der Dichter Jochen Scharf und biß ein Stück von der Salzstange ab. Eine Stimme im Grammophon plärrte: »Und der Haifisch, der hat Zähne.« Luise lag schlafend auf dem Diwan. Professor Seehaus saß auf einem Hocker, der ihn nur mit Mühe zu tragen schien, und küßte stumm die Fingerspitzen ihrer herabhängenden Hand. »Es lebe das Chaos!« krächzte Ignazio Morton, der seinen kanariengelben Schal um den Halsstummel einer kopflosen Statue geschlungen hatte. »Es lebe die Revolution gegen die Schreibmaschine und der Kampf der Stärkeren gegen die Schwächeren. Es lebe die Lüge, der Verrat, die Finsternis und das Grauen. Es lebe –« Er legte seinen Kopf auf beide Hände, wie ein Kind, das genug hat und schlafen möchte. »Muß ver-r-r-nichtet werden«, schnarrte der Dichter Jochen Scharf. Schwarzenbach sagte bedächtig: »Die Alten hatten es gut. Sie glaubten an Gott und malten Heiligenbilder auf Goldgrund.« Er stand klappernd auf und stellte das Grammophon ab. »Hihi«, lachte Professor Seehaus, während der Hocker unter ihm krachte. Luise wachte auf. »Wie spät ist es? Ich muß um zehn Uhr zur Probe.« Schwarzenbach ging hinaus, um Kaffee zu machen. Seehaus sagte: »Von allen Tieren ist der Mensch der größte Feind des Menschen.« – »Lassen Sie mich in Frieden«, sagte Luise. »Ich verstehe nichts von Politik.« Draußen marschierten Sturmkolonnen durch die Dämmerung. »Wenn's Judenblut vom Messer spritzt«, sangen sie. Ein neuer Tag begann. Und die Glocken läuteten.

Wie lange noch? Einmal mußten sie aufhören, und dann würde man die tiefe Stille hören, die über dem Land lag. Nach außen hin war alles beinahe noch wie früher. Aber im Innern ging es lebhaft zu. Die Maden wühlten sich tief in das Fleisch ein. Sie hatten einen guten Appetit. Sie fraßen nur Verdorbenes. Und dann wurde es auf einmal ganz still. Die Glocken hörten zu läuten auf. Und eine Stimme sagte: »Der Reichstag brennt.« Es war meine Mutter.

Ich legte den Hörer hin, zog mich schnell an und verließ auf dem Umweg über das Nachbardach das Haus.

10

»Sie sind noch hier?« fragte der rothaarige Zwerg, als ich das Café betrat. »Dr. Grützbach ist nach Paris geflohen. Als er hörte, daß der Reichstag brennt, stand er auf, zahlte seinen Kaffee und fuhr zum Bahnhof. Wenn Sie es nicht glauben wollen, hier hängt noch sein Hut.« Er stieg auf einen Stuhl und holte den schon etwas abgewetzten Borsalino mit der schmutzigen Krempe und den Initialen A. G. herunter. »Einen Kaffee mit Milch und zwei Eier im Glas«, sagte ich. Der Zwerg entfernte sich. Durch die Drehtür kam ein Mann in Uniform und sah sich prüfend um. Einen Augenblick schien es, als wollte er auf mich zukommen. Dann drehte er sich verächtlich um und ging hinaus. Der Zwerg brachte den Kaffee. »Wissen Sie, was sie mit dem kleinen Dicken von der ›Sonntagspost‹ gemacht haben, der immer dort in der Ecke saß? Heute früh um fünf haben sie ihn aus dem Bett geholt. Zuerst mußte er sich mit dem Gesicht zur Wand stellen. Dann haben sie seine Frau geholt, die sich in der Speisekammer versteckt hatte, und mit ihr Geschichten gemacht... na, Sie wissen ja. Einmal soll er laut etwas gesagt haben. Da hat ihm einer mit dem Revolverknauf über den Schädel gehauen ...« Er kam ganz dicht an mich heran. »Hören Sie auf mich, Herr Doktor«, flüsterte er. »Wenn ich an Ihrer Stelle wäre – ich würde so schnell wie möglich verschwinden.«

»Ja«, sagte ich, »aber wohin?«

»Egal«, sagte der Zwerg. »Fort. Nur fort –«

Ich goß etwas Milch in meinen Kaffee und sah die Zeitungen durch, die der Zwerg vor mir ausgebreitet hatte. Viele meiner Freunde waren in der Nacht verhaftet worden. Gegen mich lag genug vor. Meine Mitarbeit an den ›Grünen Heften‹ – dies und all das andere, das man gesagt und getan und geschrieben hatte... Plötzlich fiel mir der Zeitungsmann ein, dem ich das Blatt aus der Hand geschlagen hatte. Es war unklug gewesen, sich so gehen zu lassen. Und die drei uniformierten Männer mit den Sammelbüchsen? Und der Mann an der Ecke, bei dem ich immer meine Zigaretten kaufte? Hatte ich ihm nicht gesagt – damals, als man so etwas noch sagen konnte –, was ich von den Leuten hielt, die jetzt an der Macht waren? Zu dumm. Und mein Portier? War es nicht auffällig, daß er seit einiger Zeit nicht mehr den Mülleimer leerte, den ich am Abend vor die Tür stellte? Nein, ich mußte fort. Aber wohin? Mein Vater war in meiner Jugend einmal fünf Wochen in Amerika gewesen. Wir hatten ihn in Cuxhaven am Kai erwartet. Er war mit einem Koffer voll merkwürdiger Küchengeräte zurückgekommen, die er uns stolz vorführte: einem Instrument zum Kartoffelschälen; einem neuartigen Büchsenöffner; einem Toaströster; einer Fruchtpresse; und dann jenes geheimnisvolle, schraubenartige Werkzeug, mit dem man eine Zwiebel im Handumdrehen, ja, im Handumdrehen, wie eine Rose entblättern konnte. »Die Amerikaner sind ein praktisches Volk«, hatte mein Vater gesagt. Er pfiff leise eine Melodie. »Was pfeifst du da?« fragte ich. »Das ist der Yankee Doodle«, sagte mein Vater. Zur Erinnerung an seinen New Yorker Aufenthalt bekamen wir täglich Oat Meal zum Frühstück, und meine Mutter spielte den ›Yankee Doodle‹ auf dem Klavier, während mein Vater sich einen Strohhut aufsetzte und ein paar ungeschickte Tanzschritte im Zimmer vollführte. Das also war Amerika. Außerdem gab es natürlich Chaplin und die Negerplatten und Hemingway. Ich hatte oft darüber in den ›Grünen Heften‹ geschrieben. Aber Amerika war weit und im Augenblick leider unerreichbar. Dr. Grützbach war ohne Hut nach Paris geflohen. Wahrscheinlich hatte er seit Monaten sein Visum in der Tasche gehabt. Inzwischen aber waren die Grenzen gesperrt worden. Überhaupt: fliehen. Gab es das heutzutage noch? Früher gehörte es zum politischen Handwerk wie der Musterkoffer zum Handlungsreisenden oder der Toaströster zu Amerika. Man klebte sich einen falschen Bart an, bekam einen falschen Paß in die Hand gedrückt. Irgendwo wartete ein Wagen. Man ›floh‹ über die nächste Grenze, natürlich ›in Nacht und Nebel‹, und wurde von den Verschwörern in einem schmutzigen Hotelzimmer in Paris erwartet, um die geheimen Dokumente, die man zwischen den Schuhsohlen oder in irgendwelchen schwer zugänglichen Körperhöhlungen versteckt hatte, zu übergeben. Oder man ging, als Bauer verkleidet, hinter einem Heuwagen her, schnalzte mit der Zunge und rief: »Hü-hü!« Diese Version war besonders in amerikanischen Filmen beliebt. War das Leben wirklich so romantisch? Gab es Dinge in dieser modernen Welt, von denen man bisher nichts gewußt hatte? Man hatte eine anständige Erziehung genossen, hatte gelernt, Messer und Gabel zu gebrauchen, vor älteren Damen aufzustehen, den andern ausreden zu lassen, sich nicht am Kopf zu kratzen und seine Gedanken und Gefühle zu kontrollieren. Auch Schreien, Weinen, Schluchzen, mit bebenden Lippen und schlotternden Knien herumgehen und ähnliche Verstöße gegen die männliche Disziplin waren von Jugend an verpönt. Eltern und Erzieher hatten sich nach Kräften bemüht, uns zu Menschen des zwanzigsten Jahrhunderts zu machen. Und nun sah man Männer mit Schußwaffen durch die Straßen gehen, Schaufensterscheiben einschlagen und ältere Juden am Bart zupfen. Sie hatten den gemeinen Blick, von dem Frauen manchmal träumen, und sahen aus wie die Kriegsknechte des Pilatus auf alten Altarbildern. Ich dachte wieder an den Krieg und an die kalte Zigarre meines Vaters. Unsere Lehre vom Menschen war falsch. Man hatte ihn wissenschaftlich desinfiziert, chemisch gereinigt und seine Triebe und Begierden durch ›höhere Ziele‹ ersetzt und salonfähig gemacht. Jetzt brach das Ganze entzwei – und dahinter kam etwas sehr Rohes, Gemeines hervor, etwas, das immer dagewesen war und worüber man sich nur in wissenschaftlichen Sonderseminaren zu unterhalten gewagt hatte. Der Mensch, wie ihn die feinen Leute sich vorzustellen pflegten, gebadet, gepudert, parfumiert, Goethe-Zitate und eine Melodie von Beethoven auf den Lippen, der Herr Professor für Menschenrechte nahm die Brille ab, rülpste einmal laut und zeigte seine Blöße den Anwesenden. Wahrscheinlich war das schon immer in ihm gewesen. Man hatte nur vergessen, es in das Studienprogramm für höhere Lehranstalten aufzunehmen.

Durch die Drehtür sah ich Hackenschmidt mit hochgeschlagenem Mantelkragen eintreten. Er sah verstört und unrasiert aus. Auf dem Ärmel seines Mantels war ein großer Kalkfleck. »Ich dachte, daß ich dich hier treffen würde«, sagte er. »Bestell Luise, sie möchte das Paket verbrennen, das ich ihr gebracht habe. Das Kuvert soll sie mit Reißzwecken unter dem Schrank festmachen. Es wird sich in den nächsten Tagen jemand bei ihr melden, der sich Pawlov nennen wird. Dem soll sie das Kuvert übergeben. Weißt du übrigens, daß du auf der Schwarzen Liste stehst? Einer von unseren Leuten hat sich eine Abschrift verschafft. Mach, daß du fortkommst, Mensch!« Er war wieder durch die Drehtür verschwunden. Ich sah mich um. Das Café war fast leer. Oben, auf der Galerie, saßen zwei einsame Schachspieler. Ich trank meinen Kaffee aus, zahlte und ging. Der

Zwerg lief mir nach. »Herr Doktor«, flüsterte er. »Wenn Sie Dr. Grützbach in Paris treffen, so sagen Sie ihm bitte, daß ich seinen Hut in Verwahrung genommen habe.«

Ich weiß nicht mehr genau, wie ich die nächsten Tage verbrachte. Ich sehe mich durch die Straßen von Berlin irren, Fahrpläne studieren und mit wichtigen Leuten sprechen, die Beziehungen zum Ausland hatten. Ich schlief bei diesem, wusch mich bei einem andern, frühstückte bei einem vierten und schlief wieder bei einem fünften. Zwischendurch ging ich ins Kino oder sah meine Mutter. Sie saß in dem großen Lehnstuhl, in dem einst mein Vater gesessen hatte, und las aufmerksam die Zeitung. Um sie herum die Reste des grünen Salons – der Barockschrank, die Barockuhr und das kleine Mahagonitischchen mit dem Dochtabschneider. »Glaubst du all das, was in der Zeitung steht?« fragte sie mit bangem Ernst. Ich bemühte mich, unbefangen zu erscheinen, aß mit Appetit und räkelte mich behaglich wie jemand, den das Ganze nichts anging. Manchmal sah ich ihre Augen auf mir ruhen, sicher wuße sie mehr, als sie sagte. »Du hättest dich nicht so herausstellen dürfen«, sagte sie. »Dein Vater war immer dagegen.« – »Unsinn«, hörte ich mich sagen. »Es wird nichts so heiß gegessen, wie es gekocht wird.« Aber im stillen dachte ich: Es wird viel heißer gegessen, als gekocht wurde. Ein Glück, daß du nicht weißt, was sie mit Leuten machen, auf die sie es abgesehen haben. In dem Jahrhundert, in dem du geboren wurdest, waren die Menschen höflicher zueinander. Das Leben war einfach. Man wurde geboren, wuchs auf, setzte Kinder in die Welt und erzog sie zu ehrsamen Hausfrauen, fleißigen Bürgern und achtbaren Familienoberhäuptern. Die Eltern glaubten mehr zu wissen als die Kinder und die Kinder mehr als die Kindeskinder, und nun? Damals, als du dich mit Schuberts ›Wanderer‹ in sein Herz sangest, war die Welt hinter dem Gendarmenmarkt zu Ende. Berlin war eine Kleinstadt. Man schrieb das Jahr 1898. Mit der Pferdebahn seid ihr zum Standesamt gefahren, die Peitsche knallte, und der Bräutigam bürstete mit dem Rockärmel seinen Zylinderhut und dachte: Was für ein Jahrhundert! Künste und Wissenschaften blühen! Es ist eine Lust, zu leben! – Erinnerst du dich noch an sein Bild als Garde-Ulan, das viele Jahre auf meinem Schreibtisch stand? Die blaue Uniform mit dem weißen Koppel, der gewichste Schnurrbart, der herausfordernde Blick in die Zukunft – das war er, der einjährig-freiwillige Garde-Ulan seiner Majestät des Kaisers, der gute Sohn aus guter Familie, der sich aus bescheidenen Verhältnissen langsam emporzuarbeiten gedachte, ahnungsloser Nachkomme eines ahnungslosen Jahrhunderts ... Nein, du kannst mir nicht sagen, wohin ich jetzt fliehen soll.

Ich blieb nie lange bei meiner Mutter. Wenn der Tisch abgeräumt wurde, stand ich auf und ging mit flüchtigem Gruß davon, irgendwohin, wo man für ein paar Stunden sitzen und die Beine unter dem Tisch ausstrecken konnte, entweder zu Luise oder in Schwarzenbachs Atelier, oder zu diesem oder jenem, der mir gerade einfiel und von dem anzunehmen war, daß er nicht auf der Liste stand. Die Wäsche, die ich brauchte, kaufte ich mir unterwegs. Einmal, in der Spielzeugabteilung eines großen Warenhauses, sah ich plötzlich Einsiedel vor mir stehen, mit Paketen beladen und ängstlich bemüht, sein bleiches Büßergesicht dem nichtssagenden Grau der Menge anzupassen. »Ich halte mich nach Möglichkeit hier auf«, flüsterte er mir zu. »Man kann unbemerkt im Gedränge verschwinden.« Er verstummte. Eine Verkäuferin hatte sich uns genähert. »Womit kann ich dienen?« Einsiedel räusperte sich. »Ich suche einen Brummkreisel für meinen Jungen, einen zum Aufziehen, verstehen Sie, mit verschiedenen Melodien...« Leise sagte er: »Man muß fort. Ins Ausland gehen. Die Wahrheit verbreiten –«

Die Verkäuferin tauchte wieder unter dem Ladentisch auf. »Wollen der Herr vielleicht diesen hier probieren?« Einsiedel legte umständlich seine Pakete ab. Was hatte er nicht schon alles eingekauft, um nicht aufzufallen: einen Nußknacker. Zwanzig Meter Draht. Eine Tüte mit Hustenbonbons. Einen Besen. Fischfutter. Drei Glühlampen und eine Wäscheleine. Und nun mußte er auch noch den roten Brummkreisel auf sich nehmen, der ›Deutschland, Deutschland über alles‹ und ›Die Wacht am Rhein‹ spielte, mußte ihn bezahlen und mit den übrigen Paketen durch das Gedränge und durch viele Straßen tragen, bis er ihn irgendwo, nachts, wenn es dunkel war, in den Kanal werfen konnte... »In zwei Tagen finden die Wahlen statt«, flüsterte Einsiedel, während wir uns dem Ausgang zuwandten. »Bis dahin soll man noch warten. Aber ich fürchte, daß die Fackel, die den Reichstag angezündet hat, noch lange brennen wird. Vielleicht fünf, vielleicht zehn, vielleicht dreißig Jahre, wer weiß?«

Jemand schob sich zwischen uns, einen Augenblick später war er im Gedränge verschwunden.

Ich kaufte ein Päckchen mit Sicherheitsnadeln und einen Lippenstift für Luise und verließ das Warenhaus. Draußen brannten Laternen. Nebel kam von den Dächern, und der spitze Turm der Gedächtniskirche stand drohend wie ein Zeigefinger über der Stadt.

Das Schafott der Trinker III

Ein Laden im Norden Berlins. Die Tische waren umgestürzt, den Boden bedeckten Glassplitter. Über dem zertrümmerten Schaufenster sah man noch die mit weißer Farbe aufgemalten Worte: Jakob Altmeier, Pelze en gros und en detail.

Wir gingen hinein. Das Glas klirrte unter unsern Füßen. Es klang, als watete man durch Geröll. Er setzte sich auf einen eisernen Schirmständer, der wohl als Wurfgeschoß bei der Zerstörung gedient hatte, und wühlte nachdenklich mit der Fußspitze in dem Schutthaufen. Plötzlich bückte er sich, um einen Gegenstand aufzuheben, der seine Aufmerksamkeit erregt hatte. Es war eine schwarze, auf Metall genähte Schleife, wie sie kleine Leute statt eines Selbstbinders zu tragen pflegen, ein sogenannter ›Schmetterling‹. Wenn man ihn sah, konnte man den Händler Jakob Altmeier in all seiner Bescheidenheit und Dürftigkeit leibhaftig vor sich sehen.

»Ich habe dich, einen Mann des Fortschrittes, hierher gebeten, um gewisse Auskünfte von dir einzuholen«, sagte er. »Präge dir genau die Umgebung ein – das Bild der Vernichtung, das sich dir bietet, die Umstände, unter denen es erfolgte, und das Jahrhundert – ein Jahrhundert der Sozialversicherung, der Volksküchen und Tierschutzvereine. Ich gebe dir fünf Minuten Zeit, deine Antwort vorzubereiten. Bedenke, daß es weniger darauf ankommt, mich zu überzeugen, als diejenigen, die, wie etwa der Händler Jakob Altmeier, das Opfer eines allzu übertriebenen Optimismus wurden.«

»Darf ich dabei rauchen?« fragte ich.

»Selbstverständlich«, sagte er entgegenkommend. »Überhaupt ist dies erst eine Vorbesprechung. Das Verhör dritten Grades kommt noch, bis dahin genießt du geistige Bewegungsfreiheit.«

Ich setzte mich neben ihn auf den Schirmständer und zündete mir eine Zigarette an, während er Bleistift und Papier hervorzog und mich erwartungsvoll ansah.

»Zweifel und Skepsis stehen am Anfang jeder geistigen Bewegung«, sagte ich. »Alle großen Religionsstifter waren Skeptiker. Sie hielten nicht allzu viel vom Menschen...«

»Das klingt plausibel«, sagte er. Ich sah, wie er sich einige Notizen machte. »Fahre fort!«

»›Liebe deinen Nächsten wie dich selbst!‹ Das sagte einer, der schon am Verzweifeln war. Man vergißt das immer wieder. Man sieht in ihm nur den großen Dulder, der für die Menschheit am Kreuz starb, sozusagen aus reiner Nächstenliebe, anstatt über die nächste Grenze zu fliehen und den Kampf ›illegal‹ weiterzuführen. Anhänger gewisser revolutionärer Parteien haben denn auch nicht umhin gekonnt, ihm diesen Mangel an ›konspirativem Verhalten‹ vorzuwerfen... Aber das Große an dieser Gestalt ist doch wohl ihr tiefer Pessimismus, jene Einsicht, daß Worte, Aufrufe, Ermahnungen nicht überzeugen können, daß sogar Judas ihn verraten und Petrus ihn verleugnen würde, bevor der Hahn zum drittenmal krähte, kurz, daß es schlimm zugeht auf dieser Erde und daß man den Menschen nur bessern kann, indem man ihn – beschämt. Judas hängte sich auf. Petrus aber ›weinte bitterlich‹. So entstand das Christentum – als die tiefste Einsicht in das Fragwürdige der menschlichen Natur. Es war die Flucht aus der Skepsis in den Glauben, um der reinen Selbsterhaltung willen.«

Er schrieb wieder eifrig, und ich wartete einen Augenblick, bevor ich weitersprach.

»Es konnte gar nicht anders sein, damit die Welt bestehen bleibe – bestehen bleibe in ihrem ewigen Auf und Ab von Grausamkeit und Güte, von Aufbau und Zerstörung, von Zuversicht und Verzagtheit, es konnte gar nicht anders sein, als daß einer für alle Zeiten die entscheidende Aussage über den Menschen machte: man muß für ihn sein, auch wenn alles gegen ihn spricht...«

»Ja«, sagte er. Es klang wie ein Gebet.

Ich weiß nicht, ob der Händler Jakob Altmeier, Pelze en gros und en detail, an den Fortschritt geglaubt hat. Diejenigen, die ihm seinen Laden zerschlugen, taten es gewiß nicht. Aber eben dies beweist, daß sie gegen etwas demonstrierten, das vor ihnen da war und wiederkommen wird, wenn ihre Herrschaft längst vorbei ist, etwas, das mit den ersten Menschen begann und mit ihrer Mühe, aus Lehm und Halmen ein Haus gegen die Kälte zu bauen. Diese menschliche Mühe, immer wieder abgebrochen und korrigiert, immer wieder vernichtet und von neuem begonnen, sie meine ich, wenn ich von Fortschritt spreche... Im Grunde ist es nur der verzweifelte Versuch, den Vorsprung einzuholen, den das Böse inzwischen errungen hat. Hätten unsere Väter und Vorväter nicht dafür gekämpft, wir wären nie geboren worden.«

Er erhob sich. »Genug für heute«, sagte er. »Ich freue mich, daß du keine Illusionen mehr hast. Du bist bis ans Ende der Skepsis gegangen. Trotzdem bist du nicht zynisch geworden. Das ist gut. Es wird dir helfen, den moralischen Zusammenbruch zu vermeiden, dem so viele deinesgleichen anheimfallen... *Immer an die Hütte denken, bevor man das Haus baut*... Aber komm. Es ist besser, wenn man uns hier nicht findet...«

Wir wateten durch das Geröll der Scherben dem Ausgang entgegen. Plötzlich blieb er stehen. »Hörst du?« fragte er. Ich lauschte. Dort unten, vergraben in dem Trümmerhaufen, schlug eine Uhr – Jakob Altmeiers Schwarzwälder Kuckucksuhr.

»Komm!« sagte er.

11

Es war am Morgen nach jenem Wahlsonntag. Ich hatte die Nacht wieder in Schwarzenbachs Atelier verbracht, war früh zu Luise gegangen, hatte mich gewaschen und saß gerade mit ihr beim Frühstück, als es klingelte. »Das wird der Briefträger sein«, sagte Luise und ging hinaus. Noch ehe ich begreifen konnte, was geschah, waren zwei Männer eingetreten. An ihrer Kleidung, ihren steifen Hüten und Bewegungen und ihren Regenschirmen erkannte ich sofort, wer sie waren. Es war das Fehlen jeder individuellen Merkmale, das sie mir verdächtig machte. Sie gingen auf mich zu. »Hände hoch!« Während der eine mich nach Waffen durchsuchte, blätterte der andere in dem Paß, den er in meiner Tasche gefunden hatte. Dann setzten sie sich an den Tisch, legten ihre Hüte neben sich und zündeten ihre erloschenen Zigarren an. Irgendwo, sehr fern, sah ich Luise an der Wand lehnen. Der eine zog einen Bogen Papier aus der Tasche. »Sie geben an, Schriftsteller zu sein«, sagte er. »Worüber schreiben Sie? Über Politik?« – »Ich befasse mich nicht mit solchen Sachen.« Seltsam, dachte ich, wie schnell man sich der Gewalt anpaßt, ihre Sprache spricht, in ihren Begriffen denkt. Ich sah mich im Zimmer um. Auf dem Bücherregal lagen einige Hefte von Seehaus' Zeitschrift. »Erlauben Sie«, sagte ich und ging langsam hinüber. Der andere folgte mir auf dem Fuße. »Ich glaube, diese Arbeiten sprechen für sich selber«, sagte ich, nicht ohne Würde. Er riß mir das Heft aus der Hand, blätterte darin, machte sich einige Notizen und gab es seinem Kollegen. »Worüber schreiben Sie noch?« sagte er, sich zurücklehnend. »Haben Sie je etwas gegen unsere Bewegung veröffentlicht? Antworten Sie. Wir werden Ihre Angaben nachprüfen!« Ich wühlte in den Heften. »Warten Sie!« sagte ich. »Ich werde es gleich finden.« Wo ist nur das Inhaltsverzeichnis? dachte ich. Es war sehr still im Zimmer. Man hörte nur das Trommeln eines Bleistiftes auf der Tischplatte. Endlich hatte ich es gefunden. »Hier – das ist von mir«, sagte ich. »Und das auch.« Ich drehte unter ihren Augen die Seiten um, zeigte mit dem Finger auf die bunten Drucke, pries meine Artikel an wie ein Verkäufer seine Ware. Die beiden betrachteten mich von oben bis unten, sprachen dann leise miteinander. Luise lehnte noch immer an der Wand. Sie hatte bisher kein Wort gesagt. In ihrem Gesicht drückte sich tödliche Angst und tödliche Zärtlichkeit aus. »Sie können jetzt gehen«, sagte der eine nach einer Weile. »Hier ist Ihr Paß. Versuchen Sie nicht, zu entfliehen. Wir werden Sie zu finden wissen.« Er machte eine Handbewegung, als wollte er etwas Ekles, Widerwärtiges abschütteln. Das Ekle, Widerwärtige war ich – ein Ding, ein Wurm – ein Mann, der über Kunst schrieb, ein Mann, der jetzt gehen durfte, weil – im Augenblick – nichts gegen ihn vorlag. Warum ging ich nicht? Warum stand ich noch immer da, mit beredten Worten die Schönheiten des Genter Altars oder der Chorschranken im Dom zu Bamberg anpreisend? »Haben Sie nicht verstanden?« schrie der eine und schob mich hinaus. »Wir haben hier zu tun.« Die Tür hinter mir fiel zu. Ich stand draußen. Ich ging die Treppe hinunter. Ich ging sehr langsam. Ich kostete jede Stufe aus. Wie schön eine Treppe sein konnte, wenn man frei war. Man konnte tun, was man wollte: langsam oder schnell gehen, stehenbleiben, sich verschnaufen, eine Zigarette anzünden. Man konnte hinausgehen auf die Straße und feststellen, daß alles so war wie früher. Frauen mit Marktkörben; Kinder mit Schulranzen auf dem Rücken; ein alter Mann mit einem Hündchen an der Leine; Radfahrer; Straßenbahnen; Autos; sogar die Sonne schien... Brüder, zur Sonne, zur Freiheit... Plötzlich fiel mir die Liste ein. Ja, das war es. Luise war denunziert worden. Man würde die Liste bei ihr finden, ganz bestimmt würde man sie finden, unter dem Wäscheschrank, mit Reißzwecken befestigt. Man würde Luise mitnehmen und sie schlagen, mit Holzlatten auf den Kopf schlagen, und die Holzlatten hatten vielleicht Nägel, lange, verrostete Nägel, und Luise war ohnehin am Kopf so empfindlich. Sie trug selten einen Hut, wegen der Kopfschmerzen. Übrigens kleideten sie Hüte gar nicht. Einmal hatte sie einen Florentiner, mit Kirschen darauf. Sie sah aus wie ein Pferd in Italien. Immerhin wäre es gut, wenn sie jetzt einen Hut mit Kirschen hätte. Der würde vielleicht die Nägel abhalten. Manche schlagen auch mit Gummischläuchen. Dagegen ist natürlich kein Kraut gewachsen. Man muß den Hut hinhalten und ›Amen‹ dazu sagen. In diesem Fall würden auch die Kirschen nichts nützen. Sie dämpfen die Schläge nicht ab und sind hart wie Mottenkugeln.

Ich ging in ein Café und setzte mich an einen der hinteren Tische. Nach dem zweiten Glas Cinzano wurde ich ruhiger. Man mußte das Ganze wie ein Rechenexempel betrachten, jeder Möglichkeit nachgehen, Für und Wider gegeneinander abwägen. Ich konnte Luise nicht im Stich lassen. Ich mußte sie entlasten, gleichviel, ob man die Liste gefunden hatte oder nicht, gegebenenfalls die Schuld auf mich nehmen. Es blieb also nur eins übrig: zurückzugehen, die Gewalt durch Unbefangenheit zu entwaffnen, die Rolle des guten Gewissens zu Ende zu spielen. Ich sah auf die Uhr. Es war fast eine Stunde vergangen, seitdem ich sie verlassen hatte. Inzwischen mußte es sich entschieden haben...

Die wenigen Schritte zu ihrer Wohnung bedeuteten Meilen. Es war, als wartete ich auf etwas, das mir noch im letzten Augenblick die Entscheidung abnehmen würde, und trotzdem: je näher ich ihr kam, desto mehr spürte ich jene unheimliche Lockung, die von der Gefahr ausgeht, jenes fast körperliche Gebanntsein, das den Täter an den Ort der Tat zurückführt. Selbst wenn ich jetzt noch hätte umkehren können, – ich hätte es nicht mehr gewollt. Der Entschluß, mich ›zu stellen‹, diese letzte, freie Entscheidung eines jeden Verfolgten, übertraf an Folgerichtigkeit und Präzision alle anderen Erwägungen. Dabei wußte ich sehr wohl, was mich erwartete, wenn ich den Knopf neben der Tür drückte und über die Schwelle schritt, hinter der zwei Männer mit steifen Hüten standen, bereit, mich in Empfang zu nehmen. Aber es mußte sein. Jeder andere hätte in meiner Lage genauso gehandelt.

Jetzt ging ich durch die Haustür, schritt mit wankenden Knien die Treppe hinauf, über die man mich vielleicht, wenige Minuten später, blutend und mit zerrissenen Kleidern herunterschleppen würde. Und doch nahm ich eine Stufe nach der andern, gleichmäßig atmend und meine Schritte zählend wie ein Bergsteiger, der seine Kräfte kennt und sie einzusetzen weiß. Ich beobachtete mich genau. Wie ist einem Mann zumute, der sich freiwillig seinen Peinigern ausliefert? Ausgezeichnet, dachte ich und wunderte mich zugleich, über jede Erwartung hinaus fühlt er sich ausgezeichnet. Plötzlich hörte ich mich pfeifen. Eine große Heiterkeit überkam mich, eine unbändige Ausgelassenheit. Wie oft hatte man als Junge von großen Taten und lieblichen Frauen gelesen, die huldvoll dem Ritter ihrer Wahl zulächelten, der, mit ihren Farben geschmückt, in die Schlacht zog, um für den Ruhm ihrer Schönheit zu sterben. Allerdings war die Schlacht, in die ich jetzt zog, ein ziemlich schmutziges Geschäft, und Luise verdiente sich ihr Brot damit, Gesichter zu schneiden und dem Begriff ›Frau‹ eine andere, nicht immer anmutige Wendung zu geben. Trotzdem gehörte es zu jener Heiterkeit, die jetzt über mich gekommen war, uns beide als Helden eines Ritterromans zu sehen, als zwei Figuren, genauso infantil und hölzern gezeichnet, wie sie einst in den Büchern abgebildet waren, die wir mit fiebernden Augen verschlungen hatten. Denn auch dies macht die Gefahr aus: daß man sie im Augenblick, da man sie erlebt, nicht als Gefahr empfindet, sondern als etwas Lächerliches, Atavistisches, Ungehöriges, etwas, das man durchschaut und fürchtet und trotzdem nicht ganz ernst nehmen kann, weil es Dinge anrührt, die mit unserer Kindheit zu tun haben, an jene Zeit, da man zum erstemal dem schwarzen Mann begegnete und die Decke über den Kopf zog, wenn es im Gebälk knackte. Es hatte keine Gefahr mehr in unserer Zeit gegeben, höchstens die Gefahr eines Zugunglücks oder eines Brückeneinsturzes, und dagegen konnte man sich versichern. Aber die Gefahr, die mir jetzt entgegentrat, war eine andere und so alt wie die Menschheit selber. Es war eine Gefahr, von Menschen für Menschen erdacht, eine Gefahr, die darin bestand, daß man etwas sagte oder dachte, das im Augenblick nicht gesagt oder gedacht werden durfte, oder, noch einfacher, daß man *existierte*, ja, die bloße Tatsache der Existenz war eine Gefahr geworden, die Tatsache, auf der Welt zu sein, und man mußte ihr, so oder so, begegnen.

Die Gefahr – das war auch die Tür, vor der ich jetzt stand; der weiße, ein wenig gelblich-schmutzige Knopf, den ich jetzt mit meinem Finger berührte; das war der lärmende Schrei der Klingel und die kurze Stille, die danach eintrat. Drinnen wurden Stimmen laut. Ich hörte die beiden Männer. Auch Luise sagte etwas, das ich nicht verstand. Dann näherten sich eilige Schritte der Tür. Ich machte mich ganz locker, lächelte probeweise. Die Tür öffnete sich. Der eine der beiden Männer trat heraus. Er hob den Arm, an dem der Regenschirm hing, drehte die Zigarre einmal im Mund herum und senkte den Arm wieder.

»Es ist ein Uhr«, sagte ich. »Ich habe Hunger. Ich wollte die Dame zum Essen abholen...« Er sah mich prüfend an. Dann rief er hinein: »Wie lange wird es noch dauern, Max?« Ich betrachtete gelangweilt meine Fingernägel. Von drinnen kam die Antwort: »Etwa zwanzig Minuten.« – »Hm«, sagte ich, »ein bißchen lange.« Durch die Tür sah ich Luise in der Mitte des Zimmers stehen. Fast schien es mir, als ob sie lächelte. »Luise!« rief ich. »Wenn du mich erreichen willst – ich bin zu Hause.« Er sah mich schmunzelnd an. »Ja, ja, die Liebe«, sagte er und stieß mich mit dem Ellenbogen in die Rippen. »Haha«, lachte ich. Es war fein, mit der Gefahr zu lachen. Es machte lustig. Jetzt kam der andere, zog sein Taschentuch heraus und wischte sich den Schweiß von der Stirn. »Wir werden die Dame nicht mehr lange aufhalten. Nur noch ein paar Formalitäten. Dann werden Sie beide wieder – haha – vereint sein.« – »Haha«, lachte ich. »Zigarette?« Ich bot ihnen meine Schachtel an. Die beiden wurden plötzlich förmlich. War ich zu weit gegangen? Der eine nahm mich beim Rockaufschlag. »Sehen Sie«, sagte er, »daß Sie zurückkamen, beweist uns, daß Sie nichts zu verbergen haben.« – »Ja«, sagte der andere, »ein gutes Gewissen ist ein sanftes Ruhekissen.« – »Haha«, lachte ich. »Haha«, lachte die Gefahr. Die Tür schlug zu.

12

Zu Hause angekommen, warf ich mich aufs Bett und versuchte, meine Gedanken zu ordnen. Ich war seit Tagen nicht mehr hier gewesen. Ein Geruch von Unbewohntsein, von nicht geleerten Aschbechern und schal gewordenen Speiseresten erfüllte den Raum. Die Goldfische schnappten nach Luft. Staub lag auf den Büchern, die ernst auf mich herabsahen, Romane, Dramen, Gedichtbände, Nachschlagewerke, in Reih und Glied aufgestellt, all das, was ich in Jahren gekauft und zusammengetragen hatte – die Welt meines Bewußtseins, das Bewußtsein meiner Welt... Bald würden sie kommen und die zarten Gewebe der Gedanken, die Träume der Heiterkeit und der Schwermut, die Hirngespinste der Nacht, die wunderbaren Hieroglyphen, mit denen ein Geist sich dem andern offenbart, von den Regalen nehmen und mit ihren Schaftstiefeln und Ehrendolchen bearbeiten. Warum versuchte ich nicht, einige wenige vor der Vernichtung zu retten? Warum war ich überhaupt zurückgekommen? Warum lag ich jetzt hier, unfähig, einen Entschluß zu fassen, mit der Uhr in der Hand die Minuten zählend?...

Endlich läutete das Telefon. Luise sagte: »Ich spreche von unterwegs. Es ist besser, wenn du mich jetzt nicht besuchst. Der Arzt meint, es wäre ansteckend. Er will mich weiter beobachten.« Sie sagte es langsam und mit Bedacht, jedes Wort betonend. Wahrscheinlich hatte sie es auswendig gelernt. »Hat der Arzt gesagt, wann er wiederkommt?« rief ich. »Ich verstehe dich nicht«, sagte Luise, »du mußt lauter sprechen.« Irgend etwas war mit dem Apparat nicht in Ordnung. Anscheinend hörte man uns zu. Ich sagte schnell noch etwas, nannte den Namen eines Films, der gerade gespielt wurde. »Fünf Minuten vor der letzten Vorstellung«, rief ich. Keine Antwort. Ich hing ein, legte mich aufs Bett, stand wieder auf, ging im Zimmer umher, tat sinnlose Dinge. Einmal klingelte es an der Tür. Ich schlich auf Zehenspitzen hinaus. Es war ein Beamter vom Elektrizitätswerk, der die Lichtrechnung einkassieren wollte. Nachdem er gegangen war, zerriß ich einige Manuskripte und warf sie in den

Papierkorb. Andere folgten. Ich trug den Papierkorb in das Badezimmer, leerte ihn auf dem Boden aus und steckte den Haufen an. Sofort war die Wohnung voller Rauch. Ich goß Wasser darüber und öffnete das Fenster. Dann machte ich mich über die Briefe her, zerriß einige und warf sie ins Klosett. Draußen läutete es wieder. Diesmal war es Herr Obermann, der Portier. Er habe Rauch aus meiner Wohnung aufsteigen sehen. Dabei schnupperte er mißtrauisch umher. Es gäbe jetzt viele Brände in Berlin, meinte er, vor allem Kellerbrände. Ich erklärte ihm, daß ich aus Versehen eine Zigarette in den Papierkorb geworfen hätte. Er ging zögernd fort. Unten hörte ich ihn mit einem Mieter flüstern.

Ich hätte die Briefe nicht in das Klosett werfen sollen. Jetzt ist der Abfluß verstopft, und die Papierschnitzel schwimmen obenauf. Zu dumm, daß ich keinen Ofen habe. Das sind die Nachteile der modernen Zivilisation. Man kann keinen Brief zerreißen, ohne daß die städtische Müllabfuhr davon erfährt. Man kann kein Feuer in seiner Wohnung machen, ohne daß die Feuerwehr mit Dampfspritzen, Sprungdecken, mechanischen Leitern anrückt. Man sitzt gefangen in einem Netz von Röhren, Drähten, Kabeln, Kontakten und Schutzvorrichtungen. Ein Druck auf den Hebel – und es wird kalt oder warm, hell oder dunkel. Ein Druck auf den Knopf – und das Pathos der ›Neunten‹ überdröhnt die Küchengeräusche. Alles, was daran erinnern könnte, daß man ein Mensch ist, nackt, schmutzig, übelriechend, wird verschämt aus dem Weg geräumt, als handle es sich darum, die Indizien eines Verbrechens zu beseitigen. Früher war das anders. In den Schlössern der Loire werden noch die Nachtstühle gezeigt, auf denen die französischen Könige ihre Notdurft verrichteten, während sie ihre Minister empfingen. Sie schämten sich nicht, die Bedürfnisse des Regierens zugleich mit denen ihres Leibes zu befriedigen, und bezeigten somit eine christliche Demut, die in umgekehrtem Verhältnis zu ihrer weltlichen Macht stand. Heute ist man stolz darauf, die Natur überlistet zu haben. Man will vergessen, daß hier einmal eine Hütte stand, über der Blitze zuckten und das Wort Gottes herniederfuhr. Aber trotz Hygiene und Kanalisation kann es geschehen, daß man wieder mit dem Bauch im Wasser liegt, den Mund voller Erde und in der Hand die Steinaxt, mit der der erste Mensch seinen Bruder erschlug...

Wohin jetzt mit den Briefen, den politischen Flugschriften, den

Werken der großen Aufklärer? Wohin mit Liebknecht, Rosa Luxemburg, Trotzki... wohin mit mir selbst?

Ich beschloß, einige der Manuskripte und Bücher, die mir am gefährlichsten erschienen, im Grunewald zu vergraben, packte sie zu einem Bündel zusammen und verließ auf dem Umweg über das Nachbardach das Haus...

Ich brauchte nicht weit zu gehen. Als ich die ersten Bäume erreicht hatte, merkte ich, daß ein Mann mir folgte. Ich lief schneller. Der Mann folgte mir noch immer. Ich suchte nach einem Versteck für mein Paket, aber der Wald war plötzlich durchsichtig geworden. Kahl standen die Kiefern, ein Gewirr von nackten Stämmen und Ästen, durch die der Wind pfiff. Nirgends ein Strauch, hinter dem man sich verbergen konnte. Das Paket wurde immer schwerer, und der dünne Bindfaden, der es zusammenhielt, schnitt in meine Hand. Ich wechselte den Griff und lief weiter, während ich den Mann näherkommen hörte. Als er nur noch einige Schritte hinter mir war, blieb ich plötzlich stehen und drehte mich um. »Was wollen Sie von mir?« sagte ich und griff in meine Tasche. Auch der Mann war stehengeblieben. Zum erstenmal sah ich sein Gesicht. Er war ein untersetzter, etwas asthmatisch wirkender Herr, der mich aus gütigen, verängstigten Augen ansah, während er einen schwarzen Hornzwicker wie eine Blume zwischen den zwei Fingern seiner Hand emporhielt. »Nicht schießen!« sagte er und hob langsam die Hände, mitsamt dem Hornzwicker, in die Höhe. »Bitte nicht schießen.« Ich nahm die Hand aus der Tasche. »Warum verfolgen Sie mich?« sagte ich. Er ließ die Arme sinken. »Ich sah Sie vor mir in den Wald laufen und wollte mich Ihnen anschließen. Ich weiß nicht, was mit mir ist. Ich habe seit drei Tagen nicht mehr zu Hause geschlafen.« Er setzte sich den Hornzwicker auf die Nase. »Kommen Sie«, sagte ich. Wir gingen über den hart gefrorenen Waldboden. Irgendwo klopfte ein Specht. Es hallte weithin durch die blätterlose Stille. »Dr. Thora«, sagte er plötzlich und zog seinen Hut. »Mit wem habe ich die Ehre?« – »Kobbe«, sagte ich kurz. »Sehr angenehm«, sagte Dr. Thora. Er blieb stehen und nahm seinen Kneifer ab. »Kobbe?« sagte er nachdenklich. »Sind Sie vielleicht der Sohn von dem Hals-, Nasen- und Ohrenarzt Eugen Kobbe, der die geborene Schönfelder aus Essen, Sie wissen doch, die Tochter von dem Gynäkologen Nein? Sind Sie nicht? Schade.«Er setzte, sichtlich enttäuscht, den Kneifer wieder auf die Nase und begann, während wir unter den Ästen dahinschritten, mir seine Leidensgeschichte zu erzählen, wobei er nicht unterließ, mich gelegentlich zu fragen, ob ich nicht etwa doch der Sohn jenes von ihm geschätzten und hochverehrten Kollegen oder zumindest ein Verwandter, ein sehr entfernter vielleicht... »Aber lassen wir das«, unterbrach er sich. Ich erfuhr, daß Dr. Thora, wie so manche seiner Kollegen, gewisse Operationen vorgenommen hatte, die das Gesetz als ›Unerlaubte Eingriffe‹ zu bezeichnen pflegte. »Ich habe es nicht um des Geldes willen getan«, sagte Dr. Thora. »Es war mein Prinzip, die Reichen für die Armen zahlen zu lassen. – Und das ist nun der Dank –« Er zog ein Bündel mit Briefen aus der Brusttasche. »Das bekomme ich jetzt täglich. Das ist die Belohnung dafür, daß ich – aus Überzeugung, Sie verstehen, ich bin Sozialist – irgendeiner Bedauernswerten, die sonst ihre Stellung verloren hätte, aus der Verlegenheit geholfen habe. Eine Erpressung nach der andern. Zuerst habe ich gezahlt, hundert, zweihundert, dreihundert Mark, was konnte ich anderes tun. Dann, vor drei Tagen, hat es plötzlich früh um fünf bei mir geklingelt, und ich bin über die Hintertreppe auf die Straße gelaufen. Seitdem irre ich in der Stadt umher, schlafe bei Freunden, aber das ist nun auch vorbei, weil jeder Angst hat, mich aufzunehmen...« Er blieb stehen und setzte seinen Kneifer ab. »Ich habe meine Frau mit den Kindern aufs Land geschickt. Ich bin nicht mehr der Jüngste, verstehen Sie? Dies alles ist zuviel für mich.« Er beschrieb mit dem Hornzwicker einen großen, hilflosen Bogen in der Luft und verstummte. Wir waren nun schon eine halbe Stunde durch den Wald gelaufen, und ich hatte noch immer kein Versteck für mein Paket gefunden. Schließlich legte ich es in einen hohlen Baumstumpf, deckte einen Stein darüber und machte mich mit dem unglücklichen Dr. Thora auf den Rückweg. Er sagte nichts mehr, und auch mir fiel auf der langen Wanderung durch den kalten, winterlichen Wald nichts Tröstliches mehr ein. Als die ersten Häuser wieder in Sicht kamen, blieb er stehen und zog seinen Hut. »Es war mir ein Vergnügen, Herr Doktor«, sagte er, »und vielleicht, wenn alles vorüber ist, kommen Sie einmal gemütlich zu einem Butterbrot. Am besten dienstags oder freitags. Da habe ich nämlich keine Sprechstunde. Übrigens stehe ich im Telefonbuch.« Er drehte sich um und ging eilig in den Wald zurück, als erwarteten ihn dort seine Patienten. Ich sah ihn zwischen den bereiften Baumstämmen verschwinden, während der Himmel bereits dunkler wurde und die ersten Laternen aufleuchteten.

13

Schnee fiel, und Trommeln gingen, und die Schritte marschierender Kolonnen hallten durch die Nacht.

Ich ließ das Taxi, das mich zum ›Capitol‹ bringen sollte, vor dem Café an der Gedächtniskirche halten und überquerte den Fahrdamm.

Luise stand in der Halle, mit dem Rücken zum Eingang. Sie stand vor einer Vitrine, in der Toilette-Artikel ausgestellt waren. Ich berührte sie leicht am Arm. Sie zeigte, ohne aufzusehen, mit dem Finger auf einige Parfumflaschen, die in der Vitrine standen, und sagte geziert: »Das möchte ich... und das möchte ich... und das möchte ich...« Leise sagte sie: »Dreh dich nicht um, wir werden beobachtet.« Es gingen Leute vorbei, und sie schwieg einen Augenblick. Dann sagte sie: »Hackenschmidt ist verhaftet worden. Sie müssen ihn übel zugerichtet haben. Einer der Männer sagte, er wäre im Hospital...« Ich schaute angestrengt auf eine Puderdose in der Auslage. Die Puderdose war geöffnet, und ich konnte in dem Spiegel das Gesicht des Mannes sehen, der uns beobachtete. Er hatte einen kleinen, gestutzten Schnurrbart und einen Regenschirm und sah aus wie ein Versicherungsagent. »Hat man die Liste gefunden?« – »Ach, Schatz«, sagte Luise sehr laut, »wenn du wüßtest, was ich durchmache. Dort, sieh – ›l'Heure bleue d'Houbigant‹... Mein Leben würde ich dafür geben!« Leise sagte sie: »Natürlich hat man sie gefunden. Sie haben jeden Brief gelesen, jedes Bild von der Wand genommen, sogar die Betten haben sie aufgeschnitten. Dann hat einer unter den Wäscheschrank gefaßt, und da geschah das Unerwartete. Kennst du Franz von Doegen?« – »Die Puderdose ist wirklich sehr hübsch«, sagte ich. »Ich werde sie dir zum Geburtstag schenken.« – »Ein Verrückter«, sagte Luise. »Er hat mir einmal, nach der Vorstellung, einen Brief geschrieben, in dem er mich mit den Chimären von Notre-Dame verglich.« – »So«, sagte ich und starrte in das Schaufenster. »Davon hast du mir nichts erzählt.« – »Still«, sagte Luise, »er kommt.« Der Mann schlenderte langsam vorbei und stellte sich neben dem Kontrolleur auf. »Als sie den Brief fanden«, fuhr Luise fort, »sprachen sie leise miteinander. – ›Sie kennen Franz von Doegen?‹ fragte der eine. Der andere ging zum Telefon. Ich konnte nicht hören, was er sagte, denn er hatte die Tür hinter sich zugemacht. Als er zurückkam, sagte er: ›Sie haben Glück gehabt. Herr von Doegen ist jetzt eine große Nummer.‹ Kurz danach kamst du. Es war das Vernünftigste, was du tun konntest. Ich hatte dich sehr lieb, als ich dich draußen mit den Männern sprechen hörte...«

Die Klingel im Foyer läutete. Die Abendvorstellung begann. An der Kontrolle drängten sich die Leute. Ich kaufte zwei Karten, und wir gingen an dem Mann mit dem Regenschirm vorbei, durch die Glastür und dann die Treppe hinauf und an der anderen Seite wieder hinunter, bis wir im Dunkeln zwei Plätze fanden. Wir sahen nicht viel von dem Film. Ein Herr in einem Smoking erklärte einer Dame im Abendkleid: »I love you.« Im übrigen wurde viel getanzt und gesungen, und einmal fiel auch ein Schuß, und der weiße Smoking lehnte blutüberströmt an der Tür der Hazienda, und die Dame im Abendkleid beugte sich über ihn und weinte sehr. Luises Gesicht war so nahe in der Dunkelheit, so viel näher als alles andere auf dieser Welt. »Du mußt fort«, flüsterte sie mir ins Ohr. »Heute nacht noch. Kümmere dich nicht um mich. Wir werden uns irgendwo treffen, in Prag oder Paris oder London. Ich kann nicht schlafen, wenn ich weiß, daß du noch hier bist...«

»Gib mir noch ein Stück Schokolade«, sagte ich. Ein Mann hinter uns schrie: »Ruhe!« Wir blieben noch eine Weile sitzen und sahen die Schatten auf der Leinwand ohne Zusammenhang vorüberhuschen. Dann standen wir auf und gingen hinaus, bevor es hell wurde.

Draußen sahen wir uns um. Der Mann mit dem Regenschirm war verschwunden.

Wir gingen in die Taverne und bestellten eine Flasche Pommard und eine Portion Nüsse. »Wenn du nach Paris fährst, mußt du mir eins versprechen«, sagte Luise. »Jede andere, nur keine Tänzerin. Das bist du mir schuldig.«

»Alle Tänzerinnen haben dicke Beine«, sagte ich.

»Du bist ekelhaft«, sagte Luise.

Wir aßen von den Nüssen und tranken so lange, bis die Flasche Pommard leer war und Luise das Stanniolpapier an die Decke warf und zu weinen begann. Sie weinte so gern. Man brauchte nur auf den Knopf zu drücken. Es gehörte irgendwie zu ihrer Kunst.

»Weine nicht«, sagte ich und führte sie hinaus.

Wir standen lange irgendwo in einem Hausflur. Über ihre Schulter hinweg sah ich, wie man draußen einen Mann vorbeischleppte. Sein Hemd stand offen, und die aufgelöste Krawatte fiel über seine behaarte Brust. Er schrie.

»Was war das?« fragte Luise. Ich hielt ihr die Ohren zu.

»Nichts«, sagte ich und küßte sie.

»Versprich mir, daß du nie sterben wirst«, sagte Luise.

»Ich verspreche es dir.«

»Nie?«

»Nie.«

Schnee fiel, und Trommeln gingen, und die Schritte marschierender Kolonnen hallten durch die Nacht.

Ich brachte Luise zum Autobus und ging durch die Hardenbergstraße zu Professor Seehaus. Quer über der Straße lag ein Mann. Die Schneeflocken fielen auf ihn und sammelten sich in den Falten seines Mantels. Er lag stumm auf dem Pflaster, den Hut ins Gesicht gedrückt, Menschen gingen vorbei, aber niemand wagte es, ihn anzurühren. Man tat gut daran, sich nicht in fremde Angelegenheiten zu mischen.

Ich ging die Stufen hinauf und läutete. Barbara stand in der Tür, in jener nachlässig zögernden Haltung, die ich an ihr liebte, die nackten Arme über der Brust gekreuzt. Sie trug einen weißen Zeichenkittel.

»Er ist noch nicht zurück«, sagte sie. »Sie haben ihn wieder gerufen. Ich fürchte, er wird nicht mehr ›Nein‹ sagen können. Willst du auf ihn warten?« Mehrere Modejournale lagen auf dem Tisch, Bleistifte, Bogen von Pauspapier.

Sie brachte eine Flasche von dem süßen spanischen Wein, der immer für mich bereitstand. Er hieß Don Fernando. Er war dick und schwer und süß, und wir tranken ein Glas nach dem andern. Was konnte man anderes tun als trinken? Unten lag ein Mann. Der Schnee fiel auf ihn, und niemand kam, ihn aufzuheben.

»Du gehst fort?« sagte sie plötzlich. »Was wird er ohne dich tun?«

Ihre Haare fielen über ihr Gesicht und über das Glas, während sie trank. Ich konnte ihre Augen nicht sehen, weil sie von den Haaren bedeckt waren. Sie hielt ihr Glas mit beiden Händen umschlossen.

»Du hast schöne Hände«, sagte ich.

Sie stand auf und ging um den Tisch und küßte mich. »Nur so«, sagte sie. »Nichts weiter.«

Draußen fuhr ein Stadtbahnzug vorbei. Schnee fiel, und Trommeln gingen und... »Gib mir noch etwas von dem Don Fernando«, sagte ich. Es war sehr dunkel im Zimmer, ich fühlte nur ihre Hände und dachte, daß es nun ein Geheimnis zwischen uns gäbe, von dem er nichts wußte und das ich mit mir nehmen würde, diese Hände, die jetzt ihr eigenes, verruchtes Leben mit mir lebten in der Dunkelheit...

Wir sprachen nicht mehr viel, bis Seehaus, beide Arme voller Akten, schwer atmend, verschneit, grimmig, nach Hause kam.

»Die Hunde«, sagte er und warf die Akten auf den Tisch. »Gebt mir etwas zu trinken.«

Barbara machte eine neue Flasche auf. Dann besprachen wir meine Flucht. Es war mir, als spräche man von etwas, das mich nichts anging. Ich war betrunken und verwirrt und kannte mich nicht mehr aus. Seehaus holte Landkarten und Fahrpläne und trug Zahlen in sein Notizbuch ein, die ich nicht verstand. »Wenn du hier um zehn Uhr nachts mit dem Schnellzug abfährst, bist du am nächsten Morgen in Prag«, sagte er. Ich starrte auf das Papier. »Wieso?« fragte ich und hielt mich heimlich an der Tischkante fest. Barbara sagte: »Ich kenne einen Mann an der tschechischen Grenze. Du fährst bis Dresden mit der Bahn, nimmst den Autobus, steigst vor der Grenze aus und gehst zu Fuß, bis du an ein kleines Haus mit einem roten Dach kommst. Dort fragst du nach Herrn Kopetzka. Er ist der Bruder eines früheren Dienstmädchens meiner Mutter und bringt dich auf einem Wildpfad über das Gebirge. Hast du einen Rucksack?«

»Nein, ich habe keinen Rucksack. Außerdem muß ich nach Hause.«

»Du kannst nicht nach Hause«, sagte Seehaus. »Es ist zwei Uhr.«

»Doch«, sagte ich. »Ich muß nach Hause gehen und etwas verbrennen. Dokumente, Briefe. Einen Roman. Ein Stück Vergangenheit...«

»Er ist betrunken«, sagte Seehaus. »Gib ihm einen Kaffee!«

»Ich bin nicht betrunken«, sagte ich. »Ich muß nach Hause. Ich habe alle Hände voll zu tun und weiß nicht, wo ich anfangen soll. Nein, seht mich nicht so an. Ich weiß genau, was ich sage. Ich bin ein Mann, der im Begriff ist, den Staub seines Vaterlandes von den Füßen zu schütteln. Das ist eine große Sache. Sie passiert nur einmal im Leben und will überlegt sein. Ich kann doch nicht einfach meinen Hut aufsetzen und über die Grenze gehen? Da ist meine Mutter. Da ist Luise. Da ist Katharina. Und da sind meine Bücher. Ich kann doch nicht einfach die viertausend Bände auf den Rücken nehmen und über den Wildpfad in die Verbannung tragen? Was wird Herr Kopetzka dazu sagen? Und dann die Goldfische. Mein Gott, was soll aus den Goldfischen werden, wenn ich nicht mehr da bin?«

»Darf ich ihm einen Kuß geben?« fragte Barbara.

»Haha«, lachte Seehaus.

Sie stand auf und ging um den Tisch herum und legte ihre Arme um mich.

»Ich war gern in diesem Land«, sagte ich. »Es war ein schönes Land. Meine Eltern waren hier geboren, und meine Großeltern, und die Großeltern meiner Großeltern. Wir gehörten zu euch. Wir waren das Ferment, das euer Denken beflügelte. Wir brauchten euch, wie ihr uns brauchtet. Wir hatten den Witz, der euch von eurem Ernst erlöste. Wir ließen euer Blut schneller schlagen, vielleicht manchmal etwas zu schnell. Wir haben euch Lieder gesungen und euer Wesen in Worte gefaßt. Wir haben euch verstanden, wie vielleicht niemand euch verstanden hat. Aber jetzt ist das Band zerrissen. Etwas ist geschehen, was nicht geschehen durfte, und auch wir sind nicht ohne Schuld. Nein, sogar wir nicht. Glaubten wir noch an das, was wir zu verteidigen vorgaben? Wußten wir noch, was ein Menschenleben wert ist? Wir waren bereit, Tausende für unsere Ideen zu opfern. Sich hingeben für etwas, das größer ist als man selber? Aber größer als man selber ist nur das Universum, ist nur Gott, und wer dafür etwas anderes einsetzen will, ›den Staat‹ oder ›die Gesellschaft‹, setzt damit den Menschen ab und macht aus ihm eine Sache. Wir sind alle keine Menschen mehr gewesen. Wir sprachen von Gerechtigkeit und meinten: Gerechtigkeit für die einen, nicht für alle und jeden. Wir glaubten an die Gewalt der

›guten Sache‹, aber eine Gewalt ist so schlimm wie die andere, und wir müssen wieder ganz von vorn anfangen und sehr demütig werden, und sehr klug, beinahe menschlich. Gute Nacht, ihr Freunde. Gute Nacht, Barbara. Gute Nacht, Seehaus.«

Schnee fiel, und Trommeln gingen, und die Schritte marschierender Kolonnen hallten durch die Nacht.

14

Ich nahm wieder ein Taxi – das wievielte heute? – und sagte dem Chauffeur meine Adresse. Mir war sehr übel. Ich fühlte die Räder unter mir über das Pflaster springen, es warf mich hin und her, und ich öffnete das Fenster, um frische Luft zu schöpfen. Die Straße, in der ich wohnte, lag im Dunkel. Vor meinem Haus standen zwei Männer. Ich stieg schwankend aus.

»Was machen Sie hier um diese Zeit?« fragte der eine.

»Ich wohne hier«, sagte ich und zeigte auf das Haus.

»Wie heißen Sie?«

Ich nannte meinen Namen.

»Woher kommen Sie?«

»Ich war bei Freunden.«

Ich zahlte den Chauffeur und ging an ihnen vorbei.

Jetzt, dachte ich. Aber es geschah nichts.

Als ich die Haustür aufschloß, drehte ich mich noch einmal um. Sie standen da und sahen mir nach, unschlüssig, was sie tun sollten. Ich schloß die Haustür hinter mir zu und lief die Treppe hinauf.

Niemand schien in meiner Wohnung gewesen zu sein. Das Klosett war noch immer verstopft. Die Goldfische hingen wie sinkende Schiffe unter dem Wasserspiegel. Ich zog mich aus und stellte einen Stuhl neben das Bett. Auf den Stuhl legte ich meinen Anzug, frische Wäsche, den Paß und meine Wertsachen. Sie sollten mich nicht unvorbereitet finden. Ich legte mich zu Bett und schlief ein. Im Schlaf hörte ich es klingeln. Ich sprang aus dem Bett, zog Hemd und Hose an, nahm die Wertsachen und öffnete. Es war niemand draußen. Ich zog mich wieder aus und legte mich zu Bett. Im Traum hörte ich es mehrmals läuten. Ich zog mich mehrmals an, ging mehrmals zur Tür, zog mich mehrmals aus und legte mich mehrmals wieder zu Bett. Endlich kam der Morgen. Ich war entschlossen, zu fahren. Was sollte ich hier noch? Wenn es eine illegale Bewegung gab, die den Kampf weiterführen würde – ich hatte keine Verbindung zu ihr. Ich war allein. Wahrscheinlich ging es jetzt jedem so. Deutschland war ein feindliches Land geworden. Man war aus Versehen hinter die feindlichen Linien geraten und mußte sehen, wie man wieder herauskam. Es war nichts Heroisches an diesem Unternehmen. Es war kein von langer Hand vorbereitetes Abschiednehmen von den ›Stätten der Kindheit‹. Man nahm ganz einfach seinen Hut und ging hinaus und wußte nicht, wann man wiederkommen würde. Vielleicht in zwei Stunden, oder in zwei Jahren, oder nie mehr, die Hauptsache war, daß es einem gelang, unbemerkt das Haus zu verlassen, einen Zug zu besteigen und die Grenze zu überschreiten. Alles andere war Nebensache. Vielleicht brauchte man noch eine Zahnbürste, einen Pyjama, ein Stück Seife und etwas Geld. Aber das war bereits mehr, als einem zukam. Es hieß das Schicksal auf eine unverantwortliche Weise herausfordern.

Ich beschloß also, Seife, Zahnbürste und Pyjama bis auf weiteres nicht in meine Pläne einzubeziehen, nahm meinen Hut und ging. Das einzige Ungewöhnliche an diesem Vorgang war, daß ich meinen Hut nahm. Ich pflegte ihn sonst nicht zu tragen, und der Umstand, daß ich mich jetzt seiner bediente, schien in der Tat auf eine entscheidende Lebensveränderung hinzudeuten. Ansonsten aber verlief alles so, wie es immer zu verlaufen pflegte. Ich verließ das Haus, ohne verhaftet zu werden, kaufte mir eine Zeitung, bestieg die Straßenbahn und fuhr in die Wohnung von Seehaus, die jetzt mein Standquartier geworden war, der feste Punkt, wo alle Fluchtlinien zusammenliefen. Ich läutete gegen zwölf Uhr mittags an ihrer Tür und hatte das Vergnügen, mit Barbara einen Imbiß einzunehmen, bestehend aus Eiern, Wurst, Schinken, Toast und Kaffee. Wir bemühten uns beide, möglichst unbefangen zu erscheinen. Die Ereignisse der letzten Nacht wurden nicht mehr erwähnt. Barbara vermied es, mich beim Abräumen des Tisches zu berühren, und wenn es trotzdem einmal aus Versehen geschah, so entschuldigten wir uns beide gleichzeitig. Inzwischen war es ein Uhr geworden. Ich rief meine Mutter an und verabredete mich mit ihr für den Nachmittag in einem kleinen Café in der Nähe meiner Wohnung.

»Immer rufst du im letzten Augenblick an«, sagte sie. »Ich habe eine Bridge-Verabredung. Hat es nicht bis morgen Zeit?« – »Nein«, sagte ich und hing ein. Ich versuchte einige Male, Luise zu erreichen, die sich aber nicht meldete – wahrscheinlich schlief sie noch – und sagte meiner Schwester, daß ich in einer Stunde bei ihr sein würde. Barbara arbeitete im Nebenzimmer. Ihr Haar fiel über den Zeichentisch, während sie mit Bleistift und Lineal eine Reklameschrift durchpauste. Ich trat ans Fenster. Die Wohnung lag im Hochparterre, etwas über den Köpfen der Leute, die draußen vorbeigingen. Plötzlich sah ich zwei Männer vor dem Haus stehen. Sie sprachen leise miteinander und zeigten auf das Fenster, hinter dem ich stand. Der eine schrieb etwas in sein Notizbuch. Ich trat in das Zimmer zurück und rief Barbara, der ich hastig mitteilte, was ich soeben beobachtet hatte. »Überzeuge dich selbst«, sagte ich. Sie lugte vorsichtig hinaus und erschrak. »Es muß etwas geschehen«, sagte sie. »Wir müssen dich von hier fortschaffen.« Sie überlegte einen Augenblick. Dann lief sie hinaus. Mein Herz klopfte, und ich goß mir ein Glas von dem Don Fernando ein, der auf dem Tisch stand. Sie kam zurück und strich sich mit ihrer langen weißen Hand über das Haar. »Ich habe Nina telefoniert. Sie wird in fünf Minuten hier sein und dich mit dem Auto irgendwohin bringen.« – »Zu spät«, sagte ich und ließ mich in einen Stuhl fallen. »Alles viel zu spät ... Wer ist übrigens Nina?« – »Nina Edthofer.« – »Ach so«, sagte ich. »Das ist aber fein. Ich wollte sie schon immer kennenlernen.« Ich goß mir noch ein Glas ein und schickte Barbara zum Fenster. »Ich glaube, sie sind fort«, flüsterte sie. »Jedenfalls kann ich sie nicht mehr sehen.« Kurz danach kam Nina Edthofer. Ich hatte sie oft auf der Bühne gesehen, das letztemal in Maughams ›Regen‹. Sie war eine wunderbare Frau, schlank und zerbrechlich und mit seltsam großen, süchtigen Augen, die einzusaugen schienen, was sie sahen. Jetzt stand sie in der Tür, mit langen schwarzen Lederhandschuhen und einem großen Hut, der nur ihren Mund sehen ließ, und lächelte. »Schnell. Beeilt euch«, flüsterte Barbara. Ich ließ Nina Edthofer vorgehen und wartete einen Augenblick, hinter der Haustür versteckt, bis ich sie ins Auto steigen sah. Jetzt winkte sie mir, nachzukommen. Ich riß die Tür auf und lief auf das Auto zu. Aber noch bevor es sich in Bewegung setzte, sah ich die beiden Männer vor dem Fenster. Sie standen da und benahmen sich in der Tat höchst seltsam. Der eine schien mit einem Zollstock die Fassade auszumessen, während der andere die Maße in sein Notizbuch eintrug. Das Haus sollte wohl frisch gestrichen werden. Ich kam mir wie ein Betrüger vor, der aus dem Schrecken dieser Tage Kapital zu schlagen versuchte. Es war höchste Zeit, daß ich abfuhr.

Hatte Nina etwas bemerkt? Sie saß neben mir und hielt meine Hand, während der Wagen mit uns davonrannte. Sie war blaß und vom Abenteuer der Fahrt erregt. Der Wagen raste durch die vom Feind besetzte Stadt, in der es von Uniformen wimmelte – es war ein böses, in die Augen stechendes Braun –, und ich spürte den Druck ihrer Hand und den Haß und die Leidenschaft, die uns verband. Sie lächelte ein wenig. Wir näherten uns jetzt den westlichen Außenbezirken. Plötzlich bog sie in eine Seitenstraße ein und hielt an. Sie nahm langsam ihren Hut ab, lehnte sich zurück. Es schien mir, als ob sie zitterte. Oder war es der Motor? Ich zog sie an mich und küßte sie, und in diesem Kuß war alles: Zorn, und Trauer, und die Erinnerung an das, was ich jetzt zurückließ, Heide und Meer und die große Geste, mit der die Frauen sich hier verschenkten, jäh und unerwartet wie alles, was in diesem Land geschah; die Beteuerungen der Liebe und die Zurufe aus dunklen Hauseingängen an Regentagen, Worte, geflüstert, gestammelt, deutsche Worte, zärtliche, gemeine Worte, Gilda Langer, und Luise, und Barbara, dies alles lag darin, und es schien mir, als wäre ich schon fort, als wäre ich immer fort gewesen, ohne es zu wissen, und nur jetzt noch einmal zurückgekehrt, um Abschied zu nehmen von ihr, die ich nicht kannte, und von einem Land, das mir ebenso nah und fremd zugleich war wie sie...

Ich hörte das Geräusch der Scheibenwischer, die sich wie zwei rasend gewordene ungeheure Fliegenbeine hin und her bewegten, und ich hörte die Kieselsteine gegen das Schutzblech prasseln, als der Wagen sich endlich in Bewegung setzte und auf schweren Reifen durch den Nachmittag fuhr, an Gärten und Villen vorbei, bis wir vor dem Haus meiner Schwester hielten...

Im Sommer blühten hier Blumen, aber jetzt war es Winter, und die Gärten standen leer...

Ich hörte noch das Aufheulen des Anlassers und die Bewegung der anfahrenden Räder auf dem Kies, während ich die Treppe mit den beiden steinernen Löwen zu beiden Seiten hinaufstieg.

15

Die Kinder saßen um den Tisch und beobachteten mich scheu von der Seite. Sie hatten etwas von ›Flucht‹ und ›Haussuchung‹ gehört und stießen sich heimlich unter dem Tisch an. Wahrscheinlich dachten sie, ich hätte ein Verbrechen begangen und würde deshalb von der Polizei gesucht. Es war spaßhaft und unheimlich zugleich, und man hatte etwas, wovon man nachts, von Bett zu Bett, sprechen konnte, wenn die andern schliefen. »Wohin fliehst du denn, Onkel?« fragte der Junge. »Nach Paris, natürlich«, sagte das Mädchen. »Alle fliehen jetzt nach Paris. Ursula Kanuß hat gesagt, ihr Vater ist auch nach Paris geflohen.« – »Wann?« erkundigte sich der Junge. »Gestern.« Sie steckten die Köpfe zusammen und verbargen kichernd ihre Verlegenheit. Es war aufregend, einen Onkel zu haben, der etwas mit der Polizei zu tun hatte. Es steigerte das Prestige unter den Schulkameraden.

Ich besprach mit meiner Schwester, daß sie an der Bahn sein würde. Sonst war nicht viel zu besprechen. Sie fühlte sich im Augenblick nicht gefährdet. Sie glaubte, daß ihr Mann seine Position behalten würde. Sie glaubte, das ›Abenteuer‹ wäre bald zu Ende. Die Kinder hörten aufmerksam zu und beobachteten mich hinter ihren Milchtassen. Es war sehr still in dem großen Haus mit den alten Stichen an den Wänden. Es war ein Haus, in dem gern gelacht und gegessen wurde und dessen Inhaber mit beiden Füßen auf der Erde stand. Und wieder hatte ich das Gefühl, als wäre ich schon fort, als hätte dies alles nur noch wenig mit mir zu tun. Ich spürte die Entfernung zwischen mir und diesem Haus mit den schweren eichenen Schränken, den geputzten Zinnkrügen und Silbersachen, den blankgescheuerten Dielen und den kostbaren Teppichen, die über sie gebreitet waren.

Die Unruhe, in der ich mich befand, paßte schlecht zu der wohlbehüteten Gediegenheit, die sich so seßhaft und selbstsicher zu präsentieren schien, als ob sie sagen wollte: »Uns kann nichts passieren. Du gehst, und wir bleiben...«

»Dies hier ist von Mergenthin«, sagte Katharina und drückte mir ein Kuvert in die Hand. Es war etwas Geld darin. »Er kann leider nicht an die Bahn kommen.«

»Ich verstehe«, sagte ich.

Draußen war es kalt. Die beiden Löwen schauten schweigend in den schon dunkler werdenden Nachmittag.

Das Schafott der Trinker IV

Er: Es ist nun soweit.
Ich: Was soll ich ihr sagen?
Er: Habe Mitleid mit ihr.
Ich: Mitleid?
Er: Liebe sie. Sie ist eine arme Frau. Sie wird bald sterben.
Ich: Liebe, Mitleid – in welchem Jahrhundert lebst du?
Er: In einem Jahrhundert großer Verbrechen – und großer Entdeckungen.

16

Das Café war heiß und überfüllt und roch nach frischer Farbe. Es gab viele solcher kleinen Cafés in Berlin. Sie hatten alle dieselbe indirekte Beleuchtung, die zu Abenteuern einlud, dieselben expressionistischen Hocker und mit Bronzelack angestrichenen Wandfiguren, waren heiß und überfüllt und rochen nach frischer Farbe. Ich setzte mich an den einzigen leeren Tisch und überlegte, was ich ihr sagen sollte. Sie war nicht mehr die Frau, die mit rauschenden Akkorden ihre Gefühle am Klavier ausgab. Sie hatte gelernt, die Sprache ihrer Kinder zu sprechen. Es war eine nüchterne, erbarmungslose Sprache, die Auseinandersetzungen vermied, Gefühle umschrieb und Worte wie ›Seele‹ oder ›Herz‹ in Anführungsstriche setzte. Sie hatte sich damit abgefunden. Sie machte keine Szenen mehr. Sie war ausgesetzt in diese Zeit, der sie sich mit Anstand gewachsen zeigen mußte. Niemand half ihr dabei. Niemand sagte ihr, was sie zu tun hatte. Sie mußte es selber wissen. Sie mußte ganz allein damit fertig werden. Sie mußte wissen, warum jetzt Menschen mit Holzlatten aufeinander losschlugen, warum man Herren aus guter Familie, mit deren Eltern sie noch zur Schule gegangen war, aus dem Fenster warf, warum dieser oder jener verschwand und warum ich jetzt verschwinden mußte. Es ging alles so schnell. Man hatte keine Zeit, es ihr zu erklären. Man erwartete von ihr, daß sie es von selbst verstehen würde. Ja, wir hatten sie gut erzogen. Wir erlaubten ihr nicht, sich an jene Zeit zu erinnern, da sie sich mit Schuberts ›Wanderer‹ das Herz meines Vaters erobert hatte. Wir waren sehr sachlich, sehr kühl und sehr ungeduldig. Wir aßen zweimal die Woche bei ihr und sahen nach zwei Stunden unruhig auf die Uhr. Mein Gott, das Leben war so aufreibend. Übrigens hatten wir genug mit uns selber zu tun...

Die lauten Feste waren vorüber. Der Glanz einer schwelgerisch-dumpfen Zeit verklärte sie nicht mehr. Schweigend humpelte sie durch die von Haß und Mord und Geschrei erfüllte Stadt. Sie setzte sich nicht mehr damit auseinander, – sie ertrug es. Sie nahm es hin und fragte nicht mehr.

Ich sah sie, eingeschneit und mit Paketen beladen, hereinkommen, mit jenem eigentümlich schiebenden Gang, den das Fußleiden ihr verursachte, eine kleine, dicke, grauhaarige, humpelnde Frau. In ihrer Jugend mußte sie einmal schön gewesen sein. Jetzt zeigten ihre Züge jene Verwüstungen, die Gram und schlaflose Nächte hinterlassen hatten. In den Maschen ihres Schleiers, den sie viel zu fest um das fleischige Kinn gebunden hatte, waren Schneeflocken. Sie blieb einen Augenblick suchend stehen, erblickte mich und verbarg schnell ihre Freude (o ja, wir hatten sie gut erzogen. Sie wußte, was sie ihren Kindern in einer Zeit wie dieser schuldig war). Das Gehen schien ihr heute besonders schwer zu fallen, und sie atmete erleichtert auf, nachdem sie sich gesetzt, die Pakete abgeladen und den Schleier hinaufgeschoben hatte. Sie bestellte eine Schokolade – »Aber sehr heiß, bitte. Sonst schicke ich sie zurück!« – und netzte in Gedanken an den bevorstehenden Genuß bereits die Lippen. »Ach, das wird mir gut tun«, sagte sie. »Mein Fuß ist wieder sehr schlimm. Ich werde jetzt elektrisch behandelt.« Ein kurzes Aufseufzen, das in Lächeln überging. »Warum hast du übrigens so spät angerufen? Immer in der letzten Minute...« Die Schokolade kam, sie war sehr heiß und brauchte nicht zurückgeschickt zu werden. Das Café war voller Menschen. Es waren auch Uniformen darunter, braune, natürlich, und man verstand, was am Nebentisch gesprochen wurde. »Die Schokolade ist sehr gut«, sagte meine Mutter.

»Ich muß mich mal nach der Marke erkundigen.« – »So«, sagte ich. Es war schwer, einen Anfang zu finden. Jedenfalls freute ich mich, daß ihr die Schokolade schmeckte. Sie konnte an kleinen Dingen so viel Gefallen finden. Sie war wie ein Kind. Katharina hatte sehr viel Ähnlichkeit mit ihr.

Aber jetzt mußte ich sprechen. Es war noch so viel zu erledigen. Jemand mußte in meine Wohnung gehen und den Handkoffer holen, der auf dem Schrank im Badezimmer stand. Außerdem brauchte ich meine Waschsachen und einen Pyjama und etwas Unterzeug. Vielleicht könnte sie das Mädchen darum bitten, das bei ihr aufräumte.

»Hast du etwas gesagt?« fragte sie.

Ich berührte in Gedanken ihren schwarzen Handschuh, der neben ihr auf dem Tisch lag. Er zeigte noch die Form ihrer dicken Hand und den weichen Abdruck ihrer dicken Finger.

»Du weißt, was vorgeht«, sagte ich. »Du hast es die ganze Zeit gewußt. Ich muß fort. Ich fahre heute nacht. Ich nehme den Zug, der um zehn nach Prag fährt. Ich werde bald wieder zurück sein. Hier sind die Schlüssel zu meiner Wohnung.« Ich gab sie ihr unter dem Tisch. »Nein, sprich jetzt nicht. Man versteht jedes Wort am Nebentisch.«

Sie sagte nichts. Sie war sehr arm. Sie starrte zur Decke, damit ich ihr Gesicht nicht sehen sollte.

»O Gott«, sagte sie nur. »O Gott.«

»Prag ist eine schöne Stadt«, sagte ich. »Es gibt viele schöne Städte in der Welt. Man sollte überhaupt viel mehr reisen. Es ist überall besser als hier – findest du nicht?«

»O Gott«, sagte sie. »O Gott.«

»Der Zug kommt gegen sieben Uhr an. Ich gehe sofort in den Wartesaal und schreibe dir eine Postkarte, damit du weißt, daß alles gut gegangen ist.«

»In Prag gibt es sehr guten Kaffee«, sagte sie endlich. »Wir waren dort, als dein Vater operiert wurde. Ich habe nicht viel von der Stadt gesehen – bis auf den Kuchen bei Strba und die berühmten Würstchen in dem kleinen Beisel am Graben ...«

Sie lebte auf, wenn vom Essen die Rede war. Es kam gleich nach der Musik. Es konnte sie über vieles hinwegbringen.

»Darf ich zum Bahnhof kommen?« fragte sie.

»Nein, es ist besser, wir verabschieden uns hier, übrigens bin ich bald wieder zurück.«

Wir gingen. Sie band sich den Schleier fest, wobei sie den Mund weit öffnete und die Lippen an den Maschen rieb. Es war eine alte Gewohnheit. Ich kannte sie seit meiner Kindheit.

»Hast du die Schlüssel eingesteckt?« fragte ich.

Wir standen an der Haltestelle. Ich sah sie über die Geleise humpeln. Sie schob ihren schweren Körper mit einem Ruck seitwärts hinauf in den Wagen und drängte sich durch den Mittelgang nach vorn. Ich folgte ihr mit den Augen von Fenster zu Fenster, bis sie sich gesetzt hatte. Sie sah hinaus und suchte mich und rieb mit den Lippen an dem Schleier. Ich winkte noch einmal, aber sie konnte mich nicht mehr sehen, denn die Scheibe war beschlagen, und es war schon ganz dunkel.

17

Sand. Kiefern. Felder. Ein Bahnwärterhaus. Leere Güterwagen. Lichter.

Der Zug hielt. Der Name einer Station wurde ausgerufen. Uckro in der Mark. Geräusch von tropfendem Wasser und die Hammerschläge des Bahnarbeiters, der die Achsen abklopfte. Eine Gestalt huschte über den Bahnsteig, einen schweren Koffer nach sich schleifend. Eine Tür wurde zugeschlagen. Winkende Hände. Signallampe des Stationsvorstehers und der kurze, bellende Ruf: Fertig! Dann setzte sich der Zug wieder in Bewegung, die Lichter verschwanden... Ich saß am Fenster und sah den Telegrafenstangen zu, die sich schwarz gegen den hellen Nachthimmel abhoben. Sie tauchten auf und verschwanden, und die Drähte zwischen ihnen hoben und senkten sich zur ratternden Melodie der Räder. Wie oft hatte ich so als Kind hinausgestarrt, magisch angezogen von der schwarzen, schweigenden Landschaft, dem Auf und Ab der Telegrafenstangen, den Bäumen und Brücken und Gehöften, die sich wie auf einer Drehscheibe vorbeibewegten, den mondüberglänzten Bahnschranken, vor denen manchmal ein einsames Gefährt wartend stand, den schattenhaft auftauchenden und wieder verschwindenden Lichtungen und Hohlwegen, voll von Zauber und Geheimnis, den gefiederten Silhouetten der Wälder, die zu beiden Seiten des Bahndammes standen, während der Zug durch die Nacht fuhr. Wie oft hatte ich so in der Geborgenheit des überheizten Wagens gesessen, der nach Eau de Cologne und Apfelsinenschalen roch; mir gegenüber mein Vater, eine Zeitung über dem Gesicht, schlafend; neben ihm meine Mutter, übernächtig, schlaflos, von vielen drückenden Knöpfen befreit, die sie unter dem Schutz der blauen Notbeleuchtung heimlich geöffnet hatte; dazu die leise hin und her pendelnden Kofferriemen, die von den Gepäcknetzen über unseren Köpfen herabhingen, und das von einer metrischen Form zur andern wechselnde, bald gleichförmige, bald unruhig stolpernde Geräusch der Räder, vom klassischen Jambus und Hexameter bis zum aufgeschreckt donnernden Stakkato, wenn die Gleise sich kreuzten oder der Zug über eine Brücke fuhr. Man konnte dazu Gedichte deklamieren oder Lieder singen, wie wir es getan hatten, wenn wir aus den Ferien kamen, braungebrannt, die Haare voller Sand und den Geschmack von Meer und Brandung auf der Zunge. Dies alles, fast schon vergessen und nur noch als Stimmung lebendig, kam mir jetzt wieder ins Bewußtsein, während draußen die Nacht über der Ebene stand und der weiße Sand sich hell gegen die dunklen Stämme abhob. Noch einmal sah ich die herbe Melancholie der märkischen Landschaft an mir vorüberziehen, die Nebel über den Wiesen, die Dörfer mit den roten Kirchtürmen, die düsteren Kiefernwaldungen – ein Ententeich, eine kleine Brücke, Erlen und Birken und Fichten, und darüber der Himmel, dieser große, wolkige, norddeutsche Himmel, der so viel mit den Träumen und Gedanken dieser Menschen zu tun hatte…

Ich preßte das Gesicht gegen die Fensterscheibe. Bis jetzt war alles gut gegangen. Seehaus, die Brust voller Orden, war mit mir zum Bahnhof gefahren. Er hatte die Fahrkarte für mich gekauft und meine Handtasche getragen. Er war wie ein Vater zu mir gewesen. Er schämte sich, daß er nicht in Gefahr war. Er wollte an mir gutmachen, was jene mit uns und mit seinem Land taten. Als ein Mann mit einem Gewehr unter dem Arm mich nach meinen Papieren fragte, herrschte er ihn an: »Hauptmann Seehaus von der Richthofen-Staffel. Der Herr steht unter meinem persönlichen Schutz. Ich verbitte mir jede außerdienstliche Einmischung.« – Der Mann schlug die Hacken zusammen, salutierte und ließ uns vorbei. Wir gingen zum Zug. Es fiel mir auf, wie leer der Bahnhof war.

Dort, der kleine, grauhaarige, ein wenig zu bedeutend aussehende Herr war Deutschlands größter Theatermann. Jeder kannte sein verwittertes Schauspielergesicht, den nachdenklich-ironischen Zug um Nase und Mund, und die zarte, oft fotografierte Künstlerhand, mit der er sich bei den Proben über das Haar zu streichen pflegte. Jetzt stand er da, den Mantelkragen hochgeschlagen, und bemühte sich, nicht erkannt zu werden. Niemand wollte erkannt werden; weder der sonst so auf Publizität bedachte, jetzt bemerkenswert still und bedrückt scheinende Journalist mit dem klingenden Namen, der dort im Gespräch mit der verschleierten Dame stand, noch die beiden bärtigen Männer mit den langen Schläfenlocken, die sich flüsternd umsahen, in Gedanken schon ganz woanders. Die übrigen, die, einzeln oder in kleinen Gruppen, in der leeren, kalten, dampfenden Halle standen, wirkten nicht weniger befremdend; die Verschwiegenheit ihrers Auftretens, die Blicke, mit denen sie einander heimlich musterten – dies alles war von einer seltsam künstlichen, aufgetragenen Lebendigkeit, wie eine nicht sehr wahre, im Atelier nachgedrehte Filmszene. Und inmitten dieser hölzernen Bahnhofsdekoration, die mit den Metallfarben moderner Technik angestrichen war, stand meine Schwester Katharina, ein wenig zu auffällig, wie es mir schien, aber sehr schön in ihrem neuen, mit Pelz besetzten Winterkostüm. Wir gingen ein wenig am Zug entlang, sahen in die Fenster, und Seehaus bemühte sich, mir den Unterschied zwischen einer deutschen und einer französischen Lokomotive zu erklären. Dann, im letzten Augenblick, kam Luise. Ich sah sie schon von weitem durch die Sperre stürzen, mit ziehenden Strümpfen und verrutschtem Hut, den sie sich beim Laufen mit beiden Händen auf den Kopf drückte. »Ich dachte, der Zug fährt eine halbe Stunde später«, brachte sie atemlos hervor. – »Haha«, lachte Seehaus. Katharina sagte: »Mergenthin meint übrigens, die Sache kann sich nicht lange halten.«

Endlich war es soweit. Ich stieg ein und war froh, daß es soweit war. Ich sah Seehaus, verlegen lachend und mit Orden bedeckt, mir nachwinken, und das Gesicht meiner Schwester unter dem neuen Pelzhut, und Luise lief neben dem Zug her und rief etwas hinauf, bis das Ende des Bahnsteigs kam und sie nicht mehr weiterlaufen konnte. »Versprich mir, daß du nie sterben wirst...«, hörte ich sie noch rufen. Ich winkte ihr zu. Dann machte der Zug eine

Wendung, und ich sah nur noch die lange Kette der Wagen hinter mir, und Rauch und Dunkelheit und Schienen... Und jetzt saß ich hier und war schon eine Stunde fort. Draußen flogen Ortschaften vorbei, kleine Bahnhöfe, mit Regendächern aus Wellblech und einer Pumpe, an der zwei Trinkbecher mit Ketten befestigt waren. Hier endete so mancher Sommertag. Hier standen wir mit unseren Rucksäcken, zwischen Hunderten von Ausflüglern, an einem Sonntagabend des Jahres 1914, und hörten die Nachricht von der Ermordung des Erzherzogs Franz Joseph. Der Zug kam, und wir fuhren nach Berlin zurück. Mein Vater trug den Strohhut, den er aus Amerika mitgebracht hatte, und sagte: »Das bedeutet Krieg.« Jetzt fuhr ich in entgegengesetzter Richtung. Wieder sprach man von Krieg. Aber es war noch immer derselbe, und er hörte niemals auf.

Ich nahm die Handtasche aus dem Gepäcknetz und öffnete sie. Obenauf lag zusammengefaltet ein kleiner blauer Zettel mit der Handschrift meiner Mutter. »Die Hemden sind gebügelt«, stand auf dem Zettel. »In der Blechschachtel sind Pfefferkuchen, zwei Tafeln Schokolade und eine kleine Flasche Kognak. Ich umarme dich. *Auf Wiedersehen.*« Die beiden letzten Wörter waren zweimal unterstrichen. Ich trank und aß und las ein paar Zeitungen, und nachdem ich sie gelesen hatte, versuchte ich zu schlafen.

Da hörte ich ein Gelächter.

Im Zug standen drei Männer in Uniform und rauchten. Der eine hatte den Fuß auf das Schutzblech der Heizung gestellt, und die Art, wie er seine Zigarette im Mund hin und her bewegte, hatte etwas Aufreizend-Obszönes. Er wußte, daß die Frauen, die sich an ihm vorbei durch den Gang zwängten, es sehen mußten, und er legte Wert darauf, daß sie es sahen. Auch die beiden andern sahen es und lachten. Sie waren die Sieger. Sie konnten tun und lassen, was sie wollten. Sie konnten das Gewehr von der Schulter nehmen und auf mich anlegen. Sie konnten mich auch aus dem Fenster des fahrenden Zuges werfen, wenn es ihnen paßte. Niemand würde sie daran hindern. Niemand hatte ein Interesse daran, sich in fremde Angelegenheiten zu mischen.

Der eine, der mit der Zigarette, sah zu mir herüber. Er suchte meinen Beifall. Ich sah das Gewehr und den Dolch, den er im Gürtel trug, und lachte. Und nachdem ich gelacht hatte, sah ich starr vor mich hin, auf das weiße Emaille-Schild mit der Aufschrift ›Nicht in den Wagen spucken!‹. Ich las es auf deutsch, auf französisch und italienisch, und von dort ging mein Blick zu der Notbremse und dem Schild ›Mißbrauch bei Strafe verboten‹ und zu dem Heizungshebel mit den beiden Wörtern ›Kalt – Warm‹ und von da wieder zu den drei Männern im Gang zurück. Sie standen noch immer da und lachten. Ich drehte mich zur Wand, und mein Ohr lag auf dem nackten Holz, und ich spürte die Räder unter mir und das Zittern des Zuges auf der langen, endlosen Fahrt durch die Nacht.

Da hatte ich einen Traum.

Drei Männer standen im Zug. Drei Soldaten. Der eine war blind, der zweite hatte keine Arme mehr, der dritte lehnte seinen verbundenen Kopf gegen das Fenster. Ringsum saßen Flüchtlinge aus zerstörten deutschen Städten, Männer, Frauen, Kinder, und starrten hinaus. Dort, in der Richtung auf Berlin, war ein Feuerschein am Himmel. Der Zug mußte mehrmals halten, um die Reisenden aufzunehmen, die auf offener Strecke zustiegen. Es gab keine Bahnhöfe mehr. Die Schienen waren teilweise aufgerissen. Telegrafendrähte hingen wirr in der Luft oder hatten sich in den Bäumen verwickelt, die mit ihnen zu Boden gestürzt waren.

»Hast du eine Zigarette?« fragte der ohne Arme. Der Blinde griff in seine Tasche, zog eine heraus, brach sie auseinander und steckte die eine Hälfte dem ohne Arme in den Mund, nachdem er dessen Gesicht abgetastet hatte. Die andere Hälfte schob er sich selbst in den Mund. Der dritte, der mit dem verbundenen Kopf, sah durch die Löcher in seinem Verband den beiden zu. Er konnte nicht rauchen. Er hatte keinen Mund mehr. »Ob wir noch über die Grenze kommen werden?« fragte der Blinde. »Ich fürchte, sie werden uns nicht mehr durchlassen.«

»Sie lassen keinen mehr durch«, sagte der ohne Arme. »Und überhaupt: es gibt keine Grenze mehr. Die Grenze – das sind wir selber. Weiter geht es nicht.«

»Wie ist das nur gekommen?« sagte der Blinde. »Wir waren doch einmal ganz oben. Wir haben ein großes Leben geführt.« Er machte wieder die unzüchtige Bewegung mit der Zigarette.

»Etwas muß falsch gewesen sein«, sagte der ohne Arme. »Aber was?«

Jetzt mischte sich der mit dem verbundenen Kopf ein. Er zeigte auf die Stelle, wo einmal sein Mund gewesen war. Dann zog er ein Stück Kreide aus der Tasche und schrieb etwas an die Wand.

Der ohne Arme las es dem Blinden vor:

»Und wir haben doch gesiegt«, las er. »Wir haben zwar keine Arme mehr, und keine Augen, und keinen Mund. Aber daß wir überhaupt möglich gewesen sind – das war unser Sieg, daran kann niemand mehr etwas ändern.«

Die andern im Zug saßen da und schwiegen. Ihre Gesichter waren leer und ausgeblutet. Sie hatten starre, weit aufgerissene Augen, trotz der tiefen Müdigkeit, die sie umschattete. Mir gegenüber saß ein älterer Mann, der wie mein Vater aussah. Auf seinem Gesicht lag ein Strohhut. Man hörte nur sein Schnarchen und das metrische Geräusch der Räder, die wie eine abgespielte Grammophonplatte immer denselben Refrain wiederholten: ›Nicht in den Wagen spucken. Ne pas cracher dans la voiture. Non sputare nella carozza.‹

Ich erwachte, als der Zug plötzlich anhielt. In Fensterhöhe sah ich Gewehrläufe und Mützen. Es stiegen viele Leute ein, und fast alle Plätze in meinem Abteil waren besetzt, als der Zug nach einer halben Stunde weiterfuhr.

Wir näherten uns jetzt der Grenze. Türen gingen. Koffer wurden heruntergenommen und für die Zollrevision bereitgestellt. Jemand konnte seinen Paß nicht finden ... »Ich habe ihn doch vorhin noch ...« Er klopfte kopfschüttelnd seinen Anzug ab. »Regen Sie sich nicht auf«, sagte ein anderer. »Sie werden ihn schon noch finden.« Die Grenze rückte näher. Plötzlich hielt der Zug. Ich trank den Rest des Kognaks aus und warf die leere Flasche auf die Bahngleise. Ein Herr, der in Dresden eingestiegen war, sagte: »Jetzt kommen sie gleich.« Die Gespräche verstummten. Alle sahen zur Tür. Worauf warteten sie? Sie warteten auf die Grenze. Die Grenze ging durch den Zug. Man hörte sie sprechen. Sie kämmte den Zug durch, von der Lokomotive bis zum letzten Wagen. Sie war sehr höflich. Sie kam auf einen zu und sagte: »Ihren Paß, bitte!« Hinter ihr, in den vorderen Wagen, die sie passiert hatte, war man bereits in einem andern Land. Aber hier war noch Deutschland. Hier konnte man noch erschossen und aus dem Fenster geworfen werden. Aber das würde nicht mehr lange so sein. Deutschland wurde immer kleiner. Jetzt bestand es nur noch aus dem Abteil, in dem ich saß. Gleich würde die Grenze zur Tür hereinkommen. Man hörte sie schon auf dem

Gang. Sie trug schwere Stiefel, knarrende deutsche Lederstiefel. In der Hand hielt sie eine Liste, auf der viele Namen standen, tausende Namen, alphabetisch geordnet und mit Schreibmaschine vervielfältigt, korrekt, sauber, übersichtlich. Jetzt fiel ihr Schatten über die Tür. »Ihren Paß, bitte«, sagte die Grenze. Sie trug einen dunkelgrünen Lodenanzug und einen kleinen, grünen Hut mit einem Gamsbart, wie ihn Forstbeamte zu tragen pflegen. Hinter ihr standen zwei Männer mit Dolchen und Gewehren. Der erste im Abteil gab seinen Paß ab. Der zweite. Der dritte. Dann stand die Grenze vor mir. Es gab nun nichts mehr zwischen uns. Deutschland war nur noch einige Zentimeter lang, so lang wie der Zeigefinger, mit dem er über die Liste fuhr, um schließlich bei dem Buchstaben K stehenzubleiben. »Wie war Ihr Vorname?« sagte die Grenze. Ich verstand nicht gleich. Die Grenze sprach etwas undeutlich. »Ihren Vornamen«, flüsterte jemand neben mir. »Georg«, sagte ich. »Wohin fahren Sie?« – »Nach Prag.« – »Was haben Sie dort zu tun?« – »Geschäftlich.« – »Wie lange?« – »Vierzehn Tage.« – »Hm«, sagte die Grenze. Sie konnte sich nicht von dem Buchstaben K trennen. Es gab viele Leute, die mit K anfingen, und die Liste war manchmal nicht vollständig. Immer neue Namen kamen hinzu, und solange man noch den Finger auf der Liste hatte, war ein Mann, der mit K anfing, noch nicht draußen. Aber dann war der Finger plötzlich nicht mehr da. »Ihren Paß, bitte«, sagte die Grenze. Es war eine Stimme, die mich nichts mehr anging. Sie kam schon aus einem anderen Land. Die Lederstiefel knarrten. Die Grenze bewegte sich an mir vorbei. Sie trug einen grünen Lodenanzug und roch wie die kalte Zigarre meines Vaters.

Der Zug setzte sich wieder in Bewegung, fuhr aus dem Bahnhof hinaus und hielt auf offener Strecke. Zollbeamte in fremden Uniformen stiegen ein. Ich ging auf den Gang und öffnete ein Fenster. Drüben, auf dem Nebengleis, standen Güterwagen mit tschechischen Aufschriften. Die Nacht war schwarz. Irgendwo blökte ein Schaf.

DRITTES BUCH

Ein jeder Mensch auf der ganzen Erde verliert, wenn auch nur ein einziger zur Sache sich erniedrigen läßt.

THEODOR GOTTLIEB VON HIPPEL (1787)

I

Kobbe legte die Papiere zusammen und trat ans Fenster. Das stechende Licht eines zu frühen Morgens blendete ihn. Er hielt die Hand vor die Augen. Berlin, Krumme Lanke, Havelseen, Königswusterhausen... Wie das jetzt klingt hier in New York, zehn Jahre später. Deutschland? Ein nagender Schmerz. Eine Totenfeier. Versunken. Vergessen. Darüber gehen die Wasser. Man muß auf den Grund sehen, dort, wo die erstarrten Posen von gestern sich abzeichnen, wie Bilder, mitten in der Bewegung stehen geblieben. Straßenbahn 76. Ober, eine Weiße mit Schuß, und Seehaus, und die Orden, und Barbaras lange, schlimme Hände; und das Bockbierfest in den Wilhelmshallen, und Carows Lachbühne, und meine Mutter. Frau Anna Kobbe geborene Neuhaus, dick, gut, humpelnd. Sie ist tot. Sie starb wie ein Hund. Niemand war bei ihr. Sie humpelte mit vereistem Schleier in das Spital und legte sich hin, um zu sterben. In Marseille fand ich die Nachricht vor. »Sehr geehrter Herr Kobbe! Ich habe die traurige Pflicht, Ihnen mitzuteilen...« Das letzte Mal sah ich sie in A. Sie humpelte immer mehr und wurde plötzlich ganz dünn. Die Haut war ihr zu weit geworden. Unter dem Kinn hatte sie eine Wamme. Was sollte ich tun? Sie war krank – Krebs – es gab kein Land, das sie aufgenommen hätte. Jetzt ist sie tot, und ich weiß nicht einmal, wo sie begraben liegt. Ein feiner Sohn. Eine Seele von Mensch. Jetzt müßte ich eigentlich weinen. Aber ich kann nicht. Man weint nicht mehr um *eine* Mutter – auch wenn es die eigene ist. Was für Zeiten! In den Todeskammern Polens werden täglich achttausend Menschen umgebracht, sechzehn dreifünftel Leichen pro Minute, bei einer Arbeitszeit von acht Stunden – eine Höchstleistung auf dem Gebiet moderner Massenproduktion. Er setzte sich wieder an den Schreibtisch. Er war müde und wach und überreizt. Im Fenster sah er die graue Silhouette eines Kriegsschiffes. Es zog langsam von der einen Seite des Fensterrahmens zur anderen. Er lehnte sich zurück. Die ›Bill of Rights‹ hängt etwas schief, dachte er, ich muß sie gerade rücken. Er ging hin, drückte den Reißnagel fest in die Wand, setzte sich wieder. Das Kriegsschiff war jetzt in der Mitte des Fensters angelangt. Eine Biene summte um seinen Mast...

2

Die Hitze kam früher in diesem Jahr. Sie fuhren oft an den Ozean und lagen dort und schwammen und gingen lange am Meer spazieren, bis der Abend kam und der Strand von Long Island sich leerte. Sie blieben noch eine Weile sitzen und sahen die Dämmerung über das gelbe Wasser kommen und merkwürdige Vögel mit langen Beinen und Schnäbeln den leeren Strand absuchen. Dann zogen sie sich an und fuhren zurück in die Sumpfluft von New York. Luise hatte ein helles Kleid an, das ihr eine Freundin in St. Louis geschenkt hatte, und es kleidete sie gut, obwohl es über den Schultern zu eng war.

Am Times Square trennten sie sich. »Ich habe noch etwas vor«, sagte Luise. »Und du?« – »Ich muß arbeiten.« Sie verabschiedete sich schnell, ein wenig zu schnell, wie es ihm schien, und mit jener betonten Eile, die keine weiteren Fragen zuließ.

Seit jener Nacht, da er zum erstenmal wieder in seinen Papieren geblättert hatte, waren Monate vergangen. Die Geschichte seiner Flucht hatte vieles in ihm wieder lebendig gemacht, und er spürte, wie sein Gedächtnis zu arbeiten begann. Man lebte in einer Epoche großer Umwälzungen und Veränderungen. Marschälle und Präsidenten fuhren im Flugzeug um die Erde und trafen sich auf Konferenzen, die über das Schicksal von Epochen und Kontinenten entschieden. Niemand wußte, wohin die Ereignisse führen würden, und mit jeder neuen Zeitungsnachricht veränderte sich der Winkel, unter dem man sie zu sehen gewohnt war. Es gab kein Hier und kein Drüben mehr, kein Gestern und kein Heute. Geschichte war nicht mehr ein Nacheinander, sondern ein Nebeneinander von Ereignissen. Man sah jetzt, wie sich eins aus dem anderen ergab und dieses in jenem enthalten war. Die Bomben, die jetzt auf Berlin fielen, zerstörten eine Stadt, die bereits in dem Augenblick, in dem die neuen Männer an die Macht gekommen waren, sich selbst zerstört hatte, die Menschen, die ihnen zugejubelt, hatten ihrem eigenen Untergang zugejubelt. Das Ganze hatte etwas Unerbittliches. Es hatte den tragischen Atem einer antiken Tragödie. Sinnlos wie das Schicksal und doch sinnvoll in jedem Augenblick und in der Folgerichtigkeit seines Ablaufs. Schrieb die Geschichte sich selbst?

Konnte man sie vorausbestimmen? Das waren die Fragen, die ihn beschäftigten, während er über sein Buch nachdachte. Sie zu verstehen, hieß zu sich selbst zu kommen. Das Schicksal der Welt war sein eigenes geworden.

Er arbeitete meist in der Nacht und schlief am Tage, wenn er nicht an den Ozean fuhr oder in eisgekühlten Vorzimmern auf Leute wartete, die versprochen hatten, ihn nicht mehr warten zu lassen. Es war der heißeste Juni, den New York seit Jahren erlebt hatte. In Afrika und Italien hatten die Truppen eine Stadt nach der anderen zurückerobert. New York aber war von der Hitze erobert worden, einer feuchten, fiebrigen Hitze, die in alle Poren eindrang und die Haut durchweichte wie Seifenlauge. Die Luft war voll von Wasserdampf und den Ausdünstungen der Passanten, die wie Schiffbrüchige an den Brüstungen der Milchbars und Coca-Cola-Hydranten hingen. New York war ein Menschendschungel, in dem seltsame Tiere mit glühenden Augen und schillernden Häuten auf Raub ausgingen oder schläfrig in den Hauseingängen lagen, leicht und bunt gefiederte Vögel durch das Dickicht schwebten und die süße Musik aus den Lautsprechern wie tropischer Regen von den Balkonen und Feuerleitern herniederrieselte...

Auch die Nächte brachten keine Kühlung. Er hörte Luise die Stufen heraufkommen und sich zu Bett legen; er hörte ihre Atemzüge, drüben, am Ende des Ganges, und er hörte auch die Atemzüge der andern, die bei offenen Türen schliefen. Manchmal krachte eine Matratze in der Nacht, wenn jemand sich im Schlaf auf die andere Seite warf. Manchmal hörte man auch Flüstern und unterdrücktes Lachen und das Geräusch von nackten Füßen, die auf Zehenspitzen über knarrende Dielen liefen. Es wohnten viele Menschen in dem kleinen, dreistöckigen Haus am Riverside Drive. Sie kamen und gingen, und man sah sich auf der Treppe und sprach über die Hitze und den Krieg und warum niemand ans Telefon ging, wenn es läutete, und wer am Morgen zuerst das Badezimmer benutzen sollte. Unten, im Erdgeschoß, wohnte der alte Mann, von dem man niemals wußte, ob er noch lebte oder gerade gestorben war. Wenn Kobbe an seiner Tür vorbeikam, sah er ihn mit geschlossenen Augen in seinem Lehnstuhl sitzen; die Zeitung war seinen Händen entglitten, und er lächelte wie im Tod. Manchmal ging er am Stock im Gang spazieren, blieb vor der vergitterten

Haustür stehen und sah hinaus auf die Straße, als ob er jemanden erwartete, der nie kommen würde. Jeden Monat traf ein Scheck aus Chicago ein, mit dem er seine Miete bezahlte, und von dem, was übrigblieb, ließ er sich von Mr. Jerobeam Kulp, der im 3. Stock wohnte, das Notwendigste einkaufen: Suppenwürfel, Konserven, Puddingpulver. Er aß selten, und wenn er aß, war es wie eine mechanische Verrichtung, der er sich aus alter Gewohnheit unterzog. Im übrigen wartete er. Er wartete auf das Ende. Deshalb war er hier. Man hatte ihm dieses Zimmer gemietet, damit er darin sterben sollte, es war ein sauberes, geräumiges Zimmer, eines von den besseren im Haus, nicht zu teuer und auch nicht zu billig, mit fließendem Wasser, elektrischem Licht und einem großen Sterbebett. Außerdem war es zu ebener Erde. Man konnte ihn leicht hinaustragen, und sicher war auch schon der Scheck für die Beerdigung deponiert und für das Grab und die Blumen, die darauf gelegt werden sollten.

3

Es war jedoch die Figur des Mr. Jerobeam Kulp, die Kobbe am meisten anzog, jenes Schriftstellers im dritten Stock, der tagsüber in Hemdsärmeln vor der Schreibmaschine saß, den Hut auf dem Kopf, und Kurzgeschichten für eines jener bunt ausgestatteten und auf billigem Papier gedruckten Magazine schrieb, mit denen das Land überflutet zu sein schien. Mr. Jerobeam Kulp war ein breitschultriger, untersetzter Mann von etwa fünfundvierzig Jahren, kahlköpfig, mit abstehenden Ohren und einem roten, pausbäckigen Säuglingsgesicht, in dem zwei enorme randlose Brillengläser funkelten. Kobbe war ihm zuerst auf der Treppe begegnet, als Jerobeam Kulp, in einem geblümten Morgenrock, der seine kurzen, behaarten Beine über Gebühr sehen ließ, mit Handtuch und Zahnbürste dem bereits von andern Gästen des Hauses umlagerten Badezimmer zustrebte. Während sie beide vor der Tür warteten, entwickelte sich ein Gespräch, in dessen Verlauf Jerobeam Kulp mit der Aufgeschlossenheit des Mannes aus dem Mittelwesten dem nur zögernd sich mitteilenden Kobbe alle wünschenswerten Angaben über Alter, Beruf, Einkommen und dergleichen mehr machte und mit einem herzlichen »See you later« in der inzwischen aufgeschlossenen Badezimmertür verschwand. Seitdem hatte Kobbe häufig Gelegenheit, sich mit der Person des Jerobeam Kulp zu beschäftigen. Es war etwas Einsames und Unbehaustes um diesen in die Großstadt versprengten Menschen, der allein in einem möblierten Zimmer lebte, keine Besuche empfing, mit Ausnahme einer würdig dreinblickenden Dame mittleren Alters, seiner geschiedenen Frau, wie er Kobbe später gestand, die jeden Monat einmal zu ihm kam und nach einem heftigen Auftritt, der sich über einige Stunden erstreckte, hastig und mit verweinten Augen das Haus verließ. Auch der Umstand, daß er stets bei offener Tür schlief, schien auf eine unglückliche Veranlagung hinzudeuten und bestärkte Kobbe in seiner Vermutung, daß irgend etwas mit Jerobeam Kulp nicht stimmte. Was es war, erfuhr er erst eines Nachts, einige Wochen nach ihrem Zusammentreffen, als er ihn mit aufgerissenem Kragen und auch sonst übel zugerichtet auf der Türschwelle liegen sah, neben sich einige verstreute Geldscheine und die Reste seiner im Hinfallen zertrümmerten randlosen Brille. Kein Zweifel: Jerobeam Kulp trank. Er trank, um zu vergessen, aber was er vergessen wollte, konnte auch Kobbe nicht ganz ergründen. Vielleicht wollte er auch nur sich selbst vergessen – und daß er hier in diesem schäbigen, nach Wanzenpulver und Reinigungssäuren riechenden Zimmer lebte, dessen einziger Wandschmuck aus der vergilbten Fotografie eines Säuglings bestand, der strampelnd auf einem Eisbärfell lag und mit großen Augen und abstehenden Ohren in eine Welt voller Jerobeam Kulps starrte.

Es war nicht nur Neugier, die Kobbe bewogen hatte, sich seiner anzunehmen und ihm, so gut es ging, etwas von jener Anteilnahme zu bezeigen, die Jerobeam Kulp auf eine krankhafte Weise zu entbehren schien. Mehr als einmal mußte er Jerobeam Kulp aus einem jener Lokale nach Hause bringen, in denen dieser die Nächte zu verbringen pflegte, stumm auf einem Hocker sitzend, das linke Auge zugekniffen, wie immer, wenn er betrunken war, und mit dem rechten, noch offenen, in das Glas starrend, das vor ihm stand, bereit, sich auf jeden zu stürzen, der ihn daran hindern würde, seinen Ekel vor dem Leben in irgendeiner smaragdgrün oder purpurn schillernden Flüssigkeit zu ertränken. Am Morgen nach solchen nächtlichen Exzessen, die meist nicht ohne Tätlichkeiten abgingen und damit endeten, daß Kobbe den mit Armen und Beinen um sich Schlagenden wie einen Gefangenen durch die Straßen der Stadt abführte, pflegte sich Jerobeam Kulp, in seinem geblümten Morgenrock, mit Handtuch und Zahnbürste, vor Kobbes Zimmer einzufinden und ihm demütig sein Bedauern über den »Zwischenfall von gestern abend« auszusprechen. Auch verfehlte er nicht, ihm seine Einkehr und Bußfertigkeit durch eine vor die Tür gestellte Tasse Kaffee oder ein Stück Kuchen zu beweisen und ihn, falls er »nichts Besseres« vorhätte, zu einem jener nächtlichen Gespräche herüberzubitten, die sich oft bis in die frühen Morgenstunden hinzogen, wobei keiner den andern verstand und jeder auf seine Weise versuchte, die Besonderheit seiner Lage in die Sprache eines fremden Erdteils zu übersetzen. Denn wie es nichts in Jerobeam Kulps Vergangenheit gab, das ihn befähigt hätte, sich in den Wirrnissen europäischer Zeit- und Geistesgeschichte auszukennen, so konnte sich auch Kobbe nur mit Mühe in einen Mann hineindenken, für den Schreiben ein Geschäft war wie jedes andere, wie etwa der Handel mit Baumwolle oder altem Eisen. »Stil, Erfindung, schöpferischer Geist?« – Jerobeam Kulp lachte höhnisch. »Hier steht, wie man es zu machen hat.« Und er wies mit dem behaarten Daumen auf eines seiner zahlreichen Nachschlagewerke, die er stets zu Rate zog, bevor er sich an die Schreibmaschine setzte. Hier gab es keine Geheimnisse mehr, keine ausweglosen menschlichen Situationen, keine tragischen Verknüpfungen und Verwicklungen. Das Leben wurde zur algebraischen Formel und die Kunst zu einer Sammlung von Rezepten, die, je nach Bedarf, dem Geschmack des Konsumenten angepaßt werden konnten. Worauf es ankam, war nicht die innere Logik des Geschehens, das Unabwendbare eines Schicksals, bei dem sich eins aus dem andern ergab, sondern die Vielfalt der Permutationen und Variationen, die sich aus einer bestimmten Grundsituation, die natürlich stets die Liebe war, gewinnen ließen. Hierfür gab es bestimmte Anweisungen, die, wenn man sie genau befolgte, nach Ansicht des Herausgebers unfehlbar ans Ziel führen müßten, und man brauchte nur die verschiedenen Rubriken durchzusehen, die sich mit den Fragen des Lokalkolorits, der verzögernden und beschleunigenden Momente, der Heirat auf den ersten oder zweiten Blick oder des Dahinscheidens beziehungsweise Genesens nach schwerer oder auch nur vorübergehender Krankheit beschäftigten, um zu dem gewünschten Ende zu gelangen, einem Ende, das natürlich stets ein glückliches war. Auch fehlte es nicht an Autounfällen, Feuersbrünsten, Mordanschlägen, Zugentgleisungen, Lotteriegewinnen, Kindesentführungen und anderen Überraschungen, die in angemessenen Dosen über die Handlung verteilt, der Speise die gewünschte Würze zuführen sollten.

4

Es muß jedoch zu Jerobeam Kulps Gunsten angeführt werden, daß er sich trotzdem ein Gefühl für jene Werte bewahrt hatte, die sich seinem handwerklichen Zugriff entzogen, etwa für die Erhabenheit einer Shakespeareschen Zeile, die er mit abstehenden Ohren und ernstem Säuglingsgesicht aufzusagen pflegte, oder für das moralische Verhalten von Leuten, die bereit waren, für ihre Überzeugung einzustehen, auch wenn es nicht so viel einbrachte. Die Achtung, die er für Kobbe als einem jener seltsamen Fabelwesen empfand, welche aus einer anderen, ihm unverständlichen Welt der Erschütterungen und Katastrophen herübergekommen waren, entbehrte zugleich nicht eines gewissen Schuldbewußtseins. Er bewunderte an ihm, was er selbst einmal gewollt, aber nicht erreicht hatte, und mit einer an Haß grenzenden Wollust der Selbstbestrafung forderte er Kobbe immer wieder auf, von sich und seinem Leben zu erzählen, diesem rätselhaften Leben ›da drüben‹, das so ganz anders war, voll von Schrecken und Abenteuern und jenen Dingen, die nicht in Jerobeam Kulps literarischem Kochbuch standen und die man wohl selbst erlebt haben mußte, um darüber schreiben zu können. »Aber wovon haben Sie denn all die Jahre gelebt?« pflegte ihn Jerobeam Kulp mitten in einem atemlosen Botenbericht zu unterbrechen. Kobbe schwieg. Wie sollte er ihm, dem Bürger einer praktisch und nüchtern denkenden Nation, etwas von jenem Schwebezustand übermitteln, bei dem es nur darauf ankam, sich so lange mit dem Kinn über Wasser zu halten, bis die rettende Mannschaft eintraf? »Erzählen Sie«, drängte Jerobeam Kulp. Und Kobbe erzählte. Da waren die Nächte in Prag, angefüllt mit Plänen und Debatten und dem ruhlosen Auf und Ab durch die engen mittelalterlichen Gassen der Stadt; die Abende an der Moldau und im Kinsky-Garten; das erregte Flüstern mit Freunden, die eben über die Grenze gekommen waren und die man plötzlich im Schein einer Straßenlaterne wiedersah; die Nachrichten von drüben; die hysterische Jagd nach echten und falschen Spitzeln in den von Spiegeln und Lichtern glänzenden Cafés am Wenzelsplatz, wo bei einer Tasse Kaffee und zwei Eiern im Glas Zeitschriften gegründet und die ersten Aufrufe an das Volk, an die Arbeiter, an die Bauern, an Mütter, Kinder, Lehrer, Postboten und Generäle abgefaßt wurden, während der Kellner ein Glas Wasser nach dem andern grollend heranschleppte. In einer Bar, die mit den Karikaturen der derzeitigen Machthaber ausgemalt war, lauschten die Geflüchteten den frechen Liedern, mit denen die blonde Sonja, sich selbst am Klavier begleitend, die Menge jauchzend hinriß. Es war Bewegung in all dem, Mut und Hoffnung und Abenteuer. Und dahinter, immer wieder, die düstere Schönheit dieser Stadt, mit ihren gotischen Türmen, ihren Kirchen und Brücken und Palästen, dumpf, feierlich und schwermütig wie die Menschen, die in ihr wohnten...

Einmal, kurz nach seiner Ankunft, wurde Kobbe auf ein Büro bestellt, in dem zwei Männer saßen und Karten spielten. Es war sehr heiß, und der eine, ein dicker, gewalttätig aussehender Mensch von schweigsamem Wesen, saß mit offenem Hemd da und spielte träumerisch an seiner Brustwarze, während der andere, sichtlich zugänglicher und, wie sich später herausstellte, nicht ohne gewinnende Eigenschaften, an einem nervösen Tick zu leiden schien, einem Augenzucken, das gleichzeitig von einem schnüffelnden Geräusch in der Nase begleitet war. Sie fragten Kobbe, ob er bereit wäre, mit ihnen in ein Auto zu steigen, das vor der Tür auf sie wartete. Es war ein alter Ford, die Sitzkissen waren aufgerissen, Büschel von Seegras und zerbrochene Sprungfedern quollen heraus. Sie verließen die Stadt und hielten vor einer verfallenen Scheune, in der sich nichts weiter befand als eine aufgespannte weiße Leinwand, ein Vorführungsapparat, ein Tisch und zwei Stühle. Kobbe erfuhr, daß der Jüngere, der mit dem nervösen Augenzucken, Ingenieur war und daß beide einen Film gekauft hatten, den sie ihm nunmehr zeigen wollten. Es war ein stummer Film aus den zwanziger Jahren, technisch und künstlerisch veraltet, mit vielen Tränen, Unglücksfällen und einem erschütternden Finale, in dem eine Bluttransfusion die Liebenden für immer vereinigt. Die Leiden dieser Unglücklichen sollten nunmehr in Worte gefaßt, kurz, aus dem schweigenden sollte ein sprechendes Bild gemacht werden. »Aber hundertprozentig!« sagte der Dicke und spielte träumerisch an seiner Brustwarze. Ob er so etwas schon gemacht hätte? Und ob er auch imstande wäre, die Kleider zu ändern, die von den Frauen getragen wurden? Sie hatten wippende Drahtkragen, reichten nur bis zum Knie und entsprachen nicht mehr ganz dem Geschmack ›unserer Generation‹, zu der sich der Dicke, nicht ohne Stolz, bekannte. Und die Szenen in der Bar? Unmöglich, einen Film zu verkaufen, in dem die Leute noch die Tänze von 1920 tanzten! Kobbe versprach, die Drahtkragen zu beseitigen, die Röcke zu verlängern und die Tänze von 1920 durch die von 1933 zu ersetzen, worauf eine Flasche Wein geholt und ein Vertrag aufgesetzt wurde. Vier Wochen lang saß Kobbe in der verfallenen Scheune und ließ sich den Film von morgens bis abends vorführen. Von Zeit zu Zeit kam der Dicke, die Hand unter dem Hemd, sah ihn vor einem leeren Bogen Papier sitzen und auf die Leinwand starren, sagte einmal: »Aber hundertprozentig!« und ging fort. Als die vier Wochen um waren, entstiegen dem Ford einige stellungslose Schauspieler, ebenfalls Flüchtlinge, und erklärten, sie täten es nur aus Gefälligkeit für Herrn M., der ihnen auch sonst schon viel Gutes erwiesen hätte, und sie würden sich alles Weitere vorbehalten. Inzwischen war auch der Ingenieur mit einer von ihm selbst erfundenen und erbauten Tonapparatur eingetroffen, die im Hintergrund der Scheune, dort, wo früher die Dreschmaschine gestanden hatte, verstaut wurde. Nachdem der Ingenieur einen Tag lang vergebens versucht hatte, seinen selbstgebauten Apparat in Bewegung zu setzen, verkündete er am nächsten Mittag den bereits murrend ihn umstehenden Schauspielern, daß die Aufnahmen nunmehr beginnen könnten. Es wurde dunkel, der Film rollte ab. Die Schauspieler saßen gespannt auf ihren Stühlen und verfolgten die Vorgänge auf der Leinwand wie der Jäger sein Wild, bereit, in jeden sich öffnenden Mund ein von Kobbe verfaßtes Wort, manchmal auch nur einen Schrei, ein Räuspern oder ein langgezogenes »Aha« zu stopfen, was jedoch häufig mißlang, worauf es zu lebhaften Auseinandersetzungen zwischen den Beteiligten kam und das Ganze wiederholt werden mußte. Am Abend des zweiten Tages warf sich plötzlich die Sprecherin der weiblichen Hauptrolle, eine verhärmte Blondine, mitten in einer für sie bestimmten Mundstellung auf den

Boden und lachte so lange, bis man das Spital benachrichtigen und sie, noch immer lachend, auf einer Bahre hinaustragen mußte. Am dritten Tag stürzte sich der jugendliche Liebhaber, ein älterer Herr in verschlissenem Bratenrock, auf den Ingenieur und erklärte, er würde ihn mitsamt seiner Erfindung, von der er im übrigen nicht viel halte, dem Erdboden gleichmachen. Kobbe selbst scheiterte bei dem Versuch, die Geräusche eines mit Steinen beladenen Lastwagens, der über eine holprige Landstraße fuhr, nachzuahmen. Auch das Öffnen und Schließen der Türen, das Einfüllen von Champagner in Gläser sowie die heitere, beschwingte Stimmung in einem Nachtlokal entsprach nicht ganz den Erwartungen, die der Dicke in ihn gesetzt hatte. Was den Ingenieur anbelangte, der überdies noch mit den Widerständen seiner Apparatur zu rechnen hatte, so schien das Wiederaufleben seines nervösen Ticks, verbunden mit einem immer stärker werdenden Schnüffeln, anzudeuten, daß er sich um den Ausgang dieses mehr als gewagten Unternehmens Sorgen machte. Indessen sollten sich diese als unbegründet erweisen. Anläßlich einer Vorführung, die im Beisein der Behörden und zahlreicher Würdenträger stattfand, wurde der Film als ein Beispiel für den Unternehmergeist eines Landes gepriesen, das nunmehr im Begriff sei, sich seiner besten Söhne zu erinnern, eine Bemerkung, die den Dicken veranlaßte, Kobbe als einem Landfremden jede weitere Zahlung zu verweigern und ihm unter Androhung gerichtlicher Schritte das Haus zu verbieten.

Um diese Zeit kam Luise. Mit dem letzten Geld, das von dem Abenteuer in der Scheune übriggeblieben war, zogen sie in das teuerste Hotel der Stadt, in der Hoffnung, daß eine gute Adresse ihren Kredit heben würde. Es war eines jener luxuriös ausgestatteten Häuser, in denen die Eleganz mehrerer Erdteile mit klingenden Namen und undurchsichtigen Revenuen abzusteigen pflegte. Jetzt, nach dem Umsturz jenseits der Grenzen, beherbergte es viele Geflüchtete, die von hier aus die Verbindung mit den anderen Ländern aufzunehmen gedachten. Sie saßen am Abend in den hohen Klubsesseln, die um einen plätschernden Springbrunnen aufgestellt waren, tranken Cocktails, die sie sich auf die Rechnung schreiben ließen, und gaben mit weithin vernehmbarer Stimme Auftrag, man möge sie sofort rufen, wenn Paris, Rom, London, Wien oder Brüssel sie verlange. Aber Paris, Rom, London, Wien oder Brüssel ließen auf sich warten, und immer mehr Cocktails wurden auf die Rechnung gesetzt. Der Geschäftsführer, ein Herr mit grauen Schläfen und ein Gegner der Gewalt, hatte Verständnis für die Lage seiner Gäste und begnügte sich damit, jeden Monat die inzwischen auf das Mehrfache angestiegene Rechnung in das entsprechende Fach zu legen. Er haßte Diktatoren, und er ließ sich seinen Haß etwas kosten. Aber nachdem der dritte Monat vorüber und der Diktator noch immer nicht gestürzt war, hörte der Springbrunnen im Foyer plötzlich zu plätschern auf; ein Kandelaber nach dem andern erlosch, bis nur noch eine dürftige Notbeleuchtung, wie eine Sterbefackel, die Gesichter der Umhersitzenden erhellte, die schweigend auf unbekannte Ferngespräche warteten. Im vierten Monat hörte man bereits von unliebsamen Auseinandersetzungen, die sich hinter der Tür mit der Aufschrift ›Eintritt verboten‹ abspielten, die Bedienung verschlechterte sich, Zimmer wurden nicht mehr aufgeräumt, Betten nicht mehr gemacht, und im fünften Monat ereignete sich jener tragische Vorfall, der für eine Weile das Tagesgespräch der Stadt bilden sollte. Eine junge Schauspielerin, eine von den vielen, die dieses Hotel bewohnten, war aufgefordert worden, entweder ihre Rechnung zu bezahlen oder das Zimmer heute noch bis um sechs Uhr nachmittags zu räumen. Wenige Minuten vor sechs Uhr ließ sie durch das Haustelefon den Geschäftsführer zu sich bitten. Als er kurz danach ihr Zimmer betrat, sah er sie, in silbernem Gewand, mit silbernen Schuhen und einem silbernen Diadem im Haar, vor dem Spiegel stehen. Der Geschäftsführer, der etwas von Frauen verstand, konnte nicht übersehen, daß sie schön war – viel zu schön, um einer so häßlichen Situation ausgesetzt zu werden. Aber es war schon zu spät. Lächelnd erklärte sie ihm, sie habe soeben Gift genommen und bäte nur noch darum, in das nächste Krankenhaus überführt zu werden, um dort ihren Tod zu erwarten. Der Geschäftsführer, aufs höchste erschrocken, stürzte ans Telefon, bestellte einen Wagen, warf einen Mantel um sie und führte sie hinaus. Nur kein Aufsehen erregen, dachte er, während sie an seinem Arm die große Freitreppe herunterschritt, die zum Foyer führte, ganz weiß im Gesicht, aber mit jener königlichen Haltung, die sie sich vor dem Spiegel einstudiert hatte, als sie die Maria Stuart im Staatstheater vorsprechen sollte. Neben ihr der Herr mit den grauen Schläfen, galant den Arm um sie legend, wie ein Kavalier, der eine

Dame zum Theater abholt, ebenfalls lächelnd, gewandt, zuvorkommend – eine große Szene. Sie hatte indessen noch nicht die letzte Stufe erreicht, als sie plötzlich schwankte, von ihm aufgefangen und in seinen Armen in das Auto getragen wurde, in dem sie wenige Minuten später auf der Fahrt ins Krankenhaus verschied.

Nach diesem Vorfall fing der Springbrunnen wieder zu plätschern an; die Kandelaber flammten auf, die Bedienung wurde höflicher, neue Gäste zogen ein, ließen sich die Cocktails auf die Rechnung schreiben und warteten mit wichtiger Miene auf London, Paris, Brüssel und Wien. Ein Herr, der mit Kobbes Vater in Geschäftsverbindung gestanden hatte, schenkte ihm einen warmen Mantel, und Luise verkaufte die goldenen Ohrringe, die sie von ihrer Großmutter geerbt hatte, bezahlte einen Teil der Rechnungen und lud Kobbe zu einem Abendessen ein, an dessen Folgen beide einige Tage krank darniederlagen. Sonst begab sich nichts Nennenswertes. Manchmal gingen sie des Nachts auf die Redaktion der großen Zeitung und hörten die Reden des Diktators im Radio. Der Redakteur – er nahm sich später, beim Einmarsch der Deutschen, das Leben – schnitt gelangweilt die Auslandsmeldungen für die Morgenausgabe zurecht. Er stand im Geruch, ein Zyniker zu sein, aber hinter der spöttischen Geste, mit der er die Weltereignisse zu kommentieren pflegte, verbarg sich ein Mann, der zu ehrlich war, um große Worte zu gebrauchen, und sich damit abgefunden hatte, mit Schere und Blaustift das Gemetzel druckfertig zu machen. »Ich werde die Faust aufbrechen, die sich mir entgegenstreckt«, schrie der Diktator. Ein kleiner Mann in einem geborgten Anzug lachte. Kobbe zog Luise hinaus. Es war eine kalte Winternacht, und als er den Arm um sie legte, mußte er wieder an die Szene im Hotel denken, als der Geschäftsführer die sterbende Schauspielerin die Treppe hinunterführte. »Noch im Tod ein Kavalier«, sagte Luise. »Wir denken immer dasselbe«, sagte er. »Woher kommt das nur?« Sie standen lange auf der Karlsbrücke und sahen hinunter auf die treibenden Eisschollen. Die goldenen Heiligenscheine der Märtyrer auf dem alten Steingeländer glänzten im Mondschein. »Etwas muß geschehen«, sagte Kobbe. »Hast du Geld?« Sie gingen in ein kleines, rauchgeschwärztes Restaurant unterhalb des Doms, tranken Bier aus Steinkrügen und aßen am Spieß gebratene Hammelstücke. »Ich werde nach Amsterdam fahren«, sagte Luise. »Sobald ich etwas verdient habe, schicke ich dir das Geld für die Fahrkarte.« Kobbe schwieg. Was sollte er in Amsterdam? Er wollte arbeiten. »Noch ein Bier«, sagte Kobbe.

5

»Noch ein Bier«, sagte Mr. Jerobeam Kulp und fächelte sich mit seinem Hut etwas Luft zu. Er sah sehr erhitzt aus. Seine randlosen Brillengläser waren mit Wasserdampf beschlagen. »Übrigens könnten Sie mir einen Dienst erweisen, unter uns Schriftstellern«, sagte er bedeutungsvoll. »Sie kennen doch Amsterdam? Die Geschichte, an der ich jetzt arbeite, spielt im dortigen Judenviertel. Deutscher Nazisoldat von holländischer Joan of Arc erschlagen. Gestapo verhaftet zwölf prominente Bürger, darunter Vater des Mädchens. Szene im Kerker vor der Hinrichtung. Tochter, als Geistlicher verkleidet, schmuggelt Vater aus dem Gefängnis und bringt ihn im Flugzeug nach England. Das Ganze nicht mehr als dreitausend Worte. Flott geschrieben – like that.« Er schnalzte mit zwei Fingern in der Luft. »Das einzige, was mir noch fehlt, ist etwas holländischer Background. Zuerst sollte es nämlich in Prag spielen. Aber mein Agent sagt, tschechischer Underground sei nicht mehr verkäuflich. Zu oft dagewesen. Da habe ich mir gedacht, daß vielleicht Holland – Sie verstehen, unter uns Schriftstellern.« Er trank das Glas in einem Zug aus und setzte es mit einem Kehllaut der Erleichterung wieder auf den Tisch. »Was ich brauche, sind ein paar Straßennamen; etwas Lokalkolorit; nicht viel, nur ein paar Tupfen – like that. Zum Beispiel, was die Leute essen, ein oder zwei Nationalgerichte, Sie verstehen, man kann das immer irgendwo einfügen, es macht sich gut, oder was sie trinken, das ist wichtig, man muß seine Helden immer viel trinken lassen, wie bei Hemingway, besonders, wenn es so warm ist wie jetzt, oder, warten Sie, wie heißen doch gleich die Kanäle...?« – »Grachten«, sagte Kobbe. »Wie schreibt man das?« schrie Jerobeam Kulp und zog Papier und Bleistift aus der Tasche. Kobbe buchstabierte: »G-R-A-C-H-T-E-N«, wiederholte Jerobeam Kulp, emsig schreibend. »Sehen Sie, das ist genau das, was ich wollte. Wenn ich Ihnen etwas sagen darf, unter uns Schriftstellern: Man muß die Dinge beim Namen nennen. Ein paar authentische Angaben hier und da, wie Zucker über den Kuchen gestreut, und kein Mensch kann Ihnen beweisen, daß Sie nicht in Amsterdam waren. Aber erzählen Sie, sagen Sie mir alles, was Ihnen durch den Kopf geht, wenn Sie an Amsterdam denken.«

Er schaute Kobbe an, den Bleistift in der Hand, wie ein Untersuchungsrichter, der im Begriff ist, das längst erwartete Geständnis zu Protokoll zu nehmen.

»Amsterdam ist eine schöne Stadt«, sagte Kobbe. »Es gibt viele Radfahrer in Amsterdam. Ich habe noch nie so viele Radfahrer in einer Stadt gesehen. Großmütter, Mütter, Enkel, Geistliche, Schornsteinfeger – die ganze Stadt scheint zu radeln. Die Treppen in Amsterdam sind sehr steil. Die Post wird in Körbe gelegt, die an Seilen herauf- und heruntergezogen werden...« – »Ausgezeichnet«, sagte Jerobeam Kulp. »Das wird dem Fall eine interessante Wendung geben.« Er schlug ihm mit der Hand auf den Schenkel. »Diesmal haben wir's geschafft. Dafür zahlt mir die ›Saturday Evening Post‹ tausend Dollar auf den Tisch – *wenn* ich ihr's gebe«, fügte er bedeutungsvoll hinzu. »Aber erzählen Sie weiter.« Und Kobbe erzählte. Er erzählte von den silbergrauen Dächern und den Schiffen im Hafen und dem Geruch von Teer und Salz und Speichern und von den Möwen, die über den Grachten kreisen. Er ließ Mr. Jerobeam Kulp den Seegeruch schmecken, der durch die Stadt weht und die Kehle durstig macht; er führte ihn in das Chinesenviertel am Hafen und in das javanische Restaurant, wo man auf sechzehn kleinen Tellern sechzehn Gerichte in sechzehn verschiedenen Farben ißt; er erzählte ihm von der Judengasse und von dem Haus, in dem Rembrandt gelebt hat, und von dem Schloß der Königin mitten in der Stadt, und er versäumte nicht, Mr. Jerobeam Kulp darauf aufmerksam zu machen, daß er dies alles auch in den zuständigen Nachschlagewerken finden könnte, ein Hinweis, für den dieser ihm, wie er sagte, tief verbunden wäre, very much obliged, indeed, obwohl er es vorzöge, seine Informationen aus erster Hand zu beziehen. »Übrigens sind Sie beteiligt, fifty-fifty, einschließlich der Filmrechte«, sagte er.

Er schrieb noch immer, als ein Zeitungsverkäufer das Lokal betrat. »Saturday Evening Post«, sagte Mr. Jerobeam Kulp. Er überflog mit dem geübten Blick des berufsmäßigen Zeitungslesers das Heft, das soeben aus der Presse gekommen war. Pötzlich hielt er inne. Die frisch gedruckten Seiten knisterten in seiner Hand. »Zu spät«, sagte er und ritzte mit dem Daumennagel eine Linie unter den Titel einer Kurzgeschichte, die in roten, flammenden Buchstaben dem Leser entgegenschrie: »Mord in der Kaisersgracht.« Wie aus den grellen Illustrationen zu ersehen war, die mit fotografischer Genauigkeit den Schauplatz, die Personen und Aktionen wiederzugeben versuchten, handelte es sich um die Ermordung eines deutschen Soldaten in Amsterdam. Man sah viele Hakenkreuzbinden, vorgehaltene Revolver und eine Gruppe gefesselter Herren mit Zylindern und Bratenröcken.

Armer Jerobeam Kulp! Welche Städte gab es noch auf der Landkarte, die er als Lokalkolorit für seine dreitausend Worte Nazigreuel benutzen könnte. Prag und Paris hatten in der Schreckenskammer der Zeit an sensationellem Wert verloren, und nun war es auch mit Holland vorbei, vorbei mit den Tulpenzwiebeln, den Grachten, den Möwen und den radelnden Geistlichen, die sich so gut ausgenommen hätten inmitten all der kommerzialisierten Horror-Malerei. Amerika war ein schnellebiges Land, und es gab Tausende von Jerobeam Kulps, die Tag und Nacht hinter ihren Schreibmaschinen saßen. Es war nicht Kunst, was sie machten, und es hatte auch nicht die verbürgte Unmittelbarkeit einer Zeitungsnachricht. Es war eine Vorform der Kunst; Wirklichkeit, die noch nicht bewältigt war. Es verhielt sich zu dem, was wirklich in der Welt vorging, wie die Tanks und Zinnsoldaten in den Schaufenstern der Spielzeugläden zu den motorisierten Abteilungen, die unter der Sonne Libyens, in Hunger und Durst und Hitze, die Geschicke der Völker entschieden, oder wie die nach Worten bezahlte Gesprächigkeit aus der Werkstatt Jerobeam Kulps zu der rhapsodisch eine Welt umarmenden Sprachgewalt Walt Whitmans.

»All right«, sagte Jerobeam Kulp. »Noch ein Bier.« Er trank noch viele Gläser Bier, hieb Kobbe auf die Schenkel, sagte »Never mind« und »Forget about it«, holte einige leere Blätter hervor, die er mit unzusammenhängenden Schriftzeichen bedeckte, wohl in der Absicht, Kobbe zu beweisen, daß ein Mann wie er sich nicht unterkriegen lasse, daß er wieder am Werke sei, diesmal an einem Hörspiel, wie er geheimnisvoll durchblicken ließ, fing mit dem Mann hinter der Bar einen Streit an, sagte »Forget about it«, zerbrach ein Glas, murmelte etwas zu sich selber und wandte sich dann wieder an Kobbe, in einer letzten heroischen Anstrengung die Trunkenheit abschüttelnd: »Waren Sie lange in Amsterdam? Erzählen Sie!«

Und Kobbe erzählte. Es war um die Weihnachtszeit gewesen. Er hatte einen großen Bogen um Deutschland machen müssen und sah Luise noch am selben Abend auf der Bühne, zwischen Bauchrednern, Gedankenlesern und einem Vogelstimmenimitator, der mit seiner Paradenummer ›Morgen auf dem Lande‹ das vorwiegend agrarisch zusammengesetzte Publikum zu Beifallsstürmen hinriß. Das Lokal war überfüllt. Man hatte Kobbe einen Stuhl neben der Küche angewiesen, in der Luise auf ihren Auftritt wartete, und es war seltsam, sie dort stehen zu sehen, geschminkt und verkleidet, eine fremde Person, die ihm zuwinkte, während hinter ihr die Köche mit Schöpflöffeln hantierten, Teller klapperten und Bestellungen laut ausgerufen wurden. Dann spielte die Kapelle einen Tusch. Luise lief zwischen den eng zusammengestellten Tischen hindurch auf die Tanzfläche, die wie ein schimmernder Mondsee unter dem Scheinwerferlicht lag, und wurde mit Johlen und gellenden Pfiffen empfangen. Dann entschwand sie seinem Blick. Er sah sie nur manchmal, im rauchenden Licht der Projektoren, über den Köpfen der Menge auftauchen, es behagte ihm nicht, sie hier zu sehen, in dieser Umgebung, obwohl es genug Gelächter gab, meist an den falschen Stellen, und Applaus, und Hervorrufe, die Luise, erhitzt und außer Atem, hinter der Küchentür abwartete, um sich dann mit fliegenden Armen durch das Gewühl der ihr mit Schüsseln voll abgenagter Knochen und Fischgräten entgegeneilenden Kellner erneut in die Arena zu stürzen. Kobbe ging hinaus und wartete am Bühneneingang, bis alles vorbei war und der Tierstimmenimitator, der am Schluß noch einmal auftrat, seine Gage abgeholt hatte. Sie gingen in eine Matrosenkneipe am Hafen und sangen ›Stormy Wheather‹ mit drei braungebrannten Seeleuten, die soeben aus Holländisch-Indien zurückgekehrt waren. »Ich bin jetzt sehr reich«, sagte Luise. »Fünfundzwanzig Gulden pro Abend.« Einer der Matrosen sagte. »Als wir in Surabaya vor Anker lagen.« – »Hörst du?« sagte Luise. »Surabaya!« Irgendwo, hinter den silbergrauen Dächern von Amsterdam, über denen die Möwen kreisten, war eine Tafel angebracht. Darauf stand in Kinderhandschrift auf gelbem Grund: ›Surabaya.‹ Sie hätte es tanzen können, all das, was in dem Namen war. Musik, Abenteuer, Geheimnis. Die falsche und die echte Exotik. Farbige, auf Baumstämmen trommelnd. Spitzbrüstige, strohumrauschte Mädchen. Bambushütten, in Maisblättern gebackene Seetiere...

»Ich werde soviel Gulden machen, bis wir nach Surabaya fahren können«, sagte Luise. Ob er etwas dagegen habe?

Nein, er habe nichts dagegen. Er würde gern, so beteuerte er, unter Kokospalmen sitzen und den Eingeborenen zusehen, die nach Perlen und Münzen tauchen, obwohl dies – er zögerte nicht, darauf hinzuweisen – bereits in den mit großen Kosten hergestellten Südseefilmen zur Genüge dargestellt worden sei. Fürs erste jedoch spüre er kein Verlangen, sich in Abenteuer zu stürzen – die Reise nach Amsterdam sei bereits ein solches gewesen –, und überhaupt sei es nun an der Zeit, sich umzusehen, Leute aufzusuchen, Verbindungen anzuknüpfen. »Vor allem brauche ich ein Notizbuch«, sagte er. »Ohne Notizbuch kann ich nicht leben.« – »Du bist immer so schwierig«, sagte Luise.

Er kaufte sich ein Notizbuch – das zweite, seitdem er außer Landes gegangen war –, füllte es mit Namen und Adressen und verbrachte die nächsten Tage damit, sie zu entziffern. Es waren lange, schwierige Namen, mit vielen Konsonanten und gewagten Lauten, die man ganz hinten, im Gaumen aussprechen mußte. Er gab seine Karte bei Verlegern und Redakteuren ab, trank Eierkognak mit wohltätigen Damen, die im Vorstand von Komitees saßen und ihm Empfehlungsbriefe an andere wohltätige Damen schrieben, besuchte einige Autoren und ging nach der Vorstellung mit Luise in einen Künstlerklub, wo avantgardistische Maler und Filmregisseure mit langen Vollbärten und weißen Tonpfeifen sie bereits mit Ungeduld erwarteten. Obwohl sie in einem Etablissement auftrat, das von den Adepten der Moderne als ›bürgerlicher Amüsierbetrieb‹ abgelehnt wurde, hatte sich ihr Ruhm dennoch herumgesprochen; ihr Bild erschien in Zeitungen und Zeitschriften; esoterische Kunstmagazine, die von den blassen Söhnen reicher Plantagenbesitzer mit dem Geld ihrer Väter und dem erforderlichen Aufwand an Fremdwörtern redigiert wurden, feierten in philosophischen Essays ihre Tänze als Ausdruck einer neuen, akrobatischen Menschheitsvision; ein namhafter Konstruktivist fertigte aus Sicherheitsnadeln, Garnrollen und Streichholzschachteln ihr Porträt an, das im Salon der ›Unabhängigen‹ großes Aufsehen erregte und als ›Idee einer

Tänzerin‹ oder, schlechthin, als ›Idee an sich‹ lebhaft kommentiert wurde; kurz, sie war umringt und gefeiert, man zeigte (mit Tonpfeifen) auf sie, wenn sie ein Lokal betrat; Männer mit Titeln und Luxuskarosserien gaben ihre Visitenkarten an der Tür zur Küche ab, hinter der Luise, auf ihren Auftritt wartend, sich mit Mühe der sie bedrängenden Braten- und Suppengerüche zu entziehen versuchte, oder standen wie vermummte Shakespearesche Liebhaber im Schatten des Bühneneingangs, bereit, jeden niederzustechen, der sich ihnen in den Weg stellte, beugten sich, handküssend, über die Gefeierte und ergingen sich in unbeholfenen, nur durch das Gewicht ihrer Brieftaschen gerechtfertigten Auslassungen über die Kunst im allgemeinen und, was Luise betraf, im besonderen, während Kobbe stumm dabeisaß, die Gläser füllte und tagsüber, wenn er nichts zu tun hatte, die Zeitungsausschnitte, die das Büro für sie sammelte, in ein großes Buch mit der Aufschrift ›Meine Kritiken‹ einklebte. Es waren nicht seine, sondern ihre Kritiken. Das Geld, von dem sie lebten, war nicht sein, sondern ihr Geld. »Lächerlich« sagte Luise. »Es ist doch gleichgültig, wer es verdient. Heute ich, morgen du. Wir lieben uns doch?« Ja, sie liebten sich. Sie wollten sogar heiraten. Es war beinahe wie im Roman. Aber die Papiere, die man dazu benötigte, mußten aus Deutschland angefordert werden. Als zwei Monate vergangen waren, beschloß Kobbe, sie nicht mehr anzufordern. Er wollte nicht mehr Zeitungsausschnitte einkleben und am Abend mit andern vermummten Gestalten am Bühnenausgang warten. Er wollte nicht mehr durch das schöne, saubere, reiche Amsterdam gehen, an fremde Türen pochen, Möwen füttern und Eierkognak mit wohltätigen Damen trinken. Er wollte fort. Nach Paris gehen, das französische Volk über Hitler aufklären. Es gab so viel zu tun… Als er sie nach der Vorstellung abholte, hatte sie die Arme voller Blumen. »Natürlich«, sagte er. »Die gefeierte Künstlerin…« – »Ich kann sie auch in den Kanal werfen – wenn du willst«, sagte Luise. »Der Kanal ist zugefroren«, sagte Kobbe. »Übrigens ist es nicht mehr nötig. Ich fahre morgen nach Paris.«

Sie blieb stehen. Er sah noch ihr abgeschminktes Gesicht im Licht eines vorüberfahrenden Autos und die wilde, weit ausholende Geste, mit der sie die Blumen über das Brückengeländer warf.

6

»Paris«, murmelte Mr. Jerobeam Kulp. Sein Kopf war auf die Tischplatte gesunken. Er schlief in seinem rechten Arm, wie ein Kind, während er mit dem linken eine Fliege abzuwehren versuchte, die sich auf sein großes, abstehendes, rot geädertes Ohr gesetzt hatte...

›Paris‹, dachte Kobbe. ›Hotel aux Grands Hommes.‹ Falscher Marmor. Plüschmöbel. Samtportièren, künstliche Blumen, blinde Empire-Spiegel... Ich gehe durch das kleine Vestibül, öffne die Tür zur Küche, die neben der Treppe liegt, und sehe Madame Chose wie vor fünf Jahren am Herd stehen und mit den Töpfen hantieren. Damals war ich nach Paris gekommen, um die Manieristen im Louvre zu studieren und die Chimären von Notre-Dame und die Bücherstände unter den Arkaden des Odeon. Jetzt komme ich mit einem rissigen Pappkoffer, der mit zerrissener Wäsche und aufrührerischen Schriften gefüllt ist, und habe soeben mein letztes Geld für eine Fahrt vom Gare St.-Lazare zur Métro-Station Danton ausgegeben... Ich trete ein. Es ist der 6. Oktober 1934...

7

Aus Kobbes Tagebüchern

PARIS, AM 7. OKTOBER 1934 – Gestern in Paris angekommen! Die Stadt im Fieber: vor zwei Tagen ist Barthou in Marseille ermordet worden! Stimmung gegen die Fremden. Razzien im Quartier Latin. Ausweisungen. Überall sagt man mir: »Was wollen Sie in Paris? Sie werden keine Aufenthaltserlaubnis bekommen.« Man rät mir, nicht auf die Straße zu gehen. Der Kampf um die Carte d'Identité ist das Thema des Tages. Wer keine hat, wird entweder über die Grenze abgeschoben oder kommt ins Gefängnis. Zum Glück nimmt man es nicht so genau. Es gibt viele, die ohne Papiere in Paris leben. Sie verdanken ihre Existenz dem Umstand, daß die Behörde ihr Dossier noch nicht ›aufgearbeitet‹ hat.

Wiedersehen mit Madame Chose. »Mon dieu, Monsieur Kobbe!« rief sie aus, als ich zur Tür hereinkam. »Comment vas-tu, mon fils? Que je t'embrasse, mon petit garçon!« Sie zog mich an sich. »Du, hör mal«, sagte sie plötzlich und trat einen Schritt zurück. »Hast du Geld?« Ich sagte, daß ich keins hätte, aber versuchen würde, etwas aufzutreiben. »Ne t'en fais pas, mon petit«, sagte sie. »On va s'arranger.« Sie nahm einen Schlüssel vom Brett und ging mit mir nach oben. Es war dasselbe Zimmer, das ich damals bewohnt hatte, mit denselben giftgrünen Plüschmöbeln, dem Geruch von verschimmelten Tapeten und staubigen Samtvorhängen, dem mit einem Handtuch bedeckten Bidet in der Ecke und dem Blick auf die Kaserne der Garde Républicaine und auf die Kirchtürme von St-Sulpice. Es waren dieselben zerbrochenen und wieder zusammengeleimten Rohrstühle, dieselbe an einem Draht herabhängende Glühbirne mit dem grünen Glasschirm, derselbe Spiegelschrank mit den wurmstichigen Regalen und den mit vergilbtem Zeitungspapier ausgeschlagenen Brettern. Es war derselbe ungelüftete Geruch von Moder, alten Mauern und heißen Liebesnächten auf frisch desinfizierten Matratzen, von baufälliger Behaglichkeit und romantischer Sinnenfreude, der Hunderten von Pariser Hotelzimmern ihren altmodisch verruchten, eigentümlich verschollenen Zauber gibt...

Nachdem ich ausgepackt hatte, ging ich hinunter in die Küche und begrüßte Monsieur, der, in Pantoffeln und mit der blauen Schürze des Valet de Chambre, an dem weiß gescheuerten Holztisch saß, den Stummel einer erloschenen ›Gauloise Bleue‹ in den Mundwinkel geklebt, mürrisch seine Frau beobachtend, die, am Herd stehend, mit der einen Hand eine Pfanne mit gebratenen Froschschenkeln über dem Feuer schüttelte, während sie mit der anderen eine Prise Salz in einen Topf warf, das Wasser von den Kartoffeln abgoß und etwas Wein in die Gemüsesuppe tat, nachdem sie die Flasche mit den Zähnen entkorkt hatte. »Beeile dich«, sagte Monsieur und trommelte mit den Fingern auf die Tischplatte. Sie antwortete ihm, über die Schulter hinweg, mit einem jener Schimpfworte, die selbst in den Romanen der realistischen Schule durch Gedankenstriche wiedergegeben zu werden pflegen.

»Ce type-là«, wandte sie sich an mich, mit dem Kochlöffel auf ihn zeigend, »il a toujours le temps de voir sa poule.« Monsieur nahm langsam die Gauloise aus dem Mundwinkel und spuckte auf den

Steinboden, den er eben erst mit Lysol abgewaschen hatte. Man merkte es ihm an, daß er es satt hatte, den Hausdiener im ›Hotel aux Grands Hommes‹ zu spielen. Er räumte die Zimmer auf, machte die Betten, fegte das Treppenhaus, und am Sonntag ging er zum Rennen nach Auteuil oder Longchamps und verspielte den Wochenlohn, den Madame ihm ausgesetzt hatte. Zweimal im Monat besuchte er das Haus in der Rue de Provence Numéro 6 und erinnerte sich daran, daß er noch ein Mann war und daß es Dinge gab, die man nicht vernachlässigen durfte. Er war ein philosophischer Amateur, der seine Lebensweisheit in dem Satz zusammenfaßte: »Les agneaux ne mangent jamais les loups.« Vor seiner Ehe mit Madame war er einmal Kellner gewesen, und dieser Beruf hatte ihn, wie sie behauptete, zum Menschenverächter gemacht. Er hatte die Großen dieser Erde bedient, wenn sie nach Paris kamen, um sich zu amüsieren, und er wußte Dutzende von Geschichten zu erzählen: »Oh, des histoires, vous savez...« Geschichten von russischen Großfürsten, die in einer Nacht Millionenvermögen verpraßten, von betrunkenen balkanischen Kronprätendenten, die in gemieteten Straßenbahnwagen, mit einem Gefolge notdürftig bekleideter Balletteusen, durch Paris fuhren, von rauschenden Sektorgien in den Chambres Séparées eines einstmals ausschweifend reichen Vorkriegseuropa um die Jahrhundertwende. »Ich habe den Menschen in all seiner Nacktheit und Erbärmlichkeit gesehen«, pflegte Monsieur abschließend zu bemerken. »Männer, deren Namen die Welt mit Bewunderung und Ehrfurcht auszusprechen pflegte und die wie Hunde auf allen vieren herumkrochen und bellten... Diplomaten und Minister in Unterhosen... Opernsängerinnen, die auf den Schultern von Erzherzögen durch das Zimmer geritten sind. Und ich habe nichts gesagt. Ich habe die Hand hingehalten und das Trinkgeld eingesteckt, und manchmal habe ich auch einen Tausendfrancschein zwischen den Polstern gefunden und an mich genommen... Nein, erzählen Sie mir nichts von Brüderlichkeit und Gleichheit. Sie können die Welt nicht besser machen. Ich weiß, was ich weiß. Die Schafe fressen niemals die Wölfe.«

»A table!« rief Madame Chose, die inzwischen, Schüsseln schwenkend, Speisen kostend und – »Mince, alors!« – sich den Mund verbrennend, das Essen angerichtet hatte. Es war gut, wieder hier zu sitzen und die Beine unter dem Tisch auszustrecken. Wir aßen, tranken, sprachen, und Madame, ohne aufzustehen, langte nach den Töpfen, nahm einen nach dem anderen vom Herd und schüttete seinen Inhalt über den Tellern aus: Froschschenkel, Soupe aux Poireaux, Entrecôte, dazu viele zarte Gemüse, grüne Salate, Ziegenkäse, in Weinblättern verpackt, Crème de Maron à la crème, Kaffee, Obst und, natürlich, Wein, weißen und roten, und am Schluß ein Glas von dem wasserklaren Himbeergeist, den Monsieur nach einem Blick von Madame brummend aus dem Keller geholt hatte, wo die Kaninchen waren und die schäbigen Koffer der Mieter standen, die ausgezogen waren, ohne ihre Rechnung zu begleichen... Die verschwenderische Fülle der französischen Küche, das königliche Tafeln über viele Stunden hinweg, das bedächtige Auskosten und Bereden der Speisen und Gerüche, das Schwatzen und Trinken und Schwelgen – dies alles, sowie das Gefühl, nicht zu wissen, wovon ich es bezahlen sollte, machten mich trunken. »Setzen Sie es auf die Rechnung«, murmelte ich. »Mais oui, mon petit«, sagte Madame Chose. »On va s'arranger.« Draußen gingen Schritte über den falschen Marmor des Vestibüls. »C'est bien lui, mon oncle«, rief Madame Chose. In der Tür stand ein weißhaariges Männchen mit einer roten Nase, eine Arbeitermütze auf dem Kopf und einen grauen Wollschal um den Hals geschlungen. »Monsieur Kobbe«, rief er mit hüstelnder, zittriger Stimme. »Was für eine Überraschung! Erzählen Sie. Wie ist es Ihnen ergangen?« Er legte umständlich Mütze und Halstuch ab und setzte sich an den Tisch, während Monsieur Chose auf Geheiß von Madame eine Flasche ›Trois Étoiles‹ aus dem Kaninchenkeller holte. »Mon oncle« war älter und weißhaariger geworden. Sein Gesicht – das Gesicht eines Aristokraten der französischen Arbeiterbewegung – wies viele neue kleine blaue Äderchen auf, die sich netzförmig über Backen und Schläfen verteilten wie die Adern auf einem sehr zarten Blatt. Wir tranken die Flasche ›Trois Étoiles‹ aus. »Warum habt ihr nicht gekämpft?« fragte er. »Wir wollten kämpfen«, sagte ich, »aber dann ist alles anders gekommen. Wir leben nicht mehr im Zeitalter des Bastillesturms. Revolutionen werden nicht mehr von unten gemacht, sondern von oben. Das Volk wählt sich seine eigenen Tyrannen, die, einmal an die Macht gelangt, sie nicht mehr aus der Hand geben.«

Er nahm ein Stück Zucker, tauchte es in das mit Kognak gefüllte Glas und sog lange und bedächtig daran. »Man wird alt«, sagte er.

»Worte bedeuten nicht mehr viel. Was zählt, ist das Gefühl, das dahinter steht, die Stellung des Menschen im Universum. Wer bist du? – wird man dich fragen, wenn du dort oben Einlaß begehrst. Bist du eine Nummer oder ein Mann, der bestimmte Gedanken gedacht, an bestimmte Dinge geglaubt hat? Und was hast du aus deinem Leben gemacht? Nichts? Du wärest besser nicht geboren worden.«

Er legte das Stück Zucker beiseite und begann mit dünner, zittriger Stimme zu singen: »Tu t'en iras, les pieds devant...« – »Wollen Sie noch etwas Kognak, mon petit?« fragte Madame. Ich dachte an die Rechnung und an das, was ich ›dort oben‹ sagen würde, wenn ich Einlaß begehrte, und erhob mich taumelnd. »Nein, danke, ich habe genug...«

Später ging ich am Gitter des Jardin du Luxembourg entlang, unter den herbstlichen Kastanien, die nach Regen und Tinte und nassem Laub rochen, und hörte das Echo meiner Schritte in der Nacht – dieses hallende, eigentümliche Echo von Paris, das man nicht mehr vergißt, wenn man es einmal gehört hat. Andere Schritte antworteten mir. Es gibt viele Einzelgänger in Paris. Man hört sie nachts durch die Straßen der dunklen Stadt gehen, wenn man im Bett liegt, und an dem Echo ihrer Schritte kann man erkennen, wer das ist, der da durch die Nacht geht, ob es ein guter oder ein schlechter Mensch, ob er sanft oder zänkisch, ehrlich oder unehrlich ist und was er von sich und der Welt hält... Schritte in Paris: die Klopfsprache des Individualismus.

Im Café du Dôme viele bekannte Gesichter. Der erste, den ich traf, war Dr. Grützbach. »In sechs Monaten ist alles vorüber«, sagte er, die Karten scheffelnd. Ich dachte an den Hut, den er in Berlin zurückgelassen hatte. Er trug jetzt eine Baskenmütze, die er wie einen Eisbeutel tief in die Stirn gezogen hatte. Es sah aus, als ob er Ohrenschmerzen hätte. Ich ging von Tisch zu Tisch, schüttelte Hände, beantwortete Fragen. Sie waren alle wieder da, Schwarzenbach, Einsiedel, Julian Wachtel, ein wenig mehr aufgelockert, wie es schien, mehr französisch als deutsch, und doch noch nicht ganz an die leichtere und behendere Lebensart gewöhnt, noch ein wenig zu schwerfällig und belastet durch Bilder und Erinnerungen, die sich nicht über Nacht verscheuchen ließen. Alle trugen Baskenmützen, die sie mehr oder weniger verwegen aussehen ließen, rauchten ›Gauloises bleues‹ und sprachen ein mit französischen Vokabeln durchsetztes Flüsterdeutsch. »Kobbe, mon vieux?!« rief Julian Wachtel, indem er sich den Gürtel aufschnallte und das Hemd in die Hose stopfte. »Was für eine Freu – ich meine – quelle surprise – die Welt ist ein – unter uns – garçon, une fine –« Leise fügte er hinzu: »Wir sprechen hier nämlich nur Französisch. Aus politischen Gründen, vous compr –«

Ich erkundigte mich, wovon man in Paris lebte. Julian Wachtel gab Klavierstunden, Schwarzenbach restaurierte Bilder für einen Kunsthändler am Faubourg St-Honoré, Dr. Einsiedel hatte seine Praxis als Arzt wiederaufgenommen. »Aber sprechen Sie nicht darüber«, sagte er. »Wir sind gezwungen, schwarz zu arbeiten. Ich behandle meine Patienten im Hotelzimmer. Die Instrumente nehme ich aus dem Koffer, wenn ich sie brauche, und koche sie über einem Spirituskocher ab. Das kann mir niemand verbieten ...« – »Und die anderen?« fragte ich. »Wovon lebt man in Paris, wenn man nicht arbeiten darf?«

»Man borgt sich durch. Man hungert. Man wartet. Der eine hat einen Bruder in Amerika, der andere eine Schwester in Kalkutta, der dritte wird von einem Komitee unterstützt. Einige schreiben. Andere haben ihr letztes Geld in eine Wäscherei oder eine Fotoagentur gesteckt, backen Kuchen oder verkaufen Würste, die sie von Haus zu Haus tragen. Sehen Sie dort den kleinen, furchtsamen Mann mit dem schwarzen Hornkneifer? Er war einmal ein bekannter Frauenarzt in Berlin. Jetzt fährt er mit der Aktentasche durch Paris und verkauft künstliche Blumen ...«

Ich drehte mich nach ihm um. Das Gesicht kam mir bekannt vor. Er erwiderte meinen Blick, stand auf, kam zögernd an den Tisch. »Erkennen Sie mich nicht?« sagte er. »Wir haben uns damals im Grunewald... Sie wissen.« Er setzte den Hornkneifer ab und hielt ihn wie eine Blume zwischen den zwei Fingern seiner Hand. Dabei bemerkte ich, daß ein Finger fehlte. »Doktor Thora!« sagte ich. Er setzte sich auf die Kante des Stuhles. Seine furchtsamen Augen gingen entschuldigend von einem zum andern. »Meine Geschichte ist nicht weiter interessant. Es gibt Dutzende von solchen Geschichten!« Er wies auf den fehlenden Finger. »Den hat mir einer ›spaßeshalber‹ beim Verhör abgeschlagen. Ach, wissen Sie, es hat eigentlich gar nicht so weh getan. Ich hab mich nur gewundert, daß jemand das fertigbringt – und sich dann wieder hinsetzt und weiterschreibt, als wäre nichts gewesen... Das hat mich am meisten gewundert. Aber sonst kann ich mich nicht beklagen. Meine Frau und die Kinder sind in England. Ich selbst werde mich schon irgendwie durchbringen...« Er lächelte. Ich kannte dieses Lächeln. Es war das kleine, vergrämte, mühsame Lächeln von Menschen, die sich schämten, daß es ihnen schlecht ging, und nicht zugeben wollten, daß sie sich schämten... »Übrigens schreibe ich nebenbei ein Buch. Ich glaube, es wird Sie interessieren.« – »Einen Roman?« fragte ich. – »Nein«, sagte Dr. Thora leise. »Es ist ein wissenschaftliches Buch. Ein Buch über den Terror. Ich habe sehr viel Material – Material aus Büchern und aus Zeitungen, und natürlich auch eigenes. Eine ganze Kartothek der Greuel. Sie müssen einmal zu mir kommen. Ich zeige es Ihnen...« Er stand auf. »A bientôt«, sagte er.

Der Stummel seines kleinen Fingers glitt durch meine Hand. Er fühlte sich merkwürdig weich und schwammig an – wie ein Champignon...

15. Oktober 1934 – Auf der Treppe von einem Herrn angesprochen worden, der Borinski heißt und im Zimmer Nr. 6 wohnt. Wir gingen in ein Bistro und tranken im Stehen einige Apéritifs. B. ist Antiquar. Versteht viel von Büchern, Bildern und Musik, ißt gern gut, raucht gute Tabake und zieht sich gut an. Dabei macht er den Eindruck eines Menschen, der viel allein ist, wenig Freunde hat und darunter leidet. Ein anarchischer Typ. Eine seltsame Mischung von Feinschmecker und Weltfeind, von Leidendem und Genießendem. »Wenn ich unglücklich bin«, sagte er mir, »gehe ich ins Hotel Foyot und trinke zwei Flaschen Vouvret, Jahrgang 1929.« Er scheint oft unglücklich zu sein. Sein extremer Individualismus, seine Freude am Widerspruch, seine esoterische Haltung in Fragen der Kunst und des Geschmacks, dies alles bringt ihn in einen ständigen Konflikt mit der Umwelt. Daß er sich in seiner Haut nicht wohl fühlt und nach neuen Werten sucht, nach einer Idee oder nach Menschen, denen er sich anschließen könnte, hat er mir sofort gestanden. Sein Haß auf die Gegenwart ist grenzenlos. »Nennen Sie mir ein Buch«, sagte er, »in dem unsere Zeit ihren gültigen Ausdruck gefunden hätte. Es gibt keins. Der Einbruch der Politik in die Kunst gehört zu den schlimmsten Verirrungen unserer Epoche«. Er trank

sein Glas Calvados mit einer Gebärde der Weltverachtung aus, wie Sokrates den Schierlingsbecher.

»Kunst entsteht aus dem Müßiggang, aus der Langeweile mit sich selbst, aus dem Spinnen der Gedanken im Raum. Sie ist planlos, wie das Spielen des Kindes mit den Gegenständen seiner Phantasie oder wie die Spur der Schnecke im Sand. Wer von ihr verlangt, daß sie ›die Zeit‹ darstellen soll, verkennt ihre erhabene Absichtslosigkeit.«

»Und Stendhal?« wandte ich ein. »›Le Rouge et le Noir‹ ist nicht nur der Roman einer verwundeten Seele, er ist auch der Roman einer verwundeten Gesellschaft.« – »Stendhal!« rief er empört aus, als hätte ich seine Ehre angegriffen. »Stendhal – das ist etwas anderes. Stendhal ist die Überwindung der Politik durch die Kunst, ihre Vermenschlichung, und somit ihre Aufhebung. Er ersetzt Politik durch Schicksal...«

»Das meine ich ja!« rief ich, nun auch etwas aufgebracht. »Politik *ist* Schicksal. Politik – das sind wir selbst, unser Kampf um Selbstbehauptung, unser täglich Brot, Politik ist Gegenwart gewordene Geschichte, und es hängt nur von der Phantasie des Autors ab, ob es ihm gelingt, sich und seine Zeit bereits unter dem Gesichtswinkel der Historie zu sehen. Die beiden Bücher, die meine Generation am meisten beeinflußt haben, waren zwei politische Romane: André Malraux' ›La condition humaine‹ und Silones ›Brot und Wein‹.«

Er schien nicht sehr überzeugt zu sein.

»Und wo stehen Sie eigentlich?« sagte er am Schluß unserer langen Unterhaltung, als wir wieder im ›Hotel aux Grands Hommes‹ angelangt waren. »Sie kämpfen gegen die Ungerechtigkeit, nicht wahr? Genügt Ihnen das? Ist das alles?« – »Es genügt für die nächsten tausend Jahre.« – »Und dann?« – Wir schwiegen. – »Sehen Sie«, sagte er, »das ist der Grund, warum ich mich keiner der herrschenden Konzeptionen anschließen kann. Was ist die Alternative? Änderung der gesellschaftlichen Zustände? Gewiß, man wird sie ändern, entweder auf diese oder die andere Weise. Gut. Ich bin dafür. Ich bin für die Gerechtigkeit. Aber was dann? Eine Gewalt löst die andere ab. Es ist alles eine große Schlächterei. Am Ende bleibt nur das Gelächter. Voltaire war ein Waffenschieber und verdiente am Geschäft des Krieges, was ihn jedoch nicht hinderte, in die Geschichte der Aufklärung als der Verfasser des ›Candide‹ einzugehen. Und was mich anbelangt –« er machte eine Pause und sah mich herausfordernd an –, »ich bin ein *militanter* Einzelgänger. Ich werde meinen Elfenbeinturm mit Klauen und Zähnen verteidigen –«

Habe mit B. über meine Carte d'Identité gesprochen. Er meint, ich sollte einige Geldscheine in meinen Paß legen, wenn ich ihn dem Beamten auf der Préfecture übergebe. Jeder täte es. Ihr Gehalt sei so niedrig, daß sie auf ›Zuwendungen‹ angewiesen seien.

16. Oktober 1934 – Das Schlimme an Borinski ist, daß er seine Verzweiflung auf eine so aufreizend gepflegte Art zu formulieren weiß.

19. Oktober 1934 – Heute um 7 Uhr aufgestanden. Frühstück in der Capoulade: Kaffee, Brioches, Eier im Glas. Der Kellner, schlecht gelaunt, übernächtig, noch in Pantoffeln, mit geöltem Haar und aufgesteckter Schürze, fegt die Zigarettenstummel zusammen, trägt die Stühle auf die Terrasse, stellt die Tische zurecht. Er gähnt häufig, wobei er sich mit dem Handrücken den Mund abtupft, und ist von einer lauten, mißmutigen Geschäftigkeit, als wolle er die andern dafür haftbar machen, daß der Tag schon so früh anfängt. Ich sitze in der Sonne, lese die Zeitungen, sehe einem Sprengwagen zu, der langsam durch die Straßen fährt, einen Fächer voll Wasser hinter sich verteilend – wie ein Pfau, der sein Rad schlägt. In der Luft ein Geruch von südlichen Winden, gebranntem Kaffee, heißem Backwerk und gesprengtem Asphalt. Ich koste die Süßigkeit eines Pariser Morgens aus: die Sonne, die auf das silberne Tablett scheint, die Stille der noch nicht ganz erwachten, schlaftrunkenen Stadt, die präzise Frische der ersten, noch nicht vom Tageslärm zugedeckten Geräusche. Hier und dort geht rasselnd eine Jalousie in die Höhe; ein blinzelndes Gesicht prüft mißtrauisch den Himmel (die Franzosen sind sogar der Natur gegenüber skeptisch). Dazu das hallende Geräusch der Mülleimer, die von Männern mit staubigen Schürzen und zerrissenen Handschuhen auf den Wagen gehoben, geleert und wieder vor die Haustüren gestellt werden; das Geklapper der Milchkannen in den leeren Straßen; die Pferdegespanne mit Bergen von Kohl, Karotten, Salat, die zu den Hallen fahren...

Nachmittags auf der Préfecture. Die Höflichkeit der Franzosen eine Legende. Ich wartete vier Stunden in einem Raum mit weinenden Frauen, die um eine Verlängerung ihrer Aufenthaltserlaubnis baten. Ein Mann hinter einem Schalter manikürte sich, scherzte mit seinen Kollegen und herrschte die Frauen an, wenn sie ihm ihre Papiere durch den Schalter reichten. Man merkte es ihm an, daß er die Macht, die er über sie besaß, wie eine Auster schlürfte. Jedesmal, wenn er sich von seinem Platz erhob, und er erhob sich des öfteren, folgten ihm die Blicke der Frauen durch das ganze Zimmer. Endlich kam ich an die Reihe und reichte ihm meinen Paß. Er tat, als ob er das Geld, das ich hineingelegt hatte, nicht bemerkte, nahm ihn an sich und gab mir, nachdem ich ein Formular ausgefüllt hatte, einen provisorischen Ausweis, der einen Monat Gültigkeit besitzt und nach vier Wochen verlängert werden muß.

Am Abend zu einer Kundgebung für die ›Opfer der Unterdrückung‹. Julian Wachtel, sichtlich nervös, begleitete am Klavier die ›Marseillaise‹, gesungen von Mathilde Schwaninger, die einst als Walküre die Ränge der Wiener Hofoper hatte erzittern lassen. Es folgte ein Vortrag von Dr. Grützbach. »Wir haben Fehler gemacht«, sagte er. »Aber noch ist nicht bewiesen, daß die Geschichte gegen uns entschieden hat.« Dr. Einsiedel rief etwas dazwischen, wurde aber niedergeschrien, worauf Nathalie Asch das Wort ergreifen wollte, aber von Krana und seinen Leuten mit Gewalt aus dem Saal entfernt wurde. Hierauf trat eine Pause ein, und man ging hinüber in das Bistro, um ein Glas Bier zu trinken. Nach der Pause bestieg Krana das Podium und kündigte an, daß nunmehr der Augenblick gekommen wäre, um die ›Stimme von drüben‹ anzumelden. Der Saal verdunkelte sich, man hörte, wie sich eine Tür öffnete, und als es wieder hell wurde, stand ein Mann mit einer schwarzen Brille auf dem Podium und versicherte den Anwesenden, daß die Opposition ›drüben‹ am Werke sei und daß es nun nicht mehr lange dauern würde. Es wurde wieder dunkel, und dann wurde es wieder hell, und Mathilde Schwaninger sang zum Abschluß eines der berühmt gewordenen Rebellenlieder Jochen Scharfs, wiederum von Julian Wachtel begleitet, der inzwischen noch unruhiger geworden war und mir beim Herausgehen mit rutschender Hose zuflüsterte, er verstehe nichts von Politik und er habe bereits in Wien mit Mathilde Schwaninger gearbeitet, als diese noch ganz dünn war und das Gretchen im ›Faust‹ gesungen habe...

23. Oktober 1934 – In meinem Hotel klappern die Schreibmaschinen. Schriftsteller bei der Arbeit. Sie versuchen, der Zeit ›einen Sinn‹ zu geben.

Im ersten Stock sitzt R. und schreibt ein Theaterstück über die Christenverfolgungen unter Nero. Im zweiten Stock sucht der Dichter S. seinem verhungerten Dasein ein paar glühende Freiheitsstrophen abzuringen. D. und T. bewohnen ein Zimmer mit Doppelbett und arbeiten gemeinsam an einer theoretischen Schrift über die Rolle der Frauenarbeit in England zur Zeit von Marx und Engels. W. kann nicht mehr schreiben und beschränkt sich darauf, Briefe an einen Verwandten in Amerika aufzusetzen und wieder zu zerreißen, in denen er um Verständnis für seine Lage und um das Geld für die Überfahrt bittet.

Im dritten Stock, gleich neben dem Wasserhahn, sitzt Dr. Blanck, der an einer unglücklichen Liebe für die klassenlose Gesellschaft leidet und Tag und Nacht an einer Rechtfertigungsschrift für die Kommunistische Partei arbeitet, in der er nachzuweisen versucht, daß die Gerüchte, die über ihn in Umlauf gesetzt wurden, jeder Grundlage entbehren. Der erste Teil seiner bereits dreihundert Seiten umfassenden Abhandlung, die den Vermerk ›Geheim‹ führt, beschäftigt sich mit seiner lebhaft angefeindeten Tätigkeit als Korrespondent eines liberalen Blattes in Rom. Im zweiten Teil, so versicherte er mir, würde er sich bemühen, dem Vorwurf entgegenzutreten, daß er ein Agent des Ile Bureau sei. Dr. Blanck nährt sich von Tee und Zwieback und von der Hoffnung, seine Ehre wiederherstellen zu können. Was ihn vor allem verdächtig gemacht hat, ist sein unheilvoller Drang, sich eine Bedeutung beizumessen, die er nicht mehr besitzt. Obwohl ihn seine Zeitung längst entlassen hat, fährt er fort, die Rolle des internationalen Journalisten zu spielen, der sich in der großen Politik zu Hause fühlt, über glänzende Beziehungen in allen Ministerien der Welt verfügt, gestern mit dem schwedischen Botschafter gefrühstückt hat und morgen zum Abendessen am Quai d'Orsay eingeladen ist. »Sehen Sie«, pflegt er mit bedeutungsvoller Miene dem Gast zu eröffnen, der sich in einem von Madame Choses giftgrünen Plüschsesseln zu kurzer Rast niedergelassen hat, »in dem Stuhl, in dem Sie dort sitzen, hat vor zwei Stunden einer der wichtigsten Männer des französischen Generalstabs gesessen.« Solche und ähnliche Äußerungen verfehlten nicht, die Mitglieder einer Partei zu beunruhigen, die allen Grund hatten, ihre Tätigkeit vor den Augen Unberufener geheimzuhalten. Über Dr. Blanck wurde ein Sprechverbot verhängt, das heißt, niemand durfte mit ihm Umgang pflegen oder sich von ihm in eines jener unscheinbaren, aber vorzüglichen Restaurants einladen lassen, in denen er mit der Freigebigkeit des Grandseigneurs, der noch sein letztes Hemd mit dem Bedürftigen teilt, seine Freunde zu bewirten pflegte, solange sie noch mit ihm sprechen – und essen durften. Jetzt sitzt er im ›Hotel aux Grands Hommes‹ und schreibt an seiner großen Verteidigungsrede, geächtet von denen, die er heimlich liebt und bewundert, magisch angezogen von dem rebellischen Geheimnis, das sie umgibt und in das er, allen Warnungen zum Trotz, mit der Neugier des ehemaligen Reporters immer wieder einzudringen versucht. Und so groß ist seine Bewunderung für sie, die, seiner Ansicht nach, zu Vollstreckungsorganen einer historischen Mission geworden sind, daß er die politische Quarantäne, die über ihn verhängt ist, mit der Bußfertigkeit eines Sünders hinnimmt, der hofft, sich durch seine Beichte den Einlaß in den Himmel zu erzwingen. Er hätte auch aus dem Hotel ausziehen können, in dem ihn nur eine dünne Wand von Krana und seinen Leuten trennt. Sie tagen hinter verschlossenen Türen, rauchen viele Zigaretten und benehmen sich in jeder Hinsicht konspirativ. Jeder hat einen Decknamen, und wenn man zur Tür hereinkommt, verstummen die Gespräche, die Gesichter werden verlegen, und aus dem Hintergrund kommt eine Stimme, die etwas von Max oder Frieda murmelt und daß die Bürstenabzüge bis um 4 Uhr in den Händen von Erwin sein müßten. Bedeutungsvolles Schweigen. Einer sieht auf die Uhr, wirft dem andern einen Blick zu, steht auf, drückt sich die Baskenmütze tief ins Gesicht und verläßt mit Verschwörermiene das Zimmer...

Mitunter jedoch geschieht es, daß Madame Chose gellend durch das Treppenhaus ruft: »Monsieur Krana! Moskau am Telefon!« Dann öffnen sich plötzlich alle Türen, und man sieht den Angerufenen, nur mit Hemd und Hose bekleidet, Hals über Kopf die Treppe hinunterstürzen und im Dunkel des Vestibüls verschwinden...

Dr. Blanck entgeht nichts, was im Haus geschieht. Manchmal legt er sein Ohr an die Wand und hört sie im Nebenzimmer murmeln. Ein müdes Lächeln huscht über sein Gesicht, und er träumt von einer Zukunft, in der er wieder mit ihnen an einem Tisch sitzen wird, geliebt und geachtet, eingehüllt in den warmen Dunst, in die Stallwärme einer großen menschlichen Gemeinschaft, die über die ganze Erde geht, und ein Mann in einer Lederjacke erhebt sich, richtet ein paar Worte an die Versammlung und sagt in knappem, geschäftsmäßigem Ton: »Ich erteile jetzt dem Genossen Blanck das Wort.«

Ich sitze oft bei ihm in dem dunklen Zimmer, das auf den Hof hinausgeht und dessen Vorhänge immer geschlossen sind. Seine Haut hat die Farbe von vergilbtem Pergament angenommen. Er lebt wie ein Maulwurf, geht nur einmal am Tag aus, ganz früh am Morgen, wenn die andern noch schlafen, um sich Zeitungen und Milch und etwas Eßbares zu besorgen. Ich glaube, er ist sehr krank. Wenn er sich zu mir beugt, kommt ein Geruch von Verfaultem aus seinem Mund, der mir Brechreiz verursacht. Ich versuche, ihm etwas von seinem Selbstvertrauen wiederzugeben, indem ich mich öffentlich mit ihm zeige. Habe auch mit Krana über ihn gesprochen, aber es scheint hoffnungslos zu sein...

30. Oktober 1934 – Merkwürdig, was für ein düsteres, lichtscheues Dasein wir in dieser hellen, fröhlichen Stadt führen! Die Abende des Literaturvereins sind ein Pandämonium menschlicher und geistiger Verelendung. Die Veranstaltungen finden im Keller eines Bistros statt, das bezeichnenderweise ›Mephisto‹ heißt und in dem mißmutig dreinblickende Männer und Frauen an Marmortischen sitzen und sich gegenseitig mit ›Freund‹ anreden, während irgendein zukünftiger Robespierre oder Machiavell das Bild einer Welt ohne Geheimnis entwirft. Die ewige Frage des Menschen »Woher komme ich, wohin gehe ich?« wird mit dem Hinweis auf die bevorstehende Weltrevolution und unter Bezugnahme auf die letzten, soeben per Flugpost eingetroffenen Verfügungen des Zentralkomitees im Handumdrehen erledigt. Das Verlassensein der Kreatur, ihre Angst vor dem Tod, sind bürgerliche Vorurteile, und die Religion ist natürlich ›Opium fürs Volk‹. Oder es finden Kunstvorträge statt, die den Wahnsinn Hölderlins als das Produkt ›kleinbürgerlicher Ausweglosigkeit‹ oder den Aufstand der Farben in der modernen Malerei als ein Symbol für die Widersprüche innerhalb der kapitalistischen Gesellschaft erklären wollen. Ich bin jedoch entschlossen,

mich nicht an ›Kleinigkeiten‹ zu stoßen. Man muß etwas tun: die Welt vor der drohenden Gefahr warnen. Deshalb bin ich nach Paris gekommen...

10. Dezember 1934 – Heute morgen hatte Dr. Blanck einen Anfall. Madame Chose klopfte früh um 6 Uhr an meine Tür und rief mich in sein Zimmer. Er lag nackt im Bett, hielt sich brüllend den Magen und warf sich von einer Seite auf die andere. »Es geht zu Ende!« schrie er. »Rufen Sie einen Arzt!« Sein Brüllen war im ganzen Haus zu hören, und als ich die Treppe hinunterlief, öffneten sich viele Türen. Krana kam im Morgenrock und mit verschlafenem Gesicht aus seinem Zimmer und flüsterte mir zu: »Sorgen Sie dafür, daß der Mann sofort aus dem Haus geschafft wird. Er hetzt uns die Polizei auf den Hals.« Ich sagte ihm, ich hätte anderes zu tun, lief in das Schlafzimmer von Madame Chose, rief einen Arzt an und suchte in unaufgeräumten, nach Schweiß und Mottenpulver riechenden Schubläden und Schränken nach Medikamenten, fand aber nur zwei Tabletten Aspirin, die ich Dr. Blanck mit der Bemerkung verabreichte, es wäre Morphium. Nach einigen Minuten war der Anfall vorüber. Er nahm meine Hand, und während ihm die Tränen über sein vergilbtes Gesicht liefen, flüsterte er: »Ich weiß, daß ich sterben werde. Sagen Sie den Genossen, daß ich immer anständig gewesen bin. Es ist nicht wahr, daß ich sie verraten habe.« Er lag nackt und schluchzend in seinem Bett, und der furchtbare Geruch aus seinem Mund erfüllte das Zimmer, dessen Vorhänge heruntergelassen waren. Einige Stunden später kam der Arzt. Ich war nicht zu Hause, aber Krana meinte, es wäre alles nur ›Komödie‹ gewesen. Dr. Blanck täusche eine Krankheit vor, um das Vertrauen und die Anteilnahme von Leuten zu gewinnen, die sich von ihm fernzuhalten wünschten...

30. Dezember 1934 – Dr. Blanck gestorben. Er starb keinen sanften Tod. Wir haben ihn auf dem Armenfriedhof beigesetzt. Nur einige wenige Freunde waren anwesend: Borinski, Einsiedel, Ignazio Morton, Nathalie Asch und ich. Bevor wir ihn jedoch ins Grab legen konnten, ereignete sich ein Zwischenfall. Es war nämlich an dem Tag ein Streik der Totengräber ausgebrochen, und erst nach längeren Verhandlungen gelang es uns, die Männer zu bewegen, eine

Ausnahme zu machen. Als sie den Sarg in das offene Massengrab, in dem bereits einige andere Holzkisten standen, herunterlassen wollten, stellte es sich heraus, daß er etwas zu groß war. Einer der Männer sprang hinunter und hieb mit dem Spaten so lange auf ihn ein, bis er polternd in die Grube fiel. Dann warf er Hacke und Schaufel fort und erklärte, es wäre nun genug, den Rest könnten wir selbst besorgen. Es war ein kalter Wintermorgen, und wir zogen unsere Mäntel aus und schaufelten die hart gewordenen Erdschollen auf seinen Sarg, bis er ganz damit zugedeckt war. Dann hielt Einsiedel eine Rede: »Ja, er war ein Spion«, rief er aus. »Ein Spion der Wahrheit, der einem furchtbaren Geheimnis auf die Spur gekommen war, dem Geheimnis, daß alle Menschen Brüder sind, und sie hatten recht, ihn zu fürchten...« Irgendwo, in einiger Entfernung, zwischen Gittern und Grabsteinen, stand eine Negerin und weinte...

10. März 1935 – Dr. Thora hat, um sich über Wasser zu halten, mit einem Bekannten, der ein Klebemittel, eine Art von Porzellankitt, auf der Straße verkauft, folgende Abmachung getroffen: er muß alle halbe Stunde, während der Mann mit lauter Stimme sein Mittel anpreist, vortreten und ein Paket kaufen. Verabredet ist, daß er vorzutreten hat, wenn der andere sich ans Ohr faßt. Jetzt steht er also täglich auf dem Boulevard Poissonnière, tritt auf das verabredete Zeichen an den Tisch, legt ein Francstück hin, erhält seine Ware und entfernt sich. Nach einer halben Stunde wiederholt sich dasselbe. Seine Tageseinnahme beträgt zwanzig Francs.

Luise an Kobbe

London, den 18. 9. 35

Liebster Kobbe,
ich weiß, Du hast es nicht gern, wenn man von diesen Dingen spricht, aber ich möchte Dir doch einmal sagen, daß ich Dich schrecklich vermisse, obwohl Du das doch gar nicht verdienst. Du benimmst Dich unmöglich, wenn wir zusammen sind, zankst mich aus, wenn meine Mütze schief sitzt oder der Rock nicht abgebürstet ist (was ja schließlich vorkommen kann!), Du kritisierst mich, wie

kein anderer es wagen würde, wenn ich auf der Bühne mal schlecht war usw. usw., und doch ist mir Dein Urteil wichtiger als das irgendeines andern!!!

Eine »rollende Heimat« hast Du mich einmal genannt. »Eine Heimat mit Notbremse und Retourbillett«. Ich weiß, Du nimmst mich nicht ernst, leider. Ich bin für Dich eine Art Zimmerclown, über den Du Dich abwechselnd ärgerst und totlachst, und ich finde es auch ganz in der Ordnung (?), daß Du mich im stillen verachtest, weil ich nicht weiß, was eine ›Links- oder Rechtsabweichung‹ ist, und wer Krapotkin war, oder wie immer Dein Bekannter auch geheißen haben mag. Bitte, hab doch etwas Geduld mit mir. Ich lese jetzt jeden Tag Zeitung, damit ich mitreden kann, wenn ich Dich besuche in dem fürchterlichen Hotel mit den giftgrünen Plüschmöbeln und den vielen komischen Leuten, die nachts von einem Zimmer zum andern gehen und über Dinge reden, die ich, weiß Gott, nicht verstehen kann!!

Du hast einmal gesagt, und ich hoffe, ich gebe Deine Worte richtig wieder: »Man muß die geographische Entfernung, die uns von drüben trennt, durch geistige Nähe ersetzen.« Oder so ähnlich. Das hat mir sehr eingeleuchtet. Damals, vor drei Jahren, wußte ich noch nicht, was auf dem Spiel stand. Ich fuhr über die Grenze wie zu einem Wochenendausflug. Jetzt kann ich nicht mehr zurück. Manchmal, wenn ich aus dem Theater nach Hause komme und an die denke, die ich drüben zurückgelassen habe, dann fallen mir Deine Worte wieder ein. Werden sie nicht eines Tages uns fragen: Und ihr? Was habt ihr da draußen gemacht all die Jahre? Habt ihr eure Zeit nur mit Klagen oder Vorwürfen verbracht, oder habt ihr etwas aus euch gemacht, etwas, das ihr uns geben könnt, wenn ihr einmal zurück kommt?

Ich glaube, daß wir dabei nicht schlecht abschneiden werden. Wir sitzen nicht herum und trauern den verlorenen Herrlichkeiten nach, die übrigens gar nicht so herrlich waren. E. hat mir geschrieben, daß Du an etwas arbeitest. Ich arbeite auch an etwas. Ich tanze Dich, wie Du aussiehst, wenn ich Dir auf nüchternen Magen sage: »Ich liebe dich!« – als ob Du Essig getrunken hättest. Ach, wenn ich es Dir doch bald zeigen könnte. Aber Du weißt, ich kann nicht fort aus dieser Stadt. Sei mutig. Gib nicht auf. Einmal wird es doch soweit sein. Und dann wirst Du an diese Jahre des Hungerns und der Entbehrungen wie an eine ferne, sehr ferne Vergangenheit zurückdenken.

Ich umarme Dich!
Dein
Pinguin

P. S. Anbei 1 Pfund. Mehr konnte ich im Augenblick nicht auftreiben.

23. SEPTEMBER 1935 – Habe drei Tage lang an einem Gedicht geschrieben. Im Grunde waren es nur drei Zeilen, die mir nicht gefielen, und es war genauso schwer wie die Arbeit eines Chausseearbeiters, der drei Tage lang Steine schleppen muß, um damit die Straße zu pflastern ... Draußen schien die Sonne, und das Ganze war natürlich sinnlos: Menschen sterben, hängen sich auf, werden aufgehängt oder wollen sich aufhängen – und ich sitze hier und arbeite an etwas, noch dazu auf Deutsch, das nie veröffentlicht werden kann... Aber Borinski hat ganz recht: das eben ist Kunst, und es ist genauso sinnlos wie die Wolke, die sich jetzt über den Türmen von St.-Sulpice zusammenzieht und die wohl bald zu einem Gewitter führen wird...

19. MÄRZ 1936 – Als ich eintrat, sah ich sie auf einem Diwan liegen, bis zum Hals in Tücher und Schals eingewickelt, obwohl es ein heißer Tag war. Ich versuchte zu lächeln, aber der Eindruck, der von dem merkwürdig aufgeschwemmten und verzerrten Gesicht ausging, hemmte mich und machte mich verlegen. Ich trat an ihr Lager, und während ich ihr, ein wenig zögernd noch, die Hand gab, richtete sie sich mühsam mit der ganzen Länge ihres Oberkörpers auf einmal auf – wie ein Brett, das in die Höhe geklappt wird. Erst jetzt sah ich, daß Kopf, Hals und Rumpf durch einen Apparat gestützt wurden, der sie fest in der Zange hielt. Aus dem Stahlkorsett, das bis unters Kinn ging und durch ein buntes Wolltuch nur ungenügend verdeckt wurde, ragte hinten eine Eisenstange heraus, an der ein Kopfpolster befestigt war wie bei einem Friseurstuhl. Ein paar Haarsträhnen waren darübergekämmt worden, um die eiserne Konstruktion zu verbergen. Nur nichts anmerken lassen, dachte ich, während ich die Blumen auswickelte, die ich ihr gebracht hatte. Ich dachte an die Zeit in B., als ich mit Gilda Langer am Ufer des Flusses

spazierengegangen war. Die Fenster in unserem Zimmer waren mit Zeitungspapier verklebt, und ich las ihr beim Kerzenschein ›Die Göttliche Komödie‹ vor und den Malte Laurids Brigge. Gibt es eine Schuld? dachte ich. Man frißt und liebt und tötet, ohne es zu wissen. Man tötet mit Küssen oder mit Ideen, und dies alles nur, weil man Angst vor dem Alleinsein hat. Oh, dieser lächerliche, gefräßige Irrtum, aus zwei eins machen zu wollen... Währenddessen hatte sie sich steif und steil wie ein aufgeklapptes Taschenmesser von dem Lager erhoben und in einen Lehnstuhl gesetzt. »Wie ist das nur gekommen?« stammelte ich. »Hattest du das damals schon?« Sie lächelte ein verzerrtes Lächeln, das durch die Halskrause noch verzerrter wirkte. »Nein, erst seit fünf Jahren«, sagte sie und bemühte sich, einen Ton zwangloser Unterhaltung anzuschlagen. Es war, als hätte das Korsett, in dem sie steckte, auch ihre Gefühle eingeschnürt. Wie alle Kranken, die von ihrer Krankheit besessen sind, erzählte sie ihre Geschichte mit einer Ausführlichkeit, die kein Detail ausließ. Man hatte sie in Gips gelegt, mit Bienenwachs behandelt, mit indianischem Pfeilgift, Röntgenstrahlen, heißem Sand, ihre Haut war von Nadelstichen durchlöchert, das Bett, auf dem sie schlief, war ein Plättbrett... »Willst du nicht Licht machen?« fragte sie. Ich stand auf und stellte die Lampe auf den Tisch. »Du hast dich aber nicht sehr verändert – seit damals«, sagte sie und wollte meine Hand an sich ziehen. Ich tat, als ob ich die Lampe zurechtrücken wollte. »Du mußt wieder Mut fassen«, sagte ich. »Ach ja«, seufzte sie. »Aber wirst du mir auch helfen können? Es haben schon so viele gesagt, daß sie mir helfen würden, aber dann sind sie einfach nicht mehr gekommen, weil sie sich schämten, als es doch nicht ging... Es ist nämlich unheilbar... Aber du... Du mußt immer kommen, nicht wahr? Es tut mir gut, mit dir zu sprechen. Die Tage sind so lang und die Nächte... ach, die Nächte...« Ich erhob mich. »Ja, ich werde bald wiederkommen«, sagte ich und ging hinaus. Sie stand auf dem Treppenabsatz, über das Geländer gebeugt, unwirklich und knochenlos wie eine Stoffpuppe. Als ich einige Stufen gegangen war, drehte ich mich noch einmal um. Sie machte eine Bewegung, als ob sie mir zuwinken wollte. Aber die Hand blieb in halber Höhe stehen, wie ein Signalarm, der über einem toten Gleis aufgezogen wird...

2. April 1936 – Gehe jetzt täglich in den Louvre, sehe Gilda Langer dreimal in der Woche, habe ihretwegen an Dr. F. geschrieben. Vielleicht kann er etwas für sie tun. Hoffentlich! Lese Montaigne, Pascal, Kierkegaard. Schlafe viel.

10. April 1936 – Dr. F. schreibt aus Zürich, daß er einen Arzt für Gilda Langer gefunden hat. Er hat auch Geld für die Fahrkarte geschickt und will sich drüben um sie kümmern.

21. Mai 1936 – Gilda Langer abgereist. Ich verspätete mich etwas, und als ich auf den Bahnsteig kam, konnte ich sie nicht finden. Ich lief den Zug entlang, entdeckte sie erst kurz vor der Abfahrt, hinter einem Fenster, und erschrak: Ihr Kopf ragte aus einem braunen Pappkarton, in den sie mit der Schere ein Loch geschnitten hatte. Kranke sind manchmal grausam. Ich glaube, sie wollte mich durch diese, wie mir schien, unnötige Demonstration an eine Schuld erinnern, die abzutragen mir nur zum Teil gelungen war...

10. August 1936 – Arbeit an meinem Buch begonnen. Das Fragment als Form und Ausdruck unserer Zeit. Wird es mir gelingen? Ich sehe niemanden und versuche, mich tot zu stellen, wie ein verfolgtes Tier. Man müßte sich wie Odysseus an einen Mast binden lassen, oder in ein Kloster gehen, oder zu zehn Jahren Gefängnis verurteilt werden...

3. September 1936 – Luise auf der Durchreise nach Amerika. Abendessen auf der Ile St. Louis. Hinterher in einem Kellerlokal, das noch aus der Zeit Aristide Bruants und Yvette Guilberts stammt. Nasse, kalte Mauern, Kerzenlicht, Fässer, Musik, eine große Tradition geht hier zu Ende, die Tradition des französischen Chansons. »Je suis le Grand Jules, le Grand Jules du Montparnasse«, singt einer, die Apachenmütze schief auf dem Ohr, »Je suis le catin du village«, eine andere, man singt mit, rotes Licht scheint, ein Teil der Gäste geht, neue kommen, die Sous klappern auf dem Teller, wieder Gesang, Ziehharmonika, Kerzen... Wir gingen kurz nach zwölf. Luise voller Einfälle. Der Gedanke, daß sie nun nicht mehr in Europa sein wird, macht mich traurig.

Später, auf dem Bahnhof, wiederholten wir ein altes Spiel. Diesmal war ich es, der neben dem Zug herlief. »Versprich mir, daß du nie sterben wirst.« Sie winkte mir zu, mit der grandiosen Geste einer Primaballerina, die sich vergebens ihrer ›falschen‹ Tränen zu erwehren versucht. Oder waren es echte?

5. SEPTEMBER 1936 – Die Baronin. – P. und S. kamen ins Café, setzten sich an meinen Tisch, schwatzten. P. ist der Sohn eines berühmten Malers, sehr jung, sehr musikalisch, ein begeisterter Bach-Spieler. S., sein Freund, etwa zehn Jahre älter, macht einen müden, überzüchteten Eindruck und scheint P. im Genuß von Opium abzurichten. Ob ich Lust hätte, zur ›Baronin‹ zu gehen, fragten sie mich. Dabei lächelten sie einander zu, machten geheime Andeutungen und behaupteten, es wäre das »Aufregendste«, was sie je gesehen hätten. Wir standen auf und gingen über die Straße in einen kleinen Tabac, wo bereits einige junge Leute an der Bar standen und miteinander flüsterten wie vor einer Theatervorstellung. Wir brauchten nicht lange zu warten. Durch die Tür kam eine Frau, die sich suchend umsah. Auf den ersten Blick konnte man erkennen, daß es eine Irre war. Sie ging auf die Gruppe der jungen Leute zu, die sie umringten und ihr zu trinken gaben. ›O chérie‹, sagte einer von ihnen, ein auffallend schöner junger Mann mit schwarzen Locken und legte seine Arme um sie. ›Wenn Du wüßtest, wie ich mich nach Dir gesehnt habe.‹ Sie schloß in unendlicher Verzückung die Augen und drängte sich mit ihrem plumpen Körper an ihn. ›O Pierre‹, hauchte sie ersterbend. ›Mon amour‹, flüsterte der junge Mann, während er ihr heimlich mit seinen fühlenden Fingern den Rock lüftete. Auf diesen Augenblick schienen die anderen gewartet zu haben. Einer nahm einen mit Wasser gefüllten Syphon von einem Marmortisch und bespritzte die Baronin von unten. Die Baronin starrte den jungen Mann an, der sie noch immer in seinen Armen hielt. ›Was ist dir, mon amour‹, flüsterte dieser. ›O‹, sagte die Baronin mit irrem Blick, ›ich weiß nicht... ich bin... ich bin ganz naß...‹ – ›Du träumst‹, sagte der Bursche, während er über ihre Schulter hinweg den anderen mit einem Blick rohen, gemeinen Einverständnisses zulächelte. Jetzt trat ein anderer hinzu, nahm sie ihm fort, und das Schauspiel wiederholte sich, bis sie am Schluß, durchnäßt, geküßt, getreten, gestoßen und mit dem Syphon bearbeitet, unter dem dröhnenden Gelächter ihrer gelieb-

ten Peiniger von einem Arm in den anderen fiel und, wie beim Pfänderspiel, im Kreis herumgeworfen wurde. ›O laßt mich doch, verschont mich doch, meine Lieben‹, schluchzte sie, während sie vergebens mit ihren Händen ihre Blöße zu bedecken suchte und sich immer wieder erschrocken umblickte, wenn der kalte Strahl sie traf. Aber in ihrem Flehen war zugleich ein Betteln um Mehr, eine süße, wahnsinnige Sehnsucht nach mehr Schlägen, mehr Küssen, mehr Erniedrigungen...

Während solches geschah, mitten in der schönen Stadt Paris, kamen Leute herein, kauften sich Zigaretten oder Briefmarken, sahen belustigt dem Treiben zu und gingen mit den Worten ›Ach die Baronin‹ lächelnd hinaus. Anscheinend war dies etwas, das sich jeden Abend um dieselbe Stunde wiederholte. Jeden Abend um zehn Uhr kam die Irre in das Café und ließ sich quälen. Und jeden Abend um zehn Uhr kamen die Zuschauer und Mitwirkenden, um das beschämende Schauspiel zu genießen, wie eine Galavorstellung in der Grand Opéra. Es waren schöne, starke, junge Menschen, aber in ihren Witzen und in ihrem Gelächter war etwas von der Grausamkeit eines Zeitalters, das Menschen zwang, Gras zu fressen und wie Hunde auf allen vieren herumzukriechen...

6. September 1936 – Nach den Moskauer Prozessen. Einsiedel verlangt, daß ich eine von ihm verfaßte Erklärung unterschreibe. Hier ein paar Sätze aus dem, wie mir scheint allzu rhetorisch gehaltenen Manifest: »Ein großes Experiment ist fehlgeschlagen. Man wollte ein Weltreich der Gerechtigkeit gründen. Alles war zur Übernahme des Hauses bereit – aber man hatte den Menschen vergessen, der darin wohnen sollte ...« Schön und gut. Aber etwas in mir sträubt sich dagegen, aus der Kritik an einer Institution eine neue Institution zu machen – jene »Partei der Parteilosen« nämlich, von der Einsiedel träumt und die er nun verwirklichen will. Wenn es wahr ist, daß das ›Experiment mißlungen ist‹ – was für mich noch nicht ganz feststeht–, so kann die Schuld nicht bei den einzelnen Männern liegen. Die Idee selbst muß falsch sein, aber um das herauszufinden, brauchte man Jahre. Man müßte bis an die Wurzel des Übels gehen, Material sammeln, viel lesen, viel nachdenken – und viel allein sein. – »Ausflüchte«, sagte Einsiedel. Vielleicht. Aber ich bin noch nicht soweit. Ich denke langsamer.

7. SEPTEMBER 1936 – Zu jeder großen Lehre gehören auch ihre Mißverständnisse.

10. JULI 1937 – Die Sitzung. Als ich mich erhob, wußte ich noch nicht, wie es ausgehen würde. Es war mehr eine spontane Kundgebung, ein Versagen der Nerven, als eine wohlüberlegte politische Willensäußerung. Entscheidungen werden oft durch Zwischenfälle oder Launen ausgelöst. Man fordert das Schicksal heraus, man ist neugierig darauf, was geschehen wird, wenn man etwas Unerwartetes tut. Man wollte noch nicht so weit gehen, jetzt noch nicht, aber indem man eine Entscheidung trifft, greift man in die Wirklichkeit ein, verändert sie, schafft neue Tatsachen, die neue Entschlüsse erfordern, und so sah ich mich plötzlich wie eine fremde Person aufstehen und zur Tür gehen, während ich im stillen noch auf das Dazwischentreten einer ›dritten Instanz‹ hoffte, die das Geschehene wieder rückgängig machen würde. Aber niemand rief mich zurück, die Entscheidung war gefallen, sie war unwiderruflich, sie würde mein Leben verändern, das wußte ich sofort, und ich wußte auch, was die anderen jetzt dachten, vor allem Krana, während ich die Türklinke herunterdrückte und zurücklauschte, in der Hoffnung, daß einer von ihnen meinem Beispiel folgen würde. Ich dachte an Kranas Worte »Mit Feinden kann man sich versöhnen – mit Freunden nie«, und ich wußte, daß ihre Rache mich verfolgen würde, ›bis ans Ende der Welt‹, wenn es sein mußte, und unsere Welt war beängstigend klein geworden. Sie bestand im Grunde nur noch aus Verfolgern und Verfolgten, wobei die Rollen häufig vertauscht wurden und die Verfolgten sich in Verfolger verwandelten, oder umgekehrt. »Wer nicht mit uns ist, ist gegen uns«, hatte ihr Führer und Theoretiker, der Mann mit der Arbeitermütze, gesagt, der Gründer eines ›neuen Weltreiches‹, in dem es keine Unzufriedenen mehr geben sollte. Ich war nun nicht mehr mit ihnen, ich war gegen sie. Ich hatte mich geweigert, meine Unterschrift unter ein Dokument zu setzen, das ehrbare Männer der Verachtung und dem Zorn der Welt preisgeben sollte. Ein Jahr lang hatte ich mich geweigert, es war ein böser, ungleicher Kampf gewesen, und sie hatten mich mit Drohungen und Beschwörungen, mit Schmeicheleien und Verleumdungen umzustimmen versucht. Sie hatten an das Gefühl appelliert und an die Vernunft, und sie hatten durch-

blicken lassen, daß man meine Dienste, falls ich nachgeben sollte, gebührend belohnen würde. Im Grunde hatte ich nie zu ihnen gehört. Ich war immer eine Randfigur gewesen. Aber nun war auch das vorbei. Ich trat einen Schritt über den Rand hinaus und sah mich plötzlich außerhalb des magischen Kreises von Worten und Begriffen stehen, den sie um mich gezogen hatten. Ich dachte an Nathalie Asch und Ignazio Morton und Einsiedel, die lange vor mir diesen Schritt getan hatten, um den ich sie nicht beneidet hatte, und eine Ahnung von neuen Erkenntnissen und Entscheidungen stieg in mir auf, von den großen, geistigen Bewegungen, die aus der Not des Individuums geboren wurden, von dem Recht zu zweifeln, das am Anfang jeder Philosophie steht, und von dem Glück, allein zu sein in einer Zeit, in der es besser ist, wenn auch vielleicht gefährlicher, zu den wenigen zu gehören als zu den vielen...

Rief mich niemand zurück? Ich wartete noch einen Augenblick, die Klinke in der Hand, und dann hörte ich die Tür hinter mir zuschlagen, stand draußen, war wieder frei. Ich ging den Boulevard St.-Michel hinunter, der Seine entgegen, die Sonne schien, ich sah die Menschen wieder in ihrer Einmaligkeit und Besonderheit, nicht mehr als graue, gesichtlose Masse, die im Begriff war, irgendeine ›historische Mission‹ zu erfüllen, sondern aus vielen Zügen und Gesichtern zusammengesetzt, von denen jedes einzelne ein Schicksal hatte, und auch ich hatte wieder ein Schicksal, ich war aus der Anonymität aufgetaucht. An der Ecke des Boulevard St.-Germain stand ein Bettler auf seinen Beinstummeln. Ich zögerte einen Augenblick, bevor ich ihm die Münze in den Hut warf. Auch das hatte man uns im Hinblick auf die unausbleibliche soziale Umwälzung verboten. Die Armen sollten ärmer, die Unzufriedenen noch unzufriedener werden, und ich hatte es geschluckt, ich war mitschuldig geworden an jenem geistigen Verrat, der aus der menschlichen Verzweiflung politisches Kapital schlug, um einer fragwürdigen Theorie zur Macht zu verhelfen. Ich warf dem Bettler noch eine Münze in den Hut. Man mußte wieder ganz von vorne anfangen, im eigenen Bereich das Nützliche und Notwendige tun, an ›die Zukunft‹ der nächsten Stunde, des nächsten Augenblicks denken...

Unterdessen war ich in die Nähe der Rue St.-Paul gekommen und befand mich plötzlich vor einem jener Häuser, in die Ignazio Morton seine auswärtigen Gäste, die etwas in Paris ›erleben‹ wollten, zu führen pflegte, um ihnen den Spaß ein für allemal zu verderben. Ich ging, einer Laune folgend, hinein und setzte mich an einen Tisch, an dem bereits zwei Matrosen saßen, bestellte ein Bier, das mir von einem schmutzigen Kellner mit dem Hinweis, es müßte sofort bezahlt werden, hingeschoben wurde, und bemerkte, als ich mich umdrehte, daß ich mit dem Rücken gegen eine enorme Person lehnte. Ihr gegenüber saß ein Araber mit einem Holzbein, neben sich zwei Krücken, die er gegen den Tisch gestellt hatte. Es war sehr voll um diese Stunde, der Betrieb ging gut, die Mädchen hatten zu tun. Sie wanderten von Tisch zu Tisch und riefen ihr »Qui donne dix sous? Qui donne dix sous?« in den Saal. Es ging alles sehr nüchtern zu wie in einem jener Speiserestaurants, wo man für ein paar Centimes eine Kohlsuppe oder einen Teller Speck-Kartoffeln bekommen konnte. Hier gab es keine vorgetäuschten Laster, keine Kimonos, keine japanischen Tippelschritte. Hier saßen diejenigen, die bei der Verteilung der Welt zu kurz gekommen waren, die Krüppel, die Bettler, die Arbeitslosen, alle, die mit dem Wort ›Frau‹ nur die Erinnerung an Haß, Mangel, Enttäuschung und den Tod einer Illusion verbinden konnten. Hier pflegte Ignazio Morton zu sitzen, wenn er ›allein‹ sein wollte... Niemand sprach, niemand lachte. Warum auch? Man spricht nicht während der Bürostunden, man lacht nicht, wenn man beichtet. Im Lautsprecher sang ein Tenor ein deutsches Lied: »Am Brunnen vor dem Tore, da steht ein Lindenbaum.«

Ich war schon im Begriff zu gehen, als ich neben mir eine Stimme hörte: »Qui donne dix sous?« Ich griff in die Tasche, holte ein Geldstück hervor, drückte es in irgendeine Hand, die sich schnell darüber schloß, und noch ehe ich mir bewußt wurde, was ich tat, folgte ich ihr, da es nun kein Zurück mehr gab, durch einen engen, dunklen Gang und eine weit offenstehende Tür in einen winzigen, fensterlosen Raum, in dem sich nichts weiter befand als ein Waschbecken auf einem Eisengestell, ein Stuhl und ein Metallbett, auf dem ein schon rissig gewordenes Wachstuch lag. Sie schloß die Tür hinter sich. Ich griff noch einmal in die Tasche und gab ihr einen Geldschein – es war alles, was ich bei mir hatte. »Du bist müde«, sagte ich. »Leg dich hin, mach die Augen zu, schlaf ein bißchen. Ich tue dir nichts. Ich will hier sitzen und mich ausruhen.« Sie richtete sich halb auf, eine häßliche, abgearbeitete Frau mit einer Zahnlücke, und sah zuerst das Geld an und dann mich. »Du bist verrückt«, zischte sie durch die Zahnlücke. »Geh fort, ich habe Angst. Ich werde die Madame rufen.« Ich setzte mich auf den Stuhl zu ihr. »Ruh dich aus, Mütterchen, ich störe dich nicht. Ich möchte über etwas nachdenken, und draußen ist es zu laut.« – »Wirst du mir auch nichts tun? Manche haben lange Messer bei sich. Man muß sehr aufpassen.« – »Nein, ich habe kein Messer bei mir. Soll ich dir etwas vorsingen? ›Am Brunnen vor dem Tore‹... Das ist ein deutsches Lied. Une chanson allemande.«

Ich zündete mir eine Zigarette an und hörte draußen Türen zuschlagen und Schritte auf dem Gang und manchmal einen lauten Fluch. Das ist meine Rache an Krana, dachte ich. Ich verderbe ihm sein Geschäft, ich mache ihm seine besten Kunden abspenstig, indem ich freundlich zu den Erniedrigten und Beleidigten bin. Ruht euch aus von der harten Schule der Unzufriedenheit, ich tue euch nichts, ich sitze hier bei euch wie ein Armenarzt, der weiß, daß er eine falsche Arznei verschrieben hat...

Ich mußte wohl eine Bewegung gemacht haben, denn sie zuckte plötzlich zusammen, beruhigte sich aber wieder, als sie mich noch immer auf dem Stuhl sitzen sah, rauchend. »Ich muß nun aber wieder zurück«, sagte sie, »sonst fällt es auf.« – »Leb wohl, Mütterchen«, sagte ich. »Vielen Dank«, sagte sie durch die Zahnlücke. Ich stand auf und ging hinaus. »Er ist verrückt«, hörte ich sie hinter mir sagen, während ich durch den langen, dunklen Korridor dem Ausgang zueilte. »Il est fou, ce type-là.«

11. JULI 1937 – Schwäche, Schwindelanfälle. Einsiedel, der mich behandelt, verordnet Ruhe. Er meint, es käme von der Unterernährung. Schlafe viel, lese wenig.

Ein Traum, der immer wiederkehrt: Ich bin aus Versehen über die Grenze gegangen und befinde mich plötzlich in Berlin, sehr zu meinem und dem Entsetzen meiner Freunde, die mich zu verstecken suchen. Nach dem Erwachen dauert es eine Weile, bis ich mich wieder zurechtfinde...

14. JULI 1937 – Heute zum erstenmal aufgestanden. Spaziergang im Jardin du Luxembourg. Kinder reiten auf Pferdchen, lassen Segelschiffe schwimmen. Philosophen wandeln gedankenvoll um das Bassin. Maler malen unter Bäumen. Sanfte Menschen. Ein sanfter Tag.

Der Mittagstisch

»Mein Herr, wenn Sie die Güte hätten, mir den Senf zu geben, bevor Sie ihn ganz aufgegessen haben, so wäre ich Ihnen zu großem Dank verpflichtet«, sagt der Herr mit dem nervösen Kopfschütteln und sieht mißbilligend zu mir herüber. Er trägt das Band der Ehrenlegion im Knopfloch, und die Höflichkeit, mit der er sein Anliegen vorträgt, läßt eine ruhmreiche Vergangenheit ahnen, die mit der Wirklichkeit in Konflikt geraten ist. Nachdem ich seinem Wunsch nachgekommen bin, zieht er ein Paket aus der Tasche, dem er eine Flasche Öl sowie eine Zwiebel entnimmt. Man ist gerade bei den Kartoffeln angelangt. Der Herr mit dem nervösen Kopfschütteln und dem Band der Ehrenlegion im Knopfloch legt die Zwiebel vor sich auf den Tisch und beginnt sie in kleine Stücke zu schneiden. Dasselbe tut er mit den Kartoffeln, dann vermischt er den Senf mit dem Öl, streut Salz und Pfeffer über das Ganze, sieht noch ein- oder zweimal mißbilligend den ganzen Tisch entlang und macht sich ans Essen. Alsbald verbreitet sich ein heftiger Zwiebelgeruch. Es ist nun an den übrigen Tischgästen, mißbilligend um sich zu blicken und mit vorwurfsvoller Vergrämtheit das Essen in sich hineinzuschlingen, als wäre dies alles eine Prüfung, die man über sich ergehen lassen müsse, auch den Zwiebelgeruch. Die Emigrantin mit dem eingefallenen Gesicht und den kranken, umschatteten Augen setzt ihre Erzählung fort: »Damals hat mir mein Dienstmädchen eine Perlenkette im Wert von zehntausend Mark gestohlen«, sagt sie laut, damit alle es hören, und fügt kokett hinzu: »Ich war nämlich damals sehr elegant«, wobei ihr Gesicht noch verfallener erscheint. Der Mann, der neben ihr sitzt, versteht nicht, was sie gesagt hat, denn sie hat es auf Deutsch gesagt, aber selbst wenn er es verstünde, es würde keinen Eindruck auf ihn machen ... Dieser Mann ist ein Anblick des Grauens. Aus langen, viel zu langen Ärmeln ragen zwei verkrüppelte Hände hervor, die leblos in seinem Schoß ruhen. Von Zeit zu Zeit hebt er den Körper etwas in die Höhe und schleudert mit ungeheurer Anstrengung entweder die Rechte oder die Linke auf die Tischkante, schiebt sie an den Teller, läßt die Finger die Gabel ergreifen, schlägt dann die Hand mit der Gabel in das Fleisch, schüttelt ein Stück ab und läßt die Gabel mit dem Bissen senkrecht in der Luft stehen. Dann nähert sich der Mund dem Bissen und rupft ihn schnell ab. Ein zweiter Wurf: die Hand umspannt leblos das Glas, der Mund bewegt sich darüber und schluckt das Wasser auf. Dann sinken die Hände wieder in den Schoß. Das ist keine Nahrungsaufnahme mehr, das ist eine Olympiade. Jede Mahlzeit besteht aus einer Summe von herkulischen Kraftleistungen, jeder Bissen ist eine leichtathletische Prozedur... Ich beobachte die andern, die um mich herum sitzen. Ein junger Mann, der an einer pathologischen Gefräßigkeit zu leiden scheint, hat seit längerem meine Aufmerksamkeit erregt. Er läßt keine Schüssel vorübergehen, ohne sie bis auf den Grund zu leeren. Nichts ist vor ihm sicher. Was in seine Nähe kommt, verschlingt er. Berge von Nudeln, Wagenladungen von Reis und Kartoffeln verschwinden in seinem Magen, und es hat sich bereits das Gerücht verbreitet, daß der Unglückliche möglicherweise einen Wurm in seinem Innern beherberge, so daß er persönlich für sein Vergehen nicht haftbar gemacht werden könne. Wie dem auch sei – er (oder sein Mitbewohner) entwickelt einen Appetit, der bereits zu Protestkundgebungen der Benachteiligten geführt hat, und da er außerdem ein Fremder und noch dazu, man denke, deutschen Ursprungs ist, so nimmt dieser Haß auf den Mann und sein Tier nicht selten chauvinistische Formen an. Viele, die den Rest ihrer Mahlzeit in seinem Schlund verschwinden sehen, können sich nicht enthalten, bestimmte Vergleiche zwischen, sagen wir, dem Säbelgerassel eines ›Guillaume II‹ und diesem schmatzenden Vielfraß anzustellen, der sich so rücksichtslos über die Nahrungssorgen seiner Mitmenschen hinwegsetzt, ja, man tuschelt es sich zu, daß hier irgendein geheimes Gesetz vorwalten müsse und daß der Lindwurm im Innern des Mannes mit der ›deutschen Gefahr‹ schlechthin identisch sei. Inzwischen leert der Arme eine Schüssel nach der andern über seinem Teller aus, ohne sich darum zu kümmern, was die anderen von ihm denken. Er hat immer denselben traurigen und ein wenig hilflosen Gesichtsausdruck, wenn er die Gerichte in seinen Gedärmen verstaut – wie jemand, der genau weiß, daß ja doch alles ›umsonst‹ ist. Es scheint, als habe er eine Art Gentleman's Agreement mit seinem heimlichen Mitesser geschlossen: Zuerst laß mich essen, dann bekommst du; – aber wie alle Pakte und Verträge in unserer Zeit scheint auch dieses Abkommen nicht eingehalten zu werden. Man hat den Eindruck, als schnappe ihm das Untier mit aufgesperrtem Rachen die besten Stücke fort, noch bevor sie den Gaumen des Hungrigen erreichen, und dieser, aufs tiefste verletzt von diesem Vertragsbruch, wisse sich keinen andern Rat, als immer neue Quantitäten in seinem Schlund verschwinden zu lassen.

Am Ende des Tisches sitzt, ein Paket Zeitungen in jeder Rocktasche, ein Mann, genannt ›das Froschgesicht‹, dem man es anmerkt, daß er sich hier zu Hause fühlt. Er gehört zu jenen Deklassierten, die nur noch von einer geschenkten Mahlzeit zur andern denken und die nichts anderes mehr beschäftigt als die Frage, ob es heute zu Mittag Fisch geben wird oder Fleisch. Er ist mit allen Schlichen und Hintertüren des Unterstütztwerdens vertraut, er weiß, an welchen hohen Feiertagen die Direktion neben jede Tasse Kaffee eine Zigarette legt, er ist der erste, der davonstürzt, wenn die Tischnummern ausgerufen werden, und er hat aus der Wohltätigkeit, die ihm zuteil wird, ein Recht gemacht, eine Forderung, die er unbarmherzig einkassiert. Wehe dem Obmann, der die Eßmarken jede Woche zu verteilen hat, wenn sie nicht pünktlich um die vereinbarte Stunde zur Stelle sind oder wenn es diesmal statt sechs Gratis-Mahlzeiten nur fünf gibt! Das Froschgesicht schwillt um das Doppelte seines Umfangs an, beschimpft den Schuldigen und behält sich alle weiteren Schritte vor. Dabei füllt ihn diese Tätigkeit einer beständig auf der Lauer liegenden Unzufriedenheit vollkommen aus. Es ist der einzige Lebensinhalt, der ihm noch geblieben ist: darüber zu wachen, daß ihm nichts entgeht, worauf er nach den ungeschriebenen Gesetzen der Wohltätigkeit ein verbrieftes Anrecht zu haben glaubt, und da er ohne Arbeit ist und auch nicht die Absicht hat, eine zu finden, wird für ihn dieses Nichtstun zu einer pedantisch eingehaltenen Pflicht, die genausoviel Energie, Aufmerksamkeit und Tatkraft erfordert wie jeder andere Beruf. Denn auch das Talent, sich unterstützen zu lassen, muß gelernt sein. Man muß seine Chancen kennen und wissen, wo etwas zu holen ist und wo nicht. Hat man einmal den Weg der Verheißung beschritten, so darf man sich nicht bei der Empfangsbestätigung aufhalten, man muß sofort den Dank für das Erhaltene mit der Bitte um Mehr verbinden und nicht ohne Nachdruck durchblicken lassen, daß es sich ja hier nicht um ein Almosen, sondern um den längst fälligen

Tribut handle, mit dem die herrschende Klasse ihr schlechtes Gewissen zu entlasten versuche. Denn nur so könne, dank seiner wohlwollenden Fürsprache bei den zuständigen Instanzen, jener unvermeidliche Konflikt zwischen arm und reich aufgeschoben, wenn nicht sogar aufgehoben werden, dessen gütliche Beilegung im Interesse aller Beteiligten wäre. Nur darum gehe es, und man dürfe es ihm, dem Froschgesicht, nicht verargen, wenn er, ein von der Gesellschaft Enterbter, sich das Recht vorbehalte, zu entscheiden, wer bei der kommenden Auseinandersetzung auf mildernde Umstände rechnen dürfe und wer nicht...

Nach dem Essen können die zum Müßiggang Verurteilten sich wieder in den oberen Raum begeben, eine Tasse Kaffee trinken, Zeitungen lesen, Schach spielen oder sich unterhalten. Man sieht abgezehrte Elendsgesichter, und doch sind es keine gewöhnlichen Bettler. Es sind verschämte Arme, alt gewordene Phantasten, die sich noch nicht ganz zu ihrem Künstlerpech bekennen wollen und auf irgend etwas warten. Vielleicht wird man morgen doch noch einen Auftrag bekommen, ein Porträt malen oder einen Artikel im ›Paris Soir‹ unterbringen. Inzwischen gilt es, sich über Wasser zu halten. So vergehen die Jahre, so wird man alt und nutzt sich ab, aber irgendwo blieb man Künstler, irgendwo hat man noch Ideale, die einmal frisch und jung waren und heute bereits leicht nach Verwesung riechen. Was für Gesichter! Sie sprechen von großen Gedanken und Sehnsüchten, die zwischen Himmel und Erde, irgendwo im fünften Stock einer Annoncenagentur oder eines ungeheizten Malerateliers, hängengeblieben sind; von geheimen Wünschen und verzehrenden Leidenschaften, die sich nun, da mit ideellen Mitteln nichts mehr zu holen ist, ganz ins Körperliche und Gefräßige verirrt haben. Alle diese Menschen haben irgendeinen Tick, alle sind sie auf tragische Weise zu Karikaturen dessen geworden, was sie einmal erreichen wollten. Da ist Madame Aubert, mit ihrem wie gekalkt wirkenden Gesicht und der darüberhängenden Geiernase, die ihre unfreiwilligen Zuhörer in Angst und Schrecken zu versetzen pflegt, sobald sie sich ans Klavier begibt, um ein Impromptu von Schubert oder einen Walzer von Chopin mit den übertriebenen Gesten einer einstmals gefeierten Virtuosin zu intonieren. Nicht selten geschieht es, daß die Schachspieler und Zeitungsleser mit Flüchen und Drohungen gegen diese musikalische Vergewaltigung protestieren, was nun wiederum zur Folge hat, daß die in ihren erhabensten Gefühlen Gekränkte sich von ihrem Stuhl erhebt, den Klavierdeckel zuschlägt und mit gellender Stimme versichert, daß beim Grabe ihres zu früh verstorbenen Mannes, Gott habe ihn selig, und bei der Asche ihres ums Leben gekommenen Kindes, so etwas noch nicht dagewesen wäre. Dabei eilt sie von einem zum andern, verflucht ihre Feinde und segnet ihre Freunde, das heißt, jene, die ihr aus Mitleid oder um des lieben Friedens willen zu verstehen geben, sie möge weiterspielen. – Oder da ist jenes beständig grimassierende, nicht mehr ganz junge Mädchen mit den schwarzen, nach hinten gestrichenen, wie lackiert aussehenden Haaren und dem rot geschminkten Clownsmund, auch sie eine Künstlerin, eine Malerin vielleicht, die oft laut und unmotiviert lacht und eine beängstigende Extravaganz zur Schau trägt. Man spürt: hier hat ein Mensch, der einmal voller Einfälle war, die Herrschaft über sie verloren; die Einfälle haben sich selbständig gemacht und treiben nun mit dem Menschen ihr närrisch-brutales Spiel. Sie kann nicht von der einen Ecke des Raums zur andern gehen, ohne auf dem Weg dorthin plötzlich ihre Richtung zu ändern, bald nach rechts, bald nach links abbiegend, bald sinnlos rückwärts gehend, und dies alles mit jähen, schreckhaften Bewegungen, hüpfend oder mit schweren, breiten Seemannsschritten, kokett tänzelnd oder gravitätisch in eine Kurve hineinstampfend... Dabei legt sie entweder ihre Arme bußfertig über die Brust oder breitet sie plötzlich im Hochsprung weit aus, klopft im Vorbeigehen die Balken der Wände mit den Fingerspitzen ab oder trommelt auf einem Bücherregal, das ihr im Weg steht. Manchmal pfeift sie spitzbübisch vor sich hin, auf einem Bein stehend, und sieht nachdenklich ins Leere. Oder sie läßt sich von einem kleinen Jungen haschen, rennt atemlos um Tisch und Stühle, um plötzlich, einer neuerlichen Sinnesänderung folgend, gedankenvoll in einer Zeitschrift aus dem Jahre 1905 zu blättern und den Jungen energisch zu bitten, sie nicht zu stören. Ihr Gebaren hat mitunter etwas Komödiantisches, wie denn überhaupt schwer zu sagen ist, ob sie wirklich verrückt ist oder nur ihren Schabernack mit denen treibt, die sie dafür halten.

Ich sitze oft bei den Schachspielern und sehe ihnen zu, viele Stunden lang, wie sie, unberührt, in zeitloser Abgeschiedenheit, einer

Beschäftigung obliegen, die sich nach den Gesetzen reiner Logik und mathematischer Voraussicht zu vollziehen scheint. Hier, im abstrakten Spiel der Felder und Figuren, finden sie die Bestätigung, die ihnen das Leben vorenthalten hat. Hier gibt es keine Bubenstreiche des Schicksals, keine Tücken und Launen, die einen Mann zu Fall bringen können. Und so hat sich allmählich eine Rangordnung unter den Spielern herausgebildet, eine Hierarchie der geistigen Würdenträger, in der nur die Leistung gilt und nichts anderes. Außerhalb dieser vier Wände mag jemand vielleicht ein umhergestoßenes Wesen sein, unfähig, sein Dasein in Ordnung zu bringen – hier, in der Welt des Schachs, ist er ein König. Man grüßt ihn ehrerbietig und flüstert sich seinen Namen zu, wenn er, zerlumpt, mit zerrissenen Schuhen, dennoch erhobenen Hauptes, zur Tür hereinkommt. Ergraute Männer wenden sich an ihn, er gibt Auskunft, ruhig, überlegen, ein wenig zu überlegen, wie es scheint: es tut ihm gut, zwei Stunden am Tag eine Rolle zu spielen, um die ihn das Leben betrogen hat, sich aus der wirklichen Welt in eine gespielte zu flüchten, in der die Achtung, die man einem Mann entgegenbringt, davon abhängt, was er wirklich ist, nicht, was er zu sein vorgibt. Hier findet noch jene Auslese der Tüchtigen statt, die es in der andern, der realen Welt längst nicht mehr gibt; hier hat jeder Gelegenheit, mit seinem Kopf über andere zu herrschen und seinen Mitmenschen und sich selbst zu beweisen, was für ein Kerl er ist und wie falsch und ungnädig das Schicksal mit ihm verfuhr... Neid, Mißgunst, Heuchelei finden hier keinen Eingang. ›Pièce touchée, pièce jouée.‹ Man weiß, was man sich gegenseitig schuldig ist. Sieg und Niederlage werden klar und eindeutig ausgetragen, und der alte Russe mit dem grauen, lappigen Stoff-Südwester auf dem weiß schimmernden Künstlerhaar sitzt, den erloschenen Zigarettenstummel unter die Oberlippe geklebt, asthmatisch fauchend vor seinem Schachbrett und verbittet sich jede Einmischung – er selbst muß das Spiel zum guten oder zum bösen Ende führen. Man spricht französisch, aber wenn der Kampf seinen Höhepunkt erreicht, ertönen rauhe Mutterlaute, fremde Idiome entringen sich der gequälten Brust, und über den Schlachtfeldern des ›Cercle François Villon‹ blühen die Weizenfelder Rußlands, die deutschen Bauern marschieren auf, die Türme Italiens ragen gegen den Himmel, und die Könige Polens und Ungarns kämpfen um ihren Thron.

Von irgendwoher klingt ein Lied, das jemand am Klavier begleitet, manchmal ein ›Wolga, Wolga‹, manchmal ein Schubert oder Brahms oder ein ›Santa Lucia‹, die Zigaretten dampfen, schlechte, selbstgedrehte Zigaretten, in einer Ecke wird diskutiert, Gruppen bilden sich, jemand nennt jemand einen ›Verräter‹, Stühle werden umgeworfen, und Madame Aubert läuft umher und versichert bei der Asche ihres zu früh verstorbenen Mannes so etwas wäre noch nicht dagewesen... Aber die Schachspieler sitzen vor ihren Brettern und schweigen. Sie sind die Gehirne einer Welt, die es nicht mehr gibt, einer Welt der Vernunft, der Gerechtigkeit und der reinen, absoluten Werte...

3. FEBRUAR 1938 – Es ist spät in der Nacht, und ich kann nicht schlafen. Die alte, rostige Uhr im Senat hat soeben zwei geschlagen. Drüben, in dem kleinen Café mit den roten Korbstühlen, sitzt der große Dichter mit seinen Freunden und trinkt sich zu Tode. Manchmal höre ich sein heiseres Gelächter durch die nächtliche Straße hallen. Es ist ein lautes, krächzendes, hustendes Gelächter. Es klingt wie das Echo eines sterbenden Erdteils.

Man lebt von einem Tag zum andern, von der Morgenzeitung zur Abendzeitung, von einem Ultimatum Hitlers zum nächsten. Europa geht zugrunde, aber es ist schon zu spät, um davonzulaufen. Die Visen nach Amerika sind auf zwei Jahre gesperrt. Einige von uns schreiben Bücher, die nie gedruckt werden. Andere handeln mit Rasierklingen, Briefmarken, Filmsujets oder selbstgebackenem Mürbekuchen. Paris ist immer noch schön. Wenn ich mich aufrichte, sehe ich die Türme von St.-Sulpice im Fensterrahmen. Und drüben sitzt der Mann, der die beste deutsche Prosa seit Heine schreibt, und lacht und trinkt und hustet sich zu Tode.

Ich habe zweitausend Francs Schulden bei meiner Wirtin, die nicht mehr mit mir spricht, keine Telefongespräche mehr ausrichtet und Leuten, die mich besuchen wollen, sagt, ich sei nicht zu Hause. Vor kurzem fand ich einen Zettel in meinem Fach, in dem sie mir mitteilte, daß ich bis zum nächsten Mittag das Zimmer räumen müßte. Ich packte meine Sachen, und als ich, kurz bevor es zwölf schlug, mit Koffern und Bündeln die Treppe herunterkam, stand sie in der Tür und tat, als ob sie mich nicht sähe. Im nächsten Augenblick lagen wir uns in den Armen. »Tu ne peux pas t'en aller comme ça…«, schluchzte sie und nahm mir den Koffer aus der Hand. Ich versprach, daß ich ihr das Geld innerhalb der nächsten vier Wochen bezahlen würde… »Ah, toi«, sagte sie ungläubig. »Je te connais…« Ich nahm meine Sachen, ging auf mein Zimmer und packte wieder aus.

Ich habe einige Artikel geschrieben, die entweder schlecht oder gar nicht oder so spät bezahlt werden, daß das Geld längst ausgegeben ist, bevor es eintrifft. Manchmal lege ich mich vor Hunger ins Bett, weil man es im Liegen besser aushalten kann. Ich lebe von Brot, Kaffee, Eiern und Zigaretten und wundere mich, wie wenig man braucht, um am Leben zu bleiben. Natürlich muß man jede überflüssige Anstrengung, wie etwa häufiges Treppensteigen, Bükken, Kniebeugen usw. vermeiden, um den Kräfteverbrauch herabzusetzen; auch die Verdauung ist nach Möglichkeit einzuschränken – je mehr man im Körper behält, desto weniger hat man das Gefühl, einen leeren Magen zu haben. Ich habe dies alles genau ausprobiert und beobachte mich wie ein Patient, dem vom Arzt eine Hungerkur verordnet wurde. Ich habe viel Neues geschrieben und zu meinem Erstaunen festgestellt, daß mit dem Schwinden der körperlichen Bedürfnisse der Geist leichter und freier arbeitet, die Gedanken sich klarer entwickeln und mehr und mehr vom Körper unabhängig werden. Natürlich ist es nicht leicht, jenen Zustand physischen Desinteressements zu erreichen, bei dem das Essen nur noch die Rolle einer Medizin spielt, die dem Leib zugeführt werden muß wie das Holz dem Ofen oder das Öl der Maschine. Es ist eine Art von Willensübung, von geistiger Askese. Die ersten Tage sind die schlimmsten; je mehr man an den Hunger denkt, desto größer wird er. Man läuft durch die Straßen, bleibt vor jedem Schaufenster stehen, verschlingt mit den Augen die Würste und Schinken und Fleischstücke, die da aufgehängt sind, läuft weiter, rast, tobt gegen die soziale Ordnung und versteht plötzlich, was das ist, wovon man in den Büchern gelesen hat, wie es brennt und frißt und in den Eingeweiden nagt wie Säure, und was Menschen von jeher dazu getrieben hat, Schaufenster einzuschlagen, zu plündern, zu stehlen und zu morden. Plötzlich ist man einer von ihnen, gehört dazu, ganz unten, außerhalb der Gesellschaft, einer von denen, die durch eine dünne Scheibe Glas von der Welt der Sattgefressenen und Zufriedenen getrennt sind, einer, dem das Wasser im Mund zusammenläuft, wenn er an Worte wie ›Brot‹ oder ›Milch‹ oder ›Fleisch‹ denkt... B-r-o-t! Was für ein warmes, braunes, nach Backofen riechendes knuspriges Wort, weich und bröckelnd und voll von heißen, gärenden Gerüchen! B-r-o-t! Man muß es laut vor sich hinsagen, ganz langsam, als wollte man einen Buchstaben nach dem andern verschlingen... Milch! M-i-l-c-h! Gute weiße, zärtliche, kuhwarme, molkige Milch! Ich möchte mein Gesicht in Milch baden; ich möchte sie mit der Zunge aufschlecken wie ein Hund. Milch macht gut. Milch riecht nach Stall und Klee und Mutter. Milchstraße. Milchgesicht. Milchbruder. Milch und Fleisch. F-l-e-i-s-c-h! Rindfleisch. Schweinefleisch. Hammelfleisch. Kalbfleisch. Gepökeltes, gekochtes, gebratenes. Kalbsnierenbraten. Lunge.

Herz. Hirn. Pökelkamm mit Erbsenpüree und Sauerkraut. Filet. Beefsteak. Entrecôte. Fleisch. Viande. Meat.

Wie oft bin ich so durch die Straßen von Paris gelaufen, Worte im Munde kauend, sie auskostend, sie verschlingend, mich an Worten mästend, die Zunge gegen die Zähne reibend und zwischen den Zähnen ein Streichholz oder einen Zahnstocher, irgend etwas Hartes, auf das man beißen kann, wenn man sonst nichts mehr zu beißen hat. Manchmal habe ich mich dabei ertappt, daß ich plötzlich einem Mann nachsah, der, sich den Mund wischend, aus einem Restaurant kam – als ob ich noch nie einen satten Mann gesehen hätte; als ob ich selbst nie satt aus einem Restaurant gekommen wäre, mir den Mund wischend. Man hat das Gefühl, nie zu jenen andern gehört zu haben, die mit vorgebundener Serviette hinter dampfenden Schüsseln sitzen, mit spitzen Mündern heiße Brühe schlürfen und mächtige Keulen zwischen ihren Händen zerreißen. Es gibt plötzlich gar nichts anderes mehr als das, man kann gar nichts anderes mehr denken als: Saufen, Fressen, sich den Bauch vollschlagen. Darum ging es, heute und gestern und immer; deshalb wurden Revolutionen gemacht, Minister aus Fenstern geworfen, Throne umgestürzt. Das ist der Sinn der Geschichte: Hunger! Man möchte sich vor die Leute hinstellen und schreien: »Woher nehmt ihr den Mut, mir mit euren kauenden Mündern in den Weg zu treten – habt ihr nicht Angst, daß ich euch mit der Faust auf die pralle Trommel schlage...« Aber anstatt so zu sprechen, drückt man sich scheu an ihnen vorbei, wird feige, sucht gierig nach einem liegengelassenen Knochen, stopft sich die Taschen voll Brotreste, sammelt für den Abend, für die Nacht, für den nächsten Tag, wird klein und böse und niedrig und möchte sich für ein Linsengericht verkaufen. Endlich weiß man, wohin man gehört. Die Schuhe sind durchlöchert, die Kleider zerrissen – man vergißt, wer man war, und erkennt den Bruder überall –, im Gewühl der Grands Boulevards geht er neben dir, mit schiefen Absätzen und zerlumpten Kleidern und mit demselben gierigen Wolfsblick, den du an dir selbst beobachtet hast. Oder er sitzt dir gegenüber in der Métro, grau, zusammengedrückt, mit schmutzigem und zerknittertem Rock, und die Leute rücken von ihm fort, und du siehst nach rechts und nach links, um festzustellen, ob sie auch von dir fortrücken. Und seltsamerweise ist dann immer ein Platz neben dir freigeblieben, und der Zugwind, der durch den Wagen geht, trägt dir das Parfum der Dame in Schwarz zu, die eben eingestiegen ist und sich, nach kurzem Zögern, nicht neben dich gesetzt hat, sondern einen Platz weiter, und zwischen ihr und dir ist ein Raum, so unüberbrückbar wie der zwischen arm und reich, Hungrigen und Satten...

Es ist grausam, in Paris zu hungern; grausamer als irgendwo anders. Aber man gewöhnt sich daran, der Magen schrumpft zusammen und reagiert auch auf die kleinste Nahrungszufuhr. Ein Stück Zucker, ein weiches Ei, ein Croissant, eben aus dem Ofen gekommen, eine Zigarette – dies alles sind Genüsse, die man vorher nicht gekannt hat, unvergleichlich in ihrer Einmaligkeit. Und jetzt beginnt jener geistige Schwebezustand, den ich vorhin erwähnte und der sich erst einstellt, nachdem man die erste Phase des Hungers, die Phase der Rebellion und der dumpfen Auflehnung, überwunden hat. Es ist, als ob die Poren der Welt sich öffneten; die Gerüche werden strenger und vielfältiger, und man sieht, durch die Zeiten hindurch, den ewigen Reigen der Gedanken im Raum. Wie voll von Schatten und Resonanz sind die stummen Dinge. Ein eiserner Gartenstuhl im Regen, eine bröckelnde Mauer, rissig und runzelig wie ein altes Gesicht; eine Pfütze, in der sich Häuser und Dächer spiegeln; ein vergoldeter Pferdekopf aus Gips über einer Roßschlächterei; die Melancholie der Seineufer am Abend, draußen, vor der Stadt, mit den Silhouetten der Angler an den Böschungen; ein Gaskandelaber, den man vergessen hat, auszulöschen, und der jetzt weiterbrennt in einer einsamen Gasse von Paris – dies alles habe ich früher nicht gesehen, ich ging daran vorbei, ich hatte anderes im Kopf – aber jetzt, da ich nichts zu essen habe, esse ich mich an den Dingen satt, die ich sehe, an Büchern und Bildern und Gedanken; ich schmecke den Gehalt der Farben, die Heiterkeit des Himmels über Paris und die nächtliche Szenerie seiner Brücken und Paläste. Pont Alexandre III. Die gestanzten Wellen auf dem Fluß, das Theater der Sterne... Ich sehe Schönheiten, die mir vorher entgangen waren, und nun wird man wahrscheinlich denken, daß ich aus dem Hunger eine Philosophie gemacht habe – die Philosophie der Habenichtse, die sich mit irgend etwas hinwegtrösten, irgendeine Ersatzreligion erfinden müssen, um ihre Entbehrungen besser ertragen zu können. Nichts wäre falscher. Ich weiß, daß es viel schöner ist, im Überfluß zu leben, daß Kultur nur entstehen kann, nachdem alle Bedürfnisse befriedigt sind, und daß die Armut unmenschlich und entwürdigend ist. Nein, ich gehöre nicht zu jenen falschen Aposteln, die aus dem menschlichen Elend Kapital für die Ewigkeit zu schlagen versuchen. Ich sehe nichts Nachahmenswertes in meinem augenblicklichen Zustand, und wenn ich ihn trotzdem so sorgfältig und, wie es scheint, mit soviel Hingabe zu beschreiben versuche, so deshalb, weil ich auch diese Erfahrung in meinem Leben nicht ungenützt vorübergehen lassen will. Das Experiment des Hungers, das ich, wohl oder übel, mit mir anstelle, wird für mich ebenso von Nutzen sein wie die Werke von Dante, Shakespeare und Molière und die Kenntnis der letzten Quartette von Beethoven. Man muß selbst einmal erlebt haben, was es heißt, am Morgen nach der Zigarette zu greifen und zu wissen: es ist die letzte. Man muß selbst einmal mit ungewaschenem Hemd durch ein Museum gegangen sein – nicht ›aus Liebe zur Kunst‹, sondern weil es an diesem Tag nichts kostete, weil Museen im Sommer kühl sind und weil man nicht wußte, wohin man sonst hätte gehen können –, um plötzlich vor einer Fouquetschen Madonna stehenzubleiben, betroffen von dem Konzert der Farben und von dem Lächeln dieser halb entblößten Heiligen, die mit schamlos-unschuldiger Gebärde ihre Brust dem Kind reicht – und man muß spüren, dies ist vor Hunderten von Jahren gemalt worden, damit einer wie du jetzt hier stehenbleibt und sich satt sieht an der süßen Unzucht dieses Bildes – und weiß, daß er noch da ist und lebt und Genuß an der Welt hat und noch nicht gestorben ist in dem grauen, glanzlosen Kampf mit dem Elend...

Die Uhr vom Senat schlägt drei, das Gelächter des Dichters gegenüber ist verstummt. Ein guter Freund hat den Trunkenen die Treppe hinaufgetragen, aufs Bett gelegt und die Schuhe von den geschwollenen Füßen gezogen. Er schläft. Die Straße ist jetzt ganz still. Nur noch die Schritte der Wache vor der Kaserne...

27. März 1939 – Wir saßen in einem Café an der Madelaine. Menschen gingen, und Zeitungen wurden ausgerufen: ›Paris-Soir‹ – ›L'Intransigeant...‹

»Wie ist er gestorben?« fragte ich.

»Er starb in der Badewanne«, sagte Barbara. Es klang fast wie ein Witz. »Kein sehr heroisches Ende.« Sie rief den Kellner. »Noch einen Pernod.« – »Du trinkst zuviel«, sagte ich. »Ich habe mir das drüben angewöhnt«, sagte sie. »Man hält es sonst nicht aus.« Sie rückte näher an den Ofen. »Er hat bis zuletzt von dir gesprochen. Jedesmal, wenn es so aussah, als ob das Régime zu Ende wäre, hat er gesagt: ›Jetzt muß er bald zurückkommen...‹«

Ich dachte an ihn, der einmal mein Freund gewesen war, und ich dachte an jenen Abend, als er sich, verlegen lachend, die Uniform, die er haßte, mit den Orden auf der Brust, angezogen und mich zum Bahnhof gebracht hatte, »Hauptmann Seehaus ... Der Mann steht unter meinem persönlichen Schutz...«, und ich sah ihn vor mir, ohne Orden, aber mit demselben, nur noch etwas verlegener gewordenen Lachen, in Prag oder Paris, die Arme voller Sachen, die er mir gebracht hatte... Hemden, Schuhe, einen warmen Mantel... »Gewiß, ich hätte auswandern können«, hörte ich ihn sagen. »Ich hätte wie du mein Land verlassen können. Aber ich wollte bleiben. Ich wollte es mir nicht nehmen lassen, dies alles mit eigenen Augen zu sehen. Es muß ja noch einige geben, die übriggeblieben sind, wenn der Tag der Abrechnung kommt. Oder willst du vielleicht, daß ein ganzes Volk auswandert?« Das war an jenem Tag, als er über die Grenze gekommen war, um mich in Z. zu besuchen. Wir fuhren in die Berge, und ich saß hinten neben Barbara und hielt ihre Hand und hörte sie manchmal leise auf mich einreden, während die Straße uns höher und höher trug, vorbei an Wiesen und Wäldern und Abhängen, und die Rücken der Berge uns entgegen wanderten wie schwankende Karawanen. Die Luft auf den Höhen war betäubend, und das Gras, das auf den Wiesen und Abhängen wuchs, war grüner, satter und kühlender als je zuvor – oder schien es mir nur so? Wir fuhren über vereiste Serpentinen den schwierigen Gebirgspfad hinauf und sahen tief unter uns die mit Nebel bedeckten Täler und Schluchten liegen. Ich hielt noch immer Barbaras Hand. »Wir sprechen immer von dir«, sagte sie. »Er hat schon lange keinen Freund mehr.« Ich sah hinunter auf die mit Nebel bedeckten Abhänge und atmete die dünne, eisige Schneeluft und die nasse Kälte der Wolkenwände, die uns einhüllten, und ich zog sie an mich und küßte ihr mit Schnee und Reif bedecktes Gesicht und die feuchten Augenwimpern. Wir waren jetzt auf dem Gipfel des Bergpfades angelangt und hielten vor einer aus Brettern gezimmerten Hütte, in der vermummte Gestalten warme Getränke tranken. Seehaus verließ den Führersitz, und wir standen alle drei einen Augenblick lang eng umschlungen in dem Nebel. »Wir haben auch eine Kiste von dem Don Fernando für dich im Keller stehen«, sagte Seehaus. Ein scharfer Wind wehte vom Norden her über das Plateau. Wir fuhren hinunter, auf die andere Seite, und nachdem wir den Schnee und das Eis und die Wolken wieder hinter uns gelassen hatten, sahen wir zu unsern Füßen das Land mit seinen Seen und Dörfern und Wiesen liegen. Die Landschaft wurde wieder grün, Bäume tauchten auf, streckten sich in die Höhe, Gras und Blumen wuchsen wieder. Langsam, wie im Einschlafen, trug es uns auf müden Rädern in die Tiefe, hinunter in das Tal, in den Abend, in die Wärme menschlicher Behausungen, während ich noch immer Barbaras Hand hielt wie ein Geschenk, das sie mir von drüben mitgebracht hatte... Spät am Abend waren wir wieder in Z. und saßen in dem Restaurant auf dem Berg, gleich neben der Drahtseilbahn. Seehaus war bleich vor Erschöpfung. Und dann begann er zu sprechen. Er sprach zwei Stunden lang, ohne aufzuhören. Er sprach von dem Leben, das er drüben zu führen gezwungen war, und sein Gesicht nahm wieder jenen Ausdruck von Ekel und Hoffnungslosigkeit an. »Wir haben schweigen gelernt«, sagte er. »Nie habe ich gewußt, daß man so schweigen kann. Man hört nicht mehr, was man nicht mehr hören will. Man sieht nicht mehr, was man nicht mehr sehen will. Was bleibt einem auch anders übrig? Man ist ja kein Narr, man will ja noch etwas leben, und je älter man wird, desto mehr hängt man an diesen lumpigen paar Jahren, die einem noch gegeben sind... Ich habe es an mir selbst beobachtet. Ich habe mich Dinge sagen hören, die ich früher nicht über die Lippen gebracht hätte, und ich habe mich verwundert gefragt: Wer ist das, der jetzt spricht? Aber wenn *ich* es nicht gesagt hätte, so wäre ich vielleicht schon tot, und wenn ich tot wäre, so würde es ein andrer sagen, und niemand wäre damit geholfen.« Er sah unruhig auf die Uhr. »Es ist leicht, draußen zu sitzen und Bücher gegen die Unterdrückung zu schreiben. Aber wir, die wir drinnen geblieben sind – sollen wir vielleicht auf die Straße gehen und ›Mörder! Mörder!‹ schreien?« Er stand auf. »Es ist Zeit, abzufahren.« Wir gingen zu dem Platz am Bahnhof, wo das kleine Auto stand, mit dem sie über die Grenze gekommen waren. Die Lichter der sauberen Stadt glänzten hell in ihren blankgeputzten Kandelabern. »Ich gehe nicht zurück!« schrie Barbara plötzlich und stampfte wie ein ungezogenes Kind mit dem Fuß auf. »Komm«, sagte Seehaus sanft und zog sie in den Wagen. Ich hörte die Wagentür zuschlagen, und dann fuhren sie davon, der Grenze entgegen...

»Ich fand ihn, das Gesicht nach unten, im Wasser liegend«, sagte Barbara. »Der schwere Mann.« – »Willst du noch etwas trinken?« fragte ich. Sie gab mir die Hand. Es war eine heiße, schmale, sehr nackte Hand. »Morgen fahre ich wieder zurück«, sagte sie. »Ich werde wieder dieses Leben führen, das mich nichts angeht, und ich werde an dich denken und an diesen Abend in Paris.«

Plötzlich sprang sie auf und lief davon, und ich sah ihr kleines, ein wenig zu keckes Hütchen im Gewühl der Menge verschwinden.

Sie kam. Ich hörte ihre Schritte auf dem Gang, und dann ein leises, pochendes Geräusch, und noch bevor ich die Tür öffnen konnte, stand sie dort, unbeweglich, in dem niedrigen Türrahmen, nicht lächelnd, nicht verlegen, sondern von tödlicher Entschlossenheit, in der Hand den kleinen, etwas zu kecken Hut, der nun aber, das merkte ich sofort, nicht mehr zu uns paßte, wie ein kleiner, etwas zu bunter Vogel nicht mehr in eine Schneelandschaft paßt. Sie ging auf mich zu, ihr Haar verwildert, sie mußte lange durch die Nacht gelaufen sein. Sie kam so nahe an mich heran, daß ich fast erschrak. Sie war so furchtbar ernst, auch in ihrer Hingabe noch, so feierlich, so chaotisch, so deutsch, oder vielleicht schien es mir nur so, weil ich in ihr die Dinge wiederfand, die ich fast schon vergessen hatte, Worte, nach denen ich gesucht hatte, Worte meiner Sprache wie das Miteinander-Verlöschen von Tristan und Isolde oder wie die Zurufe aus dunklen Hauseingängen, wenn man am Abend durch die Straßen irrte, unter den Gaslaternen, dort, wo die Güterzüge standen, mit ihren langen, dunklen Rücken wie Tiere, und die Eisenketten der Krane sich schwarz gegen den Himmel abhoben. Man kann das Fremde lieben oder das Vertraute, die Gefahr oder die Geborgenheit, aber hier war alles zugleich, und es schien mir, als wäre ich wieder zu meinen Ursprüngen zurückgekehrt... Sie lag schlafend. Ich sah die Türme von St.-Sulpice im Fensterrahmen und hörte die vertrauten Geräusche der Nacht, das Glucksen und Schnalzen des Wasserhahns, das Nagen der Maus, die immer um dieselbe Stunde kam, und das Klappern der Schreibmaschine im Zimmer Nummer 8, wo Krana wohnte.

Gegen Morgen zog sie mich ans Fenster. Ein wilder Himmel. Gelb und rot gefleckt wie das Fell eines Tigers. Wir gingen leise fort und stiegen in den Wagen, mit dem sie über die Grenze gekommen war, und fuhren durch menschenleere Straßen in den Wald von Meudon. Es war wie damals, als wir über das Gebirge fuhren. Langsam, wie im Einschlafen, trug es uns auf müden Rädern hinab, in das Gestern, in die halb geträumten Bilder, und ich küßte ihre nassen Augenwimpern und die lange, schlimme Hand, die sie mir von drüben mitgebracht hatte... Wir hielten vor einem Gartenrestaurant. Ein schlaftrunkener Mann öffnete das Tor. Ob wir etwas zu essen haben könnten? »Mon Dieu, um diese Stunde!« rief er und verschwand. Wir setzten uns an einen Tisch im Garten, es war kalt, und ich legte ihr die Wagendecke um die Füße. Ringsum Gartenzwerge und silberne Glaskugeln. »Das ist alles, was ich auftreiben konnte«, sagte der Mann und stellte das Tablett vor uns hin. Wir aßen, was er uns gebracht hatte. Sie war wieder tödlich ernst, und ihre Lippen bluteten ... Später gingen wir durch den Wald. Es roch nach kaltem, feuchtem Moos, nach Laub und Wurzeln und nach feuchten, gestorbenen Bäumen. An einem See standen einige Angler. Sie sprachen kein Wort. Ein Hund lief durch den Wald und biß einen Angler auf einem Rad ins Bein...

28. März 1939 – Madrid gefallen.

21. Mai 1939. Au Sauget (Savoie) – ... Die Nebel sind heute tief aus dem Tal emporgestiegen, sie kamen die Hänge herauf und griffen nach uns mit langen Fingern, Regen fiel, er fällt noch immer, es ist vier Uhr nachmittags, Barbara ist ins Dorf gegangen...

... Ich sitze in der großen Bauernstube, die zugleich Küche und Schlafzimmer ist; die Tür steht weit offen, von draußen kommt Gebirgsluft herein und vermischt sich mit dem Geruch von brennenden Tannenzapfen und verkohltem Holz im Herd ... Seit einer Woche lebe ich jetzt hier, 1500 Meter über dem Meeresspiegel. Der einzige Mensch, den wir zu sehen bekommen, ist Jean, der Bauer, der jeden Tag das Vieh auf die Weide treibt. Am Morgen bringt er uns Milch, Butter, Eier und einen mächtigen Laib Brot, den seine

Frau gebacken hat. Manchmal holt er aus einer braunen Ledertasche eine Flasche mit selbstgebranntem Marc. »C'est bon pour la grippe«, sagt er und überreicht sie mir. ›Eau-de-vie‹ nennen die Leute diesen Schnaps. ›Lebenswasser‹ sagten sie bei uns. Es schmeckt nach Erde und alten Steinen und brennt in den Eingeweiden wie flüssiger Stahl... »Es wird nun bald Krieg geben«, sage ich. Er geht lachend davon, als ob ich einen Witz gemacht hätte.

Das Holz im Herd kohlt langsam aus. Ich lege ein neues Scheit hinein. Vor dem Haus gehen Schritte. Es ist der Junge des Postboten. Er mußte zwei Stunden durch den Nebel gehen, um mir diesen Brief zu bringen. Was für ein Brief! Man fragt mich, wie lange ich mich noch meiner ›Pflichten‹ zu entziehen gedenke. Es sei höchste Zeit, wieder ›auf die Erde‹ zurückzukehren, mitzuarbeiten an der ›gemeinsamen Sache‹. Oh, wie ich diese Worte kenne. Noch vor gar nicht langer Zeit hätte ich ebenso gesprochen. Ich kenne sie auswendig, diese beschwörenden, jeden Einwand vorwegnehmenden Belehrungen und Ermahnungen, diesen bald drohend, bald zärtlich werbenden Appell an das ›Gewissen‹, dieses ›Du mußt‹ und ›Du darfst nicht‹, das dem einzelnen ein schon längst fragwürdig gewordenes Recht auf sein Privatleben streitig machen will... Dies alles habe ich einmal geglaubt, als ich noch ›zu ihnen‹ gehörte. Ein Gedicht über die Liebe zu schreiben, erschien mir fast wie ein Verbrechen an denen, die in den Kerkern Europas umkommen. Unsere Liebe galt der Zukunft des Menschen, unsere Leidenschaften wurden im Kampf um seine Befreiung aufgebraucht. Gestern noch wäre ich mir wie ein Deserteur vorgekommen, der dem ›sterbenden Individualismus‹ ein paar flüchtige Schäferstunden abzujagen versucht. Heute weiß ich, daß dies ebenso zu meiner inneren Befreiung gehört wie mein Bruch mit Krana und seinen Leuten... Wie? Muß denn jede Sekunde vom ›Pathos der Historie‹ erfüllt sein? Darf man nicht einmal den Helm abbinden und das Gewehr an den Brunnenrand stellen? Ich soll wieder ›auf die Erde‹ zurück? Aber ich bin ihr niemals so nahe gewesen wie in diesem Augenblick. Ich liebe Barbara, und doch weiß ich, daß uns nur noch eine kurze Frist gegeben ist, vielleicht zwei Tage, zwei Wochen, zwei Monate... Es ist diese Gewißheit, die uns jede Umarmung bis zum Wahnsinn auskosten läßt, als wäre es die letzte... Manchmal, wenn ich des Nachts erwache, frage ich mich, wie lange ich hier schon liege... Ich sehe den Mond über den Savoyer Bergen, und ich sehe sie neben mir in den Kissen, mit jenem völlig entspannten Lächeln, das nur der Tod oder die Liebe zu geben vermag. All das, was sie im Leben nicht ganz ausdrücken konnte, wird nun auf eine reine und vollkommene Weise offenbar. Die tote und die liebende Frau – nur auf ihrem Gesicht findet sich noch jenes Lächeln der Erfüllung, von dem die Menschen zuweilen träumen.

10. JULI 1939. PARIS – Wieder im ›Hotel aux Grands Hommes‹. Die Mauer schließt sich. Ich lese die dreibändige Ausgabe der Briefe van Goghs. Einheit von Mensch, Werk und Dasein im Zeitalter beginnender Auflösung. Mit ihm geht ein Jahrhundert in Flammen auf und beleuchtet sterbend das Heutige.

15. JULI 1939. PARIS – War in der Rue Lepic, in der van Gogh mit Theo wohnte. Es ist ein altes Pariser Haus, aber noch gut erhalten, mit einem Gaskandelaber in der Halle und einem fest gefügten Treppengeländer. Wie oft mag seine Hand achtlos über dieses Holz geglitten sein. Ich stand lange vor seiner Tür im dritten Stock, wagte aber nicht, zu läuten. Als ich zufällig durch ein Fenster im Treppenhaus auf die Straße sah, erkannte ich sein Bild wieder: ›Blick aus dem Atelierfenster.‹ Dann durchstreifte ich bis zum Abend sein Quartier, Rue des Abbesses, Moulin de la Galette, Brasserie Fontaine, sog alles in mich ein, sah alles mit *seinen* Augen...

24. JULI 1939. PARIS – Barbara, im Halbschlaf: »Wie kann ich sagen: Ich liebe dich? Gefühle sind etwas so Unbestimmtes. In Zukunft werde ich immer nur sagen: Ich liebe dich *heute*.«

29. JULI 1939 – Gestern abend mit Barbara in dem Musikladen am Boulevard St.-Michel. Wir spielten, mit Kopfhörern, immer nur dasselbe: Concerto en ré-mineur de Bach, pour deux violons, en trois mouvements (Vivace–Largo–Allegro).

2. AUGUST 1939 – In Pallanza, am Lago Maggiore, hat sich ein junger Mann zu Tode gelacht. Er saß mit Freunden und trank. Jemand erzählte eine Geschichte. Daraufhin lachte Carlo Marchino so lange, bis er tot umfiel. Er war achtzehn Jahre alt.

6. AUGUST 1939 – Barbara mit einem Freund, den sie seit ihrer Jugend kennt und der sie hier besuchte, in die Bretagne gefahren. Es war meine Schuld. Ich konnte sie nicht halten. Ich werde nun in meine Männerwelt zurückkehren, mit Borinski einsame Gespräche über Stendhal führen und den Schachspielern im ›Cercle François Villon‹ zusehen.

»Wir müssen durch all das hindurch«, sagte sie, ohne mich anzusehen. »Warte auf mich ... Ich komme wieder ... Es gibt keine andere Lösung. Ich bin schwach. Ich weiß es. Ich kann nicht so leben, ohne Geld, ohne Hoffnung. Nein, laß mich, nicht jetzt ...«

Als sie gegangen war, legte ich mich aufs Bett und dachte, es wäre nun besser, wenn es bald Krieg gäbe.

20. AUGUST 1939 – Dreizehn Postkarten von Barbara in dreizehn Tagen. Ihre Handschrift ist wie die Spur eines Wildes im Schnee.

21. AUGUST 1939 – Borinski saß an seinem Tisch im Café Flore, vor sich ein Glas Oxygéné und die neueste Nummer der ›Grünen Hefte‹, die jetzt in Paris erscheinen.

»Ein Beitrag von Ihnen«, sagte er. »Ich wußte, daß Sie meiner Internationale beitreten würden – der Internationale der anständigen Menschen.«

»Können Sie mir fünf Francs borgen?« sagte ich.

»Hier sind zehn«, sagte er. »Sie brauchen sie mir vorläufig nicht zurückzugeben. Haben Sie übrigens den neuen Céline gelesen? Ach, wissen Sie, ich habe es satt, mir erzählen zu lassen, wie schlecht die Welt ist. Wenn auf der Bühne alle der Reihe nach umgebracht werden, so bekommt man nach der fünften Leiche einen Gähnkrampf. Ich finde, Schlechtigkeit ist nichts als Mangel an Phantasie. Davon lesen wir ja nun schon genug in den Zeitungen. Früher hatte die ›Nachtseite des Daseins‹, wie man so schön sagt, noch etwas Aufregendes. Dostojewski, Zola, Wilde sahen durch die Gesellschaft hindurch und legten das ›Kriminelle‹ im Menschen bloß. Heute liegt es so offen zutage, daß man sich erstaunt fragen muß, ob es denn wirklich gar nichts anderes mehr gibt ... Aufregend *neu* wäre heute eine gute Tat, interessant ein Mann, der sich nicht kaufen läßt, eine Frau, die treu ist, ein Volk, das der Lüge, dem Betrug nicht mehr traut ...«

Hackenschmidt kam den Boulevard St. Germain entlang und setzte sich an unsern Tisch. »Wißt ihr, was ich hier habe? Ein Stück Seife, Sowjet-Seife. Das können sie jetzt auch schon!«

»Ich gratuliere«, schrie Borinski. »Ein Berg kreißte und gebar – ein Stück Seife! Habt Ihr dafür Eure besten Leute ins, verzeihen Sie, ›Jenseits‹ befördert?«

»Lachen Sie nur«, sagte Hackenschmidt. »Die Arbeiter und Bauern Rußlands werden den Männern, die man hingerichtet hat, keine Träne nachweinen. Sie wissen, was sie dafür bekommen haben: Kleider, Wohnungen, Traktoren und – Seife, jawohl! 180 Millionen Menschen wollen essen, ein Sechstel der Erde, und Sie halten das bißchen ›Freiheit‹, das man Ihnen hier *noch* läßt, für wichtiger? Was für ein Egoismus!«

»Es rächt sich, wenn man Gott abschafft und an seine Stelle die Ökonomie setzt, oder die Statistik«, sagte Borinski.

»Gott?« sagte Hackenschmidt. »Wie viele Verbrechen sind in seinem Namen begangen worden! Sind Sie deshalb ein Atheist geworden? Was wollen Sie – die Grundlage jeder neuen Moral ist ein fait accompli, vor jedem Recht steht ein Unrecht. Ich bin auch nicht für alles, was drüben geschieht. Und doch – man muß die Idee von den Personen trennen, die sie vertreten, und meine einzige Hoffnung ist, daß die Idee die Personen überleben wird.«

»Ja ich weiß«, sagte Borinski. »Ich weiß. ›Die Revolution frißt ihre eigenen Söhne.‹ Das wollten Sie wohl sagen, nicht wahr? Aber ich finde, daß in diesem Fall die Söhne ihre eigene Revolution gefressen haben.«

»Sparen Sie sich Ihre Bonmots«, sagte Hackenschmidt. »Es ist immer erst die zweite Generation, die das verwirklicht, was die erste vorbereitet hat. Wir haben das Pech, zwischen beiden zu stehen. Und außerdem – ich kann nicht ohne einen Glauben leben. Ich muß etwas haben, woran ich mich halten kann.«

»Und wenn es sich nun herausstellt, daß die Idee falsch ist?« sagte ich.

»Dann –« Hackenschmidt machte eine Bewegung, als wollte er sich die Gurgel durchschneiden. »Aber sie kann nicht falsch sein. Millionen sind bereit, dafür zu sterben.«

»Millionen sind auch bereit, für das Gegenteil zu sterben«, sagte Borinski. »Menschen brauchen ein Ideal, um mit gutem Gewissen morden zu können.«

Ignazio Morton kam mit seinem kanariengelben Schal über die Straße geweht und rief: »Soeben ist in Moskau der deutsch-russische Nichtangriffspakt unterzeichnet worden!«

»Er lügt!« schrie Hackenschmidt und sprang auf. Dann setzte er sich langsam wieder hin. »Nein, er lügt nicht«, sagte er leise und starrte vor sich auf die Marmorplatte.

Ignazio Morton beugte sich über ihn. »Man muß etwas für ihn tun«, sagte er, beinahe zärtlich. Es war, als ob ein Veteran, dessen Wunden bereits vernarbt sind, mit einem anderen spräche, der soeben erst verletzt wurde. »Komm, Hackenschmidt, gehen wir in die Rue St.-Paul.«

7. SEPTEMBER 1939 *nicht abgeschickt*

Luise,
es ist nun wieder einmal so weit, Abschied zu nehmen. Der Krieg ist da. Wir werden morgen in ein Lager kommen.

Die Straßen sind verödet. Vor den Polizeirevieren stehen die Leute nach Gasmasken an. Es gibt keine. Manchmal sucht ein ängstlicher Blick den Himmel ab. Er sieht nach Norden. Auch wir sind einmal von Norden gekommen – aber man hat nicht auf uns gehört.

Madame Chose hat ihre Sachen gepackt und ist im Begriff, in den Süden zu fliehen. Wir saßen um den runden Tisch in ihrem Schlafzimmer und hörten Daladiers Rede. »Ach, dieser Krieg«, schluchzte Madame Chose, nachdem er geendet hatte. »Dieser Krieg! Unsere Söhne werden ermordet, unsere Städte zerstört werden. Kein Stein wird mehr auf dem anderen bleiben, und wir werden wie die Ratten in unseren Löchern verenden...« Und dann wandte sie sich plötzlich um und sagte, während ihr die Tränen über die Backen liefen: »Und von jetzt ab, Monsieur Kobbe, werden Sie Ihr Zimmer stundenweise bezahlen.«

Ich weiß nicht, ob wir uns wiedersehen werden. Du hast eine große Heiterkeit in mein Leben gebracht. Du gingst neben mir her, all die Jahre, niemals ganz bei mir und niemals ganz von mir getrennt. Ein Spaßmacher auf dem langen Weg, ein tanzender Clown, der dem Elend eine lange Nase machte...... Aber was auch geschieht, denke daran, daß es nicht umsonst gewesen ist. Nichts wird umsonst gedacht, nichts umsonst gelitten. Irgendwie fließt es, wenn auch auf vielen Wegen und Irrwegen, in den großen Strom menschlicher Erfahrung ein.

Leb wohl. Ich umarme dich. Und nochmals, Dank für alles!

Dein

Kobbe

19. SEPTEMBER 1939 – Dies ist meine letzte Eintragung. Das Tagebuch geht zu Ende. Ich will versuchen, die Ereignisse der letzten Tage zusammenzufassen. Vielleicht werde ich es später einmal brauchen, vielleicht nicht.

Ich bin ein Gefangener der 3. Republik. Wir sind soeben aus der Fußball-Arena, in der wir zehn Tage und Nächte im Freien verbrachten, in gemieteten Autobussen und unter militärischer Bewachung durch die Straßen von Paris transportiert worden. In dem Augenblick, da ich diese Zeilen schreibe, sitze ich mit Einsiedel, Hackenschmidt, Schwarzenbach und einigen anderen, die ich nicht kenne, in dem Abteil des plombierten Zuges, der uns in irgendein Lager bringen soll. Es ist uns gelungen, zusammenzubleiben. Borinski ist von uns getrennt worden. Ich muß mich beeilen, in wenigen Minuten wird sich der Zug in Bewegung setzen.

Ich sah Barbara, bevor ich ins Lager kam. Sie saß in ihrem Hotelzimmer in der Rue d'Auteuil, zwischen halb gepackten Koffern, ihre Hände waren kalt, draußen heulten Sirenen, Flieger kreisten über der Stadt. Ein Mann schrie: »In den Keller!« – Ich saß in dem Stuhl und trank langsam das Glas aus, das sie mir gegeben hatte, und sah ihr zu, wie sie im Zimmer umherlief, in planloser Hast Schubladen aufzog, Sachen einpackte und wieder auspackte, Seidenes, Glitzerndes, Weibliches, das man nicht zeigt, kleine, geheimnisvolle Schächtelchen mit kleinen, geheimnisvollen Zeichen, Watte, Pinzetten, also doch, die Welt ging zu Ende, ihre Welt, meine Welt, unsere Welt, es kam nicht mehr darauf an, sie war so ganz nackt in ihrer Angst um das bißchen Leben, sie war so ganz nackt unter dem dünnen blauen Kleid, wenn sie gegen das Fenster stand... Das Telefon läutete in einem fort, Männerstimmen mit fremden Akzenten, sie war so ganz nackt in ihrer Angst. »Glauben Sie, daß ich verhaftet werde? Wie bitte? Oh, kommen Sie doch! Helfen Sie mir!« Ich stand auf und ging in das Badezimmer und drehte alle Wasserhähne auf, um das Läuten des Telefons nicht mehr zu hören, Badewanne, Wasserleitung, es rauschte und zischte und dampfte, kalt und warm, froid et chaud, ein Katarakt von Gebirgsbächen, Holdrio, und ich lief zurück, das Gesicht noch naß vom Wasserdampf, und ich fühlte, wie meine Hände zitterten, am ganzen Körper zitterte ich, als ich nach ihr griff. »Ich komme morgen ins Lager«, hörte ich mich sagen. Wie tragisch das klang, wie überaus gefühlvoll! Als wollte ich um eine letzte Gnade bitten. Sie machte sich frei und schlug nach mir mit einem blauen, weichen Paket, auf dem ein rotes Kreuz war. Die Sirenen heulten, ein Mann schrie: »In den Keller!« Polternde Schritte im Treppenhaus, Geräusche von zuschlagenden Türen, Surren des Fahrstuhls. Die Welt war so voller Türen, die im Winde zuschlugen, und man hatte es hingenommen, nein, diesmal nicht, diesmal würde man es nicht hinnehmen... Man mußte dem Unsicheren, Fragwürdigen, Unbeständigen, dem Feigen und Ratlosen etwas entgegensetzen. Man mußte kalt in das Chaos schauen und mit zitternden Händen seine Vorkehrungen treffen. Es war noch so viel zu tun, es war noch so viel nachzuholen, was man versäumt hatte, dies und das und jenes, und man mußte es schnell tun, wahnsinnig schnell, bevor es zu spät war, kühl und schnell, froid et chaud, aber mit zitternden Händen... Sie war so ganz nackt in ihrer Angst und so gierig, und sie drehte ihr Gesicht dabei fort, als wollte sie mir beweisen, daß dies etwas war, das nichts mehr mit mir und mit ihr zu tun hatte, das über uns hinausging und so schrecklich und unpersönlich war wie Krieg und Hunger und das Sterben der Menschen in den Todeskammern...

Es war spät am Nachmittag, als ich das Hotel in der Rue d'Auteuil verließ. Tanks und Lastwagen fuhren durch die Stadt, in den Straßen waren Tische aufgestellt, vor denen sich Freiwillige drängten. Ich fuhr ins ›Hotel aux Grands Hommes‹ und klopfte an die Tür von Nr. 6. Borinski saß am Tisch und las. Sein Gesicht war dünn und durchschnitt die Luft wie ein Federmesser. Er zeigte auf das Bündel neben sich auf dem Tisch und sagte: »Haben Sie die Plakate gelesen? Morgen früh um acht Uhr. Lebensmittel für zwei Tage und eine warme Decke. Ich möchte mit Ihnen gehen.« Ich warf mich auf das Bett und schlief ein.

Nur noch drei Seiten, und ich habe noch so viel zu berichten. Es waren etwa sechstausend Gefangene in der Fußball-Arena. Ein Tag verging, und dann noch einer, und die Männer, die in das Stade Colombe gekommen waren, um dort nicht länger als 48 Stunden zu bleiben, wurden zusehends stiller. Als die Nacht hereinbrach, brachte man Stroh und schüttete es zwischen den Tribünen auf. Es war nicht sehr bequem, auf den Steinbänken zu schlafen, und die Männer dachten an ihre weichen Betten und an ihre weichen Frauen, denen sie gesagt hatten, sie würden in zwei Tagen wieder zurück sein, und die nun zu Hause saßen und warteten, und in der dritten Nacht kam ein Fliegeralarm, und die Soldaten mit aufgepflanztem Bajonett stellten sich zwischen die Männer, die schweigend in der dunklen Arena lagen und den Atem anhielten. Plötzlich ertönte, irgendwo in den Tribünen, ein Schrei. »Laßt mich heraus, laßt mich heraus!« schrie es da von weither über den Platz, während Scheinwerfer den Himmel absuchten und das Feuer der Abwehrgeschütze ringsum einsetzte. Ich lag neben Borinski in meinem Steinsarg und roch an Barbaras Taschentuch, das ich ihr entwendet hatte, bevor ich wegging, und das nach Honig und frisch geschälten Nüssen roch, und die Stimme, die da irgendwo in gellender Angst geschrien hatte, wurde plötzlich stumm, als hätte sich eine dicke Soldatenhand darübergelegt. Am vierten Tag wußten wir, daß wir hier nicht so bald wieder herauskommen würden und daß dies ein Krieg war, der vor allem gegen uns geführt wurde. Wir aßen von der Leberpastete, die täglich dreimal in ungeheuren Mengen verteilt wurde, in alle Poren der Haut eindrang und das Stroh verklebte, auf dem wir schliefen, und benutzten die leeren Konservenbüchsen als Waschbecken und Trinkgefäße. Um unsere Notdurft zu verrichten, bestiegen wir eines jener Fässer, die in den Seitengängen aufgestellt waren, durch die einst die Gladiatoren triumphierend einzumarschieren pflegten. Es war nicht leicht, sich auf dem mannshohen, mit Kot bedeckten Faß im Gleichgewicht zu halten, und einmal geschah es, daß ein Priester mitsamt seiner Soutane in das Faß fiel und von unerschrockenen Händen herausgezogen werden mußte. Am achten Tag kamen die Reporter und stellten fest, daß wir das Aussehen von Verbrechern hätten, was indessen nicht weiter verwunderlich wäre, da wir einer Nation angehörten, die das Verbrechen zur Staatsraison erklärt habe. Zum

Glück waren es warme Tage, und ich schritt mit Borinski durch das Gewühl der halbnackten, mit Schmutz und Strohhalmen bedeckten Leiber, die sich rund um die Aschenbahn bewegten wie auf einer Kurpromenade, und wir sprachen über Giotto und über die Schönheit der Primitiven und über den Einbruch des Politischen in die Kunst. Borinskis Gesicht war mit Leberpastete verschmiert, und er sagte: »Ich werde es Beethoven nie verzeihen, daß er in der ›Neunten‹ die grandiose Sprachlosigkeit seiner Musik aufgab, um sie durch ein nichts weniger als zeitlos, nämlich durchaus politisch gemeintes ›Lied an die Freude‹ dem Freiheitsgeschrei der Menge zu opfern.« – Im Morgengrauen des zehnten Tages wurden wir plötzlich durch ein Trompetensignal in die Arena gerufen und auf dem Rasen versammelt. Ein General erschien und schritt, umgeben von seinem Stab, die inzwischen in Gruppen von je 50 Mann eingeteilte Front ab. Dann begann das Verladen der Gefangenen auf die bereitstehenden Autobusse. Borinski kam zu meiner Gruppe herüber, und ich sah ihn noch einmal, bärtig und zerzaust und mit dünnem Gesicht vor mir stehen. »Leben Sie wohl, mein Lieber«, sagte er. Nichts weiter. Es hatte etwas von der grandiosen Sprachlosigkeit, die preisgegeben zu haben er seinem Meister Beethoven vorwarf. Inzwischen war es Tag geworden. Die Tore der Arena öffneten sich wie zum Empfang der Stiere. Kommandorufe. Langsam setzte sich der Zug in Bewegung, ein Autobus nach dem andern fuhr davon, begleitet von Soldaten auf Motorrädern. Ich saß zwischen Einsiedel und Schwarzenbach, und als wir aus dem Tor in die Straße einbogen, sahen wir draußen die Frauen stehen, viele Frauen, die nun schluchzend und gestikulierend neben uns herliefen, einige klopften an die Scheiben und hielten ihre Kinder hoch und riefen Namen, die wir nicht verstanden, andere standen schüchtern an der Mauer, hielten Lebensmittelpakete in den Händen und sahen mit blinden, verwaisten Augen die Fahrzeuge an sich vorbeifahren. Und das war das letzte, was ich von Barbara sah. Ich hatte sie sofort erkannt. Sie stand in ihrem dünnen blauen Kleid, das sich wie eine zweite, sehr dünne Haut an ihren Körper legte, in der matten Sonne dieses frühen Septembermorgens, ein paar Schritte von der Mauer entfernt, aber doch noch irgendwie zu ihr gehörig und aus demselben Stein geformt, den Mund halb geöffnet, die Hände nahe am Gesicht, als wäre sie mitten in der Bewegung zu einer Geste völliger Gefühlslosigkeit erstarrt. Ihr kleiner, viel zu kecker Hut war zu Boden gerollt, und da lag er nun, neben ihr, wie der Kopf einer Heiligen auf den Altarbildern der Märtyrer. Ich beugte mich hinab, damit sie mein bärtiges, dreckiges Gesicht nicht sehen sollte, und das dreckige Hemd und die dreckigen, verfilzten Haare und ich hörte über mir die Frauen an die Scheiben klopfen und das Schluchzen der Männer, die in den Autobussen saßen und ihre bärtigen, verfilzten Gesichter an die Scheiben drückten. Lange saß ich so, den Kopf zwischen den Knien, bis ich an einer Wendung des Wagens merkte, daß wir in die Hauptstraße einbogen. Wir fuhren über viele Boulevards und Plätze, verlegen sahen die Leute auf den Straßen an uns vorbei, nur manchmal blieb einer stehen und spuckte vor uns aus. Wir kamen jetzt durch den Arc de Triomphe und fuhren die Champs Elysées entlang, vorbei an dem Café, in dem ich mit Barbara gesessen hatte, Rond Point, Place de la Concorde, Notre-Dame, ich sprach die Namen vor mich hin, als betete ich einen Rosenkranz herunter. Namen, die wie bunte Wimpel und Lampions in meiner Erinnerung wehten, ein Zeitalter ging zu Ende, Anmut und Schönheit und die Lebensart von Jahrhunderten ... Aber ich muß abbrechen, die letzte Seite ich vollgeschrieben, der Zug setzt sich in Bewegung. Die Fahrt in das Nichts hat begonnen ...

VIERTES BUCH

Was sind denn zuletzt die Wahrheiten des Menschen? – es sind die unwiderleglichen Irrtümer des Menschen.

NIETZSCHE

I

Einsiedel lag auf seinem Strohsack und rauchte. Vom Hof her ertönten Kommandorufe. Man hörte Motorräder kommen und gehen und das Geräusch von Panzerwagen auf der nahen Landstraße. Dies ist meine letzte Zigarette, dachte er. Die Deutschen stehen vor Tours. Wenn sie Tours genommen haben, sind sie in einer halben Stunde hier. Er richtete sich halb auf und sah die andern auf ihren Strohsäcken liegen, rauchend, schlafend, vor sich hindösend. Manchmal raschelte es im Stroh, wenn jemand sich bewegte, wie in einem großen Stall mit vielen Tieren, es roch auch danach. Niemand sprach. Sogar dort, wo die ›Politischen‹ lagen, war es ungewöhnlich still geworden.

Ihr habt Angst, dachte er, ihr, die ihr die Angst abschaffen wolltet, ihr ›Alchimisten einer Welt von morgen‹, ihr Kämpfer gegen die ›Unterdrückung des Menschen durch den Menschen‹. Ich habe auch Angst, ich gebe es zu. Aber ich habe es kommen sehen. Ich war darauf gefaßt. Ihr nehmt es der Geschichte übel, daß sie sich so programmwidrig benimmt. Sie hält sich eben an keine Geschäftsordnung. Sie kümmert sich nicht um Abstimmungen oder Mehrheitsbeschlüsse. Sie tut, was ihr paßt, und jetzt ist sie ins Rutschen gekommen, und wir rutschen mit. Es geht ziemlich schnell. Es wird bald zu Ende sein.

Er drückte die Zigarette vorsichtig aus, legte sie in eine Blechschachtel, stand auf, entfernte die Strohhalme aus seinen struppigen Barthaaren und klopfte sich die ausgebeutelten Traininghosen ab. Man muß etwas tun, dachte er. Mit den Soldaten sprechen, Nachrichten erfahren, am Zaun herumschnüffeln. Vielleicht stehen sie schon am Tor, und wir wissen es noch nicht. Er nahm den leeren Wassereimer, der in der Mitte der Baracke stand, und machte sich auf den Weg zur Pumpe.

Es war gegen Mittag desselben Tages, Sonnabend, den 16. Juni 1940, als ein Trompetensignal die Gefangenen auf den Hof rief. Draußen stand der Kommandant. Er war ein petit-bourgeois in Uniform, der seine politische Bildung aus der ›Action Française‹ bezog und den Hunnen nur übelnahm, daß sie ihn um seinen Apéritif brachten. Mit einer Handbewegung gebot er Ruhe.

»Ich habe Ihnen eine Erklärung abzugeben«, sagte der Kommandant. Die Stimme versagte ihm. Er schluckte zweimal. »Soeben hat unser Marschall Pétain um Waffenstillstand gebeten. Die französische Armee hat aufgehört zu existieren.«

Er machte eine Pause. Ein deutsches Kampfflugzeug war dröhnend über den Barackendächern erschienen und entfernte sich mit schwächer werdendem Motorengeräusch.

»Meine Herren«, fuhr der Kommandant fort, »ich bitte Sie, sich jeder Kundgebung der Freude oder des Triumphes über den Schmerz meines armen Vaterlandes zu enthalten. Ich erwarte, daß Sie mir den Respekt erweisen, den man einem geschlagenen Gegner schuldet. Es steht Ihnen frei, sich den anrückenden deutschen Formationen zur Verfügung zu stellen. Die übrigen bleiben hier, bis weitere Befehle eintreffen.«

Schweigen. Ein paar Leute traten vor und gingen auf das Tor zu. Die übrigen standen unbeweglich und starrten den Kommandanten an. Wie sollte man ihm, einem Leser der ›Action Française‹ begreiflich machen, daß es Deutsche gab, die nicht die ›Wacht am Rhein‹ sangen, wenn Deutsche über Franzosen siegten? Waren nicht alle Versuche, ihm zu erklären, wer sie waren und was ihnen bevorstand, wenn man sie erwischte, umsonst gewesen, die Denkschriften, die sie verfaßt, die Delegationen, die sie zu ihm geschickt hatten, mit den Listen der Ausgebürgerten, der Gefährdeten, zum Tode Verurteilten? Und sie, »les ennemis mortels de Hitler, mon commandant«, sollten ihre Freude verbergen? Freude worüber?

Plötzlich ertönten Rufe, zuerst vereinzelt, dann im Chor: »Vive la France!« Es war das einzige, das ihnen in diesem Augenblick einfiel und das er verstehen würde. »Vive la France!« brüllten sie, ihn umringend, seine Hände schüttelnd, ihm auf die Schulter klopfend, es gab gar nichts anderes mehr, es mußte gesagt werden, es mußte endlich einmal heraus. In einiger Entfernung standen, das Gewehr über die Schulter gehängt, die Soldaten und begriffen nichts. Niemand begriff mehr etwas. »Vive la France!« Das war alles, was im Augenblick zu sagen war.

Der Kommandant war auf diesen Ausbruch nicht gefaßt. Mais comment? Qu'est-ceque se passe? Der Feind war zum Freund, der Boche zum Ehrenmann geworden? Hilflos stand er da, von der Menge hin und her gerissen; Tränen liefen über seine Trinkerbacken, und gerührt und zugleich verstört durch die Rührung, die auf ihn eindrang, versuchte er, die ihm von allen Seiten entgegengestreckten Hände gleichzeitig zu ergreifen.

»Je vous remercie, messieurs«, sagte er, sich die Tränen mit dem Handrücken abtupfend. »Je vous remercie de tout mon coeur.«

Einsiedel ging mit den andern in die Baracke zurück und legte sich auf seinen Strohsack. Ich habe es kommen sehen, dachte er und kostete den Triumph des Pessimisten aus, der recht behalten hat. Man müßte jetzt eigentlich beten, dachte er, aber ich tue es nicht, ich denke nicht daran, die oberste Instanz zu bemühen. Zu spät. Sie wird es mir nicht mehr glauben.

»Und du?« fragte einer. Er sah auf. Der Stall war in Bewegung geraten, sie raschelten und stampften in ihrem Stroh, wühlten in Futternäpfen, schlugen mit den Hufen aus, wollten ins Freie. Einige pausten eine Landkarte von Frankreich durch, die irgendwie den Weg ins Lager gefunden hatte. Jeder tat irgend etwas. Einer nähte seine Unterhose. Ein anderer saß mit irrem Lächeln auf seinem Strohsack, gelähmt von seiner eigenen Untätigkeit.

Einsiedel nahm die Zigarette aus der Blechschachtel und zündete sie an. Sie schmeckte wie das Stroh, auf dem er lag. Aber es kam nicht mehr so darauf an.

2

Das Zelt war nicht viel höher als ein Mann. Früher schliefen hier Gefangene, auch im Winter. Jetzt war es leer. Das Betreten des Zeltes war bei Strafe verboten.

»Hat dich jemand gesehen?« fragte Gobisch. Seine Brillengläser funkelten. Er war blaß und unrasiert wie wir alle. Neben ihm hockten Kleinpogge und Hackenschmidt.

»Nein«, sagte ich.

»Was wir hier sprechen, bleibt unter uns, nicht wahr?«

»Selbstverständlich.«

Ich mußte lächeln. Ich sah uns drei hier am Boden hocken, ernst und würdevoll, und ich mußte an jene Zeit denken, da man in einem Zelt saß wie in diesem und Indianer spielte.

»Ich wollte, daß du dabei bist«, sagte Gobisch. Er bemühte sich, gelassen zu erscheinen. Die Vergangenheit ließ sich nicht verleugnen. Er hatte oft die Glocke des Vorsitzenden in Bewegung gesetzt.

»Danke«, sagte ich.

»Wir müssen hier heraus, das ist klar. Mit oder ohne Einwilligung des Kommandanten. Die Deutschen haben soeben Tours eingenommen. Es ist jetzt vier Uhr. Ich nehme an, daß sie nicht sofort weiter nach Süden vorgehen, sondern erst morgen früh. Wir müssen also heute nacht fliehen. Ich schlage vor: um zwölf Uhr. Bis dahin können wir alles vorbereiten.«

»Ich dachte, der Krieg ist zu Ende?«

»Im Gegenteil, er fängt erst an. Der Kommandant hatte die Nerven verloren. Ich war eben bei ihm. Er sagte, Italien habe den Waffenstillstand noch nicht unterzeichnet. Inzwischen treiben die Deutschen die Franzosen vor sich her. Sie haben ein Interesse daran, bis zum Waffenstillstand die Front so weit wie möglich nach Süden vorzuschieben. Unsere Situation ist somit vereinfacht: wir müssen versuchen, bei der fliehenden französischen Armee zu bleiben. Ich habe mit Hackenschmidt einen Plan ausgearbeitet. Um zwölf Uhr gehen wir auf das Tor zu, überrumpeln die Wachen und fliehen über die Felder in den Wald, nach Süden. Ich glaube nicht, daß die Franzosen auf uns schießen werden. Der Krieg ist für sie theoretisch schon zu Ende...«

»Aber nicht der Krieg gegen uns«, warf ich ein.

»Wenn sie doch schießen«, sagte Gobisch, »werden sie uns im Dunkeln nicht treffen. Wenn ja – besser, als in die Hände der anderen zu fallen.« Er nahm seine Brille ab und beschaute die Gläser.

›Hugh, ich habe gesprochen‹, dachte ich bei mir. Ich mußte wieder an die Indianer denken. Es war schön und schaurig und komisch zugleich.

»Das Wichtigste ist jetzt, wie wir die Flucht organisieren«, sagte Pfauenfeder und setzte sich die Brille wieder auf. »Wir sind sechs Baracken. Jede Baracke hat hundert Mann, macht zusammen sechshundert. Von diesen sechshundert sind zirka dreihundert naziverdächtig. Von dreihundert, die übrigbleiben, gehören etwa zehn Prozent der politischen Emigration an. Der Rest besteht aus Wirtschaftsemigranten.«

Er sagte es in Anführungsstrichen, und ich wußte, was er meinte. ›Wirtschaftsemigranten‹ wurden in politischen Zirkeln jene genannt, die ›lediglich‹ aus rassischen Gründen Deutschland verlassen mußten. Es war kein schönes Wort, und es traf nicht ganz die Sache.

»Die politische Emigration muß zuerst gerettet werden«, fuhr Gobisch fort. »Sie hat sich zehn Jahre und noch länger im Kampf gegen Hitler exponiert. Sie ist unmittelbar bedroht. Wir dürfen jetzt nicht sentimental sein...«

Er beschaute wieder seine Brillengläser. Ich dachte an Schwarzenbach, der neben mir in der Baracke lag. Er arbeitete jetzt in der Küche. Er hatte oft Fleisch und Wein und Käse für uns gestohlen. Konnte ich ihn im Stich lassen?

»Es ist keine Frage der Sentimentalität, sondern der Zweckmäßigkeit«, sagte ich. »Wir sind ebenso auf sie angewiesen wie sie auf uns. Schwarzenbach ist ein vorzüglicher Koch. Er spricht gut Französisch, denkt und handelt zweckmäßig. Außerdem kann er Autofahren. Das ist wichtig...«

»Gut«, sagte Gobisch. »Ich habe nichts gegen Schwarzenbach, ich bin nicht dogmatisch. Ich habe auch nichts gegen X und Y und Z. Wichtig ist jetzt nur die Organisation. Wie stellt ihr euch die Flucht vor? Sollen wir in Gruppen fliehen, oder einzeln, oder alle zusammen?«

»Ich stelle mir vor, daß man kleine Gruppen bildet«, sagte Kleinpogge, »drei oder vier Mann, nicht mehr. Jede Gruppe braucht eine Landkarte, Geld und eine eiserne Ration. Kobbe kann mit Schwarzenbach sprechen. Er soll uns Brot, Käse, Schokolade und Konserven aus der Soldatenküche besorgen.«

»Ach ja«, sagte ich, »da wäre noch die Frage: Wohin wollen wir eigentlich fliehen?«

Gobisch lachte etwas. Auch die beiden anderen lachten. Aber die Heiterkeit war nicht ganz echt. Es war überhaupt nichts mehr ganz echt in diesem Augenblick, in dem drei Leute in einem Zelt versuchten, einen Ozean auszulöffeln. Gobisch rückte sich wieder zurecht. Er war der politische Führer des Lagers. Er wollte sich keine Blöße geben. Seine Brillengläser funkelten. Er wollte einmal Privatdozent werden. Auch im Chaos hörte er nicht auf zu dozieren.

»Das hängt von dem Verlauf des Krieges ab«, sagte er und bemühte sich, akademisch-trocken zu bleiben. »Die Regierung Reynaud ist nach Bordeaux geflüchtet. Es scheint, daß sie den Kampf von dort aus weiterführen will. Wir müssen also nach Bordeaux vorstoßen und uns als geschlossene Formation zur Verfügung stellen. Gelingt uns das nicht, oder gibt die Regierung den Kampf auf, so müssen wir ein Schiff bekommen, das uns nach England bringt. In beiden Fällen müssen wir auf die Küste zumarschieren, das heißt, nach Südwesten. Es gibt auch noch eine dritte Möglichkeit. Kennst du die Dordogne?«

»Ich war in den Ferien dort«, sagte Kleinpogge. »In einem Dorf, nicht weit von Périgueux. Es ist sehr einsam dort, man kann Meilen und Meilen gehen, ohne einen Menschen zu treffen. Und dann gibt es Höhlen, in denen man sich verbergen kann, und sogar Bären...«

»Das wäre also die Richtung nach Südosten«, dozierte Gobisch, ohne auf die Bären einzugehen. »In Périgueux haben wir französische Freunde. Ich werde dir die Adressen nachher geben. Sind noch Fragen?«

Ich erhob mich. Die Hoffnung auf die Höhlen der Dordogne stimmte tröstlich.

»Also um zwölf Uhr«, sagte Gobisch.

»Um zwölf Uhr.«

Ich ging.

Es war etwa fünf Uhr. Ich sah über den Stacheldraht hinweg auf die Felder. Ganz hinten, am Horizont, war ein dunkler Streifen. Dort begann der Wald.

3

Einsiedel lag noch immer auf seinem Strohsack. Er sprach mit einem Mann aus einer anderen Baracke. Als ich vorbeikam, hielt er die Hand vor den Mund. Fluchtpläne, dachte ich. Einsiedel tat, als sähe er mich nicht. Er rückte näher an den andern; seine Hand schien eine unsichtbare Landkarte nachzuzeichnen. Plötzlich hielt er inne. Beide sahen zu mir herüber. Dann gingen sie wie auf Verabredung hinaus.

Ich begann, mein Bündel zu packen. Seife, Zahnbürste, Rasierzeug, Handtuch, eine wollene Decke... Sollte ich die Bibel mitnehmen? Und meine Tagebuchaufzeichnungen? Und das kleine braune Heft, in das ich meine Gedichte schrieb? Ich zögerte einen

Augenblick. Dann wickelte ich es in das Handtuch ein. Alles übrige legte ich wieder in den Koffer zurück.

Als ich ihn auf das Brett über dem Strohsack stellte, sah ich Morawicz auf mich zukommen. Er war einer von jenen kleinen Geschäftsleuten, die versucht hatten, sich in Paris eine neue Existenz aufzubauen, und die Leute wie Gobisch gern als ›Wirtschaftsemigranten‹ zu bezeichnen pflegten.

Morawicz blieb vor mir stehen. Er sah entsetzlich aus. Sein Gesicht war aschgrau. An seinen Hosen hingen mehr Strohhalme, als einem Mann, der noch etwas auf sich hielt, erlaubt war.

»Ich habe Sie beobachtet«, sagte er. »Reden Sie die Wahrheit: Sie wollen fliehen! Sie wollen mich hier allein lassen.« Ich dachte an das Versprechen, das ich Gobisch gegeben hatte. Man durfte jetzt nicht ›sentimental‹ sein. Man mußte sogar lügen, wenn es darauf ankam. Aber kam es denn darauf an? War mein Leben mehr wert als das dieses kleinen Geschäftsmannes aus Dortmund, der jetzt vor mir stand, zu Tode erschrocken, und darum bat, gerettet zu werden? Er kam mir zuvor. »Ich weiß, was hier vorgeht«, sagte er. »Ihr denkt, daß ihr besser seid als ich. Und was habt ihr schon erreicht mit eurem Geschrei und mit den vielen Büchern, die kein Mensch gelesen hat? Nein, lassen Sie mich ausreden. Ich bin kein Theoretiker. Ich bin Praktiker, Herr! An meinem Tisch ist für einen von euch immer noch Platz gewesen. Ich habe jedem, der zu mir kam, geholfen. Meine Frau hat immer gesagt, Max, hat sie gesagt...«

Er kam nicht weiter. Einsiedel hatte die Baracke betreten. Er ging mit schnellen Schritten auf sein Lager zu, nahm den Rucksack vom Brett, packte ihn schweigend, schnallte ihn um und sagte beim Hinausgehen, beiläufig, ohne sich umzudrehen: »Sie sind draußen.«

»Wer?« schrie Kleinpogge.

»Die Deutschen«, sagte Einsiedel ruhig. »Sie stehen draußen und sprechen mit den Wachen.«

Kleinpogge packte ihn an der Schulter. »Ist das wahr?«

Einsiedel zuckte die Achseln und ging hinaus.

Draußen, vor dem Tor, standen die beiden Soldaten, das Gewehr über der Schulter. Sonst niemand.

»Schämen Sie sich«, sagte Kleinpogge.

Er lächelte. »Es war nur eine Probe«, sagte er. »Ich wollte sehen, wie sie reagieren.«

Sie reagierten, indem sie ihre Sachen packten. Die einen taten es offen, die andern heimlich. Jeder hatte seinen eigenen Fluchtplan. Mißtrauen überall, Haß, Feindschaft, Geheimnisse. Man ging umeinander herum, suchte im Vorbeigehen etwas aufzuschnappen: den Namen einer Stadt, eine Himmelsrichtung, eine Adresse... Morawicz war verschwunden. Ich sah ihn später bei der Latrine mit Kleinpogge verhandeln.

Die Nacht kam. Gobisch saß auf seinem Stroh und nähte Rucksäcke. Er hatte, bevor er das Zelt verließ, große Streifen aus der Leinwand herausgeschnitten. Ich versuchte zu schlafen. Einige verbotene Kerzenstummel wurden angesteckt. Sie warfen große, flackernde Schatten auf die Holzwände. Die Luft in der Baracke war zum Ersticken. Im Halbschlaf sah ich mich über die Felder laufen. Hinter mir Schüsse. Ich stolperte, fiel hin. Über mir ein großer, roter Rachen. Die Bären der Dordogne. Eine Schmugglerhöhle. Ich saß mit Gobisch, Einsiedel und Morawicz an einem Lagerfeuer. Es sah aus wie eine Bühnendekoration von ›Carmen‹. Morawicz sang: »Drüben, am Wall von Sevilla, wohnet mein Freund Lilas Bastia...« Einsiedel zog eine Phiole aus der Tasche. Er hatte eine violette Blässe im Gesicht, wie ein Porträt von Greco. Er sagte: »Wir sind umzingelt. Laßt uns wie Männer sterben.« Er drückte mir die Phiole in die Hand. »Schämen Sie sich, Herr Doktor Einsiedel«, sagte ich. »Hugh, ich habe gesprochen«, sagte Gobisch und schwang die Glocke, während er mit der andern Hand das Feuer schürte – ein Indianer mit Brille und Parteibuch. »Was macht übrigens Ihr Arm?«, fragte Dr. Einsiedel. »Ich fürchte, wir werden ihn amputieren müssen.« Morawicz lachte. »Das kommt vom Bücherschreiben. An meinem Tisch ist immer für einen von euch...« Ich erwachte, Einsiedel beugte sich über mich. »Wollen Sie Radio hören?« sagte er leise. »Ein Soldat hat einen Apparat hereingeschmuggelt.« Wir gingen zu ihm hinüber. Der Apparat war unter der Decke versteckt. Wir zogen die Decke über unsere Köpfe und lauschten.

Die Stimme im Lautsprecher klang heiser und setzte häufig aus. Irgendwo schien ein Gewitter zu sein. »Hallo, Hallo«, sagte die Stimme. »Wir geben Ihnen die letzten Nachrichten durch. Der Feind hat Tours besetzt. Die französische Armee zieht nach Süden ab. Sie wird den Kampf bis zum siegreichen Ende fortsetzen. Mitbürger! In diesen Stunden ernster, schwerwiegender Entscheidungen erwartet eure Regierung, die rechtmäßige Regierung Frankreichs...« Es krachte und donnerte im Lautsprecher. Ich spürte Einsiedels Atem an meinem Ohr. Wir schöpften ein wenig Luft, dann krochen wir wieder unter die Decke und drehten an den Knöpfen. Zerfetzte, abgerissene Sätze von weither. Dazwischen Gewitter und die SOS-Rufe der Schiffe...» Orléans in Flammen! ... deutsche motorisierte Einheiten rücken mit unheimlicher Geschwindigkeit vor ... die Situation ist sehr ernst, aber nicht hoffnungslos...« Die letzten Worte gingen in Nebengeräuschen unter. Einsiedel schlug auf den Kasten. Einmal, zwischen Kanonenschlägen und elektrischen Entladungen, glaubten wir das Wort »Espoir« zu hören. Es war die Stimme Frankreichs, die Stimme eines geschlagenen Volkes in der Finsternis. »Assez«, sagte Einsiedel und drehte den Apparat ab. Wir krochen unter der Decke hervor.

Vor den Ausgängen der Baracke standen Gruppen. Von Zeit zu Zeit erhellte ein Streichholz ein von Aufregung und Müdigkeit ausgezehrtes Gesicht. Draußen, hinter dem Stacheldraht, rollten die Tanks und Kanonen der fliehenden französischen Armee nach Süden. Wagen an Wagen, Regiment an Regiment. Wir sahen die Schatten auf der Landstraße. In langen Kolonnen zogen sie vorüber, bald langsam, bald schnell, große und kleine Schatten, Zwerge und Ungeheuer, die mit flatternden Schwänzen unter dem nächtlichen Himmel dahinstoben. Jemand sagte: »Nie mehr die Champs-Elysées hinuntergehen. Nie mehr die Seine sehen, und Notre-Dame, und den Blumenmarkt an der Préfecture.« – Er war ein ausgekochter Junge, wir hatten oft über seine Witze gelacht. Jetzt stand er da und heulte.

Plötzlich war wieder etwas Gemeinsames da. Zigarettenstummel gingen von Hand zu Hand. Jeder tat einen Zug. Einige legten sich schlafen. Der Rest hielt sich durch halblaute Gespräche wach. Es war gegen elf Uhr, als ein Mann in die Baracke stürzte. »Der Kommandant hat soeben den Befehl gegeben, das Lager zu räumen. Wir ziehen uns in Eilmärschen nach dem Süden zurück. Jeder hat nur das Notwendigste mitzunehmen.«

»Enfin«, schrie Kleinpogge.

Wir liefen zu unseren Sachen, schnürten die Bündel. Einer half dem andern. Ich machte mein Gepäck am Rücken fest, hing mir eine leere Wasserflasche um. Zum Schluß kam der Kochtopf. Der

Arm schmerzte noch immer. Einsiedel gab mir ein Beruhigungsmittel aus der Lagerapotheke.

Um zwölf Uhr standen wir, militärisch ausgerichtet, auf dem Hof. »Allez – marche!« rief der Kommandant.

Wir marschierten geschlossen durch das Tor, hinaus auf die Landstraße.

»Allons, enfants de la patrie«, sangen wir.

Rechts und links marschierten unsere Wachen.

Die Wasserflasche schlug gegen meine Beine.

»Marchons, marchons...«

Der Marsch in die französische Nacht begann.

4

Ich lese noch einmal, was ich geschrieben habe. Ich sehe uns, die sechshundert Mann des Camp Ruchard, in jener Nacht vom 17. zum 18. Juni auf der Landstraße gehen, ungewohnt des Laufens nach so langer Lagerhaft, bepackt mit hastig zusammengeschnürten Bündeln, die unterwegs aufgehen und im Laufen wieder zusammengeschnürt werden müssen, behängt mit Flaschen, Töpfen, Decken, die sich nach zehn Minuten bereits als zu schwer erweisen, aber getragen werden müssen. Ich sehe jede Einzelheit vor mir: die Sträucher und Büsche zu beiden Seiten; die dunklen Felder; die zerrissenen Schuhe meines Nebenmannes; die wogenden Köpfe und Schultern der andern, und den unermeßlich grauen Nachthimmel über uns. Ich rieche den feuchten Kleegeruch, der aus den Äckern und Wiesen aufsteigt, und ich höre das Klappern von sechshundert Schuhen auf der Landstraße und den pfeifenden Atem des asthmakranken Gobisch, der hinter mir geht. Dies alles steht jetzt deutlicher vor mir als der Tisch, an dem ich sitze, oder die Schreibmaschine, mit der ich dies schreibe. Würde ich sie nicht mit jedem Buchstaben, den ich auf das Papier schlage, unter meinen Fingern spüren, ich würde daran zweifeln, daß ich jetzt hier in einem Zimmer sitze, das auf den Hudson geht, neben mir die ›New York Times‹ von heute morgen und ein Paket Chesterfield. Ich könnte nicht mehr sagen, ob dies, mein Zimmer, mit der ›Bill of Rights‹ über dem Schreibtisch und dem elektrischen Kocher auf der Kommode, wirklicher ist als das, was in meiner Erinnerung vorgeht und mit mir lebt und täglich neue Umrisse annimmt. Laufen wir nicht noch immer, den Kopf gesenkt, die Augen auf das Band gerichtet, das uns von irgendwoher entgegenrollt, auf dem schmalen Stück, das uns der Vordermann gelassen hat, unwissend, aber im Ausschnitt die Welt ahnend, die wir durchschreiten? Sie ist nicht größer und nicht kleiner als dieser Ausschnitt, nicht wirklicher und nicht lebendiger. Nur das Geistige ist lebendig, und mit ihm die Welt der Vorstellungen, der Erinnerungen und Assoziationen.

Ich trete an das Fenster. Ich sehe die Lichter von New Jersey und, dahinter, die Lichter von Paris und Marseille, von Amsterdam und Berlin. Wo bin ich? Wie heißt der Hintergrund, vor dem ich jetzt spiele? Ein Film rollt vorüber, aber ich sitze ganz hinten, im Balkon, dort, wo die Luft blau ist vom Rauch der Zigaretten, der im Lichtkegel der Projektionslampe aufsteigt; die Leinwand ist sehr fern, und die Bilder sind so klein, daß ich Mühe habe, sie zu erkennen. Und doch sind diese Schatten dort unten das einzige, was zählt in diesem Augenblick, die einzige Realität im Traumtheater der Masse, und ich muß ihrer habhaft werden, ich muß sie mir wieder aneignen...

Ich drehe den Lautsprecher an. Ein politischer Kolumnist wird in seinen pessimistischen Voraussagen über die Zukunft des Menschengeschlechts durch die Anpreisung eines Cream Cheese unterbrochen, der, im Gegensatz zu den dämonischen Mächten, von denen eben die Rede war, nicht nur erhöhte Verdauung, sondern auch erhöhtes Glück und Wohlbefinden eines jeden Erdenbürgers garantiere. Nach dieser Ankündigung nimmt der Kolumnist den Wettlauf zwischen Apokalypse und Cream Cheese wieder auf, sichtlich bemüht, den Stimmungsvorsprung, den der andere erreicht hat, mit erneutem Krafteinsatz aufzuholen. Dies alles hilft mir nicht weiter. Ich habe den Faden verloren und starre schon seit einiger Zeit auf eine Karte, die mir Gobisch geschickt hat, mit den Daten unserer Flucht.

June 17/18: Huchard verlassen
June 18/19: Richelieu
June 19/20: Lencroitre
June 20/21: Aux Anses (Steinbruch!!)
June 21: Luftangriff durch italienische Flieger

June 21/22: Auf dem Weg nach Gencay
June 22: Gencay, Husson-en-Poitou
June 23: Ile Jourdain, Le Béret
June 24: Availles, Limousine, Confolans
June 25: Limoges

Ich drehe die Karte hin und her. Es ist eine amerikanische Postkarte mit einer amerikanischen Briefmarke und einem Stempel: New York, den... Plötzlich ist mir, als hätte ich alles vergessen. Mein Gedächtnis setzt aus. Richelieu, Lencroitre, Gencay? Ich drehe den Lautsprecher an. Der Cream Cheese hat gesiegt. Die Apokalypse tritt beschämt vom akustischen Schauplatz ab.

Ich stehe auf, lege meine Papiere zusammen und gehe auf die Straße. Die Stadt ist heiß und feucht und dunkel. Es ist, als müßte man durch die Hitze hindurchwaten. Frauen sitzen breitbeinig vor Hauseingängen. Das Notlicht eines Kinotheaters taucht die Menge in ein geisterhaftes Blau.

Ich gehe in einen Laden der ›United Cigars‹ am Broadway. Einsiedel steht hinter dem Ladentisch. Er trägt einen blauen, gebügelten Anzug. Ich wundere mich, daß keine Strohhalme an seinen Hosen hängen. Er sieht gepflegt aus, weniger unheimlich als damals. Mehr Velasquez als Greco. Es liegt wohl auch daran, daß er jetzt keinen Vollbart trägt.

»Ein Paket Chesterfield, please.« Einsiedel greift in das Fach und legt ein Paket vor mich hin... »He«, sage ich. Er sieht auf. »Kobbe, mon vieux!« Aus dem Lautsprecher kommen die letzten Nachrichten. Einsiedel beugt sich über den Ladentisch zu mir herüber. »Sie begreifen noch immer nicht, was für ein Krieg das ist.« Er sieht wieder genauso aus wie damals, in der Baracke, als er sich den Rucksack umschnallte und sagte: ›Die Deutschen stehen draußen.‹ Plötzlich verstummt er und sieht mich bedeutungsvoll an. Ein Polizist hat den Laden betreten. Ich trete zur Seite und blättere in Magazinen. Unsere Uniform-Psychose ist noch immer nicht ausgeheilt.

»Ich möchte etwas Süßes«, sagt der Polizist. Er ist noch jung, höchstens achtundzwanzig Jahre alt, und trägt den Gummiknüppel wie einen Regenschirm unter dem Arm.

Einsiedel wirft mir einen Seitenblick zu, während er einige Konfektschachteln zur Auswahl vorlegt. Der Polizist prüft eine nach der andern, erkundigt sich nach den Preisen. Einsiedel antwortet mit schlecht verhehltem Akzent. »Wie teuer?« fragt der Polizist, nachdem er gewählt hat. Er ist jetzt mindestens so verlegen wie wir. Wahrscheinlich hat er gemerkt, daß es auffallen muß, wenn ein Polizist im Dienst einen Karton mit Schokolade kauft.

»Fünfundachtzig Cents«, sagt Einsiedel. Ich bewundere die Gewandtheit, mit der er sich dem amerikanischen Leben angepaßt hat.

Der Polizist zahlt und geht.

»Die Amerikaner sind nicht wie die Franzosen«, sagt Einsiedel. »Wir können uns bis jetzt nicht beklagen, aber es gibt Kreise, die nicht aufhören, unsere Internierung zu verlangen. Hast du die Abendzeitung gelesen?«

»Zwei Pakete Regent, fünf Zigarren à zehn Cents und die New York Post«, sagt ein schwerer, älterer Herr, der sein Jackett über dem Arm trägt. Er leidet sehr unter der Hitze.

»Well, that's the point«, sage ich in möglichst gutem Englisch. Es ergibt zwar keinen Sinn, aber ich fühle, daß ich mich anpassen muß. Ich möchte dem Mann aus Baracke neun den Weg in die neue Welt nicht erschweren.

Dr. Einsiedel sieht den Kunden herausfordernd an, während er ihm das Verlangte aushändigt. Irgendein Urhaß scheint hier vorzuliegen, eine geheime tragische Entzweiung zwischen Käufer und Verkäufer... Der Kunde legt einen Fünfzig-Dollar-Schein auf den Tisch. »Sorry«, sagt Dr. Einsiedel ungewöhnlich scharf. »Sorry. Ich kann nicht wechseln.« Er ist jetzt wieder mehr Greco als Velasquez. Der Kunde begehrt auf. »Was für ein Laden ist das hier?« sagt er. Ich sehe Einsiedel an. Jetzt kommt der Ausbruch, denke ich. Jetzt wird er den Rucksack umschnallen und mit großen Schritten, ohne nach rechts oder links zu sehen, vorbei an dem Soldaten, der das Gewehr auf ihn anlegt, über die Landstraße gehen. »I am sorry. I told you already that I have no change«, sagt er. Das ist alles. Ich atme auf. Unsere Sache ist gerettet. Baracke neun hat gesiegt. Der Kunde geht achselzuckend fort. Einsiedel sieht ihm haßerfüllt nach. »Das macht er nämlich immer«, sagt er, »um mich zu ärgern.« – »Ach so«, sage ich und blättere in den Magazinen.

Er sieht auf die Uhr, nimmt einen Besen aus dem Schrank und kehrt den Laden aus. Ich will ihm den Besen aus der Hand nehmen. »Nein«, sagt er. »Wir sind hier nicht mehr im Lager. Dies ist mein Job. Dafür bekomme ich fünfunddreißig Dollar die Woche.«

Wir trinken noch einen Kaffee in der Broadway-Cafeteria. »Das Schlimme ist«, sagt Einsiedel, »daß man auch hier nicht genau weiß, worum es geht Hast du gelesen? Bedingunglose Kapitulation? Damit verlängert man nur den Krieg und macht sich diejenigen, die unsere Freunde sein könnten, zu Feinden. Alles von Moskau inspiriert, damit der böse Westen sich blamiert und sie dann als »Befreier vom kapitalistischen Joch« in Deutschland einmarschieren können. Und der Westen, mit seinen liberalen Minderwertigkeitsgefühlen, fällt darauf herein und macht sich zum Wortführer für die Kriegsziele der anderen. Willst du noch ein Stück Kuchen essen? Ich lade dich ein.«

An der Haltestelle der 79. Straße verabschieden wir uns. »Komm doch mal zu mir«, sagt er. »Tagsüber bin ich immer zu Hause. Da bereite ich mich auf mein amerikanisches Doktorexamen vor.«

Dann taucht er unter in der großen, heißen, dunklen Stadt.

5

Ich sitze wieder an meinem Schreibtisch. Es ist zwei Uhr nachts. Ich schließe die Augen. »Das Schlimme ist nur, daß man auch hier noch nicht genau weiß, worum es geht.« Aber worum geht es denn? Um Freiheit? Menschenwürde? Um den Kampf zwischen den ›hellen‹ und ›dunklen‹ Mächten? Wissen *wir* denn so genau, worum es geht? Können wir es denen erklären, die es noch nicht wissen? Verfolgung, Unterdrückung, Kampf gegen ›das Böse schlechthin‹? – dies alles sind Worte geworden in einer Zeit, in der man zuerst fragen muß, wo einer steht, um zu wissen, was er meint... Wieder von vorn anfangen. Erzählen. Darstellen. Die verschütteten Begriffe abklopfen. Beispiele geben. Nichts voraussetzen. Den Nachbarn am Knopf nehmen und ihm sagen: »Sehen Sie den Mond über dem Hudson? Es ist derselbe Mond, der über Frankreich scheint, und über den Steppen Rußlands, und über Salt Lake City. Sagt Ihnen das etwas, Herr Nachbar?«

Ich nehme die Postkarte, die Gobisch mir geschickt hat, und lese die Namen, die darauf stehen, Namen von Dörfern, durch die wir im Morgengrauen marschierten, Lencroitre, Gencay, Husson-en-Poitou, Availles, Limousine ... Ich versuche, die Erinnerung an jene sieben Tage, da wir durch Frankreich liefen, topographisch zu ordnen, aber die Umrisse verwischen sich, und ich sehe nichts als den Mond, diesen weißen, furchtbaren Mond, der mit uns durch die französische Nacht lief, vor uns, über uns, hinter uns her, als wollte er uns nicht aus den Augen lassen; der in unsern Schlaf schien, wenn wir im Straßengraben lagen, und die Felder ableuchtete, über die wir liefen, die Bäume, hinter denen wir uns verbargen; er scheuchte uns aus den Verstecken auf und trieb uns weiter der Dunkelheit, dem Süden entgegen, bis wir zusammenbrachen und liegenblieben und wieder aufstanden und weiterliefen... Es war nicht der Mond meiner Jugend, der Mond Hölderlins und Novalis', es war ein großer, kriegerischer Mond, unabänderlich wie die Zeit, die er durchmaß, weiß und furchtbar genau in seiner die Stunden zählenden Beharrlichkeit. So erschien er den Alten, die mit ihm über die Meere fuhren. So stand er über Golgatha und Madrid. Und so schien er jetzt auf mich und auf den Gewehrlauf des Soldaten, der neben mir ging und seine Pfeife rauchte.

Wir waren zehn Stunden marschiert, als der Kommandant halten ließ. Wir warfen uns ins Gras. Die Sonne schien. Es war heller Tag.

Wir zogen unsere Schuhe aus, tranken einen Schluck aus der Flasche. Einige versuchten zu schlafen. Es war heißer als sonst um diese Stunde. Müde, überreizt, blinzelten wir in einen viel zu hellen Himmel.

»Wie lange müssen wir noch marschieren?« fragten wir die Soldaten. Wir waren jetzt auf der Hauptstraße, die nach Süden führte. Zu beiden Seiten Äcker. Einige Kilometer vor uns ein Wäldchen. »Der Kommandant hat gesagt, daß wir dort die Nacht abwarten werden«, sagten die Soldaten. »Wir können nicht am Tage marschieren. Vor zwei Stunden ist eine Kolonne spanischer Flüchtlinge auf der Landstraße bombardiert worden. Sie kamen hinter uns. Es hat Tote und Verwundete gegeben.«

Die Nachricht brachte uns wieder auf die Beine. Es war eine schlechte Nachricht; sie machte uns bitter. Warum ließ man uns nicht laufen? Waren wir noch immer Gefangene? Wurden wir, ›les ennemis mortels de Hitler, mon commandant‹, noch immer für die Taten der andern haftbar gemacht? Wir traten zur Seite. An uns vorbei zog eine lange Wagenkarawane. Sie kam von dem einen Ende des Horizontes, dort, wo jetzt die Deutschen sein mußten, und verlor sich drüben, in dem Wäldchen. Das französische Volk auf der Flucht. Tief gruben sich die Räder in die lockere Erde ein; die Ochsen stampften und zogen mühsam an den schweren Planwagen, die mit Kisten, Möbelstücken, Schweinen, Hühnern, Standuhren beladen waren, mit all den Habseligkeiten, toten und lebendigen, die in der Eile zusammengerafft werden konnten, als der Ruf »Les Boches!« durch die Dörfer ging und die Glocken der kleinen Kirchen läuteten. Da zogen sie an uns vorbei, die Bauern der französischen Provinz, schweigend, von der Sonne gebeizt, die Söhne der Grande Nation, die den Wein pflanzten und den schwarzen Tabak, die das weiße Brot buken und den Krieg haßten, der ihre Dörfer und Felder und Weinberge verwüstete, zum drittenmal im Verlauf von drei Generationen ... Und zwischen ihnen die Autos in langsamer Fahrt, auf dem Verdeck die Matratze, im Innern schlaflos blickende Gesichter, grau von Angst und Müdigkeit, Frauen mit unordentlichen Haaren, ein Kind oder ein Vogelbauer auf dem Schoß, schweigend auch sie, fliehend und verfolgt, aber doch immer noch Franzosen, immer noch zusammengehalten durch das gemeinsame Unglück, das über sie hereingebrochen war, von der Normandie bis zur Biscaya, von Paris bis zur Loire und den Wäldern der Corrèze ...

»Allez-marche!« rief der Kommandant. Wir setzten uns wieder in Bewegung und marschierten mit ihnen, neben ihnen, zwischen ihnen. Keiner von uns sprach ein deutsches Wort, bis wir das Wäldchen erreicht hatten – es wäre zu gefährlich gewesen. Dann wurde Halt geboten.

Die Landstraße führte mitten durch den Wald. Der Kommandant wies uns einen Lagerplatz an. Um diesen Lagerplatz ließ er Stacheldraht spannen und Wachen ausstellen. Er selbst richtete sich mit seinen Soldaten jenseits der Landstraße ein. Es wurde Brot verteilt und die übliche Ration Leberpastete. Wir waren also wieder hinter Stacheldraht, mitten in einem Wald, einige wenige Kilometer hinter der Front, die mit jeder Minute näher rückte, Karawanen flüchtender Wagen und Autos vor sich hertreibend. Schwarzenbach ließ sich den Rest der Wasserflasche über seine geschwollenen Füße laufen. In einiger Entfernung saß Gobisch, gegen einen Baumstamm gelehnt, und würgte mit geschlossenen Augen das trockene Brot herunter. Ich legte mich auf den Rücken und sah im Halbschlaf die Wipfel der Fichten, die sich leise am Himmel bewegten. Das Konzentrationslager war unser Schicksal. Wir glaubten, es hinter uns gelassen zu haben, als wir unter den Klängen der Marseillaise den Marsch antraten. Aber es folgte uns, wohin wir gingen. Es spannte seine dünnen, zackigen Fäden wie Spinnweben um die Baumstämme, unter denen wir schliefen. Es kroch uns nach, es lief uns voran, es verbarg sich hinter Büschen und Holzstapeln, immer auf der Lauer, immer bereit, seine Arme um uns zu schlingen, uns festzuhalten, bis der Feind kam und uns in Empfang nahm. Das war schlimmer als Gefangenschaft. Das war Flucht und Gefangenschaft und Flucht vor der Gefangenschaft zugleich. Einmal, auf der Landstraße, hatten wir einen fliehenden Wanderzirkus gesehen. Die Tiere brüllten in ihren Käfigen. Ein großer alter Löwe hielt sich fauchend am Gitter fest. Er wußte nicht mehr: floh der Käfig mit ihm oder er mit dem Käfig?

Ich weiß nicht, wie lange ich geschlafen hatte. Als ich aufwachte, war es Nachmittag. Auf der Landstraße hatte sich das Bild verändert. Statt der Ochsenkarren und Privatautos mit den Matratzen sah man jetzt Tanks und Kanonen und Lastwagen, voll mit Soldaten, in rasender Fahrt, eingestaubt und mit Schmutz bedeckt, als kämen sie gerade aus der Schlacht. Die zerfetzte Leinwand flatterte im Wind. Der Geruch der Front, Geruch von Schweiß, Blut, Pulver, Dreck floh in einer staubigen Wolke an uns vorbei. Dann wurde es auf einmal still. Auf der leeren Landstraße kamen ein paar Soldaten. Sie hatten Gewehr und Stahlhelm fortgeworfen und gingen barhäuptig, mit aufgeknöpftem Uniformrock und schmutzigen, triefenden Gesichtern, grimmig und beschämt zugleich, an dem Stacheldraht vorbei, hinter dem wir standen und sie erwarteten wie Zuschauer eines Autorennens die letzten Nachzügler auf der Aschenbahn. Einige hinkten. Wir sahen sie mit dem Kommandanten sprechen, aber wir konnten nicht hören, was sie sagten. Einer drehte sich um und zeigte mit dem Daumen in die Richtung, aus der sie gekommen waren. Dann setzten sie hinkend ihren Marsch fort.

Wir sahen ihnen nach, bis sie hinter den Bäumen verschwunden waren und die Stacheln sich in unsere Haut bohrten.

»Mon commandant!« schrie plötzlich Kleinpogge. »Je refuse de rester ici plus longtemps!« Seine Stimme überschlug sich; es klang ein wenig jämmerlich, außerdem war es kein gutes Französisch. Der Kommandant tat, als ob er nichts hörte. Er saß jenseits der Landstraße, neben dem Lastwagen, auf dem das Maschinengewehr und die Munitionskisten verstaut waren. Erst jetzt sahen wir, daß seine Frau bei ihm saß. Beide aßen ein Hühnchen. Die Soldaten hatten ihre Gewehre zusammengestellt. Sie lagen auf dem Boden oder standen rauchend in kleinen Gruppen. Einige hatten Strohhalme im Mund. Sie schienen nicht sonderlich beunruhigt zu sein. Was ging dieser Krieg sie an? Es war nicht ihr Krieg – außerdem war er beinahe schon zu Ende.

»Ich mach' nicht mehr mit!« schrie plötzlich Kleinpogge. »Ich nehme das Recht für mich in Anspruch, ebenso fliehen zu dürfen wie jeder Franzose. Ich lasse mich nicht einfach abschießen. Ich denke nicht daran...«

»Ta gueule«, sagte Gobisch und drehte sich eine Zigarette. Es wurde dunkel. Der Wald sah geheimnisvoll aus. Jeden Augenblick konnten die deutschen Tanks um die Ecke biegen.

»Sie kommen!« schrie Kleinpogge.

Ich griff nach meiner Carte d'Itendité, um sie zu vernichten. Aber es war nur der schwer mit Hausgerät beladene Planwagen eines fliehenden Bauern.

Einsiedel stand neben mir. »Kommst du mit?« flüsterte er. Er hatte den Rucksack umgeschnallt. Ich zögerte noch, als er sich bereits, ohne nach rechts oder links zu sehen, durch eine Lücke im Stacheldraht gewunden hatte und mitten auf der Landstraße mit großen Schritten davonging, nicht zu schnell und nicht zu langsam, sondern mit gleichgültiger Entschlossenheit, als ob ihn das alles nichts mehr anginge und er nun genug habe, ein für allemal genug.

»Arrêtez-vous, nom de Dieu!« schrie ein Soldat und legte das Gewehr auf ihn an.

Ein Geheul von sechshundert Männern antwortete ihm. Einige versuchten, sich auf den Soldaten zu stürzen und ihm das Gewehr zu entreißen.

Der Soldat setzte das Gewehr ab und sah sich fragend nach dem Kommandanten um.

»C'est la révolte!« schrie dieser, sprang auf und zog seinen Säbel.

Seine Frau hob abwehrend einen abgenagten Hühnerknochen in die Höhe.

»La mitrailleuse!« schrie der Kommandant. Die Soldaten knöpften schnell ihre Uniformröcke zu und liefen zu dem Lastwagen. Umständlich befreiten sie das Maschinengewehr von seiner Schutzhülle und brachten es gegen uns in Stellung.

Wir zogen uns hinter den Stacheldraht zurück. »Bei dem geringsten Versuch, meinen Befehlen zuwiderzuhandeln, lasse ich schießen!« sagte der Kommandant und steckte den Säbel in die Scheide. Seine Frau ließ erleichtert den Hühnerknochen sinken. Es war sechs Uhr nachmittags.

Einsiedel war verschwunden. Keiner fragte mehr nach ihm. Ich traf Gobisch unter den Bäumen. »Das Wichtigste ist, daß wir nicht lebend in ihre Hände fallen«, sagte er.

»Ja«, sagte ich. »Ganz recht.«

Ich nahm eine Rasierklinge aus meinem Bündel, entfernte das Papier und steckte sie in meine Tasche.

Dann zerriß ich meine Legitimationspapiere, warf die Bibel fort, weil sie mir zu schwer geworden war, und einen Teil meiner Aufzeichnungen.

›Jetzt können sie kommen‹, dachte ich.

Ich aß ein Stück Brot mit Leberpastete und füllte meine Flasche mit frischem Quellwasser.

Neben mir lag Schwarzenbach.

»Die verdammten Füße«, sagte er. Seine Schuhe standen im Abend, groß und abenteuerlich standen sie neben ihm und ruhten aus.

Ich ging unter den Bäumen umher und fühlte nach meiner Rasierklinge. Ein Schnitt in die Halsschlagader würde genügen. Das Gefühl, nun selbst über mein Leben verfügen zu können, machte mich ruhig. Ich ging zu den anderen zurück. Die Landstraße war jetzt ganz leer. Manchmal nur kam ein Trupp von Soldaten vorbei, abgekämpft, ohne Stahlhelm und Gewehr. Aber wir hatten uns schon an den Anblick gewöhnt. Er schreckte uns nicht mehr. Es war ja nur noch eine Frage von Augenblicken.

Die Nacht brach herein.

Um zehn Uhr wurde der Befehl zum Weitermarsch gegeben. Wir stellten uns in Reihen zu je vieren auf. Neben mir Schwarzenbach und Gobisch. Der Wald war schwarz. Ferner Kanonendonner. Irgendwo, hoch über uns, in der Nacht, Fliegergeräusche. »Allez-marche!«

Der Zug rollte an wie ein einziges großes Gespann vor einem schweren, großen Wagen.

Diesmal wurde die Marseillaise nicht gesungen.

Es war der 20. Juni 1940.

6

Ich war eben auf der Public Library. Im Lesesaal sah ich eine Spezialkarte von Frankreich durch: Département Indre-et-Loire, Corrèze, Vienne, ich habe mir einige Notizen gemacht, aber die Linien und Namen auf der Landkarte sagen mir nicht viel. In meiner Erinnerung hat die Geographie Frankreichs andere Formen angenommen. Es ist eine Mondlandschaft, aus der sich einzelne Gegenstände und Situationen, wie mit dem Teleskop aufgenommen, herausheben – Barockgiebel, ein verrostetes Seitengewehr auf einem Waldweg, ein überfülltes Wirtshaus, in dem wir mit Deserteuren tranken, eine verlassene Kanone auf einem Blumenmarkt, ein totes Pferd, viele tote Pferde am Weg, und die erschrockenen Gesichter hinter Schlafzimmergardinen, wenn wir im Morgengrauen durch die Dörfer marschierten.

Als ich die Public Library verließ, traf ich Hackenschmidt. Er arbeitet jetzt in der Rüstungsindustrie. Wir gingen in die Cafeteria an der Ecke der Fifth Avenue und der 42. Straße.

»Was machst du?« fragte er.

»Ich schreibe.«

»Kann man davon leben?«

»Ich bin nicht nach Amerika gekommen, um Gold zu waschen oder Ölquellen anzubohren…«

»Immerhin muß man essen«, sagte Hackenschmidt. »Entschuldige mich einen Augenblick. Ich kann nämlich nicht arbeiten, wenn ich nicht gegessen habe…«

»Du solltest ein Handwerk lernen«, sagte er, als er mit seinem Teller zurückkam. »In eine Fabrik gehen, irgend etwas tun, was dich unter die Leute bringt. Du glaubst nicht, wie gut das ist: sich jede Woche die Lohntüte abzuholen, zu wissen, das hat man mir nicht geschenkt, dafür habe ich nicht Bittbriefe geschrieben und in Vorzimmern gesessen, sondern: dies ist mein Geld, ich habe es mit meinen Händen verdient, davon kann ich die Miete bezahlen, und die Wäscherechnung, und Zigaretten, und Briefmarken, und Telefon, und Subway, und manchmal auch ein Kino am Abend und ein neues Buch, das gerade herausgekommen ist... Es gibt einem mehr Halt, man fühlt sich mehr als ein Teil in diesem großen sozialen Organismus... man weiß, wohin man gehört...«

»Du sprichst wie die Dame aus dem Komitee, die mich jedes halbe Jahr zu sich bestellt. Neulich hatte sie einen Posten für mich – als Nachtwächter. Sie meinte, dies sei gerade richtig für einen Poeten. In der Nacht kämen die besten Gedanken... Ich bin anderer Meinung. Mein Handwerk ist: schreiben. Mein Handwerkszeug sind: Bücher. Davon verstehe ich etwas. Das habe ich gelernt. Ich kann nur mich selbst anbieten.«

»Wird man dich akzeptieren?«

»Dieses Land ist von Flüchtlingen gegründet worden. Die Menschen, die vor uns herüberkamen, waren Menschen wie wir. Sie haben ihre Erfahrungen den andern mitgeteilt. Jetzt sind wir an der Reihe. Wir haben den Krieg und den Bürgerkrieg drüben gesehen; wir wissen ein wenig, wie es gekommen ist. Sollen wir schweigen? Ich kann nur mich selbst anbieten. Deshalb schreibe ich.«

»All right«, sagte Hackenschmidt und sah unruhig auf die Uhr. »Ich muß laufen. Meine Schicht beginnt um drei Uhr. Ruf mich doch mal an...«

Ich sah ihn über die Fifth Avenue laufen, ohne Hut, mit wehenden Haaren, die Ohren ein wenig abstehend, und plötzlich schoben sich die Häuser zurück, die Wolkenkratzer verschwanden, und ich sah nur noch Füße, eine trappelnde Herde von Füßen, hier, auf der Fifth Avenue, und dort, auf der Landstraße, die nach Süden führte, immer nach Süden...

Laufen. Laufen. Laufen.

Über Felder und Hügel hinweg, durch Dörfer und Wälder, taumelnd, im Halbschlaf, trunken vor Müdigkeit, mit offenen Augen schlafend, träumend, singend; schlafwandlerisch vorwärtstorkelnd, nichts mehr wissend als: Laufen, Laufen, Laufen. Alles andere schläft, stirbt ab. Nur deine Beine laufen. Sie gehören nicht mehr dir, sie sind ganz woanders, viele Meilen von dir entfernt, du fühlst sie nicht mehr, sie laufen mit dir und unter dir hinweg, bald schneller, bald langsamer, kalt, abgestorben, unabhängig von deinem Willen, angetrieben von einem geheimnisvollen Motor, der noch, wenn du am Boden liegst, in dir weiterzuckt, weiterzittert und dich von neuem hochreißt, hinein in die taumelnde Agonie des Laufens... Es ist, als sähest du dir selbst beim Laufen zu, als hätte der Geist den Körper verlassen und schwebte nun, höhnisch und bedauernd zugleich, neben dir, ein unsichtbarer Schrittmacher deiner irdischen Ohnmacht...

Wagen überholen dich, fegen dich staubwirbelnd zur Seite... Weiter, flüstert es neben dir. Weiter, immer weiter. Und du schleppst deine Last über die Ameisenwege dieser Erde. Wie klein bist du im Verhältnis zu ihr, wenn es gilt, die Geographie nach Schritten auszuzählen... Ein Kilometer, zwei Kilometer, zehn Kilometer... Hundert Schritte, tausend Schritte, Millionen Schritte... Genug für ein Menschenalter, aber doch nicht genug, um die nächste Stadt zu errreichen, auszuruhen, einen Schluck Wasser zu trinken, gutes, kaltes, klares Wasser...

Laufen. Laufen. Laufen.

Über Äcker und Landstraßen, durch Staub und Schlamm und Hitze. Vorwärtsgerissen von dem Haufen, der mit dir läuft, der dich stößt, schiebt, zieht, der sich lockert und wieder verdichtet, dessen Teil du wirst, widerstrebend, aber doch getragen von dem dumpfen, gemeinsamen Willen nach vorne, der in sechshundert Körpern arbeitet und auf dich übergeht, der dich kommandiert, deine Schritte lenkt, deinen Geist einschläfert..., ein Tier mit zwölfhundert Beinen, durch die Nacht stampfend, vom Mond beschienen, tausendköpfig, keuchend, mit Speichelflocken behängt, von der Sonne ausgedörrt, knackend und klirrend in seinen Gelenken...

Woran denkst du, auch wenn du nicht mehr denken kannst? Welche Bilder ziehen an deinem tausendäugigen Auge vorüber? Ich sehe ein Stück Landstraße. Auf der Landstraße laufen zwei Beine. Diese Beine haben einmal mir gehört. Sie sind ein wenig zu kurz, aber das ist nicht meine Schuld. Auf den Beinen ist ein Sack angebracht, der mit Schleim und Blut angefüllt ist. Das bin ich. Der Sack hat Ohren, Nase und Mund und kann sprechen. Seltsam.

Wenn es den Beinen gelingt, den Sack bis nach Amerika oder Australien zu tragen, bin ich gerettet. Wenn nicht, wird der Sack irgendwo liegenbleiben und in der Sonne austrocknen – wie ein Seestern. Das wissen auch die Beine. Sie laufen nur noch, weil sie nicht anders können. Sie würden auch ohne den Sack bis nach Amerika oder Australien laufen – aus Pflichtgefühl. Halt, bettelt der Sack. Laßt mich verschnaufen. Ich bin eine Persönlichkeit. Die Beine werden böse. Eine Persönlichkeit? Was ist das? Kann man damit durch die Luft reiten? Ein Sack bleibt ein Sack. Wir arbeiten für dich. Wir tun unser Bestes. Jetzt laß uns laufen und schweig. – Nein, wendet der Sack ein, ich kann nicht mehr. Ich habe genug... Übrigens soll es Leute geben, die im Rollstuhl durch die Welt fahren. Andere laufen auf ihren Händen. Sie werden nicht verfolgt, weil es keinen Spaß macht, Menschen ohne Beine zu verfolgen. Sie rollen unbeanstandet auf ihren handgetriebenen Schubkarren durch die Straßen und sind glücklich. Sie genießen das Leben von unten. Man sollte überhaupt das Leben viel mehr genießen. Mehr trinken, mehr essen, mehr ins Kino gehen. Wie viele Bücher habe ich nicht gelesen, wie viele Bilder nicht gesehen, wie viele Frauen nicht geliebt? Ungenutzt blieb die Frist, die mir hienieden gegeben ward; sinnlos verbrachte ich meine Tage. Was weiß ich von Ranke? Nichts, überhaupt nichts. Es ist eine Schande, hier am Weg zu verenden, ohne etwas von Ranke gelesen zu haben. Warum war ich nie auf dem Eiffelturm? Warum habe ich nicht mit Sanorah geschlafen, als sie in Paris war? Sie hatte einen roten Mund und Augen, die wie im Fieber glänzten, und wir aßen Escaloppe à la Papillotte in einem kleinen Restaurant auf der Seine-Insel, und sie erzählte mir von den Cowboys in Colorado, und dann gingen wir zum Montparnasse und schossen nach Tonpfeifen und tranken Champagne nature in der kleinen Bar in der Rue Vavin, wo man auf zwei Klavieren spielte, und das Leben war schön, und der Mensch war gut, und es gab große Gedanken und erregende Einsichten, wenn man hinaustrat in die dämmernde Gasse von Paris und den Mantel um sich schlug wie eine Toga...

Leb wohl, Sanorah, und mit dir alle, die ich versäumt habe, die Guten und die Schlechten, die Keuschen und die Lasterhaften, denkt an mich, wenn ihr es tut, regt euch, seid fleißig... Alles hätte noch gut ausgehen können, ruhig und gelassen hätte ich meine Tage beschließen können, auf grün gestrichener Bank vor grün gestrichenen Fensterläden, am Brunnen vor dem Tore, da steht ein Lindenbaum...

Es soll noch Menschen geben, die sitzen auf Bänken, lassen die Füße hängen und ruhen sich aus von einem langen, geruhsamen Leben...

7

»Fünf Minuten Rast«, rief der Kommandant. Ich taumelte, das Bündel auf meinem Rücken zog mich zu Boden. Ich fiel hintenüber und schlief, noch im Fallen, ein; mit offenen Augen den Mond anstarrend, der in mein Gesicht schien.

Ich dachte, ich hätte eine Ewigkeit geschlafen, als Schwarzenbach mich aufrüttelte. »Allez-marche!« Ich versuchte, mich langsam nach vorne zu arbeiten, an die Spitze des Zuges. Es ist besser, zu wissen, daß die Masse hinter dir kommt und dich zwingt, im gleichen Tempo zu marschieren, nicht schneller und nicht langsamer.

Wir kamen jetzt durch eine Stadt. Sie hieß Richelieu. Wir gingen durch ein altes Tor, an einem alten Rathaus vorbei. Eine Abteilung berittener Soldaten stand auf dem Marktplatz. Die Rücken der Pferde glänzten im Mondlicht. Ledergeruch. Leise Kommandorufe. Wolken, Giebel, Nacht.

Wir gingen über eine alte Brücke und verließen die Stadt. Hackenschmidts Bündel löste sich, ein Gegenstand nach dem andern fiel auf die Landstraße, zuerst das Stück Seife, dann die Zahnbürste, der Waschlappen, der Kochtopf... Er blieb etwas zurück, um die Sachen aufzulesen, aber die Soldaten, die hinter ihm kamen und die Nachhut bildeten, stießen ihn mit Gewehrkolben weiter.

Wieder ein Dorf. Menschen standen zu beiden Seiten der Hauptstraße und warteten auf die deutschen Panzerwagen, die gleich hinter uns kommen sollten. Im Dunkeln sahen wir ihre Gesichter, die Angst, Haß und Neugier ausdrückten.

Eine Frau mit einem schlafenden Kind auf dem Arm fragte, wer wir seien und woher wir kämen. »Deutsche Gefangene«, rief lachend ein Soldat. Aus der Menge kamen Rufe. Jemand spuckte mir ins Gesicht. »La mitrailleuse!« schrie einer. »Warum schießt ihr sie nicht über den Haufen! Sie haben unsere Häuser zerstört und unsere Felder verwüstet! Tod den Boches!« Ein Stein traf Schwarzenbach mitten ins Gesicht. Er blutete. Ich nahm ihm im Gehen das Bündel ab, faßte ihn unter den Arm. Wir zogen weiter. Das Dorf hörte auf. Die Felder begannen.

Ich sah mich nach Gobisch um, der hinter mir ging. Er hinkte. Mit seinem linken Arm hielt er das Bündel fest, das wieder im Begriff war, sich aufzulösen.

»Es muß etwas geschehen«, flüsterte ich ihm zu. »Einer von uns muß mit den Soldaten sprechen. Ein paar Zigaretten würden genügen, sie zum Schweigen zu bringen. Wir sind zwischen die Fronten geraten, vor uns die fliehende französische Armee, dicht hinter uns die deutschen Panzer. Man kann es den Leuten nicht erklären, wer wir sind.«

»Ich kann im Laufen schwer sprechen«, keuchte er asthmatisch. »In meiner rechten Hosentasche sind fünf Zigaretten. Nimm drei heraus. Die beiden anderen laß mir.«

Ich nahm im Laufen die Zigaretten heraus und blieb ein wenig zurück, um mit einem der Soldaten am Ende des Zuges zu verhandeln.

»Kamerad«, sagte ich, »wir sind keine Boches. Wir sind die Todfeinde Hitlers.«

»Merde!« sagte der Soldat. »Hast du eine Zigarette?«

»Hier sind drei«, sagte ich. »Aber das mit den Boches muß jetzt aufhören. Verstanden?«

»Je ne comprends rien«, sagte der Soldat. »Des Allemands sont des Allemands, et des Français sont des Français – c'est tout ce que je sais.«

Ich sprach auf ihn ein, bis er begriffen hatte.

»Entendu«, sagte er.

Ich arbeitete mich wieder nach vorn, um mit Schwarzenbach und Gobisch in einer Reihe zu gehen.

»Ich kann nicht mehr«, sagte Gobisch. Sein Atem pfiff. »Wenn man nur ein paar Stunden irgendwo schlafen könnte...« – »Schlafen«, sagte Schwarzenbach. Sein Gesicht war vor Müdigkeit geschwollen. Mit jedem Schritt lud er seinen mächtigen Körper von einer Seite auf die andere. Es erinnerte an den schwankenden Paßgang eines Kamels. »Schlafen«, wiederholte ich.

Jemand sang: »Auprès de ma blonde...«, kam aber über die ersten vier Worte nicht hinaus. Der Gesang ging in ein Keuchen über.

»Ich schlage vor«, sagte Schwarzenbach und lud sich auf die andere Seite, »wir lassen uns der Reihe nach in den Straßengraben fallen. Jeder in einem Abstand von fünfzig Schritten. Wir lassen die Soldaten an uns vorbei und treffen uns in der Mitte...«

»Gut«, sagte ich leise.

Wir suchten uns am Rand des Zuges zu halten.

Zuerst sprang Gobisch. Ich sah ihn kopfüber in den Straßengraben rollen. Es gab einen dumpfen Aufschlag.

Ich zählte fünfzig Schritte.

»Jetzt kommst du«, flüsterte Schwarzenbach.

Ich sprang seitwärts in das Dunkel, mein Kopf schlug auf etwas Hartes, ich spürte Gras und Erde und hielt den Atem an.

Über mir hörte ich den Zug vorbeimarschieren. Manchmal streifte ein Fuß mein Ohr. Ich kauerte mich zusammen. Eine Wolke von Schweiß, Lärm, Gestank zog über mich hinweg. Ich hörte das dumpfe Arbeiten von sechshundert Paar Beinen. Dann kamen die Soldaten. Sie lachten. Einer erzählte eine Geschichte: »C'était rigolo, ça...«, hörte ich ihn sagen. Die Stimmen wurden schwächer. Auf einmal war es ganz still. Ich hob den Kopf. Ich stand auf. Ich war allein.

Gleich werden die andern kommen, dachte ich. Ich machte ein paar Schritte. Dann blieb ich stehen. Es ist besser, auf sie zu warten, damit man sich nicht verfehlt... Ich setzte mich an den Straßenrand. Vor mir lag ein großes, dunkles Feld. Der Himmel war schwarz. Eine unheimliche Stille lag über der Landschaft.

Wo nur die andern bleiben, dachte ich. Auf einmal spürte ich, daß ich allein war, zum erstenmal seit Monaten, irgendwo in Frankreich, zwischen zwei Armeen, einer, die floh, und einer, die sie verfolgte und vielleicht jeden Augenblick dort auftauchen würde hinter der kleinen Brücke, wo die Erlen standen...

»Schwarzenbach«, rief ich leise. »Gobisch!« Keine Antwort. Ich schritt die Landstraße auf und nieder. Es war ein Fehler, daß ich nicht bei den andern geblieben war. Die sind jetzt weit fort; unmöglich, sie einzuholen... Ich hätte das nicht tun sollen. Man darf jetzt nicht allein durch die Lande ziehen. Gestern haben sie einen aufgegriffen und als Parachutisten erschossen... Wenn man mit den Soldaten geht, kann einem das nicht passieren. Die Soldaten sind gut. Sie haben Gewehre. Im Krieg muß man Gewehre haben.

Ich setzte mich auf den Grabenrand. Es roch nach kühlem Gras, nach Spinat, bunten Blumen und feuchter Erde.

Spinat essen, dachte ich. Dann schlief ich ein.

Als ich aufwachte, war es beinahe Morgen. Weiße Nebel lagen über den Äckern. Ich erhob mich, warf das Bündel um und machte mich auf den Weg.

Die Landstraße führte durch einen dichten Buchenwald. Sang nicht ein Vogel? Ich überholte drei Ochsenkarren mit Flüchtlingen.

Einmal schöpfte ich Wasser aus einer Quelle und wusch mich. Als ich etwa drei Stunden gelaufen war, sah ich zwei Gestalten auf der Landstraße. Ich erkannte Schwarzenbach und Gobisch.

»Wo warst du?« fragte Schwarzenbach.

»Ich? Ach, ich hab' geschlafen.«

Wir lachten.

Es war gut, wieder mit den andern zu sein.

Hier und dort lagen schlafende Menschen im Straßengraben. Es waren Männer von uns. Sie waren unterwegs zusammengebrochen. Gegen Mittag erreichten wir den Zug. Er lagerte zu beiden Seiten der Straße. Rechts und links war Wald. Die Soldaten hatten wieder Stacheldraht gespannt. Niemand kümmerte sich mehr darum. Es gab Brot und Leberpastete.

8

Wir waren wieder sechshundert, und dann waren wir wieder drei, und dann waren wir wieder sechshundert. Wir waren eine große Familie, die mit Kinderwagen, Vogelbauern, Soldatenmützen und anderen am Wegrand aufgelesenen Uniformstücken durch das französische Land floh, getragen von einer großen Woge, die über uns hinwegging, die uns mitriß und trennte und manchmal wieder zusammenführte. Wir schliefen unter Bäumen ein und erwachten bei den ersten Strahlen der Morgensonne, wuschen uns in kühlem Quellwasser, stahlen Brot aus Bäckerläden und lagen an den Eutern der Kühe. Einmal, als ich wieder von den andern abgesprengt war, traf ich Einsiedel in einem Kartoffelfeld, ging mit ihm einen halben Tag lang, aß mit ihm bei einer Bäuerin ein Stück

Speck, trank dazu ein Glas Wein, und dann verlor ich ihn wieder. Ein andermal übernachtete ich mit Schwarzenbach in einer Scheune. Wir brachen nach einigen Stunden wieder auf und kamen am Morgen in ein Dorf, wo bereits einige Flüchtlinge ratlos auf dem Marktplatz herumstanden und erklärten, das Dorf sei umstellt und es gäbe kein Entrinnen mehr. Schwarzenbach und ich schleppten uns zu einer Tür, über der in großen Lettern das Wort ›Hebamme‹ stand, zogen an einer altmodischen Klingelschnur und wurden von einer milden Frau in eine dunkle, nach Moder riechende Stube geführt, in der ein großes Kruzifix hing. Sie brachte, was sie hatte, und fragte nicht, wer wir wären. Schwarzenbach schlief beim Essen ein und hielt das harte Ei, von dem er eben ein Stück abgebissen hatte, in seiner ausgestreckten Hand, bis es langsam zwischen seinen Fingern zu Boden rollte. Die Hebamme versuchte, ein Gespräch anzufangen. »Das Land ist voll von Spionen«, sagte sie. »Sie schweben vom Himmel herab wie Engel. Manche tragen Frauenkleider oder Mönchskutten. Gestern haben sie wieder einen vor dem Dorf aufgehängt.« Ich stand auf und ging zu Schwarzenbach hinüber, um ihn zu wecken. »Laß mich schlafen«, murmelte er auf deutsch und drehte sich auf die andere Seite. Die Hebamme wurde aufmerksam. »Wer seid ihr?« fragte sie. »Wir sind fremde Arbeiter«, sagte ich. »Wir haben in Frankreich gelebt; jetzt fliehen wir vor den Deutschen.«

Sie kam auf Zehenspitzen herüber und küßte mich auf die Stirn. »Gott mit euch«, sagte sie. Dann stopfte sie uns die Taschen mit Äpfeln voll und ließ uns durch die Hintertür auf einen mit Bäumen bestandenen Hof. Nachdem wir einige Schritte gegangen waren, hörte ich hinter mir Rufe, dann fiel ein Schuß. Ich sprang über einen Gartenzaun auf ein mit Sonnenblumen bepflanztes Beet, lief weiter, sprang über einen zweiten Zaun, hinter dem ein Wiesenpfad einen Eisenbahndamm entlangführte, und als ich mich umsah, hatte ich Schwarzenbach aus den Augen verloren. Ich überquerte den Eisenbahndamm und befand mich nach einiger Zeit wieder auf der Landstraße, die nach Süden führte. Ich schloß mich einer Gruppe von spanischen Flüchtlingen an, die aus einem Lager an der Loire geflohen waren, verlor sie wieder bei einem Fliegerangriff, und was dann geschah, weiß ich nicht mehr genau. Ich erinnere mich nur, daß ich einmal, während eines Regens, mit Hunderten von Menschen in einem Steinbruch bei Poitiers übernachtete, und als ich erwachte und mich aufrichten wollte, stieß ich mit dem Kopf gegen eine Steinwand dicht über mir.

»Hilfe!« schrie ich, noch halb im Schlaf und nach Atem ringend. »Man hat mich lebendig begraben!« Die Worte dröhnten in dem engen Gewölbe. Jemand zog mich an den Beinen heraus, und ich taumelte dem Eingang des dunklen Stollens entgegen, trat auf Hände und Gesichter, kam ins Freie und lief weiter, bis ich irgendwo niederfiel und mein Gesicht in die Erde eingrub, während über mir die Flieger heruntergingen und ihr Maschinengewehrfeuer die Reihe der Flüchtenden auseinandertrieb. Ich roch die Erde, ich schmeckte sie in meinem Mund – noch nie war ich ihr so nahe gewesen wie in diesem Augenblick, da nichts mehr war zwischen ihr und mir als die Lumpen, die ich auf dem Leibe trug, und die dünne, mit Erdkruste bedeckte Haut, die auch schon fast ein Teil von ihr geworden war, aus Lehm gemacht und zu Lehm zerbröckelnd. Zum zweitenmal in meinem Leben sah ich, wie eine Ordnung sich auflöste, aber ich schwebte über den Abgründen, ich fühlte den Rausch der Vernichtung, und die Gemeinsamkeit des Erlebnisses machte uns zu Brüdern. Zwar wagte ich nicht, den Mund aufzutun. Ein fremder Akzent in diesem Augenblick wäre ein Todesurteil gewesen; und ob man weiterlebte oder nicht, ob der Feind oder der Freund einen erschlug, hing vom Zufall ab und entsprach überdies genau dem Zustand, in dem das Land selbst jetzt lebte und der auf jedem Gesicht geschrieben stand, das neben dir unter einem blühenden Kastanienbaum erwachte und mit umschatteten Augen in einen von Kanonendonner und Wiesenduft erfüllten Sommertag glotzte...

Sieben Tage und sieben Nächte lief ich durch Frankreich, und als ich am Mittag des achten Tages in ein Städtchen kam, sah ich den Bürgermeister inmitten der Bevölkerung auf dem Marktplatz stehen. Er hielt die Schlüssel zum Rathaus in der Hand und bereitete sich auf die Rede vor, mit der er die Stadt dem Feind übergeben wollte. Ich schlich mich an der Menge vorbei und kam zu einer Brücke, die von französischen Soldaten besetzt war. Vor der Brücke stand Morawicz.

»Zu spät«, sagte er. »Sie lassen uns nicht mehr durch.«

Ich ging mit Morawicz zum Marktplatz zurück und trat auf den Bürgermeister zu.

Er war ein großer, starker Mann, der nicht kämpfen wollte, mit einem schwarzen Pickel auf der rechten Backe, der sich beim Sprechen auf und ab bewegte, während er uns in aufgeregter Rede auf unsere beschwörenden Bitten antwortete, der Krieg sei vorbei, Dieu merci, die Deutschen, gegen die er übrigens gar nichts hätte, nicht das geringste, mußten jeden Augenblick hier sein, und Leute wie wir sollten am nächsten Laternenpfahl aufgehängt werden, sie wären an allem schuld, sales juifs. Aber einer, der neben ihm stand und an den ich mich die ganze Zeit mit meinen Augen gewandt hatte, schnitt ihm das Wort ab und rief uns zu:

»Sagt den Soldaten, sie sollen euch durchlassen. Befehl des Präfekten.«

Wir schleppten uns wieder zurück, an den Soldaten vorbei, über die Brücke, und als wir am anderen Ufer ankamen, sah ich Hackenschmidt im Gras liegen.

»Ich mache nicht mehr mit!« schrie er. »Laßt mich hier liegen und sterben.« Ich hob ihn auf, und wir zogen weiter, Hackenschmidt, Morawicz und ich, einander gegenseitig stützend, eine torkelnde, stolpernde Mauer mit drei Köpfen, zwei Armen und sechs Beinen. Es war gegen vier Uhr nachmittags. Wir bogen von der Landstraße ab und gingen einige Minuten durch einen dunklen Wald. Dann ließen wir uns am Saum einer Lichtung ins Gras fallen und schliefen sofort ein...

In der Nacht erwachte ich von einem ungeheuren Wolkenbruch, der über dem Walde niederging. Ich lag mit dem Körper im Wasser, es donnerte und blitzte, und der Regen klatschte auf mein Gesicht. Ich sah Hackenschmidt und Morawicz neben mir im Wasser liegen. In ihren triefenden, von Blitzen erhellten Gesichtern drückte sich die lautlose Ergebenheit von Leuten aus, die sich mit ihrem Schicksal abgefunden hatten. Es war nun auch nicht mehr viel zu hoffen. Ich lag auf dem Rücken, und das Wasser floß in dicken Bächen über Gesicht und Hals und Arme, durchweichte das längst in Fetzen herabhängende Hemd und die Lumpen, die ich am Körper trug, und es schien mir, als wäre ich auf hohem Meer, und die Wellen trugen mich hinweg, hinab in die Tiefe ... Langsam schlief ich ein, und im Traum verschmolz der rauschende Regen mit dem Rauschen meines Blutes, ich fiel tief in meine Kindheit zurück und sah mich in dem kleinen Bett liegen, und das

Blut floß aus mir heraus, floß aus einer noch nicht verheilten Wunde, die in der Nacht wieder aufgebrochen war, floß durch die Matratze und floß in großen, roten Bächen unter dem Bett weiter, zur Tür, hinter der meine Mutter lag und schlief. Ich lag auf dem Rücken und hörte das Blut durch die Matratze tropfen, aber ich war zu schwach, um etwas dagegen tun zu können, ich fühlte, wie das Blut stoßweise aus mir herausfloß, und als meine Mutter einige Stunden später hereinkam, um nach mir zu sehen, fand sie mich bewußtlos daliegen, und das Blut tropfte noch immer. Ich hörte den Angstschrei meiner Mutter, und als ich die Augen aufschlug, sah ich die Sonne über mir, Vögel zwitscherten im Gezweig, und ein wunderbarer Geruch von Blumen und Moos und sonntäglichen Dingen erfüllte den Wald. Ich richtete mich auf. Der Boden war schon fast wieder trocken. Nur hier und dort hatte sich das Wasser in kleinen Vertiefungen angesammelt. Es war sehr warm. Ich weckte Hackenschmidt und Morawicz, und wir hingen unsere Lumpen an den Ästen zum Trocknen auf und legten uns in die Sonne.

»Wenn man nur etwas Warmes im Bauch hätte«, sagte Hackenschmidt. »Übrigens – hast du noch deine Rasierklinge? Ich glaube, wir werden sie jetzt brauchen. Die Deutschen haben uns längst eingeholt. Bald werden sie kommen und den Wald absuchen.«

»*Mir* können sie nichts tun«, sagte Morawicz schnell. »Ich habe mich nie politisch betätigt. Ich habe keine Bücher gegen Hitler geschrieben. Ich habe mich ruhig verhalten, wie es sich für einen anständigen Menschen gehört. Meine Frau sagte immer: Die Politik verdirbt den Charakter. Und überhaupt... ich glaube, es ist besser, wenn man mich jetzt nicht in Ihrer Gesellschaft findet, meine Herren.«

Er stand auf, nahm Hemd und Hose vom Baum, zog sich an und verschwand im Wald.

Hackenschmidt lag in der Sonne, die Arme hinter dem Kopf verschränkt. Schmetterlinge flatterten um seinen braunen Körper. Er sprach mit geschlossenen Augen:

»Jeder gegen jeden, – das ist die einzige Moral, die sie gelernt haben. Hast du seinen Blick gesehen? Ich glaube, er haßt uns mehr als die andern. Er macht *uns* für sein Schicksal verantwortlich. Und vielleicht hat er recht. Man kann das Unglück nicht abschaffen. Man kann nur verhindern, daß es allzu groß wird.«

»Ja«, sagte ich. »Aber wie? Wenn der Kampf gegen das Unglück dazu führt, daß auch nur *ein* Mensch dabei geopfert wird, so hat sich das Ganze irgendwie nicht gelohnt.«

»Kobbe«, sagte er und richtete sich langsam auf, »sei ehrlich. Hast du Angst vor dem Tod? Es ist furchtbar, sterben zu müssen, wenn man nicht mehr an Gott glaubt.«

Ich holte meine Sachen vom Baum und zog mich an.

»Wohin gehst du?«

»Der Ungewißheit ein Ende machen. Ich werde bald wieder zurück sein.«

Ich ging einige Minuten durch den Wald, und als ich die Landstraße erreicht hatte, sah ich, nicht weit von mir, etwas Dunkles auf einem Meilenstein liegen. Es hatte einen Kopf und zwei riesengroße gläserne Augen und einen langen Rüssel, der sich im Wind bewegte. Zuerst dachte ich, es wäre ein Tier, das am Waldrand lag und schlief. Dann sah ich, daß es eine Gasmaske war. Irgendein fliehender Soldat mußte sie dort niedergelegt haben.

Ich stellte mich hinter einem Baum auf und beobachtete die Gegend. Im Norden sah ich die Dächer der Stadt, durch die wir am Tag vorher gekommen waren, in der Sonne glänzen. Es war sehr still. Ich zündete mir einen Zigarettenstummel an, den ich in der Tasche gefunden hatte, und wartete auf den ersten Menschen, der mir begegnen würde. Wer würde es sein? Ein Freund oder ein Feind? Ein Franzose oder ein Deutscher?

Plötzlich sah ich, wie sich von dem Hintergrund des Städtchens ein Punkt löste und schnell auf mich zukam. Er wurde größer und größer. Ein Mann. Ein Mann auf einem Fahrrad. Er schien große Eile zu haben. Seine Hemdsärmel blähten sich im Wind.

Ich kam hinter dem Baumstamm hervor und stellte mich ihm entgegen.

»Der Krieg ist aus!« schrie er mir entgegen. »Wissen Sie nicht? Gestern nacht um zwölf Uhr.«

Die letzten Worte verflatterten im Wind.

Ich drehte mich um und lief in den Wald zurück. Ich stieß mich an Baumstämmen, stolperte über Wurzeln, riß mich an Sträuchern blutig, und als ich an die Stelle zurückkam, wo ich Hackenschmidt verlassen hatte, war der Platz leer.

»Hackenschmidt!« schrie ich. »Wo bist du? Der Krieg ist aus!«

Aber keine Antwort kam...

FÜNFTES BUCH

I have sworn upon the altar of God,
eternal hostility
against every form of tyranny
over the mind of man.

THOMAS JEFFERSON

I

Je mehr ich es bedenke,
um so klarer wird es mir,
daß das Leben nur da ist,
um gelebt zu werden.

GOETHE

Das Haus lag auf einem Hügel. Immer wehte ein Wind. Er kam von weither. Er strich über die Berge und Wiesen von Vermont und über den großen See Champlain. Er bewegte die gelben Blumen, die an den Abhängen wuchsen. Er war leise und ungewiß wie Nancy Paine, wenn sie »Swing low, swing low, sweet chariot« sang. Sie sang es nicht ganz richtig. Es war eine gewisse Diskrepanz zwischen der Innigkeit, mit der sie es sang, und den zahlreichen falschen Tönen festzustellen. Sie hätte gern besser gesungen. Sie liebte Musik. Musik hatte etwas mit Güte zu tun. Nancy Paine war ein gütiger Mensch. Sie stammte noch aus einer Zeit, in der Menschen es sich leisten konnten, gütig zu sein...

Nancy Paine stellte das Glas mit den eingemachten Blaubeeren in das Fach, das mit schneeweißem Pergamentpapier ausgeschlagen war, und sah über den See. Die Kinder waren mit dem Boot zum Felsen gerudert. Wenn sie genau hinsah, konnte sie ihre braunen Körper auf den Steinen erkennen.

Es war ganz still im Haus. Aus dem Wald kamen Axtschläge.

Draußen fuhr ein Wagen vor. Es war Mr. Lyman, der das Eis brachte. »Nice day«, keuchte Mr. Lyman. Er trug schwer an dem Eisblock auf seiner Schulter, und das kalte Wasser rieselte ihm in den Nacken. »Ich hole gleich noch den andern«, sagte Mr. Lyman, nachdem er den Eisblock mit dem Eisenhaken zurechtgeschlagen und in den Kasten gelegt hatte.

»Wir werden jetzt übrigens mehr brauchen«, sagte Nancy Paine. »Robert kommt heute aus Boston. Und dann sind da noch die Gäste.«

»All right«, sagte Mr. Lyman, während er auf Zehenspitzen hinausschlich, eine feuchte Spur hinter sich zurücklassend. Er war viel zu schwach für den Beruf, den er sich gewählt hatte. Außerdem fror er von Natur. Er brauchte kein Eis. Er hatte viel zu wenig rote Blutkörperchen.

»Was ist übrigens mit den Fledermäusen?« fragte Mr. Lyman, als er mit dem Eisblock auf der Schulter wankend zurückkam.

»Sie waren wieder da«, sagte Nancy. »Gestern nacht. Es muß ein Loch im Dach sein.«

»Zu dumm«, sagte Mr. Lyman und schaute schüchtern auf die feuchte Spur, die von der Tür zum Eisschrank und wieder zurück führte. »Ich habe die Spritze mit der Flüssigkeit zu Hause gelassen.«

»Es ist nur wegen der Kinder«, sagte Nancy. »Mary hat die ganze Nacht nicht geschlafen. Sie hat Angst vor Fledermäusen. Sie kommt aus der Stadt. Ich möchte nicht, daß die Fledermäuse ihr den Sommer verderben.«

Mr. Lyman schlug den Eisblock mit dem Haken zurecht, der sich wie eine Klaue öffnen und schließen ließ. Die kleinen Eissplitter sprühten kalte Funken. »Gewiß«, sagte Mr. Lyman. Aber es klang nicht sehr überzeugend. Er verstand nicht, warum Mary sich vor Fledermäusen fürchtete. Er war mit ihnen aufgewachsen. Sie krochen nachts aus dem Kamin und flogen im Zimmer umher, und es störte ihn nicht. Manchmal krochen sie auch in die Kleider, und wenn er am Morgen in den Hausrock schlüpfte, flatterten sie erschrocken aus den Ärmeln. Nein, er hatte keine Angst vor Fledermäusen. Aber man mußte sich den Leuten aus der Stadt gefällig erweisen.

»Ich werde auch etwas Dachpappe mitbringen«, sagte Mr. Lyman und schlich auf Zehenspitzen hinaus.

Die Kinder erwarteten Robert Paine auf halbem Weg, hinter einem Stein versteckt, sprangen auf die Trittbretter des Wagens und ließen sich langsam den Hügel hinauffahren.

»Es ist gut, wieder zu Hause zu sein«, sagte Robert Paine und zog sich die blaue Arbeitsjacke an.

»Ich habe Flicken auf die Ärmel genäht«, sagte Nancy.

Robert Paine hatte viele Zeitungen aus der Stadt mitgebracht, schwere, knisternde amerikanische Zeitungen, ganze Pakete, mit vielen Bildern und Beilagen, die nach frischer Druckerschwärze rochen und sich gewichtig anfühlten, wenn man sie unter dem Arm in die Laube trug. Er hatte auch einige Bücher gekauft, die neuesten, die auf der Bestsellerliste standen. »Das hier ist für dich«, sagte er zu Luise. »Wir müssen später darüber sprechen.«

Beim Essen in der geräumigen Küche, an dem langen Holztisch mit den Bänken zu beiden Seiten, saßen die Kinder hinter ihrer

Milch, stumm die Erwachsenen beobachtend, und lasen von ihren Lippen die Laute einer seltsamen, ungeheuer mächtigen Welt ab. Wo habe ich das schon einmal gesehen? dachte Kobbe. Kinder hinter ihrer Milch, mich beobachtend?

Nancy Paine sagte: »Mary hat Angst vor Fledermäusen. Kannst du dir das vorstellen?«

Mary: »Sie fliegen ins Haar und beißen, wenn man sie anfaßt.«

»Das ist Aberglaube«, sagte Robert Paine. »Übrigens werde ich diesmal länger bleiben.«

»Oh, dear«, sagte Nancy und sah ihn an.

Luise sagte: »Ich habe Blaubeeren gepflückt, einen ganzen Korb voll. Dann bin ich um den See gegangen. Man sollte immer auf dem Land leben.« Nancy sagte: »Du bist schon ganz braun, Luise. Warum bleibst du nicht bis September?«

»Ich muß nach New York zurück«, sagte Luise. »Ich muß auftreten.«

Nach dem Essen las Nancy den Kindern aus ›Alice in Wonderland‹ vor. Draußen flatterten die Fledermäuse ums Dach.

»Ich muß mal nach den Kühen sehen«, sagte Robert Paine.

So ging ein Tag zu Ende.

Europa war sehr fern. Ein Fleck auf der Landkarte. Wenn man in den Himmel über Vermont sah, wußte man nicht, daß Krieg war. Luise ging in den Wald, um Blaubeeren zu pflücken, während Kobbe mit Robert Paine im Gemüsegarten hinter dem Haus arbeitete. Sie standen, nur mit Hose und Hut bekleidet, in der Sonne und gruben die schweren Steine mit Spaten und Stemmeisen aus der hart gewordenen Erde. »Wird es Dir zuviel?« fragte Robert Paine. Kobbe lachte. Es war leichter, einen Acker umzugraben als ein Buch über die Zeit zu schreiben.

Wenn es Mittag wurde, ging Robert Paine zu dem Brunnen, in dem eine Whiskyflasche an einem Seil hing. Sie setzten sich auf die Kinderschaukel unter den beiden Apfelbäumen und tranken.

»Der Boden ist zu steinig«, sagte Robert Paine. »Ich werde Dynamit besorgen.«

»All right«, sagte Kobbe, während er schaukelnd sein Glas austrank.

Am nächsten Tag fuhr Robert Paine nach Burlington, um Dynamit zu besorgen. Kobbe lag auf dem Felsen, badete und fischte. Es gab viele Fische in dem See: Hechte, Barsche, Schleien. Sie hielten sich meist am Rand der Schlingpflanzen auf. Man mußte die Stellen kennen, man mußte lange hier gelebt haben und mit ihren Gewohnheiten vertraut sein. Einmal, als er die Leine in die Strömung auswarf, sah er ein Boot vom Ufer auf sich zukommen. Ein Mann mit grauem Haar und einer weißen Sportmütze saß darin. Als er nahe genug war, zog er die Ruder ein und brachte das Boot an seine Seite. »Nichts gefangen?« rief er. »Man muß den See kennen. Ich habe fünf Jahre dazu gebraucht. By the way – John Leslie ist mein Name.« Es stellte sich heraus, daß John Leslie den See wie ein Buch auswendig gelernt hatte. Seine Sammlung von Angelhaken, Ruten, Leinen und Ersatzteilen, von künstlichen und natürlichen Fliegen, Mehl- und Regenwürmern, Asseln, Heuschrecken und dergleichen, ließ auf einen Meister der Süßwasserfischerei schließen. Er hatte eine sanfte, gewinnende Art, den Fremden in die Geheimnisse seines Erfolges einzuweihen, wobei er nicht ohne Stolz auf die reiche Beute wies, die in seinem Netz zappelte. Übrigens sei er auch einmal in Paris gewesen. »La belle France«, sagte er. Es klang seltsam wehmütig in der pastoralen Heiterkeit und Stille, die über dem See lag. »Ich wohne dort drüben, gleich neben dem Landungssteg«, sagte er und zeigte auf ein kleines rotes Dach, das zwischen den Bäumen hervorsah. »Kommen Sie mal vorbei, wenn Sie Zeit haben.« Er legte grüßend die Hand an die weiße Mütze und ruderte davon.

Kobbe traf John Leslie täglich auf dem See. Sie ruderten nebeneinander her, tauschten ihre Regenwürmer und Angelhaken aus und sprachen über den Krieg und die letzte Rede des Präsidenten. Einmal besuchte Kobbe ihn in dem Haus, das John Leslie sich mit eigenen Händen erbaut hatte. Es bestand aus einem großen Wohnraum mit vielen Fenstern und einem mächtigen Kamin. Die Einrichtung stammte aus den neunziger Jahren: reichgeschnitzte Schaukelstühle, Plüschsofas, Petroleumlampen. An der Wand, über dem selbstgezimmerten Schreibtisch aus Nußbaumholz, hing ein Waldhorn, auf dem sich John Leslie, wie er dem Gast gestand, an warmen Sommerabenden zu ergehen pflegte. Wenn der Mond aus den Wolken trat, ging John Leslie mit dem Waldhorn auf die

Porch hinaus und blies ›Santa Lucia‹ oder die ›Letzte Rose‹. Man konnte es weithin über den See hören. Es war eine schwermütige Melodie. Man konnte auch hören, wenn John Leslie danebengriff. Er griff oft daneben. Das Waldhorn hatte einen tiefen, rostigen Klang. Es lachte und bellte und hustete. Es schluckte und spuckte und kicherte. Es war, als ob es sagen wollte: Hört ihr mich? Ich bin noch da. Ich lebe noch. Ich habe keinen Grund, mich zu beklagen. Ich schwimme, angle, lese und höre Radio. Ich esse selten Fleisch. Meine Nahrung besteht aus Milch, Käse, Brot, Fischen und Früchten. Ich gehe früh schlafen. Ich rauche nicht. Ich weiß mehr von der Welt, als ihr glaubt – denkt nicht, ich hätte es vergessen. Aber nach allem, was ich sah und hörte, blieb nur dies noch: ein Lied, auf einem rostigen Waldhorn gespielt. Das ist alles, was ein alter Mann euch zu sagen hat. Gute Nacht!

Hierauf erhob er sich, schüttelte den Speichel aus seinem Instrument, ging ins Haus und schloß die Fensterläden.

Heute abend habe ich wieder gut geblasen, dachte John Leslie vor dem Einschlafen.

Als Robert Paine aus Burlington zurückkam, brachte er, außer dem Dynamit, zwei Gäste mit: Nancys Mutter, eine behutsame, zart gescheitelte Matrone, die noch leiser und gütiger sprach als ihre Tochter, wobei sie manchmal vergaß, was sie sagen wollte, ein Gebrechen, das sich mit zunehmendem Alter verschlimmert hatte, – sowie Wolfgang Roth, einen knabenhaft kleinen, bunt angezogenen Zeichner, der vor zehn Jahren eingewandert war und die englische Sprache um einen unnachahmlichen Berliner Akzent bereichert hatte. Wolfgang Roth war durch viele musische Gaben ausgezeichnet. Er malte, tanzte, entwarf Bucheinbände und Bühnenbilder und sang zur Laute. In seiner Jugend wollte er einmal Clown werden. Er liebte alles, was bunt war: bunte Wände, bunte Menschen, bunte Hemden und bunte Lieder. Er hatte seine Laute mitgebracht und sang, wenn sie am Abend um den Feuerplatz saßen, draußen vor dem Haus.

»Ist es dir zu kalt, Mutter?« fragte Nancy Paine. Die Mutter erhob sich, um hineinzugehen, vergaß aber, was sie tun wollte, und setzte sich wieder. »Wir sind die Moorsoldaten«, sang Wolfgang Roth. Er stand verloren in der Nacht, vom Feuer beschienen, knabenhaft klein und bunt, mit flatterndem Haar und wehendem Hemd.

»Ich verstehe die Worte nicht«, sagte Nancy Paine. »Aber es ist das traurigste Lied, das ich je gehört habe.«

»Das Lied der Gefangenen von Börgermoor«, sagte Kobbe.

»Gibt es viele drüben?« fragte Nancy.

»Sehr viele«, sagte Kobbe. »Ein ganzes Volk.«

»Jetzt wird es mir aber zu kalt«, sagte Nancys Mutter und ging hinein, diesmal von den Kindern begleitet, die dafür sorgten, daß sie, ohne wieder umzukehren, die Tür zum Haus erreichte.

»Um noch einmal darauf zurückzukommen«, sagte Robert Paine und klopfte seine Pfeife aus. »Jedes Volk hat die Regierung, die es verdient. Wenn es ein anderes Deutschland gibt – wo ist es? Warum hört man nichts von ihm? Warum hat es dies alles schweigend geschehen lassen?«

Er hat recht, dachte Kobbe. Es ist gar nichts dagegen zu sagen. Wenn ich Robert Paine wäre, ich würde genauso sprechen. Aber ich weiß zuviel. Ich war dabei, als es geschah, und es war ganz anders, viel furchtbarer und unerklärlicher, als es in den Berichten zu lesen war. Ich wünschte, daß jetzt einer hier wäre, im Schatten dieses großen Landes, in dem wir Zuflucht gefunden haben – einer, der nicht die Kraft hatte, fortzugehen, und der daran zugrunde ging... ›Hauptmann Seehaus... der Mann steht unter meinem persönlichen Schutz...‹ Ich ging, und er blieb. ›Oder willst du, daß ein ganzes Volk auswandert?‹ Nein, gewiß nicht, und doch – vielleicht hätte doch ein ganzes Volk auswandern sollen – zumindest in Gedanken...

»Ihr seid ein verlorener Haufen«, sagte Robert Paine. »Ihr habt die Idee von einem Deutschland mit euch in die Verbannung genommen, das es gar nicht mehr gibt und wahrscheinlich nie mehr geben wird. Ihr seid bereit, zu vergessen. Werden auch die andern dazu bereit sein? Ich bezweifle es. Die Schuld ist zu groß, und sie werden euch nie verzeihen, was sie euch angetan haben. Erst seitdem ich einige von euch kennengelernt habe, weiß ich, daß der Mann am Kreuz von eurem Stamm war.«

»Ich verzeihe nichts«, sagte Kobbe. »Ich habe nichts vergessen. Ich will, genauso wie ihr, daß die Schuldigen bestraft werden. Aber ich finde, irgendwo muß ein Anfang gemacht werden, schon jetzt, bevor es wieder zu spät ist. Die drüben haben kein Recht, zu entschuldigen, was geschehen ist. Nur die Opfer dürfen verzeihen...«

Das Feuer war niedergebrannt. Sie saßen schweigend in der Dunkelheit. Es roch nach Rauch und verkohltem Holz. Frösche quakten. Über den See kamen die verwehten Klänge eines Waldhorns.

»John Leslie bläst wieder«, sagte Nancy Paine.

2

Kobbe an Borinski

... und so bitte ich Sie inständig, nicht den Mut sinken zu lassen und zu warten, bis wir uns wiedersehen. Seitdem ich erfuhr, daß Sie gerettet und in London sind, habe ich nur noch einen Wunsch: mit Ihnen wieder in der Sonne auf einer Pariser Caféterrasse zu sitzen und die Daumen zu drehen...

... und dann werde ich Ihnen auch erzählen, was sich ereignete, seitdem wir uns an jenem grauen Septembermorgen in Paris, in einer unserer düstersten Sternstunden, zum letztenmal sahen, von den Razzien in Marseille, der Jagd nach falschen Papieren, von den Gespensterschiffen, die niemals abgingen, von meiner Flucht nach Lissabon und von dem kleinen Afrikadampfer, der zwei Wochen brauchte, um uns keuchend über den Ozean zu schleppen... Aber das ist ja nun auch schon wieder ein paar Jahre her – es ist unfaßbar, wieviel Geschichte man täglich aufarbeiten muß –, neue Eindrücke und Aufgaben haben sich dazwischengeschoben, und wenn mir etwas von diesem quälend langsamen und doch ungeheuer erregenden Exodus über das Wasser noch besonders in Erinnerung geblieben ist, dann wird es wohl jener große gewaltige Regenbogen sein, der am Karfreitag, kurz vor unserer Ankunft in New York, um die sechste Nachmittagsstunde am Himmel erschien und sich von der einen Seite des Horizontes zur anderen wölbte, wie eine große feierliche Kundgebung zu Ehren dieses Auswandererschiffes. Für die Menschen, die auf diesem Schiffe fuhren, hatte dieses Feuerzeichen eine sehr verschiedene Bedeutung. Denn an diesem Karfreitag, den die Christen feierten, feierten die Juden ihr Passahfest – zur Erinnerung an den Auszug der Kinder Israel aus Ägypten. Wie durch ein mächtiges Strahlentor fuhr das Schiff mit den Verfolgten zweier Konfessionen der Freiheit entgegen. Schweigend standen sie auf Deck, oder knieten betend, während sie über das Meer blickten, das vom Glanz der himmlischen Erscheinung ganz erhellt war...

3

Menschen sind schwimmende Töpfe,
die sich aneinander stoßen.

GOETHE

»Enchantée de vous voir«, sagte Mirjam Schwarzenbach und nahm Kobbe den Mantel ab. »May I introduce our friend...« Die Männer hatten sich erhoben und standen erwartungsvoll hinter ihren Stühlen. Kobbe gab jedem die Hand, nach amerikanischer Sitte die Namen der Vorgestellten wie einen Fahneneid wiederholend.

»Und das ist meine Frau«, sagte Morawicz.

»Sehr angenehm«, sagte Kobbe. »Bitte lassen Sie sich nicht stören.«

»Wir sprachen gerade über Deutschland«, sagte Morawicz. »Ich bin für unconditional surrender. Drei Kriege in drei Generationen, das ist zuviel. Meine Frau sagt immer...«

»Scotch oder Rye?« fragte Mirjam Schwarzenbach.

»Scotch«, sagte Morawicz. »On the rocks, please.«

Ein sorgfältig gekleideter Herr mit holländischem Akzent sagte: »Ich kann mich nicht beklagen. Ich habe in Deutschland gut verdient. Aber der Furor teutonicus muß mit den Wurzeln ausgerottet werden.«

Kobbe ging zu Schwarzenbach in die Küche. Er trug eine weiße Schürze und rieb Zwiebeln auf einem Brettchen. Ein mächtiges Stück Fleisch, das in ein Handtuch eingewickelt war, kochte auf dem Herd.

»Das mit dem Handtuch ist meine Erfindung«, sagte Schwarzenbach. »Das Handtuch hält die Säfte zusammen, konserviert den Geschmack und verhindert, daß die Zellen durch das kochende Wasser zerstört werden.« Er sagte es mit jener tonlos murmelnden Stimme, die sie durch die Nächte in Frankreich begleitet hatte. »Für die Sauce habe ich allein drei Stunden gebraucht.«

Mirjam rief von nebenan: »Wie hieß doch gleich der Ort, wo man euch beinah gelyncht hätte?«

»Richelieu«, sagte Kobbe durch die Tür und zerkaute ein Salatblatt.

»Thank you«, sagte Mirjam Schwarzenbach. »Warum kommen Sie übrigens nicht herein? Wir brauchen Sie hier.«

Kobbe ging hinüber. Man war gerade dabei, Deutschland aufzuteilen. Ein Mädchen mit einer künstlichen Blume im Haar sagte: »Ich verstehe nicht, was sie gegen ›Onkel Joe‹ haben. Er hat so etwas Väterliches. Mit dem Pfeifchen und dem Schnurrbart – charming.«

»Hat Ihr Vater auch fünfzehn Millionen nach Sibirien geschickt?« fragte Einsiedel höflich.

»Ach, immer diese Poli…«, rief Julian Wachtel und stopfte sich das Hemd in die Hose. »Wir sind doch hier gemüt… ich meine… wozu überhaupt diese ewige… entre nous… between us… kennen Sie den Witz von dem … wie? Sie kennen ihn schon?… Nein?… ›Mon Général‹, sagt der… nein, unterbrechen Sie mich nicht… ›Mon Général, ce n'est pas ma femme, c'est ma…‹, ach, Sie kennen ihn schon?«

Schwarzenbach kam mit dem Braten herein. Er hatte jetzt wieder den schwankenden Paßgang des Kamels. Kobbe wunderte sich, daß er kein Stroh an den Beinen hatte.

»In welchem Lager waren Sie?« fragte kauend ein Herr aus Wien. »Gürs oder Les Milles? Sie kommen mir so bekannt vor.«

Kobbe gab Auskunft. »Dann muß ich mich wohl geirrt haben«, sagte er enttäuscht.

»Wie war's denn eigentlich in Marseille?« sagte Schwarzenbach. »Erzähl doch mal. Du warst plötzlich verschwunden. Nach der Geschichte mit der Hebamme.«

»Oh, Sie kennen Marseille?« sagte das Mädchen mit der künstlichen Blume im Haar. »Ich liebe Marseille. Palmen, Schalentiere, weiße Felsen. Wenn man am Vieux Port steht, glaubt man den heißen Sandwind von Afrika zu spüren. Eine aufregende Stadt, finden sie nicht?«

»Wer hat noch keinen Salat?« rief Mirjam Schwarzenbach. »Please, help yourself.«

»Ja, es war sehr aufregend«, sagte Kobbe. »Im Hotel Splendide saß eine deutsche Kommission und verlangte die Auslieferung von fünfzig prominenten Flüchtlingen. Das stand im Waffenstillstandsvertrag. Mehr würden folgen. Ich wohnte in einem Hotel im Araberviertel. Es war laut, dreckig, ekelhaft. Aber es hatte dunkle Gänge und Ecken, in denen man sich verbergen konnte, wenn die Polizei kam. Sie kam meist gegen fünf Uhr früh. Eines Morgens wurde ich verhaftet...«

»Einen Augenblick«, sagte Schwarzenbach. »Wie findet ihr mein Weinchen? Liebfrauenmilch aus Chile.«

»Nicht übel«, sagte Morawicz. »Nur etwas jung. Ich habe mir zwar geschworen, keine deutschen Weine mehr zu trinken, aber Chile ist ja westliche Hemisphäre.«

»Erzählen Sie weiter«, sagte das Mädchen mit der künstlichen Blume im Haar. »Ich liebe aufregende Geschichten. Kann ich noch eine Kartoffel haben? Thank you very much.«

»Sie luden mich in einen Wagen, in dem bereits einige andere saßen, die sie aufgelesen hatten – Huren, Taschendiebe, Emigranten. Man brachte uns in ein Gefängnis außerhalb der Stadt. Es war ein lustiges Gefängnis. Tagsüber saßen wir im Hof unter einer mächtigen Linde und besprachen die Weltlage. Man konnte auch alles kaufen, Wein, Obst, was man wollte, weil der Mann, dem die Kantine gehörte, ein Bruder des Präfekten war. Sie steckten unter einer Decke. Zweimal in der Woche kam der Präfekt in einer schwarzen Limousine vorgefahren. Die Gefangenen wurden verhört. Wer keine Papiere hatte, kam in ein Lager. Natürlich hatte ich keine Papiere. Ich überlegte mir, was ich ihm sagen sollte. Ich ging zwei Tage auf dem Hof umher und studierte mir eine Rede ein, auf französisch, natürlich. Endlich kam der Augenblick. Die schwarze Limousine fuhr in den Hof und hielt vor dem Gebäude, in dem die Verhöre stattfanden. Ich wurde hereingerufen. Er war ein hagerer Kerl, eine E. T. A. Hoffmann-Figur, aber das ist vielleicht viel zu schmeichelhaft, denn er war ein Schuft, die Bevölkerung haßte ihn, er wurde später von Partisanen ermordet. ›Ihre Papiere‹, fuhr er mich an. Er hatte schwarze Zwirnhandschuhe, einen schwarzen Anzug und einen schwarzen Hut, den er die ganze Zeit auf dem Kopf behielt. ›Vos papiers‹, sagte er. Ich hätte jetzt meine Rede halten sollen. ›Monsieur‹, hätte ich sagen sollen, ›meine Papiere? Ich habe keine. Sie sind mir im Hotel gestohlen worden. Übrigens bin ich Elsässer, deshalb mein deutscher Akzent‹, und so weiter und so weiter. Ich hatte mir alles so schön ausgedacht, aber plötzlich war es wie weggeblasen. Ich griff in die Tasche, als suchte ich etwas – wahrscheinlich tat ich es nur, um Zeit zu gewinnen, und in diesem Augenblick geschah etwas, das über mein weiteres Schicksal entscheiden sollte. Die Tür wurde aufgerissen. Ein Gendarm stürzte herein, flüsterte ihm etwas ins Ohr. Der Präfekt sprang auf und lief mit dem Gendarmen hinaus. Durch die offene Tür sah ich draußen im Hof einen Mann stehen. Er heulte und brüllte wie ein Kind: ›Ich lasse mich nicht in Ketten legen! Ich bin ein freier Spanier! Ich habe für euch in den Bergen gekämpft!‹ – Ein Gendarm, dick wie ein Faß, trat auf ihn zu und schlug ihm mit der Kette ins Gesicht, während zwei andere ihn packten und fortschleppten. Der kleine, böse, schwarze Mann kam zurück, schloß die Tür hinter sich, setzte sich an den Schreibtisch. ›Salaud‹, murmelte er. Der Vorfall schien ihn zu beschäftigen. Plötzlich bemerkte er mich. ›Was wollen Sie?‹ schrie er mich an. ›Ach so, Ihre Papiere, geben Sie.‹ Ich griff wieder in die Tasche, als ob ich sie hervorziehen wollte, und dabei hörte ich mich etwas ganz Wahnsinniges sagen. ›Monsieur‹, hörte ich mich zu meinem eigenen Erstaunen sagen, ›Ich habe sie Ihnen doch schon gezeigt. Erinnern sie sich nicht? Sie sind in Ordnung. Aber, bitte, wenn Sie sie noch einmal sehen wollen...‹ – ›Richtig‹, sagte der kleine, böse, schwarze Mann, nahm einen Zettel, drückte einen Stempel drauf und schob ihn mir über den Tisch. ›Foutez le camp‹, sagte er. Ich warf einen Blick auf den Zettel, drehte mich um, machte die Tür auf, ging über den Hof, ohne nach rechts und links zu sehen, gab den Zettel der Wache ab und befand mich jenseits der Gefängnismauer. Ich ging einige Schritte weiter, dann fing ich plötzlich zu laufen an, sprang auf eine vorbeifahrende Straßenbahn, fuhr zu einem Bekannten, legte mich zu Bett und schlief zwei Tage und zwei Nächte... Am Abend des dritten Tages saß ich in einem Café an der Cannebière. Ein Trupp Gefangener wurde vorbeigeführt. Sie waren in Ketten. Ich erkannte den Mann, der geschrien hatte. Er humpelte hinter dem Zug her. Sein Gesicht war verquollen. ‹Man sollte sie alle totschlagen‹, sagte der Kellner, als er mir den Apéritif brachte. ›Die Fremden sind unser Unglück. Sie haben uns diesen Krieg eingebrockt.‹ Ich versteckte mich hinter einer Zeitung. ›Sagten Sie etwas?‹ fragte der Kellner. ›Ja‹, sagte ich, ›noch einen Apéritif…‹«

Es gab einen Reisauflauf mit Himbeersauce, Käse, Kaffee und Obst.

»No, thank you«, sagte Morawicz. »Meine Frau verträgt keine Nüsse, nicht wahr, Liebling?«

»Was halten Sie übrigens von de Gaulle?« fragte das Mädchen mit der künstlichen Blume im Haar. »Hat er viele Anhänger? Ich halte ihn für reichlich überschätzt. Nur weil er für die Tanks war?«

»Ich verstehe zwar nichts von Politik«, sagte der Herr aus Wien, »aber eins steht fest: Frankreich war korrupt. Frankreich hat sich selbst entmachtet.«

Der Mann, der Deutschland aufteilen wollte, sagte: »Frankreich war nicht korrupt. Frankreich war pazifistisch. Wie sind Sie übrigens aus Marseille entkommen, Mr. Kobbe? Es muß doch wohl sehr schwierig gewesen sein.«

»Ach ja, erzählen Sie«, sagte das Mädchen mit der künstlichen Blume im Haar. »Ich liebe Ihre Geschichten. Es ist, als ob man selbst dabeigewesen wäre. Darf ich noch eine Orange essen?«

»Bitte, bedienen Sie sich«, sagte Mirjam Schwarzenbach. »Dazu sind sie ja da.«

»Es begann in einem Café an der Cannebière…«, sagte Kobbe.

»Sie scheinen ziemlich viel in Cafés gesessen zu haben«, sagte das Mädchen mit der künstlichen Blume.

»Sie waren für uns eine Art nationaler Heimstätten geworden«, sagte Kobbe. »Man wohnte im Café, schlief im Café, schrieb Abschiedsbriefe im Café. Nun also, ein Freund kam an meinen Tisch, ein sehr witziger Mensch, und sagte mir leise, ein Mann wäre im Hotel Splendide abgestiegen, ein Amerikaner, mit einem Haufen Dollar und einer Liste von Leuten, die gerettet werden sollten. ›Ihr Name steht auch drauf. Rufen Sie sofort an. Er wartet auf Sie.‹ Ich sagte, mir wäre nicht nach Witzen zumute, aber dann rief ich doch im Hotel an und fragte nach jenem geheimnisvollen Herrn. Er meldete sich sofort. ›Wie war Ihr Name? Oh, yes, Kobbe, kommen Sie sofort herüber, ich warte auf Sie!‹ Als ich zehn Minuten später im Hotel ankam, standen zwei deutsche Offiziere in der Halle. Ich ging an ihnen vorbei, zum Fahrstuhl, fuhr hinauf, und als ich die Tür öffnete und eintrat, kam mir ein freundlicher junger

Mann in Hemdsärmeln entgegen, legte den Arm um mich, stopfte mir einige Geldscheine in die Tasche, zog mich zum Fenster und wisperte, wie ein nicht sehr guter Schauspieler, der eine Verschwörerrolle spielen soll: ›Wenn Sie mehr brauchen, kommen Sie wieder. Inzwischen werde ich Ihren Namen nach Washington kabeln. Wir werden Sie hier herausbringen. Es gibt Wege, Sie werden sehen, oh, es gibt Wege...‹ Er goß mir ein Glas Whisky ein. ›Übrigens brauchen Sie einen neuen Anzug. Sie können nicht mehr so herumlaufen. Wir werden Ihnen morgen einen hübschen Sommeranzug kaufen.‹ Ich goß den Whisky herunter und sagte abwechselnd ›Thank you very much, Sir‹ und ›Danke vielmals‹ und ›Merci, monsieur‹. Sie müssen sich vorstellen: die Grenzen waren gesperrt, man saß in der Falle, jeden Augenblick konnte man von neuem verhaftet werden, das Leben war zu Ende – und nun steht da plötzlich ein junger Amerikaner in Hemdsärmeln, stopft dir die Taschen mit Geld voll, legt den Arm um dich und zischelt mit schlecht gespielter Verschwörermiene: ›Oh, es gibt Wege, Sie herauszubringen‹, während dir, verdammt nochmal, die Tränen über die Backen laufen, ja, scheußlich, richtige, dicke Tränen, und der Kerl, der gemeine, übrigens ein ehemaliger Harvard-Student, nimmt nun auch wirklich sein seidenes Taschentuch aus der Jacke, die über dem Stuhl hängt, und sagt: ›Hier, nehmen Sie. Es ist nicht ganz sauber, Sie müssen schon entschuldigen.‹ Und, sehen Sie, seitdem liebe ich Amerika, weil es diese Dinge so nebenbei, und doch mit Umsicht und praktischem Verstand tut und weil da doch immer, wenn es nicht mehr weiterzugehen scheint, irgendein Mann in Hemdsärmeln vor dir steht und sagt: ›Oh, there are ways, you know...‹

Ich blieb noch lange in Marseille, weil das Visum aus Washington nicht ankam, und dann haben wir ein Komitee gegründet und Menschen, die in Gefahr waren, über die Grenze gebracht oder in Klöstern versteckt, und dann kam der Tag, an dem ich selbst über die Grenze gehen sollte, mit einem funkelnagelneuen dänischen Paß, den einer der größten Fachleute auf diesem Gebiet für uns angefertigt hatte, und in meinem Koffer waren viele kleine Zettelchen mit Nachrichten aus dem besetzten Frankreich, die ich in Zahnpastatuben und Schuhcremedosen getan hatte, auch die Auslieferungsliste aus dem ›Hotel Splendide‹ war darunter, und als ich in Madrid ankam, ging ich, wie man mir gesagt hatte, auf einen

Dienstmann mit einer bestimmten Nummer zu, gab ihm meinen Koffer und sagte ein Kennwort, das ich heute vergessen habe. Der Dienstmann nickte, ging mit dem Koffer zu einem kleinen Hotelwagen, vor dem ein abgemagertes Pferd stand, ich stieg ein und wurde in eine kleine Pension in einer stillen Straße gefahren, niemand fragte mich nach meinem Namen, man brachte mir ein reichliches Abendessen, ich legte mich schlafen, und am nächsten Tag kam der Sohn des Hauses und fragte mich, ob er mir Madrid zeigen dürfe. Wir gingen zuerst in den Prado, sahen uns die Goyas und Velasquez an, und dann zur Cité Universitad, wo wir zwischen den Ruinen der zerstörten Hochschulgebäude umhergingen. Keiner von uns beiden hatte bisher ein Wort gesprochen, und ich hütete mich wohl, als erster meine Bewegung angesichts der Trümmer, in denen manche meiner Freunde während des Bürgerkrieges umgekommen waren, zu zeigen. Schweigend fuhren wir nach Hause, schweigend brachte er mich am nächsten Morgen zur Bahn und sagte nur noch, als der Zug sich in Bewegung setzte: ›Leben Sie wohl, Kamerad, und erzählen Sie draußen, was Sie hier gesehen haben. Helfen Sie dem armen spanischen Volk.‹ Schweigend fuhr ich, in einem mit schweigenden Menschen besetzten Abteil, der portugiesischen Grenze entgegen, während in den Hügeln längs des Bahndammes zerlumpte Kinder aus Erdlöchern auftauchten und schweigend ihre Hände nach uns ausstreckten. Schweigend gab ich meinen funkelnagelneuen dänischen Paß mit der blauen Krone dem spanischen Grenzbeamten und schritt mit meinen Zahnpastatuben und Schuhcremedosen voll geheimer Nachrichten in den portugiesischen Frühling, wo schon Mandelbäume blühten, und Kuchenberge, Bottiche mit Schlagsahne in den Cafés in Lissabon meiner harrten sowie das endlich aus Washington eingetroffene Visum...«

»Mandelbäume!« sagte das Mädchen mit der künstlichen Blume im Haar. »That's very cute, Mr. Kobbe, I like it.«

»In Spanien fing's an«, sagte der Herr aus Wien. »Spanien war die Generalprobe.«

»Spanien war der Bissen, um den sich zwei Raubtiere balgten«, sagte Einsiedel. »Und wir sahen zu, wie es zerrissen wurde.«

»Ich war nicht dabei«, sagte Kobbe. »Meine eigenen Leute hatten mir davon abgeraten. Sie sagten, es wäre zu gefährlich, man würde mich erschießen, entweder die eine oder die andere Seite. Da wußte ich, daß ich, wieder einmal, nicht dazugehörte. Nicht ganz.«

»Wollt ihr nicht meine Bilder ansehen?« fragte Schwarzenbach. Man begab sich ins Atelier und gruppierte sich mit Tassen und Gläsern um ein ›Selbstbildnis mit Baskenmütze‹, das den Künstler in Person sowie seine neuentdeckte Freude am Gegenstand zeigte.

»Jetzt müssen wir aber gehen«, sagte Frau Morawicz. »Wir fahren morgen früh aufs Land. Ein Freund von uns hat eine Kaninchenfarm in New Jersey. Ich war mit der Frau in Gürs zusammen. In Baracke fünf.«

»Baracke fünf«, sagte Mirjam Schwarzenbach. »Da waren Sie ja viel besser dran als wir! Da hatten Sie ja Betten!«

»Betten!« rief Frau Morawicz. »Was fällt Ihnen ein! Wir hatten Stroh. Ganz gewöhnliches Stroh. Was glauben Sie, woher ich sonst meine Allergien hätte?«

»Beruhige dich, Liebling«, sagte Morawicz. »Hast du schon deine Pillen genommen? Did you take your pills?«

»Ach, ich kenne das«, sagte Frau Morawicz. »Immer diese Eifersucht auf Baracke fünf!«

»Es war eine wunderbare Party«, sagte Morawicz. »Thank you very much.«

»Come again soon«, sagte Mirjam Schwarzenbach.

Kobbe ging durch die 57. Straße zur Lexington Avenue, kaufte sich eine Zeitung und brachte das Mädchen mit der künstlichen Blume im Haar an den Autobus.

»Meine Telefonnummer ist Eldorado 7-8869«, sagte sie. »Rufen Sie doch einmal an. Aber nicht später als neun Uhr früh. Und dann wieder zwischen sechs und sieben. Ich möchte wirklich wissen, was Sie von de Gaulle halten.«

4

L'homme n'est pas ici-bas
seulement pour être heureux.
RENAN

Gregory Feinberg saß an einem Bartisch, über dem ein vergoldeter Holzengel schwebte, und spielte mit einem Mann in Hemdsärmeln eine Partie Poker. Auf einem Podium stand ein Klavier, vor dem ein anderer Mann, ebenfalls in Hemdsärmeln, saß, neben ihm eine Gestalt, die von Zeit zu Zeit ihre Arme und Schultern im Takt der Musik hob und senkte. Es war nicht ganz ersichtlich, ob die Verzweiflung, die sich darin ausdrückte, dem Mann am Klavier galt oder ein Teil des Tanzes war. Manchmal brach die Musik ab, und man hörte den Mann am Klavier der Gestalt etwas zurufen, worauf diese die Schultern sinken ließ und mit dem Zeigefinger in den Noten herumsuchte. Im Hintergrund fegte eine Negerin die am Boden liegenden Zigarettenstummel fort. Die Schwärze ihres Gesichts und ihrer Hände verschmolz mit dem schwarzen Vorhang, der die hintere Wand des Lokals verdeckte, und mitunter sah man nur ihre große weiße Schürze, die geisterhaft durch das Dunkel zu schweben schien.

»Mr. Feinberg!« rief Luise, mit dem Fuß aufstampfend. »Ich hab's Ihnen doch gesagt – die Bühne ist zu klein.«

»Finden Sie?« sagte Gregory Feinberg mit jenem übermüdet lächelnden Ausdruck, der ihm das Vertrauen seiner Gäste erworben hatte. »Natürlich ist sie zu klein. Aber das ist es ja eben. Tanzen – das kann jeder. Aber im Stehen tanzen – dazu gehört Genie. Haben Sie schon mal im Stehen getanzt?«

»Ich weiß nicht«, sagte Luise und dachte an den Vertrag mit den vielen roten Siegeln und der Unterschrift des Notars und an die vielen braunen Scheine mit den Landes-Insignien und den Bildern des Präsidenten auf der Rückseite. »Ich will es versuchen.«

Luise probte einen Tag und eine Nacht im ›Moulin Rouge‹. Sie wählte, nachdem sie in ihrem Koffer mit den Lumpen und Schellen und Zähnen emsig gewühlt hatte, drei Tänze aus, von denen sie glaubte, daß man sie vielleicht auch ›im Stehen‹ tanzen könnte, verwandelte Sprünge in Gesten, Schritte in Grimassen und versuchte, aus den ihr auferlegten Beschränkungen, oft nur durch einen Augenaufschlag oder ein unerwartetes Stirnrunzeln, eine neue Kunstform zu schaffen. »Wunderbar«, sagte Gregory Feinberg, als er am Abend mit der Geschmeidigkeit eines übermüdeten Panthers die Tische abschritt. »Aber Sie müssen jetzt eine Pause machen. Die Vorstellung beginnt um zehn Uhr.«

Luise legte sich auf das schäbige Ledersofa, das in ihrem Umkleideraum stand, und hörte im Halbschlaf die Kommandorufe Gregory Feinbergs auf dem Gang, die Geräusche der Küche und das Klirren von Gläsern, die durch endlose Korridore getragen wurden, vielen Gläsern, die zu klingen begannen, wenn der Wind sie anstieß. Er kam von weit her. Er strich über die Berge und Wiesen von Vermont und bewegte die gelben Blumen, die auf den Abhängen wuchsen. Die Blumen hatten ihre Blätter eingezogen, und eine unter ihnen, die etwas abseits stand, in sumpfiger Erde, unbeachtet und ein wenig kümmerlich, hatte ihre Blüte wie einen großen gelben Strohhut tief ins Gesicht gedrückt und schaute ängstlich zu der Wolke empor, die sich über ihr zusammenzog. Es donnerte und blitzte, und der Regen fiel auf sie nieder und drückte sie zu Boden, aber dann wurde es plötzlich hell, die Sonne schien wieder, und die gelbe Blume richtete sich langsam auf, schüttelte sich ein wenig und lächelte unter ihrem gelben Strohhut fröhlich und fast schon ein wenig herausfordernd, den Himmel an. Irgendwo spielte eine Flöte... Ich möchte das einmal tanzen, dachte Luise im Einschlafen. Eine Blume. Nichts weiter. Still, pflanzenhaft. Ein Dasein. Ein Zustand. Eine Lebensform...

»Wie spät ist es? Noch nicht zehn?« fragte Jerobeam Kulp und tastete nach dem Blumenstrauß, den er unter seinem Stuhl verstaut hatte. Er tat, als wäre er persönlich für das Schicksal Europas in Amerika verantwortlich, fragte alle fünf Minuten, wie spät es sei, und trank ein Glas Whisky nach dem andern. »Trinken Sie nicht so viel«, sagte Kobbe. »Es schadet Ihnen.« – »Lassen Sie ihn doch trin...«, sagte Julian Wachtel, ohne den Satz zu Ende zu sprechen. »Übrigens ist der Raum gar nicht so un... ich meine... in der Not frißt der Teufel Flie... Sie verstehen... Haben Sie übrigens von Kitty Blau gehört? Eine schreckliche Gesch... ich meine...« Er schnallte sich, wie stets, wenn er in Erregung geriet, den Gürtel auf und stopfte sich mit beiden Händen das Hemd in die Hose. »Have another drink«, sagte Jerobeam Kulp. Sie tranken jeder einen Tom Collins, die Musik spielte ›I got plenty of no'ting‹, und Kobbe dachte an Kitty Blau und an ihren Salon in Berlin und an den Strohsack, auf dem sie in den Pyrenäen gestorben war. Ihr Mann war bereits einige Zeit vor ihr gestorben. Er war in den letzten Jahren sehr vergeßlich gewesen. Einmal hatte er seine Notdurft in dem Schilderhaus verrichtet, das vor dem Palais des Präsidenten der Französischen Republik stand. Seitdem hatte Kitty Blau ihren Mann nicht mehr allein ausgehen lassen. Sie war eine tapfere Frau gewesen, hilfsbereit, gut. Sie hatte im Exil Torten gebacken und war mit schiefen Absätzen durch die Filmcafés der Champs-Elysées gegangen, wo die Leute mit den vorgesteckten weißen Servietten saßen und Sekt zum Frühstück tranken. Sie war gerade im Begriff gewesen, sich eine Existenz aufzubauen – da fiel Hitler in Polen ein.

Auf ein Zeichen Gregory Feinbergs wurden jetzt die Ventilatoren abgestellt, die Fenster hinter den schweren Samtportieren geschlossen und die Scheinwerfer in Tätigkeit gesetzt. Der unterhaltende Teil begann. Eine sehr französisch aussehende Französin sang französische Lieder am Klavier. Es war viel von abfahrenden Zügen und von der Traurigkeit des Auseinandergehens die Rede, wobei die Sängerin, mit einem zerknüllten Spitzentaschentuch dem Publikum zuwinkte und es zwinkernd einlud, ein Gleiches zu tun. Es mißlang, und nur einige Beherzte folgten der an sie ergangenen Aufforderung. Es trat eine Pause ein. Neue Gäste kamen. Das Flüstern ging in Brausen über. Es war sehr heiß hinter den schweren Samtportieren, und das Brummen der Ventilatoren erschwerte die Verständigung. Kobbe sah, wie Jerobeam Kulp sich mit der Getränkekarte Luft zufächelte. Es stand schlecht um ihn. Er war in Schweiß gebadet. Es entging Kobbe nicht, daß er wieder sein linkes Auge zukniff.

Dann kam ein Verwandlungskünstler mit Studien berühmter Zeitgenossen, und nachdem wieder eine Pause eingetreten und das Geräusch der Ventilatoren an- beziehungsweise abgestellt worden war, betrat Gregory Feinberg mit müden, aber berechneten Schritten das Podium und bot seinen Maßanzug den Scheinwerfern dar. Er habe die Ehre, so sagte er mit mürrischer Liebenswürdigkeit, die Anwesenden mit einem Lebewesen bekannt zu machen, das in der Naturgeschichte der Zivilisation seinesgleichen suche. Weder Mensch noch Tier, weder Pflanze noch Mineral, stelle es eine Zwischengattung dar, eine Art von hüpfender, vegetierender, sprossender Fabelfigur, ein Hirngespinst auf zwei Beinen, eine Tanz gewordene Metapher, so drückte er sich aus, und dieses rätselhafte Wesen, für das die Wissenschaft, einschließlich Mr. Feinberg, noch keinen Namen gefunden habe, sei nunmehr im Begriff, sich mit einer Charakterstudie, ›Der Ärger‹, dem Publikum vorzustellen.

Er trat herunter. Ein Licht huschte über die vergoldeten Holzengel und Empirespiegel, blieb einen Augenblick lang an der Tür hängen, die seitwärts in den Zuschauerraum führte, und beleuchtete eine Gestalt, die allerdings nur noch entfernt an ein menschliches Wesen erinnerte. Sie war in einen Kartoffelsack eingenäht, der auf zwei flossenartigen Filzpantoffeln dahinwatschelte, statt der Haare wuchsen ihr bunte Mottenkugeln, die an langen Drähten vom Kopf abstanden, das Gesicht war auf der einen Hälfte grün, auf der andern blau, die Stirn gelb geschminkt. Es war in der Tat ein Bild des Ärgers, nicht etwa nur ein Mensch, der sich ärgert, sondern eine Eigenschaft, ein Zustand, es war ›der Ärger‹ an sich, der dort in der Tür stand, bebend vor Zorn über die ihm zugemutete Störung, die ihn an das Licht der Öffentlichkeit, und was für einer, zerrte, mißtrauisch die fremden Gesichter anblinzelnd, und nun, von Ekel und Unmut geschüttelt, mit frierenden, verstockten Bewegungen den Weg von der Bühne zum Podium antrat. Ein genialer Pinguin, dieses Mädchen, dachte Kobbe hingerissen, es war *sein* Tanz, derselbe, über den sie ihm einmal aus London geschrieben hatte: »Ich tanze jetzt, wie du aussiehst, wenn ich dir auf nüchternem Magen sage, daß ich dich liebe... als ob du Essig getrunken hättest...« Aber sie hatte noch nicht die Bühne erreicht, sie war noch nicht die zwei Stufen, die zum Klavier führten, in ihrer Sackleinwand hinaufgehüpft, als ihr Schicksal bereits festzustehen schien. Auf den Ausruf des Erstaunens in den vorderen Reihen, der sich von Tisch zu Tisch fortgepflanzt und die hinten Sitzenden veranlaßt hatte, die Hälse zu recken und sich von ihren Stühlen zu erheben, war eine Stille gefolgt, in der jeder Schritt, jede Bewegung, die Luise ausführte, sich gegen sie zu richten schien. Kobbe hörte die Stufen, die zum Podium führten, unter ihren Füßen knarren, es war ein lautes, böses Knarren, es paßte nicht in diesen Raum mit den vergoldeten Holzengeln und den Empirespiegeln, er hörte ihre schnellen und, so schien es ihm, ein wenig schnaufenden Atemzüge, dicht neben sich, die ein Element der Mühe, der Anstrengung und unbewältigten Schwere in das allzuleichte Programm brachten, und er sah, während er das vor Jerobeam Kulp stehende Glas in einem Zuge austrank, die Gesichter, die dem wunderlichen Schauspiel folgten: dort, die Dame in der ersten Reihe, die, als Luise knarrend und schnaufend an ihr vorbeitappte, den Hermelinkragen bestürzt vor das Gesicht hielt, als wollte sie eine Belästigung abwehren, oder jene beiden, finster in ihre Gläser blickenden Herren,

Mächtige der Finanz und der Industrie wahrscheinlich, die gekommen waren, um über Geschäfte zu sprechen, und nun beklommen dasaßen mit ihren langen, teuren Zigarren, die sie sich wie Lanzen in ihre Münder gepflanzt hatten...

Jetzt stand Luise auf der Bühne. Der Mann am Klavier spielte Debussy. Er sah verstört aus. Er spürte, was vorging. Auch Luise spürte es. Sie spürte die Kälte, das Schweigen, das kein Schweigen der Verzauberung, des Mitgehens, der wortlosen Hingabe an das Befremdliche war, sondern ganz einfach Ablehnung, sie spürte, daß das Publikum sie verlassen hatte. Sie sah den Ausdruck im Gesicht der Dame mit dem Hermelinkragen und die eingelegten Lanzen der beiden Männer, und während sie mit Händen, Füßen, Schultern, mit Ohren, Lippen, Nasenflügeln, Augenbrauen sich in ihrem Gefängnis aus Sackleinwand zu bewegen begann, dachte etwas in ihr: Ich bin schlecht – hätte hier nicht auftreten sollen – eins, zwei, drei – Gott, war das schlecht – das Klavier steht zu nah – der Raum ist zu klein – Bühne zu klein – gar kein Erfolg – eins, zwei, drei – verdammt noch einmal – das ist kein Tanz – das ist Sch... sollte doch – komisch sein – komisch und ernst – furchtbar ernst – Gott, bin ich schlecht – kann überhaupt nichts mehr – absteigender Ast – mit Fransen – eins, zwei, drei, – pfui Teufel – Ruhe, Ruhe, Ruhe – das Klavier steht zu nah – ich hab's doch gesagt – eins, zwei, drei, – in Amsterdam hat man mich gemalt – in Wien auch – in Berlin – überall gemalt – aber jetzt nicht mehr – in Amsterdam – eins, zwei, drei – fabelhafte Kritiken – Nieuwe Rotterdamsche Courant – ein Parterreakrobat der Seele – schrieben sie – jawohl – schrieben – sie – aber jetzt bin ich schlecht – das Klavier steht zu nah – Nieuwe, Nieuwe, Nieuwe – Möwen wie weiße Hermelinkragen – Möven, Tulpen, Nelken – Grachten – Radfahrer – volle Häuser – Zigarren – gute holländische Zigarren – teure dicke Zigarren – Sumatra, Java, Bornea – eins, zwei, drei – Kannibalen mit Schurzfell – dicke, schwarze Zigarren – in Maisblättern gebacken – ganz außerordentlich schwarz gebackene Zigarren – Nieuwe, Nieuwe, Nieuwe – Nahm dieser Tanz kein Ende? Warum trat sie nicht einfach vor die Rampe und sagte: Meine Damen und Herren, verzeihen Sie, daß ich Sie gestört habe, ich bin nicht gedämpft, ich spiele nicht auf zwei Klavieren, ich kann nicht im Stehen tanzen, auch nicht im Liegen, ich bin viel zu besonders, viel zu grell, viel zu heftig, ich gehöre nicht hierher, und es war ein Fehler, daß ich es überhaupt versucht habe...

Aber Luise hörte nicht auf. Sie rüttelte und schüttelte sich, die Mottenkugeln schlugen gegeneinander, die Augenbrauen hüpften, Mundwinkel, Ohren, Nasenlöcher, bis der ›Ärger‹ zu Ende war und sie sich – endlich – verbeugte. Kobbe hörte Händeklatschen. Es waren die Hände von Jerobeam Kulp, der, ein Auge zukneifend, aufsprang, den Blumenstrauß unter dem Stuhl hervorzog und mit dem Ruf »Encore! Encore!« auf die Bühne warf. Er traf Luise mitten ins Gesicht, was sowohl Heiterkeit als auch Bedauern hervorrief und selbst Widerstrebende bewog, sie nicht ohne Applaus abtreten zu lassen.

Die Lichter gingen wieder an, die Ventilatoren begannen zu brummen. Julian Wachtel stopfte sich das Hemd in die Hose. »Ich gratu... verstehen Sie... Diese Frau... also einfach... ich meine... mir fehlen die... unter uns... ich bin ehrlich begeistert... die Frage ist nur... nein, lassen Sie mich ausre... ich meine... diese Frau... hat sie schon mal... wie heißt das doch... Radio City...«

»Radio City«, lallte Jerobeam Kulp. »Ich habe einen Freund in der Presseabteilung, einen gewissen...«

Er schlief mit offenen Augen ein.

Eine Negerin sang »When the lights go on again all over the world«. Sie hatte zarte Bewegungen und eine zarte Stimme, die ihren unförmigen Körper und ihre dicken Hände schön erscheinen ließ. »Gesangstechnisch nicht sehr... ich meine... schließlich muß man...«, sagte Julian Wachtel. »Aber im Ausdruck ...Sie verstehen... großartig... je m'incline...«

Luise trat noch einmal auf, diesmal mit einer Parodie, einem Wiener Walzer, wieder ›im Stehen‹ getanzt, natürlich, aber es schien besser zu den vergoldeten Holzengeln zu passen, und die Leute lächelten über ihre Gläser hinweg. Es wäre sogar fast ein Erfolg geworden, wenn nicht wiederum Jerobeam Kulp eingegriffen hätte. Er mochte wohl, mit offenen Augen in seinem Stuhl schlafend, Klänge vernommen haben, die ihn an Johann Strauß und das von ihm gern als Hintergrund für seine Short Stories benutzte ›Grinzing‹ erinnerten. Jedenfalls fing er plötzlich laut zu singen an, erhob sich, während der Stuhl hinter ihm umfiel, und ging im Walzertakt mit ausgebreiteten Armen auf Luise zu, die, seine Absicht erratend, ihm zuvorkam und mit dem täppisch nach ihr Greifenden wohl oder übel eine stumme Szene aufführte, wodurch der Eindruck entstand, es gehörte dazu, wäre so vereinbart worden, und das Ganze dennoch zu einem einigermaßen befriedigenden Ende geführt wurde.

Nachdem Luise abgetreten war, bemächtigte sich Kobbe des noch immer trunken umhertappenden Jerobeam Kulp und führte ihn hinaus. Ein Mann in einer roten Uniform öffnete ihnen die Tür.

»Was habe ich denn getan?« schluchzte Jerobeam Kulp. »Was habe ich denn...?«

Er hielt sich taumelnd an der Wand fest. Er schwitzte und schluchzte und fühlte sich, hinter seinen beschlagenen Brillengläsern, in seinen besten Absichten verkannt. Was war denn geschehen? Hatte er nicht...! Er nahm seine Brille ab. Seine Augen hatten jetzt jenen blinden, fischigen Ausdruck, den Kurzsichtige an sich haben, wenn sie ihrer Gläser beraubt sind. Plötzlich änderte er den Ton. Wie ein Schwimmer, der genug ausgeruht hat, stieß er sich mit einem Ruck von der Wand ab, kniff ein Auge zu und versuchte mit dem andern, dem offenen, das ihn umbrandende Chaos zu durchdringen. »Dies ist ein freies Land!« schrie er. »Niemand hat mir zu befehlen!« Er wußte nicht mehr, was er sagte, trunkener Wahnsinn kam über ihn, Lust am Schlagen, am Beleidigen, tiefe, trunkene Lust, zu beschimpfen, was man geliebt hat, niederzubrüllen, was sich einem entgegenstellt: »Sie und Ihre Freunde!« tobte er. »Hinaus mich euch, wir wollen euch hier nicht, hinaus! Go back where you came from!«

Kobbe drehte sich um, der Mann in der roten Uniform hielt ihm die Tür auf, und während er schon im Gehen war, geschah etwas, das die Leute, die sich bereits vor dem ›Moulin Rouge‹ angesammelt hatten, in Gelächter ausbrechen ließ. Es kam ganz unerwartet, und doch hatte es Kobbe schon seit längerem geahnt. Das also war das Geheimnis, das Jerobeam Kulp so ängstlich hütete, das hatte ihn zum Trinker gemacht, das ließ ihn des Nachts bei offener Tür schlafen, und deshalb hatte er sich von jener ehrwürdig dreinblickenden Dame getrennt, die einmal in der Woche zu ihm kam und mit verweinten Augen fortging. Es gab andere, die es leichter nahmen. Aber Jerobeam Kulp, der Puritaner aus dem Mittelwesten, mit dem bebrillten Säuglingsgesicht und den abstehenden Ohren, trug sein

Geheimnis mit sich herum, er hatte sich daran gewöhnt, mit ihm zu leben, er pflegte und behütete es wie eine nie verheilende Wunde, aber jetzt hatte er sich freigeschwommen und ruderte hinaus in die Brandung.

»Kobbe, geh nicht fort, bitte, verlaß mich nicht«, schrie Jerobeam Kulp. »I love you! Didn't you know? I always did.«

Die Leute standen lachend herum. Auch der Mann in der roten Uniform lachte. Er rieb sich mit dem Zeigefinger das Nasenbein und lachte.

»Jerobeam«, sagte Kobbe sanft, »reden Sie keinen Unsinn. Sie sind betrunken. Fahren Sie nach Hause und legen Sie sich hin.«

»Ich will nicht«, schluchzte Jerobeam Kulp und zog sich wieder an die Wand zurück, erschöpft von seinem erfolglosen Schwimmversuch in eine Welt, die ihn nicht verstand und nie verstehen würde. »I love you. Didn't you know? I love you, Kobbe!«

Kobbe bat den noch immer, und jetzt noch mehr, lächelnden Mann an der Tür, sich Jerobeam Kulps anzunehmen und ihn in ein Taxi zu setzen, und ging zu Luise hinter die Bühne. Sie saß in einer Kammer, die zur Aufbewahrung von Weinflaschen, leeren Kisten, Klapptischen und Reservestühlen diente. Neben ihr stand die Negersängerin in der Haltung einer afrikanischen Mutter, die ihr Jüngstes beweint, und sagte mit ihrer zarten Stimme, die nicht recht zu ihrer unförmigen Figur paßte: »Nimm es nicht tragisch, Kind. Ich sage dir, du warst herrlich.«

Gregory Feinberg steckte müde den Kopf durch die Tür und sagte mit verbrauchtem Lächeln: »Luise, ich werde im Village ein neues Lokal eröffnen. Möchtest du mit mir arbeiten?« – »Thanks«, sagte Luise. Sie waren alle sehr gut zu ihr. Sie betrieben ja dasselbe Handwerk, und sie bewiesen ihr jene Solidarität, wie man sie häufig bei Gauklern und Zirkusleuten findet, die, in der Kunst der Täuschung und der Zauberei bewandert, ihre Wagen anhalten und bewundernd stehenbleiben, wenn sie einander auf der Landstraße begegnen.

Es gab noch eine Nachtvorstellung. Das Lokal war fast leer. Einige Matrosen standen an der Bar und würfelten. In den Ecken müde Verliebte, die einander mit Blicken abtasteten. Luise tanzte den ›Ärger‹ und eine Pantomime, ›Selbstgespräch‹. Es kam nicht mehr so darauf an. Die Negerin übernahm den Rest. Es war vier Uhr morgens, als Kobbe und Luise aufbrachen.

5

Die Nation ist ein tägliches Plebiszit.
RENAN

Die schlafende Stadt mit ihren erloschenen Lichtgerüsten, ihren zum Bersten gefüllten Mülleimern, die vor den Türen standen, beladen mit den Eingeweiden eines Tages, ihren rauchenden, vergitterten Subwaylöchern, in denen Männer mit Kaugummi nach verlorenen Münzen angelten, lag wie eine ausgebrannte Schlucht unter dem sich verfärbenden Himmel, und es schien ihm, während er neben Luise durch die Straßen schritt, als hätte ihr Gesicht und das dieser Stadt denselben übernächtigen und entzauberten Ausdruck angenommen.

Sie fuhren nach der Westseite und gingen zu Fuß den Riverside Drive entlang. Es war inzwischen Tag geworden. Die Hitze der Nacht stand noch in den Straßen, eine lautlose Hitze, feucht und brütend wie die Sonne, die sie verdeckte. Sie stiegen die Stufen zum Denkmal für die im Bürgerkrieg gefallenen Soldaten hinauf und sahen die Landschaft des Hudson vor sich liegen: drüben, die Anhöhen von New Jersey, den Vergnügungspark, der mit seinen Gerüsten und Kurven wie eine moderne Raumkonstruktion, spielzeughaft verkleinert, in die Luft ragte; die Schornsteine und Piers, die Lagerschuppen und Trockendocks mit ihren haushohen Lichtreklamen, die nun wie unverständliche Totemzeichen herüberstarrten; die Schiffe, die im Fluß vor Anker lagen, viele Schiffe, ein ganzer Konvoi, und zwischen ihnen, wie Wasserkäfer, eine lange gefiederte Spur hinter sich lassend, die Boote der Küstenwache, Fähren, Kohlenbunker und schwarze, schwimmende Kästen, die wie Untiere in der Strömung trieben. Nach Norden zu, dort, wo sich der Fluß mit seinen Anhöhen in Rauch und Dunst verlor, sah man die fein gezogenen Umrisse der George-Washington-Bridge, zart und undeutlich wie eine überbelichtete Fotogafie, aus dem Nebel auftauchen. Dort, hinter der Brücke, ging es den Hudson hinauf, nach Vermont, nach Kanada, dort gab es Wälder und Seen und rote Getreidespeicher und scheckige Kühe; dort, irgendwo hinter dieser Brücke, die sich, wie mit der Nadel gestochen, von dem sepiafarbenen Hintergrund abhob, lag auch das Haus, in dem Robert Paine lebte, und John Leslie stand mit dem Waldhorn auf der Porch und blies die ›Letzte Rose‹...

»Ich kann nicht mehr«, sagte Luise und legte sich auf das Steingeländer. »Hörst du mich? Ich kann nicht mehr. Ich habe genug. Zuerst dachte ich, es wäre ganz einfach. Ich trat im fünfzigsten Stockwerk eines Hauses auf und sah New York zu meinen Füßen liegen. Dann war es plötzlich aus, beinahe über Nacht. Ich war nicht mehr ›neu‹, nicht mehr sensationell genug. Ja, wenn ich irgendein Gebrechen hätte, etwa ein künstliches Bein, dann würde ich ganz groß auf der ersten Seite stehen, mit Bild: ›Waise mit Holzbein tanzt Chopin.‹... oder so ähnlich... Ich weiß nicht, woran es liegt. Ich weiß nur, daß dieses Land anders ist, ganz anders, und je länger ich hier lebe, um so weniger verstehe ich es...«

»Du mußt schlafen gehen«, sagte Kobbe.

»Ich kann jetzt nicht schlafen«, sagte Luise. »Es ist zu heiß. Ich möchte an den Ozean. Oder in einem Schiff um Manhattan fahren. Nur nicht schlafen gehen. Ich habe Angst vor heißen Betten und heißen Zimmern.«

Er nahm sie bei der Hand, und sie fuhren durch die unterirdischen Gewölbe der Stadt, auf donnernden Gleisen zum Battery-Park. Es war etwas nach sieben Uhr. Ein Geruch von Teer und Jod und faulendem Holz lag über dem Hafen.

»Warum waren wir noch nie hier?« rief Luise. Sie war plötzlich erwacht. Sie gingen durch die Washington Street und betrachteten die Schaufenster mit ihren levantinischen Aufschriften, in denen Wasserpfeifen, Teeblätter, exotische Sträucher und Hölzer zum Verkauf lagen. Sie warfen einen Blick in eine kleine moscheeartige Kirche, voll von wehenden Flammen und von roten Kerzen, und bogen in die Cortlandstreet ein, die hinunter zu den Docks führte. Ein Gewühl von Menschen empfing sie. Schwarze, gelbe, braune Hafenarbeiter eilten durch die bunt und lärmend sich darbietende Gasse, die mit ihren Fruchtkarren und Blumenständen, Gewürzläden und Seemannsgeschäften wie eine Bazarstraße des Orients wirkte. »Paris. Rue Mouftard«, sagte Luise. »Oder Bagdad. Oder Hamburg. Oder Valparaiso. Oder alles zusammen – eben New York.«

Ja, das war New York, kochend in der Morgenhitze eines dunstigen Augusttages, schweißgebadet, triefend, nackt. Man mußte New York auf der Haut spüren, während man durch die dampfenden Straßen ging, dieses Vibrieren von Millionen Körpern, dieses Gemisch von Hitze und Hast und Arbeit, man mußte es in allen Gliedern spüren und plötzlich entdecken, daß New York schön war, auf eine eigentümlich grausame, nüchterne Art schön. Hier war nichts Kulisse, Dekoration. New York war von Menschen für Menschen erbaut, nicht für die Ewigkeit, sondern von heute auf morgen. Es war ein in die Höhe gewachsener Grundriß, ein szenisches Gerüst für eines der größten Menschen-Schauspiele aller Zeiten, ein Denkmal menschlicher Mühe und Anstrengungen, Schwierigkeiten und Belohnungen. Es gab hier keine plätschernden Brunnen, keine verschlafenen Torbögen, keine mittelalterlichen Türme und Erker und Kreuzgänge. Aber es gab gewaltige moderne Schicksale, die das Gesicht dieser Stadt geprägt hatten, Probleme der Anhäufung von Menschen, von Kapital, von Arbeit und Arbeitslosigkeit; Probleme der Organisation, der Verteilung, des Zusammenlebens. All dies schroff, unvermittelt, ohne Übergänge. Man konnte hier entweder ganz arm oder ganz reich sein. Man konnte seinen Ruhm über das ganze Land getragen sehen oder unbekannt in der Masse verschwinden. Aber wenn man unten war, mußte man hinauf, man mußte es immer wieder versuchen. In Europa waren die Menschen mit einem blauen Himmel zufrieden, oder mit einem Abend auf einer Kaffeehausterrasse, oder mit sich selbst. Man zog sich, wenn es nicht anders ging, auf das ›innere Leben‹ zurück. Hier aber begann ›der Mensch‹ mit dem elektrischen Kühlschrank und endete auf dem St.-Pauls-Friedhof, wo die Millionäre begraben lagen.

Und doch hatte dies alles nichts oder nur sehr wenig mit dem zu tun, was die Agitatoren einer vermeintlich besseren Welt dagegen vorzubringen hatten. Gewiß, Geld war hier Leistung, und Leistung war Geld, und was ein Mensch war, das drückte sich in den Ziffern aus, die er am Jahresende dem Staat vorweisen konnte. Für Zauberer des Gedankens, schöpferische Phantasten, die in ihren vier Wänden die Figuren ihrer Einsamkeit in Sprache, Bild oder Musik umsetzten, war da kaum Platz, es sei denn, daß ein unvorhergesehener Zwischenfall sie an das Licht der Öffentlichkeit zerrte und aus ihrer qualvollen Anonymität befreite. Aber vielleicht, so dachte Kobbe, während er durch diese hastende, noch in ihrer Eile und Unregelmäßigkeit genau eingeteilte und überschaubare Welt schritt, in der einem nichts geschenkt wurde, in der jeder Atemzug etwas kostete und jedes nachdenkliche Verweilen den Verlust der schwer erarbeiteten Freiheit mit sich bringen konnte, vielleicht, dachte Kobbe, sind wir, die wir an diese fremden Ufer gespült wurden, die letzten Überlebenden einer Zeit, die es ohnehin nicht mehr gibt, einer Zeit, die an den Geist und an den Müßiggang glaubte und sich daran verblutete, die von der Freiheit sprach und nicht müde wurde, sie zu verraten, und die selbst mit dem Tiefsten, das sie hervorgebracht hatte, mit ihren steinernen Reitern, ihren Domen, ihren Fugen und Litaneien doch nur von der Ohnmacht des Menschen Zeugnis ablegte, sich im Bereich seiner irdischen Pflichten zurechtzufinden, Ordnung zu schaffen und dem Leben eine Würde zu verleihen, die aus der gegenseitigen Toleranz, aus dem nachsichtigen Wissen um die Vieldeutigkeit und Unzulänglichkeit menschlicher Erkenntnisse kommt; vielleicht sind wir, die wir uns so erhaben dünken über das allzu irdische Gebaren dieses Landes, die letzten sterbenden Romantiker einer Idee, die nur noch in unseren Träumen und Erinnerungen besteht, überholt von einer Wirklichkeit, die mit dem Leben ernst macht, während wir nur mit ihm spielten?

Irgendwo tutete eine Dampfersirene. Luise zog ihn fort. »Wohin?« fragte er. »Komm, beeil dich!« Sie liefen zum Hafen und kamen gerade zurecht, um ein Schiff zu besteigen, das zur Freiheitsstatue fuhr. Es waren nicht viele Leute an Bord. »Ich habe Hunger«, sagte Luise. »Hunger?« fragte Kobbe. »Wir haben unermeßliche Schätze zu Hause. Acht leere Bierflaschen, die wir verkaufen können. Ferner Reis, Rosinen, Zimt und drei Vitamintabletten. Nein, reden wir lieber über Kunst. Kant sagt...«

»Zum Teufel mit Kant!« sagte Luise. Sie gingen auf das Verdeck und sahen dem Rauch zu, der wie dicke, schwarze Watte über dem Schornstein stand.

»Dort, irgendwo hinter den Bergen«, sagte Luise, »steht jetzt Robert Paine in seiner zerschlissenen Arbeiterjacke und repariert mit nachdenklichem Gesicht die Tür des Hühnerstalls, und ich sehe Nancy Paine vor ihrer Waschmaschine stehen, oder in der Küche, Gurken einmachend, und es riecht nach Turkey und nach ›Sonntag auf dem Land‹ und nach anständigen, menschlichen Beziehungen… Ja, das alles haben wir nicht gekannt, oder wir haben es verachtet, es genügte uns nicht, es gab uns keine Antwort auf die Fragen, die wir an das Leben stellten… Wir mußten erst dort anlangen, wo wir heute sind, um das zu verstehen: den Geruch von selbstgebackenem Brot, Schritte auf dem Weg zum Haus, ein Kind, das Klavier übt, die Hitze über der Farm am Mittag… Wir dürfen es uns leisten, wieder davon zu sprechen: wir haben schwer dafür bezahlt, daß wir anders sein wollten und uns nicht anpaßten… Zum Teufel mit der Kunst. Ich will ein Kind haben und Gurken einmachen und nie, nie wieder auf einer Bühne stehen…«

Langsam fuhr das Schiff dem Ozean entgegen. Eine Kapelle spielte.

6

Aus Kobbes Tagebüchern

Wohin treiben mich die Dinge? Wieder ist ein Jahr vergangen. Die Blätter am Riverside Drive färben sich rot. Der alte Mann im Erdgeschoß ist gestorben. Jerobeam Kulp wurde in eine Trinkerheilanstalt überführt, nachdem er sich mit einer Rasierklinge die Pulsadern aufschneiden wollte. Der Krieg geht seinem Ende entgegen. Die Emigranten packen in Gedanken bereits ihre Koffer und sehen sich als Sieger in die Heimat zurückkehren. Ich habe mich jedoch entschlossen, hier zu bleiben – bis auf weiteres. Ich will nicht mit leeren Händen zurückkommen. Ich habe keine Lösung gefunden. Ich kann ihnen nicht sagen, was sie tun sollen…

Wie lange habe ich schon nicht mehr an meinem Buch gearbeitet? Wieder war die Zeit schneller als ich, wieder haben mich die Ereignisse überholt. Die Geschichte hält den Atem an. Was bleibt da anderes übrig, als geduldig abzuwarten, bis sie sich entschieden hat, welchen Weg sie gehen soll, oder vielmehr, bis wir in der Lage sind, zu erkennen, was sie mit uns beabsichtigt. Der Roman unserer Zeit hat keinen Anfang und kein Ende. Er ist ein Wurf ins Ungewisse, aus dem Nichts kommend und wieder ins Nichts mündend, ein Ausruf der Verwunderung, zwischen zwei Fragezeichen gesetzt…

Das Schafott der Trinker V

Er war wieder da. Er ging mit mir durch New York, wie er damals durch die Straßen von Berlin gegangen war. Nur seine Kleidung hatte sich ein wenig verändert. Er trug jetzt eine auffallend bunte Krawatte, sein Anzug war von leichterem Stoff, an den Füßen hatte er Sandalen. Nicht ohne Bedauern stellte ich fest, daß er sich viel zu schnell angepaßt hatte.

»Und jetzt?« fragte ich.

»Jetzt entlasse ich dich aus meinem väterlichen Schutz. Von jetzt ab wird niemand mehr für dich denken. Du bist mutterseelenallein. Und dies ist mein Rat zum Abschied: Ich erlaube dir, dich für das kleinere Übel zu entscheiden.«

»Welches ist das kleinere Übel?«

»Leben«, sagte er und bestieg schnell einen mit bedenklicher Seitwärtsneigung heranbrausenden Autobus.

7

»Ich muß gehen«, sagte Luise.

Er sah auf. Sie stand in der Tür, das Gesicht schon halb abgewandt, hinter ihr das leere Treppenhaus, in dem sie sofort, wie ein hinweggewischter Farbfleck, verschwinden würde, aufgeschluckt von dem Getöse draußen, von Straßen, Schreien, Meinungen, Maschinen. Und wie sie so dastand, zum Gehen bereit, in dem zagen Licht des Nachmittags, hatte er wieder das Gefühl, daß alles nur ein Übergang, daß nichts gelöst war und nichts entschieden und daß die Gedanken wie Drähte in einem zerstörten Haus herumhingen. Er sah jetzt Luise auf der Schwelle stehen, nicht mehr hier und noch nicht ganz fort, auch sie eine Erscheinung des Übergangs, eine Flocke im Schneetreiben der Assoziationen, kühl und zart und verloren in dem weißen Schweigen, das Menschen und Dinge einhüllte, in der ›nuit blanche‹ zwischen gestern und morgen. Er hörte nicht mehr, als sie ging. Er hörte nur das leise Knarren der Tür, die sie, da keine Antwort erfolgte, ein wenig unschlüssig hinter sich zuzog, und noch in diesem Geräusch, so schien es ihm, war etwas von jener zögernden Ungewißheit, die wie eine tödliche Drohung über der Zeit hing.

Als sie gegangen war, legte er sich aufs Bett und betrachtete nachdenklich das geblümte Tapetenmuster. Der Krieg war zu Ende. Der Tag, auf den sie zwölf Jahre lang gewartet hatten, war gekommen. Aber die ›letzte Entscheidung‹ stand noch bevor, jedenfalls war dies die Ansicht von Krana, der sich nicht gescheut hatte, sie öffentlich auszusprechen. »Freust du dich nicht?« hatte Robert Paine ihn gefragt, als sie Arm in Arm über den Times Square gegangen waren. Das war vor drei Tagen gewesen. Sie waren nachts im Auto von Vermont nach New York gefahren, viele waren mit ihnen, man trank einander zu an den Wegkreuzungen, wenn die Wagen halten mußten, und stieg aus und umarmte einander und fuhr weiter durch das nächtliche Land, vorbei an den blauen Umrissen der Berge, an Seen und Wiesen und Marktplätzen, auf denen die Freudenfeuer loderten, bis der Morgen anbrach und die große, ungeheure Stadt vor ihnen lag wie ein großes, geschmücktes Siegesdenkmal, und nun drängten sie sich durch die tanzende, trunkene Menge, Glocken läuteten, Fahnen wehten, Matrosen taumelten, Whiskyflaschen unter den Armen, durch die Straßen, küßten die Mädchen mitten auf den Mund und riefen: »Bruder, der Krieg ist aus!« Überall stockte der Verkehr; Straßenbahnwagen standen wie verlassene Elefanten in dem wogenden Meer der Freude, das bereits am selben Abend in sämtlichen Kinotheatern gezeigt wurde. Später, in einer überfüllten Bar, in der Musikautomaten mit flehenden Weisen zum Tanz aufspielten und ein als Onkel Sam verkleideter Gentleman mittleren Alters einen Handstand auf einer Champagnerflasche ausführte, setzte Kobbe das Gespräch fort. »Zwölf Jahre sind eine lange Zeit. Viele haben sie überlebt, viele sind dabei zugrunde gegangen. Die Revolution, auf die wir so lange gewartet haben, ist nicht gekommen. Vielleicht war sie nicht möglich, vielleicht wollte man sie nicht... höheren Ortes. Ein Irrtum folgte dem anderen. Der Krieg wurde zwischen den Verbündeten geführt, und besiegt wurde nicht der Feind, besiegt wurden wir, die Machtlosen aller Länder, die Wortführer der Wortlosigkeit. Im Grunde hat sich nichts geändert außer der Erkenntnis, daß der Kampf weitergeht und die Entscheidung noch bevorsteht. Der letzte Schuß dieses Krieges ist bereits der erste des nächsten.« Er sah Borinskis Gesicht vor sich, im Morgengrauen, klug und skeptisch und mit Leberpastete beschmiert. »Eine Gewalt löst die andere ab. Am Ende bleibt nur das Gelächter«, und er hörte Dr. Blanck schluchzen, während der Gestank aus seinem Mund das Zimmer erfüllte: »Ich bin immer anständig gewesen. Sagen Sie den Genossen, daß ich sie nicht verraten habe.« Er dachte an Einsiedel und Schwarzenbach und an die Plüschmöbel im Hotel ›Aux Grands Hommes‹, und an Seehaus, und an Barbaras lange, schlimme Hände. Er sah sie alle wieder vor sich, die Narren und Propheten, die falschen und die echten Märtyrer, die neben ihm auf dem Stroh gelegen hatten, und er dachte an den Keller im ›Café Mephisto‹ und an den Saal mit der amerikanischen Flagge auf dem Podium und den Schriften der Verbannten am Eingang. Es war nun soweit. Aber kein neuer Prophet war dieser Zeit erstanden, keine neue Lehre aus dem Leiden hervorgegangen. Mathilde Schwanninger würde nun wieder die ›Walküre‹ in der Wiener Hofoper singen. Grützbach, von freundlichen älteren Herren am Bahnhof empfangen, würde sich wieder auf den Stuhl setzen, von dem man ihn damals verjagt hatte, und Krana würde nach Berlin oder Budapest oder Belgrad zurückkehren und Todesurteile unterschreiben und im Flugzeug zu einer der Konferenzen fahren, die über das Schicksal der Erde entschieden. Sah so die Weltgeschichte aus, so klein, so abgeschmackt, so gewöhnlich? Der Kampf zwischen Welfen und Ghibellinen, der Untergang des Römischen Reiches, Hannibal und Napoleon und Luther – nichts weiter als ein Krach im ›Café Mephisto‹? Oder lag es nur daran, daß man in einer Zeit lebte, in der es den Anhängern der Gewöhnlichkeit so leicht gemacht wurde, an die Macht zu kommen, und in der Männer in Regenmänteln oder Lederjacken an jeder Straßenecke standen und der Menge irgendein Ersatzglück anboten?

Er stand auf und ging zu der Schublade, in der seine Papiere lagen. Man ist älter geworden, das ist es. Man hat mehr von der Welt gesehen und weiß jetzt, wie es gemacht wird. Wie? War es nicht eben erst, gestern, vor fünf Minuten, daß ich mit Katharina in dem grünen Salon saß, meinen Vater begrub, Barbara küßte und Gilda Langer bei Kerzenschein die ›Göttliche Komödie‹ vorlas? Zwölf Jahre sind eine lange Zeit, und ich habe nicht gemerkt, daß die Welt sich an mir vorbeigedreht hat. Oder habe ich mich vielleicht an ihr vorbeigedreht? Ich muß Katharina fragen. Vielleicht weiß sie eine Antwort.

Er legte die Papiere wieder in die Schublade und verließ das Zimmer.

Unten, vor der Tür, wo der alte Mann gestanden hatte, der nicht sterben wollte, stand jetzt ein anderer, ein wenig jünger, wie es Kobbe schien, und sah hinaus in den Abend. Kobbe murmelte einen Gruß, aber der alte Mann antwortete nicht. Er sah angestrengt auf die Straße, als wartete er auf jemanden, der nie kommen würde...

8

Wenn die Zeit kommt, platzen
die Pfirsiche auch im Schatten.
JAPANISCHES SPRICHWORT

Luise ging auf klappernden Sohlen durch die schon dunkler werdende Stadt. Sie ging, von undeutlichen Gedanken bewegt, die noch unfertig, noch nicht zu Ende gedacht waren und nur wie eine Ahnung in ihrem Bewußtsein arbeiteten, wie ein leise ziehender Schmerz, der all das umfaßte, was mit ihr und dem Mann Kobbe und der Zeit zusammenhing. Sie hatte mehrmals umkehren wollen, wäre nicht jener Schmerz gewesen, der mit jedem Gedanken an ihn größer wurde, und so ließ sie sich schließlich treiben, ging in den Abend hinein wie ein nicht sehr sicherer Schwimmer in das Meer, mit den Zehen die Tiefe abtastend, aber schon emporgehoben und hinausgetragen in das Unbekannte. Sie spürte die Stadt auf ihrer Brust, die Bewegungen der Menge umspielten sie. Sie aß irgend etwas im Stehen, trank dazu eine giftgrüne, parfümierte Flüssigkeit, fuhr zwei Stationen unter der Erde, stieg aus, ging durch einen langen vergitterten Tunnel, in dem viele Menschen sich drängten, sah im Vorbeigehen eine Nonne mit einer Sammelbüchse unter einem Kaugummiautomaten sitzen, schweigend und weltabgewandt wie eine Madonna unter einem Kirchenpfeiler, ging durch einen zweiten vergitterten Tunnel, in den andere vergitterte Tunnels wie Laufgänge zwischen Löwenkäfigen mündeten und der sie zu einem unterirdischen Jahrmarkt von Glücksrädern, Schießbuden, Blumen- und Zeitungsständen brachte und von dort, durch viele Sperren, Klapp- und Drehtüren, zu einer Treppe und wieder an die Oberfläche. Unschlüssig, wohin sie sich wenden sollte, blieb sie einen Augenblick in der Menge stehen und sah hinauf zu der Leuchtschrift, die in flackernden Buchstaben die letzten Nachrichten über den Platz schickte. Die Buchstaben wanderten rings um das Gebäude, tauchten auf und verschwanden, und während Luise ihnen mit den Augen folgte, spürte sie den verhaltenen Atem, das angstvolle Mitbuchstabieren der Menge, die in einiger Entfernung um den Platz stand, eingehüllt in Nacht und Schweigen und Entsetzen, und hinaufstarrte zu der Flammenschrift, die mit lautloser Emsigkeit von der Zerstörung der Stadt Hiroshima berichtete. Es war der Einbruch des Irrationalen in eine rational durchorganisierte Welt, ein feuriges Menetekel, an die Wand eines Hauses gemalt, mitten in der großen, modernen Stadt New York, in der Bahnen fuhren, bunte Krawatten wehten und kühle Getränke aus langen Strohhalmen getrunken wurden. Luise verstand nicht viel von Politik – ein Umstand, der bereits zu heftigen Zerwürfnissen mit dem Mann Kobbe geführt hatte. Politik, das war etwas, das von Männern gemacht wurde, die im Flugzeug um die Erde flogen, sich an Konferenztischen trafen und Erklärungen abgaben – in einer Sprache, von der man nur wußte, daß sie dazu diente, ihre wahren Gedanken zu verbergen. Dies hier aber schien nichts mehr mit Politik zu tun zu haben. Es war etwas ungeheuer Schamloses, Offenes, Obszönes, etwas, das mit der Paarung der Geschlechter oder mit der Grausamkeit wilder Stämme zusammenhing, genauso gemein und unschicklich wie das Aufreißen von Gedärmen oder das langsame Verbluten eines Menschen auf offener Straße. Es war, als hätten der Krieg und die Mittel, mit denen er beendet wurde, etwas entlarvt, das schon immer dagewesen, aber durch einen Vorhang von Sitten, Gebräuchen, Übereinkünften den Blicken entzogen gewesen war. Sie dachte an ein Wort von Kobbe: »Man kann die Dämonen nur bannen, indem man sie anspricht.« Es war seine Definition der Kunst, und wie alles, was er dachte und schrieb und sagte, erfüllte es sie mit einem seltsam von Haß und Auflehnung getragenen Gefühl der Bewunderung, einer Art von zärtlichem Trotz, von störrischer, kleinmädchenhafter Verliebtheit in die Welt, die er darstellte, die Welt des Wortes, des gedruckten, geschriebenen, gedachten und gesprochenen Wortes. Es war nicht die ihre. Alles, was sie auszudrücken hatte, drückte sie in der Bewegung aus. Kobbe aber war das Wort. Er war das spähende, zielende, zuweilen tödlich treffende Wort; das gute und das grausame Wort; das Wort, das Abgründe aufreißen und wieder zuschütten konnte, das sie begehrte und zugleich fürchtete, weil es sich auf einer Ebene abspielte, die ihr unzugänglich war. Es war ihre unglückliche Liebe zum Wort, die sie an den Mann Kobbe band, ihre tragische Unfähigkeit, das auszudrücken, was er ihr, mit den Mitteln der Sprache, zu entlocken versuchte, und es schien ihr, als wäre in seiner unerbittlichen Formuliersucht, in seinem unkeuschen Verlangen, das Unaussprechliche auszusprechen, es zu durchdringen und begreiflich zu machen, etwas von jenem Grauen enthalten, das sie jetzt spürte, während sie schweigend in der Menge stand und hinaufsah zu der Leuchtschrift, die über den Köpfen dahinwanderte. Denn Kobbe war die Zeit, die wortgewordene, beredete, die benannte Zeit. Auch wenn er sich gegen sie wehrte, wenn er sie verwarf und verleugnete, – er blieb der Zeit verfallen. Sie kannte den Blick, mit dem er sich über die Schlagzeilen der Zeitungen stürzte und die seine Behauptung, er »interessiere sich nicht dafür«, Lügen strafte. Er interessierte sich *nur* für die Zeit. Er war ihr gequältes Gewissen, das leidende, warnende Ich, immer im Begriff, unterzugehen, zerrieben zu werden zwischen den Mächten, aber immer, noch im Untergang, Zeugnis ablegend, darstellend, protestierend, immer erfüllt von jener Besorgnis um die Zeit, die sich in jedem Augenblick mit der ganzen Menschheit identifiziert – und doch nichts anderes hervorbringt als eben nur dies: besorgt zu sein, betroffen, beteiligt. Aber auch das war wichtig, so fühlte sie jetzt, daß es noch Menschen gab, die gewisse Stellungen hielten und dafür sorgten, daß gewisse Ideen nicht ausstarben, und man sollte ihnen ein Denkmal setzen mit einer ewigen Flamme: Hier ruht der unbekannte Einzelgänger zwischen den Zeiten...

Warum bin ich gegangen? dachte Luise. Eine Welt geht in Stücke, und ich fürchte mich vor Worten, die ein Mund spricht, dem die Zeit so viel angetan hat. Nein, ich hätte nicht gehen sollen, dachte sie, während sie sich von der Menge löste und weiterwanderte, den Broadway hinauf, hier und dort vor einem Schaufenster stehenbleibend, in Büchern blätternd, die sie nichts angingen, Blicken ausweichend, die an ihr hinabglitten, und mit jedem Schritt tiefer in das Dickicht der Schreie und Gebärden hineinzogen. Vor einem Lachkabinett drängten sich Leute. Sie blieb einen Augenblick stehen und betrachtete sich in einem der großen Zerrspiegel, die am Eingang angebracht waren, entzückt von dem optischen Spiel, das sich ihr darbot. Bald saß der Kopf auf den Beinen, bald thronte er, traurig in die Länge gezogen, über einem zwergenhaft verkrüppelten Körper; Arme, Nasen, Ohren waren nicht mehr das, was sie sein sollten; sie wurden zu Attributen des Unsinns. Der Mensch, seines Zusammenhangs entkleidet, löste sich in ein Spiel ständig sich verändernder Formen auf, preisgegeben den Späßen und Launen der Natur, die mit ihm verfuhr, wie sie wollte, und indem Luise sich ganz diesem Spiel hingab, spürte sie, daß hier Kräfte am Werk waren, die seit jeher die Phantasie der Menschen beschäftigt hatten, jene ewige, uralte Freude am Fratzenhaften und Grotesken, die sich in Sage und Märchen, in Fastnachtsspielen und Hanswurstiaden als ein schöpferisches Herumpfuschen in den Farbenkästen der Logik offenbarte und die in ihr selbst auf eine unbändige, zügellose Weise weiterlebte. Das bin ich, kicherte sie, und wer etwas anderes aus mir machen will, ist ein Dummkopf. Was habe ich mit dem Wort zu tun? Ich schneide Grimassen, ich maskiere mich, ich beschmiere mein Gesicht mit Kohle, ich strecke die Zunge heraus, ich lache, ich weine, ich hinke, ich setze mir eine falsche Nase auf, ich stopfe mir Watte in die Backen, ich habe einen falschen Bauch, ich bin schamlos, ich bin keusch, ich weiß nicht, wann Krapotkin geboren ist, ich verstehe nichts von Atomzertrümmerung, ich bin eine optische Täuschung, eine Laus, ein Gnom, ein Wiesel, ich bin eine Figur aus einem Märchen von heute, eine Fratze im Lachkabinett der Zeit. Ich bin nicht um die Zukunft der Menschheit besorgt – ich pfeife auf sie. Ich will leben und tanzen und andere glücklich machen. Ich möchte mir Zöpfchen flechten und dumme Sachen sagen und am Abend mit ›ihm‹ über die Wiesen gehen, Hand in Hand, ja, seht mal an, so eine bin ich, so eine treue, hausbackene Seele, Solveig, auf Peer Gynt wartend, Gretchen am Spinnrad. »Meine Ruh ist hin, mein Herz ist schwer.« Und dann tritt er herein, er, der Mann mit den grauen Schläfen, und ich auf ihn zu, husch, heidi, Köpfchen an Schulter geschmiegt, Seufzen. »Du warst so lange fort, honey pie.« Er nimmt mein Gesicht in beide Hände. »Ich habe den ganzen Tag an dich gedacht, sweety…« Wie schön er das sagt, wie einfach, ohne Weltuntergang und Atomzertrümmerung, ach, der gute Mann, ach, der starke Mann, schnell etwas zu essen für den guten Mann, ein Süppchen, ein Hühnchen, ein Weinchen, alles für den guten Mann, ich bringe ihm die Pantoffeln, ich stopfe ihm die Pfeife. »Wo sind die Kinderchen?« fragt er. Inniger Blick, Finger auf den Mund gelegt: »Pst! Sie schlafen.« – »Kann ich sie noch einmal sehen?« – »Aber gewiß doch, gewiß doch.« Husch, auf Zehenspitzen hinein, Hand in Hand, über die Wiege gebeugt. »Sieht er nicht aus wie du«, sage ich. »Nein, wie du«, sagt er. »Nein, wie du«, sage ich. »Nein, wie du«, sagt er. »Nein, wie du … nein, wie ich … nein, wie ich, nein, wie du…« Sie tanzte im Takt der Worte, sie warf sich Kußhändchen zu, streckte sich die Zunge heraus, drohte sich mit dem Finger, der ins Unendliche zu wachsen schien… Plötzlich hielt sie inne. War das wieder nur eine Maske, eine unter vielen: die Parodie des ›Glücks im Winkel‹, die sie so oft auf der Bühne getanzt hatte?

Sie weinte. Ihre Tränen, tausendfach vergrößert, rollten langsam wie silberne Kugeln über ihr ins Maßlose verzerrtes Gesicht.

»Verzeihen Sie«, sagte der Arbeiter Ernst Hackenschmidt und trat auf sie zu. »Ist Ihnen nicht gut? Kann ich etwas für Sie tun?« Wladimir, dachte Luise, während sie sich geziert mit einem Zipfel des Taschentuchs die Augen abtupfte. Brüder, auf wen schießt ihr! Das Geheimfach unter dem Fußboden. Einer für alle, alle für einen! Gestehe! Nein, niemal… Da steht er, der Mann, der Kämpfer, weiße Zähne und starke Backenknochen. Graue Schläfen. Ein Mann aus dem Volk. Dreihundertfünfzig Dollar im Monat, die Überstunden nicht eingerechnet. Enttäuschter Kommunist. Gut im Bett. Hat seinen Frieden mit der Welt gemacht. Glaubt an unblutige Lösungen in dem Konflikt zwischen… wie hieß das doch nur? ›Evolution‹ – richtig. »Sie müssen nämlich wissen, gnädiges Fräulein, daß es in Amerika keine Arbeiterklasse im orthodoxen Sinne…« Still. Kennen wir. Nicht neu. Muß man ihm abgewöhnen. Kobbe kann das besser. Keine Diskussionen mehr. Bitte, nur keine Diskussionen. Leben! Leben! Wohnen! Kochen! Solveig, auf Peer Gynt wartend. Ach, der gute Mann, ach, der starke Mann, ein Süppchen für ihn… und dann auf Zehenspitzen… nein, wie du, nein, wie ich…

Hackenschmidt hielt noch immer ihre Hände.

Das Geheimnis, dachte er. Kulissen, Schreie, Licht. Männer mit erloschenen Zigarren, aus Logen lehnend. Encore! Encore! Männer am Bühneneingang. »Darf ich vorstellen, mein Herr Gemahl...« Ich geleite sie in den Wagen. Sie gehört mir. Andere begehren sie mit den Augen, aber sie gehört mir! Festes Fleisch. Muskeln. Spagat – nur für mich. Hüften: erstklassig. Besondere Kennzeichen: keine. Aber sonst: erstklassig.

Er pfiff leise vor sich hin, verstummte aber sofort wieder. Zu dumm, sagte er zu sich selbst. Ich muß mir das abgewöhnen. Es hat ohnehin keinen Sinn mehr.

Er hatte wieder die Internationale gepfiffen.

9

O Liberté, que de crimes
on commet en ton nom.
MME. ROLAND AUF DEM SCHAFOTT
AM 8. NOVEMBER 1793

»Wer ist da?« rief unwillig, aber nicht ohne Neugier, eine Stimme. Alles war genauso, wie er es erwartet hatte. Die Tür wurde stürmisch geöffnet, und er sah Katharina in ihrem weißen, mit Farben bedeckten Malkittel vor sich stehen, klein, ernst und sorgenvoll verwundert. »Ich kann mich vor Aufträgen nicht mehr retten«, sagte sie und zog ihn in das Wohnzimmer, in dem die Möbel von drüben standen: der eichene Barockschrank, das braune Mahagonitischchen mit dem Dochtabschneider und den beiden silbernen Leuchtern, die Barocktruhe und die Barockuhr mit dem Sternenhimmel über dem Zifferblatt und den sich im Takt hin und her bewegenden Himmelskörpern. Und da war auch der Stuhl, rechts, in der Ecke, neben dem Fenster, in dem sein Vater am Abend die Zeitung zu lesen pflegte... »Ich wollte dich etwas fragen«, sagte Kobbe und setzte sich auf den Lehnstuhl.

»Willst du einen Apfel?« unterbrach sie ihn. »Übrigens ziehen wir um. Madison Avenue. Wir können es uns jetzt leisten.« Sie nahm einen Apfel aus der Obstschale, betrachtete ihn lange, wie verliebt, und biß dann mit starken, weißen Zähnen hinein. »Weißt du übrigens, daß Karl heute zurückkommt?« sagte sie kauend. – »Karl?« – »Du scheinst vergessen zu haben, daß ich einen Sohn habe, der Karl heißt.« – »Ich weiß. Und wie geht es deiner Tochter?« – »Wie immer. Malt, sieht reizend aus und hat ihre Probleme.« Sie nahm noch einen Apfel aus der Obstschale, betrachtete ihn lange zärtlich und biß krachend hinein. »*Deine* Probleme«, fügte sie hinzu. Es klang wie ein Vorwurf. »Katharina«, sagte Kobbe, »ich wollte dich etwas fragen.« – »Wie findest du übrigens meine neue Zeichnung?« unterbrach sie ihn wieder, kauend. »Sie gefällt dir wohl nicht? Du hättest sonst schon längst etwas gesagt.« – »Du läßt mich nie aussprechen«, sagte Kobbe. »Ich wollte dich fragen, ob –«

Es war in diesem Augenblick, daß sich draußen der Türklopfer aus Bronze in Bewegung setzte, was von Katharina mit einem stürmischen »Das ist er!« beantwortet wurde, worauf sie hinauseilte und nach wenigen Minuten, die mit Schreien, Schluchzen und dem Geräusch von knallenden Küssen ausgefüllt waren, mit einem jungen Mann in der Uniform eines amerikanischen Leutnants zurückkehrte, der seine Mütze auf den Tisch warf und Kobbe mit allen Anzeichen einer Mergenthinschen Wiedersehensfreude an sich zog.

Kinder hinter ihrer Milch, mich beobachtend, dachte Kobbe, als er wieder in dem Lehnstuhl saß... Wie lange ist das jetzt her? Zwölf Jahre. Damals trug er kurze Hosen und las von meinem Mund die Laute einer fremden und ungeheuer mächtigen Welt ab. Jetzt gehört sie ihm, diese Welt, er wird die Antwort wissen, die wir gesucht haben, er wird sie seiner Sekretärin in die Schreibmaschine diktieren, ohne nachzudenken, irgendwo im dreißigsten oder vierzigsten Stockwerk eines Hochhauses, er wird nicht mit leeren Händen zurückgekommen sein, er wird ihnen gesagt haben, was sie tun sollen...

»Es war seltsam«, sagte Leutnant Karl Mergenthin. »Berlin in Trümmern... Übrigens habe ich auch das Haus gesehen, in dem ich geboren wurde, das heißt, nur den Keller – das Haus selbst steht nicht mehr, bis auf die beiden Löwen aus Stein.«

Kobbe fuhr in Gedanken mit dem Finger über den eingebrannten Fleck auf der rechten Armlehne, wo sein Vater die Zigarre abzulegen pflegte, bevor er das Zimmer verließ.

»Ich habe drüben oft an dich gedacht«, sagte Karl Mergenthin. »Es war eine Welt, die ich nicht ganz verstand. Ich bin ja damals

noch ein Kind gewesen. Ich wußte nicht, wie alles zusammenhing. Wir müssen einmal darüber sprechen. Ich bin ziemlich ratlos...«
Er ist ratlos, jubelte es in Kobbe. Auch er. Alle Menschen, die es ehrlich meinen, sind ratlos. Das ist gut. Man muß sich wieder zu seiner Ratlosigkeit bekennen. Man muß den Mut haben, zu sagen, daß man nichts weiß. Wir werden von Kräften bewegt, die wir erst verstehen, wenn es zu spät ist. Wir glauben zu handeln, und wir werden gehandelt. Niemand hat erreicht, was er gewollt, und niemand hat gewollt, was er erreicht hat...

»Und was willst du jetzt tun?« fragte Kobbe.

»Vielleicht ein Buch schreiben oder Häuser bauen«, sagte Karl Mergenthin. »Ich glaube, Häuser sind jetzt wichtiger als Bücher. Findest du nicht?«

»Ich weiß nicht«, sagte Kobbe. »Ich weiß es wirklich nicht.«

»Du weißt es nicht?« fragte Karl Mergenthin. »Aber was soll denn nun geschehen –?«

»Wieder von vorn anfangen«, sagte Kobbe. »Alles noch einmal überprüfen, nichts für gegeben hinnehmen. Wachsam sein, ohne Vorurteile, gescheit *und* gütig zugleich und nie das eine *ohne* das andere, der Mehrheit mißtrauen und der Minderheit dazu verhelfen, gehört zu werden, die Schwachen und Kranken beschützen und den Starken ein unbequemer Partner sein, immer wieder fragen und immer von neuem wissen, daß es nicht eine Antwort gibt, sondern viele, und daß nichts beständig ist in diesem Meer der Ungewißheit. Das sind so ein paar Stichworte, die mir durch den Kopf gehen. Kannst du etwas damit anfangen?«

»Ich glaube, ich werde doch lieber Häuser bauen«, sagte Karl Mergenthin.

10

Borinskis Abschiedsbrief

London, Swiss Cottage

Lieber Freund,

Verzeihen Sie, daß ich mit einer der letzten Handlungen, die ich in meinem Leben vornehme, Sie um eine Gefälligkeit bitten möchte. Haben Sie noch Hofmannsthals ›Deutsches Lesebuch‹, jene kostbare, erlesene Prosa-Sammlung, die ich Ihnen seinerzeit in Paris zur Aufbewahrung gab? Wollen Sie es bitte einer von mir geachteten und beneideten Frau, der Schulreformerin Minna Hartmann, geben, die sich, wie ich höre, ebenfalls in New York aufhält und der ich einmal in Paris lebhaft davon erzählte. Sagen Sie ihr, es käme von einem Mann, der sonst (zu seiner Schande) nicht viel für weltverbessernde Frauen ihres Schlages übrig hatte, der sich aber ihrer mütterlichen Güte und Besorgnis in einer Stunde erinnert, in der kein Zuspruch von außen mehr sein Ohr zu erreichen vermag.

Ihnen aber, mein guter alter Kobbe, habe ich nichts zu vermachen als die Genugtuung, daß ich Ihnen in diesem Augenblick, in dem ich mich so geräuschlos wie möglich davonstehlen möchte, für all die Aufmerksamkeit und Wärme danken möchte, die Sie mir entgegenbrachten, obwohl ich doch, wie Sie bemerkten, ein ›unverbesserlicher Ästhet‹ war, dem es nicht einmal gelang, seinen ›Elfenbeinturm‹ mitsamt all den anderen Dingen, die nun dahin sind, zu verteidigen. Nehmen Sie das, was ich jetzt zu tun im Begriff bin, ohne allzu großes Bedauern hin, als den Entschluß eines Menschen, der das Alleinsein satt hat, und als das Eingeständnis, daß seine Zeit vorbei ist, die Zeit der Bewahrer und Erhalter, daß es nicht mehr so sehr auf das ›mot juste‹ ankommt, dem er soviel Sorgfalt und Pein zuwandte, sondern auf das ›mot vrai‹, das wahre und aufrichtige Wort, und empfehlen Sie mich Ihrer ebenso belustigenden wie unvergeßlichen Luise, deren stumme, hüpfende Dialoge mir fast ebensoviel Freude bereiteten wie demjenigen, dem sie zugedacht waren, nämlich Ihnen.

Einen letzten Händedruck von Ihrem Borinski

11

Leben heißt, sich verloren fühlen.

Ortega y Gasset

Da war ein Schiff, und da war ein Kai und eine hölzerne Planke mit einem Geländer, die hinauf zu dem Schiff führte, da waren Lagerschuppen und Docks und Masten und Schornsteine, und Möwen flogen um Fahnenstangen und straff ausgespannte Drähte und Ankertaue, und blaue, schillernde Ölkreise wiegten sich auf dem Wasser wie schlafende Südseequallen...

Da war ein Schiff, kreideweiß wie ein Pastell aus seiner Kindheit, ein Schiff, das nach fernen Gegenden fuhr, in denen der Sommer kühl war und schmerzhaft vertraute Lieder gesungen wurden, und er wußte, daß er hierbleiben und daß das Exil nie aufhören würde, solange er lebte... Es war nicht mehr an irgendein Land gebunden, es war ein geistiger Zustand, eine Lebensform geworden, eine Art von passivem Widerstand gegen eine Welt, die nur noch in Kräften und Gegenkräften, in Bewegungen und Gegenbewegungen dachte... Er sah Krana und Jochen Scharf mit schweren, schlecht verschnürten Bündeln, die im Laufen gegen ihre Kniekehlen schlugen, den Kai entlangkommen und nach einem feierlichen Händeschütteln mit irgendwelchen ergriffen herumstehenden Gesinnungsfreunden über die Planke im Schiffsinnern verschwinden... Er sah den magenkranken Kleinpogge, einen Koffer mit Flugschriften und ausgestopften Stoffhündchen schleppend, in Begleitung der männlichen Schulreformerin Minna Hartmann die Planke erklimmen, und er sah Dr. Grützbach, ohne Hut, eine Baskenmütze auf dem Kopf, die ihm wie ein Eisbeutel von der Stirn hing, von einigen freundlichen älteren Herren Abschied nehmen, die ihm flüsternd versicherten, daß sie nun bald ›seinem Beispiel‹ folgen würden... Später kamen auch Hackenschmidt und Luise, im letzten Augenblick, natürlich, als das Schiff gerade im Begriff war, seine Anker zu lichten, atemlos und mit vielen Aufträgen, die zu erledigen sie ihn hastig und mit der Verlegenheit von Leuten baten, die ihrer Gefühle nicht ganz sicher sind... »Mach's gut«, sagte Kobbe und sah auf die schillernden Ölringe, die sich hinter ihr auf dem Wasser wiegten. Es klang rostig und rauh wie das Gebell eines angeschossenen Hundes in der Nacht, und er wunderte sich, daß ihm, geübt in der Kunst des Abschiednehmens, keine den Umständen angemessenere Tonlage gelungen war. Sie ergriff, halb scherzend, halb von Rührung übermannt, seine Hand. »Versprich mir, daß du nie –«, aber er schnitt ihr das Wort ab, »– sterben wirst? Warum? Wir haben den Tod schon zu oft gesehen, wir brauchen ihn nicht mehr zu fürchten.« Und er fühlte in sich eine große Stärke, die ihm selbst unverhofft vorkam, die Stärke der Trennung, der Absage und Absonderung, eine Stärke, die ihn trotz allem lustig machte und froh und die ihn nicht mehr verließ, als sie längst mit einstudierten Worten des Mitgefühls – oder war es Trauer um den Zurückbleibenden? – das Schiff bestiegen hatte und er selbst langsam und mit nachdenklicher Gelassenheit unter den Eisenkonstruktionen der erbarmungslos über ihm von Nord nach Süd und von Süd nach Nord dahinbrausenden Hochbahn einherschritt...

Es war, als hätte sich der Vorhang über einem schlecht gespielten Trauerspiel gesenkt. Die Protagonisten traten mit großen Verbeugungen, die in keinem Verhältnis zu ihren wirklichen Leistungen standen, von der Bühne ab, während die erschöpften Zuschauer sich unsicher von ihren Plätzen erhoben, befremdet von der Lächerlichkeit des Augenblicks und dennoch seltsam angerührt von den tragischen Ausmaßen eines Dramas, das noch in der Verkleinerung nichts von seiner inneren Größe verloren hatte. Und so, von fernen Dingen angesprochen, die doch noch nicht zu ihm dringen konnten, strebte er, ungläubig lächelnd und in übermütig gereizter Stimmung, dem Ausgang zu, getrieben von einem unmäßigen Hunger – Hunger nach etwas Eßbarem, nach Wärme, nach Leben, Hunger nach neuen Gesichtern, neuen Schicksalen, neuen Leidenschaften und Entdeckungen, Hunger nach dem Lärm der großen Plätze und dem Feierklang der Dorfweiher und Lämmerweiden, nach Menschennähe und Menschenfeindschaft, nach Leiden und Tröstung und weichem Aneinanderschmiegen, Hunger danach, geliebt und verworfen zu sein, einer unter vielen und doch ganz einmalig und ganz allein...

Der Mann, der Georg Kobbe hieß, ging langsam durch die Zweiundvierzigste Straße zum Broadway.

Wie er so dahinschritt, sich mit Armen und Schultern einen Weg bahnend, glich er einem Schiffbrüchigen, der an eine unbekannte Küste gespült worden ist und sich verwundert umsieht: Wo bin ich?

Hans Sahl

im Luchterhand Literaturverlag

»Es gibt einen Schriftsteller (wieder) zu entdecken, dessen Fähigkeit zu erhellenden Momentaufnahmen ohnegleichen ist, einen literarischen Brennspiegelschleifer: knapp bis zur Lakonie, ungeschminkte Porträts von Zeitgenossen vorführend, die sich zu einer ›Galerie des Jahrhunderts‹ fügen, dessen Zeuge er ist.« *Fritz J. Raddatz, Die Zeit*

Memoiren eines Moralisten
SL 932
Der erste Teil von Hans Sahls Erinnerungen. Ein brillant erzählter Erlebnisbericht und zugleich ein Stück deutscher Geschichte von 1902 bis 1933, dem Jahr, in dem Sahl aus Deutschland fliehen mußte.

Das Exil im Exil
Memoiren eines Moralisten II
232 Seiten. Leinen
Eine Veröffentlichung der Deutschen Akademie für Sprache und Dichtung
Auch als SL 997

Und doch . . .
Essays und Kritiken
aus zwei Kontinenten
SL 980

Die Wenigen und die Vielen
Roman einer Zeit
SL 1008

Wir sind die Letzten
Der Maulwurf
Gedichte
184 Seiten. Broschur
Die Gedichte des Moralisten und Einzelkämpfers Hans Sahl, Selbstbefragungen, kritische Betrachtungen und Botschaften eines überlebenden Exilschriftstellers an unsere Zeit.